KB052185

마녀의 소녀 2

김종일 장편소설

마녀의 소녀

2

김종일 장편소설

"내가 원하는 건……
우리가 단짝으로 지내는 거뿐이야.
영원히……."

황금가지

차례

16. 각성

"일찍 나왔네."

다음 날, 집을 나서는데 대문 앞에서 마주친 현민이가 인사를 건넸다. 현민이는 제 엄마의 죽음과 내 냉대 따위는 잊은 듯 차를 우리 집 앞에 대놓고 서 있었다. 나는 모른 척 지나쳤다.

"안나린."

현민이가 내 손목을 잡았다. 거칠게 뿌리쳤지만 그 애는 내 뒤로 따라붙었다.

"무슨 일 있었어?"

돌아보지도 않고 주머니에서 스마트폰을 꺼내어 내밀었다. 액정에 뜬 사진을 본 현민이의 얼굴이 굳었다.

"이제 도대체 누구를 믿어야 할지 모르겠어."

어제 진희가 보내준 생활기록부 사진 속 이력은 현민이가 보여 준 기록과 전혀 달랐다. 부모님은 멀쩡히 살아 있었고 전학 오기 전까지 다녔던 학교도 청주 당산고가 아니었다.

둘 중 하나였다. 진희가 발 빠르게 움직여 제 이력을 또다시 위조했거나. 애초에 현민이가 내게 보여 준 생활기록부가 위조되었거나.

"조작이야."

현민이의 말에 고개를 가로저었다.

"조작이고 뭐고 이젠 누구도 못 믿겠어."

심지어는 나마저⋯⋯.

"나 그냥 다시 전학 가려고. 안 그럼 너나 나나 무사하지 못할 거야. 어머님 일도 너무 걸리고⋯⋯."

내 말에 현민이가 바짝 다가들었다. 그 바람에 몸이 벽 쪽으로 밀렸다. 이번에는 현민이가 한쪽 팔을 벽까지 뻗어 내 앞길을 턱 가로막았다.

"엄마를 잃은 건 내 일부를 잃은 거야."

내가 반대편으로 돌아서자 현민이는 다른 팔로 그쪽도 막아 버렸다. 현민이가 활활 타오르는 듯한 눈길로 나를 바라보며 말했다.

"너까지 잃게 되면 내 전부를 잃는 거야."

멋진 말이었지만 감동할 여력도 없었다. 간밤에 잠들기 직전, 혜정이와 나눴던 대화가 생선 가시처럼 마음에 걸렸다.

나인과 나린. ㅇ과 ㄹ. 한 끗 차이였다. 우연의 일치일까, 아니면 내가 기억하지 못하는 필연일까.

— 안나린, 너 혹시⋯⋯.

혜정이가 나를 바라보며 말끝을 흐렸다. 의심 어린 목소리였다.

"아냐, 내가 무슨……. 생전 들도 보도 못한 전화번호야. 만에 하나라도 '나인'이 나라면 그 번호도 내 번호여야지. 근데 아니야."

— 지금 쓰는 폰 번호, 작년에도 썼어?

"지금 쓰는 건 현민이가 선물한 거고, 그전까지 쓰던 폰은 작년 12월에 엄마 아빠 사고 난 담에 바꾼 거지."

그렇게 말하며 장식장 위의 미니 금고를 바라보았다. 혜정이도 그쪽을 돌아보았다. 그때 쓰던 전화기는 현재 금고에 봉인된 상태였다. 전화기와 전화번호를 바꾼 이유도 의사의 권유 때문이었다. 익숙한 일상생활에 변화를 주는 편이 외상 후 스트레스 장애에 좋다고 했다.

— 그 전에 쓰던 폰 번호는 뭐였는데?

나를 빤히 올려다보는 마녀 인형의 검정콩 같은 눈을 바라보았다.

"너 지금 나를 의심하는 거야?"

— 의심이 아니라 확인이지. 사실을 확실히 짚고 넘어가자이거야.

"어이없네, 진짜. 그때 쓰던 번호가 010……."

어라? 이상했다. 말문이 턱 막혔다. 막상 기억해 내려니 떠오르지 않았다. 마치 그 뒤의 여덟 숫자를 수정액으로 지워 버린 듯했다.

— 010 뭐? 설마 기억 안 나서 그러는 건 아니겠지?

"이상하네."

고개를 갸웃거리며 곰곰이 떠올려 보았지만 헛일이었다.

— 하, 니가 무슨 정치인이냐? 자기 전번도 기억 안 나게?

"안 나는 걸 어떡해. 아무튼 죽은 진희가 문자 보낸 그 번호
는 아니야."

— 나은이한테 한번 물어봐.

"에이, 진짜……."

혜정이를 흘겨보면서도 나은이의 방으로 갔다.

"안나은, 작년까지 내가 썼던 폰 번호가 뭐였지?"

방문을 열고 묻자, 제 침대에 누워 스마트폰을 만지작거리던
나은이가 돌아보았다.

"언니 작년 폰 번호를 내가 어떻게 알아? 요샌 폰에 저장해
갖고 다녀서 기억할 일도 없는데……."

"혹시 저장 안 해 놨어?"

"진작에 날렸지. 그새 두 번이나 폰을 바꿨잖아. 근데 어떻게
자기가 썼던 번호를 기억 못 하냐? 알츠하이머?"

그러게. 도대체 나도 어떻게 된 영문인지 몰랐다.

"뒷자리도 기억 안 나?"

"어이없네. 자기 옛날 폰 번호를 왜 나한테 물어보냐고."

한심하다는 투로 혀를 차던 나은이가 무릎을 탁 쳤다.

"아, 맞다! 언니가 얼마 전까지 썼던 번호 뒷자리가 4213이
었지? 그럼 뒷자리는 3213이었을걸? 개통하러 갔을 때 언니
가 한 살 더 먹는단 의미로 뒷자리 앞 숫자만 하나 올린댔잖아.

자기가 말해 놓고……. 진짜 기억 안 나?"

진짜 기억 안 났다.

"그러니 스마트폰 좀 작작해. 요새 스마트폰 땜에 디지털 치매가 온다더라. 사람들이 가족 전번도 못 외운대. 어떻게 된 게 작년에 쓰던 자기 전번도 못 외우냐. 심각하다, 진짜."

어이없다는 듯 나를 바라보는 나은이에게 대충 쏘아붙였다.

"하이고, 너나 잘하세요."

방문을 닫고 돌아서다 우뚝 얼어붙었다. 죽은 진희가 9로 저장한 번호 뒷자리가 3213 아니었나? 단순한 계산식이 머릿속을 스치고 지나갔다.

3+2+1+3=9.

* * *

"언니, 무슨 일 있어?"

나은이의 목소리가 나를 현실로 불러들였다. 어느 틈에 현민이와 내 쪽으로 다가온 그 애가 겁먹은 얼굴로 우리를 바라보았다. 목소리를 높여 옥신각신하는 우리를 아까부터 지켜본 듯했다. 동생 보는 앞에서 이 민망한 자세는 뭐냐고. 얼굴이 귓불까지 달아올랐다.

"너희는 서로에게 단 하나뿐인 피붙이야. 그러니 나중에 혹시 엄마랑 아빠가 세상에 없더라도 항상 서로 아끼고 기대며 살아. 알았지?"

돌아가시기 전, 내가 나은이와 싸울 때마다 타이르던 아버지의 목소리가 떠올랐다. 요즈음 내 문제에 끙끙대느라 나은이는 안중에도 없었는데 나은이는 불평 한마디 없었다. 미안했다. 걱정 어린 동생의 얼굴을 보니 내가 배부른 감정놀음을 하는지도 모른다는 생각이 들었다.

　"아, 아냐, 아무것도……."

　내가 둘러대자 현민이도 홍시가 된 얼굴로 얼른 팔을 치워 길을 터 주었다.

　"가자, 나은아."

　"태워다 줄게."

　"어제 말하지 않았어? 너나 동준이 둘 다 필요없다고."

　"그러고 보니 오늘은 동준 오빠 없네? 안 왔어? 그럼 오늘은 그냥 현민 오빠네 차 타면 안 돼?"

　나은이가 골목길 너머까지 살피며 끼어들었다. 역시나 눈치라고는 마이너스 9단인 애다웠다.

　"그래, 나린아. 우리 차 타고 가."

　현민이가 내 어깨에 손을 얹었다.

　— 그래, 안나린, 다시 사귀잔 것도 아니고 차만 얻어 타는 건데 뭘 유난이야……. 동준이 그 개만도 못한 자식 오기 전에 얼른 뜨자.

　어제의 앙금이 남았는지 백팩 속의 혜정이까지 씩씩대며 거들었다.

　"언니, 빨리 타!"

그 와중에 나은이가 승용차 뒷좌석에 올라타 손을 흔들었다. 역시 애는 애였다. 울며 고추냉이 먹기로 승용차 뒷좌석에 올랐다.

"어, 근데 차가 바뀌었네? 오빠, 차 새로 뽑았어요?"

아무것도 모르는 나은이는 현민이와 나 사이에 앉아 신이 나서 떠들어댔다.

"아니, 원래 있던 찬데⋯⋯."

현민이가 머뭇머뭇 대답하자 더 호들갑을 떨었다.

"우와, 집에 차가 몇 대길래⋯⋯. 오빠네 완전 잘 사는구나? 언니, 우린 언제 이런 차 사 보냐? 아, 맞다. 오빠가 울 형부 되면 이 차가 자연스럽게 우리 차 되겠네."

— 결혼해! 결혼해!

둘이 김칫국을 세숫대야로 마셔대는 바람에 안 그래도 수습 불가였던 머릿속에 블루스크린이 떠 버렸다.

* * *

"청주 다녀왔단 말⋯⋯ 들었어."

나은이가 차창 너머에서 손을 흔들며 교문으로 들어가자마자 현민이가 말했다.

"누구한테?"

"동준이한테⋯⋯."

— 하이고, 셋이 아주 비상 연락망을 구축하고 있고만.

"진희네 갔다 왔지?"

— 오, 귀신인데?

혜정이의 말대로 뜨끔했지만, 차창 너머를 바라보며 묵비권을 행사했다. 현민이도 내 마음을 아는 듯 더는 캐묻지 않았다.

'그냥 이렇게 나란히 앉아서 부산까지 쭉 내려가고 싶다.'

난데없이 떠오른 생각에 내심 놀랐다. 간밤에 잠을 제대로 못 자 휴식이 필요한 머릿속이 내뱉는 헛소리다 싶었다. 그때 현민이가 말했다.

"너랑 같이 있는 이 시간이 더 길었으면 좋겠다."

— 오호, 찌찌뽕!

어찌나 놀랐는지 혜정이의 장난기 어린 외침도 귀에 들어오지 않았다.

피곤하고 힘들었다. 미노타우로스의 쇠머리 가면이라도 쓴 듯 머리가 묵직했다. 진희에게 소원을 빈 후로는 단 하루도 푹 자 본 적이 없었다. 그때 현민이의 손길이 가볍고 부드럽게 내 머리를 끌어당겼다.

"나한테 기대."

낮고 굵직한 목소리가 온몸의 긴장과 경계심을 단숨에 허물어 버렸다.

— 독심술이라도 하는 거냐, 모현민?

이번에도 혜정이의 호들갑은 귀에 들어오지 않았다. 현민이의 넓은 어깨가 하늘을 떠받드는 아틀라스처럼 내 머리를 받쳐주었다.

"한숨 자. 도착하면 깨울게."

눈이 절로 감겼다.

* * *

부스스 눈을 떴을 때 가장 먼저 현민이의 얼굴이 눈에 들어왔다. 그 조각 같은 얼굴을 보면서도 꿈이라 여겼다. 그냥 꿈이 아니라 아주 기분 좋은 꿈.

"좀 더 자도 돼."

현민이가 그렇게 말한 후에야 비로소 정신이 번쩍 들었다.

"어디야, 여기?"

차창 너머를 둘러보니 우리가 탄 차는 여전히 거리를 달리는 중이었다. 아직도 학교에 도착하지 않았다니 의아했다.

"이상하다, 한참 잔 거 같은데…….'

혜정이가 현민이 대신 귀띔했다.

— 한참 잔 거 맞아, 안나린. 너 때문에 홍주 시내를 몇 바퀴째 빙빙 돌고 있는지 모르지?

혜정이의 핀잔이 맞았다. 스마트폰을 꺼내 보니 등교 시간이 코앞이었다.

"뭐야, 왜 여태…….'

왜 학교 안 갔느냐고 물으려다 입을 다물었다. 나를 한숨이라도 더 재우려는 생각이었을 테니까.

— 안나린, 너 코까지 골았어.

'진짜?'

— 침도 질질 흘리고……. 현민이가 닦아준 거 모르지?

황급히 입가를 쓱쓱 문질러보았다. 그제야 혜정이가 장난으로 한 말이라는 사실을 깨달았다. 백팩에 대고 눈을 흘기는데 현민이가 제 스마트폰을 내밀었다.

"이것 좀 봐."

액정에는 자동차의 블랙박스 동영상으로 보이는 화면이 떠 있었다.

"이게 뭐야?"

내가 묻자 현민이가 대답 없이 동영상의 재생 버튼을 눌렀다. 카오디오에서 팝송 「Oh, Happy Day」가 잔잔하게 흘러나왔고, 그 노래를 따라 흥얼거리는 콧노래가 들렸다. 그제야 이 동영상이 무슨 동영상이며, 바로 다음에 무슨 일이 벌어질지 알아차렸다. 엔진룸에서 굉음이 들리고, 놀란 현민이네 엄마의 혼잣말에 이어 차가 급발진하기 시작했다. 자동차가 건물 외벽을 들이받고 후진해 가로등을 들이받은 후 잔디밭을 가로질러 저수지로 뛰어드는 영상이 이어졌다. 깨진 차창으로 물이 쏟아져 들어와 차 안이 잠기면서 동영상은 끝났다. 내가 꾸었던 꿈과 똑같았다. 꿈이 아니었다. 현민이네 엄마가 겪었던 그대로였다.

"이걸 왜……."

고개를 들다 물기를 머금은 현민이의 눈과 마주쳤다. 그 애가 이를 앙다물며 말했다.

"이제 우린…… 한 배를 탔어."

* * *

— 이번 건 진희 고년의 판단 착오야.

교실로 들어서기 전, 잠시 들른 화장실에서 혜정이가 속삭였다.

'무슨 착오?'

— 현민이 날개를 확 꺾어놓을 심사로 그 짓을 벌였는데 오히려 복수심을 자극했다 이거지.

백팩 지퍼를 열고 나온 마녀 인형이 두둥실 떠오르더니 칸막이 너머로 얼굴을 비죽 내밀고 밖을 내다보았다. 꼭 성문 너머를 지키는 경계병 같았다.

'난 그냥 걔가 손 뗐으면 좋겠어.'

진심이었다.

— 야, 가뜩이나 승산도 없는 싸움에 편이 하나라도 더 있는 게 좋지. 영미 고년까지 진희년한테 붙은 마당에…….

'아니, 난 내 편이 없었으면 좋겠어. 그럼 나만 죽으면 그걸로 끝이잖아. 누구든 내가 사랑하는 사람이 잘못되는 건 죽어도 못 보겠어.'

화장실을 나와 교실로 들어섰다. 이제는 익숙해진 얼굴이 내 옆자리에서 손을 흔들었다.

"안녕, 나린아."

저 예쁜 가면 뒤에 숨겨진 진실은 대체 뭘까. 진실을 풀려면 우선 내 발등에 떨어진 불똥부터 꺼야 했다. 9와 3213. 그리고 망각의 미스터리.

"요새 많이 바쁘다며?"

진희가 물었다.

"어, 요새 많이 바빠. 누구 때문에……."

말에 뼈를 심어 대꾸했다.

"그래? 앞으로 더 바빠질 텐데 큰일이네."

돌아온 대답에도 은근한 뼈가 있었다. 그 애가 살며시 다가들더니 내 귓가에 속삭였다. 첫 번째 소원을 빌던 그 날처럼…….

"이제, 마지막 소원을 빌 시간이야."

심장이 멎는 듯했다. 예상치 못했던 역습이었다.

"그게 무슨 소리야?"

내가 되묻자 진희가 싱긋 웃었다.

"아, 내가 깜빡하고 말 안 했나? 한 번 소원을 빌었으면 끝을 봐야 한다고……."

눈앞의 마녀를 노려보았다. 마녀는 눈웃음으로 화답했다.

"내가 거부하면, 그땐 어떻게 되는데?"

묻고 아차 싶었다. 이런 상황을 이미 겪었으면서…….

"몰라서 묻는 건 아니지?"

"어, 몰라서 묻는 거야."

내가 시치미를 떼자, 진희가 내 어깨를 툭 치며 한쪽 눈을 찡긋했다.

"다 알면서, 약간의 페널티…….."

* * *

"어디야?"

내가 전화기에 대고 묻자, 나은이가 대꾸했다.

— 가는 중.

심드렁한 말투였다.

"정확히 어디쯤인데?"

마음이 급하니 언성이 절로 높아졌다.

— 아, 상봉사거리 다 왔어. 친구랑 시내 나간다니까, 왜?

"언니랑 병원 같이 가자고 했잖아."

절반은 사실이었고 절반은 핑계였다.

— 현민 오빠랑 같이 가면 되지. 둘이 데이트도 할 겸…….

현민이는 지금 곁에 없었다. 외할아버지께서 위독하다는 연락을 받고 조퇴했기 때문이었다. 잘은 몰라도 할아버지 또한 현민이네 엄마의 죽음으로 충격과 상심이 컸을 터였다. 조퇴하면서도 연신 나를 돌아보는 현민이의 얼굴이 어두웠다.

'괜찮아, 난……. 얼른 가.'

현민이에게 입 모양으로 말하며 억지로 웃어 보였다. 차라리 곁에 없는 편이 나았다. 함께 있으면 든든하기야 할 테지만…….

사거리에 서서 나은이가 탄 택시를 기다렸다.

— 차라리 니가 데리러 가는 편이 나았겠다.

그 말이 맞았다. 발을 동동 구르며 기다리던 중, 도로 맞은편에 택시 한 대가 서고 아이 하나가 내렸다. 나은이였다.

횡단보도 앞에 선 그 애가 나를 발견하고 손을 흔들었다. 말은 그래도 밖에서 언니를 만나니 반가운 모양이었다. 나도 안도감에 손을 흔들었다. 횡단보도 신호등에 녹색불이 들어왔다.

"언니이!"

나은이가 횡단보도를 팔랑팔랑 뛰었다.

"거기 가만있어. 언니가 갈게."

그렇게 외치며 내가 막 발을 내딛는데 나은이가 휘청 중심을 잃고 도로 한복판에 꽈당 고꾸라졌다. 발목을 잡을 장애물도 없었고, 발걸음이 꼬이지도 않았다. 투명한 돌부리가 도로 위로 불쑥 튀어나온 듯했다. 아스팔트에 주저앉았던 나은이가 막 몸을 일으키려던 순간, 신호를 위반하고 과속으로 달려온 승용차 한 대가 나은이에게 달려들었다.

"안 나은!"

나은이가 나를 바라보았다. 마스크맨이 목에 칼을 들이댔던 날보다 더 간절하고 서글픈 눈빛이었다. 내가 횡단보도를 건넜어야 했다. 혼자 달려오게 놔두지 말았어야 했다. 부질없는 후회와 끔찍한 충격, 서늘한 공포가 거대한 발톱이 되어 나를 갈가리 찢어발겼다. 그 자리에서 피 대신 화가 솟구쳤다.

"나은아!"

쭉 내뻗은 내 손끝이 닿지 않는, 닿기에는 너무 멀리 떨어진 나은이를 향했다. 내가 제아무리 빠르게 몸을 던진다 해도 제

때 그 애를 구할 수는 없을 터였다. 승용차가 나은이를 덮쳤다.

"안 돼!"

차가 나은이를 집어삼키는 광경이 슬로비디오로 눈앞에 펼쳐졌고, 아무 소리도 들리지 않았다. 그때 투명한 전봇대라도 들이받은 듯 승용차의 꽁무니가 번쩍 들렸다. 범퍼가 박살 나며 파편이 사방으로 튀었다. 보닛도 몇 겹으로 우그러들었다. 거미줄 같은 금이 그어지던 앞 차창이 펑 터졌다. 꽁무니를 치켜든 차체가 아예 허공에 붕 떠올라 지면과 직각으로 곤두섰다. 승용차와 거의 맞닿은 자리에서 그 광경을 올려다보는 나은이가 보였다. 물구나무를 서듯 곤두섰던 차가 거꾸로 뒤집혔다. 차는 바로 앞에 주저앉은 나은이의 정수리를 스치듯 비껴 아스팔트를 긁고 지나갔다. 이윽고 차가 멈췄다.

승용차의 바퀴가 헛돌고 느려졌던 시간의 흐름이 원래 속도를 되찾았다.

아무것도 들리지 않았던 귀에도 사람들의 탄성과 비명이 쏟아져 들어왔다.

"안나은!"

눈물범벅으로 앞이 보이지 않았지만 무작정 그리로 내달았다. 뒤집힌 차가 내뿜는 연기로 주위가 자욱해졌다. 연기를 헤치며 내달았다. 제발, 제발…….

"나은아!"

대답이 없었다. '제발'과 '혹시'가 엇갈리는, 피 말리는 순간이 흘러갔다. 연기를 헤치고 들어선 한복판에 쓰러진 나은이가 보였다.

"나은아! 안나은!"

사방이 파편과 유리 조각 천지인데도 그 애 주변은 보호막이나 차단막이라도 덮인 듯 말끔했다. 차는 그 애의 털끝 하나 건드리지 못했다. 샅샅이 살폈지만 역시 멀쩡했다.

"언니, 여기가 천국이야, 지옥이야?"

부스스 눈뜬 나은이의 물음에 눈물이 왈칵 쏟아졌다.

"천국도, 지옥도 아니야."

간신히 그 말만 내뱉고 그 애를 부둥켜안으며 목 놓아 울었다. 안도감과 설움이 뒤섞인 통곡 끝에 진희가 눈웃음을 지으며 했던 패널티에 대한 경고가 되살아났다. 더불어 그 약간의 페널티가 무엇인지도 또렷이 기억났다. 나에게 가장 소중한 사람이 죽을 거라는…….

금세 구급차가 도착했고, 그 차로 근처 병원에 가면서도 진희의 말이 달팽이관에 똬리를 튼 듯 맴돌았다. 오늘 사고도 내가 소원 빌기를 거부했기 때문에 생긴 '약간의 페널티'가 아닐까. 고개를 세차게 내저었다. 하지만 진희의 마수에 걸려든 내내 '설마'는 줄곧 '역시'로 뒤바뀌었다. 우연의 일치 따위는 없었다. 이 잔혹한 벼랑 끝에서 내가 택할 선택지라고는 단 두 가지뿐이었다.

진희와 맞서거나 진희에게 세 번째 소원을 빌거나.

＊ ＊ ＊

정밀검사 결과, 나은이에게는 이상이 없었다.

— 거 봐, 내가 괜찮을 거라고 했잖아.

백팩 속에서 혜정이가 나를 다독였다. 이 순간에는 그 말도 적잖은 위안이 되었다.

— 그건 그렇고 드디어 안나린 포텐이 터졌나 본데?

"왜?"

— 아까 사고 때 말이야. 니가 손을 쫙 뻗으면서 '안 돼!' 그러니까 차가 붕! 빙그르르 꽝! 완전 영화.

"네가 한 거 아니었어?"

— 내가 그 정도를 할 줄 알면 진희 고년부터 아작냈지. 너야, 너. 니 염력은 급박한 상황에 너도 모르게 나온다는 데에 내 오르골과 고깔모자를 건다.

"그런가……."

심하게 다친 사람은 신호를 위반하고 내달렸던 승용차 운전자였다. 듣기로는 갈비뼈 다섯 대가 부러졌고 머리와 어깨도 다쳤다고 했다. 안전벨트를 하고 에어백까지 터졌기에 망정이지, 자칫했으면 죽었을지도 몰랐다.

— 평생 소변줄 차고 반신불수로 살면서 '아아, 내가 왜 그따위로 운전했을까.' 하고 병원 침대 치며 후회해 봐야지. 그런 인간은 운전면허를 아예 말소해 버려야 해. 그 인간, 혹시 마스크맨 아냐?

혜정이의 말에 혹시나 싶어 알아보려 했지만, 운전자가 실려간 병원이 우리와 달라 알아보기가 어려웠다. 사고 보상 처리를 하다 보면 알게 될 테니 기다리기로 했다. 만에 하나, 그가 마스크맨이었다면 차라리 잘된 일이었다. 적어도 앞으로는 우리에게 어떤 테러도 못 할 테니까.

나은이는 세 시간도 채 못 되어 자리를 털고 나왔다. 담당 의사도, 나도 뜯어말렸지만, 막무가내였다.

"진짜 괜찮아. 내가 워낙 튼튼 체질이잖아. 이거 봐."

나은이가 팔을 들더니, 있지도 않은 알통까지 만들어 보였다.

"병원이 내 체질도 아니고……. 아휴, 응급실 와서 보니까, 없던 병도 생기겠어."

"병원 체질인 사람도 있니? 교통사고는 모르는 거야, 후유증이 몇 달 있다가도 나오는데……."

"좀 이상하다 싶음 그때 다시 오면 되지. 검사 결과도 전혀 이상 없다며?"

"교통사고는 정밀검사도 못 믿어."

"됐고, 떡 본 김에 고사 지낸다고 병원 온 김에 언니 신경정신과 상담이나 받아 봐."

그러고 보니 작년 교통사고 이후로 줄곧 외상 후 스트레스 장애 치료를 받았던 데가 바로 이 병원의 신경정신과였다.

* * *

"혹시 외상 후 스트레스 장애 때문에 기억이 지워지기도 하나요?"

의사는 내 질문에 씩 웃었다.

"외상 후 스트레스 장애의 증상은 크게 세 가지로 나타나. 첫째가 재경험. 그 사건이 자꾸 머릿속에서 반복되는 거지. 잊고 싶어도 자꾸만 생각나고 꿈에도 나오고 그럴 때마다 괴롭고…… 둘째로 회피. 그 사건이 일어난 장소를 피하고 싶고 사건이랑 관련된 생각이나 대화는 아예 안 하려고 피하는 거야. 세 번째는 과잉 각성. 자기가 항상 위험하다고 느끼는 거야. 신경도 날카로워지고 화도 잘 내고 잠도 못 자고……."

"그럼 기억이 지워지는 증상은 없는 건가요?"

"망각이 두 번째 회피 증상에 들어가긴 해. 그 경우는 대개 외상과 관련된 부분을 잊어버리는 경우지. 그 지워졌단 기억이 뭔지 선생님이 물어봐도 될까?"

"제가 사고 전까지 썼던 전화번혼데요, 그 번호가 제 번호였는지 전혀 모르겠어요."

"글쎄……. 나린이 네가 그 번호를 사고와 밀접하다고 인식했다면 번호가 기억나지 않는 증상도 회피 증상으로 봐야 하지 않을까."

그 전화번호가 크리스마스의 사고와 밀접하게 관련되었다? 한낱 전화번호를 엄마 아빠의 교통사고와 관련되었다고 여길

리 있을까.

"혹시요, 그때 제가 받았던 치료 때문에 당시 사고와 관련된 기억이 지워졌을 가능성도 있을까요?"

PTSD로 괴로워할 즈음, 한 달에 여섯 번씩 EMDR이라는 치료를 받았다. 안구운동 민감소실 및 재처리 요법이라는 치료였는데, 막상 받아 보니 별것 없었다. 눈앞에 한 일(一)자로 기다란 기계를 눈앞에 세워놓는데 거기에 일렬로 달린 수십 개의 초록색의 작은 전구가 달려 있었다. 전구에 불이 좌우로 왔다 갔다 들어오는데 그 불빛을 따라 눈동자를 움직이며 상담받는 치료였다. "뇌의 자연치유기능을 이용해 견디기 힘든 기억을 견딜 만한 기억으로 처리해 주는 치료법이야. 렘수면 알지? 눈동자가 좌우로 움직이는 수면이라는 뜻인데 그때 우리 뇌가 나름대로 머릿속의 기억을 정리한다고 해. 거기서 착안한 치료법이지." 그때 의사는 그렇게 EMDR을 설명했다.

"네가 받았던 EMDR은 불필요한 기억을 정리하는 치료법이었어. 나쁜 기억을 일상생활에 지장을 주지 않는 기억으로 바꿔 주지, 기억 자체를 지우진 않아."

EMDR이 내 기억에 미친 영향은 없다는 말이었다. 내가 전화번호를 기억하지 못하는 이유는 의사의 말대로 회피 증상에 불과한지도 몰랐다.

— 안나린, 우리 기억은 믿을 게 못 돼. 난 죽기 몇 달 전까지 킹크랩이나 홍게 같은 갑각류를 못 먹었다니까. 어릴 때 내가 꽃게 먹고 두드러기 때문에 죽을 뻔했거든. 근데 알고 보니 갑

각류 알레르기가 있는 사람은 내가 아니라 우리 엄마였던 거 있지. 어릴 때 엄마가 해 줬던 말을 내가 겪은 걸로 기억하고 평생 그 맛있다는 대게 한번 못 먹었단 거, 믿어져?

상담실을 나오는 내게 백팩 속 혜정이가 털어놓았다. 어쩌면 맞는 말인지도 몰랐다.

"괜찮대?"

대기실에서 기다리던 나은이가 물었다.

"어, 그냥 후유증 때문이래."

"아, 다행이다. 난 또 나 땜에 언니가 맨날 맘고생해서 이상이라도 생긴 줄 알고 엄청 걱정했잖아. 자, 받아."

나은이가 내게 갈색 구슬 같은 덩어리를 내밀었다.

"뭐야, 이게?"

"청심환. 우리 사이좋게 반반씩 먹고 놀란 가슴 가라앉히자고 약국 가서 사 왔지. 아 해."

청심환을 반으로 쪼개더니 반쪽을 내 입에 넣어주었다.

"꼭꼭 씹어서 꿀걱 삼켜. 아이고, 내 새끼, 잘도 먹네. 맛있쩌? 담에 또 사줄게."

그 애가 아이 달래는 엄마처럼 내 엉덩이를 통통 두드렸다. 그랬던 그 애가 병원을 나서면서는 내 팔짱을 끼며 혀 짧은 목소리로 어리광을 부렸다.

"언니이, 나 배고팡. 맛있는 거 사주랑."

이럴 때 보면 또 영락없는 어린애였다.

"그래, 오늘은 이 언니가 쏘마. 뭐 먹을래?"

— 난 킹크랩!

백팩 속의 혜정이가 외쳤다.

"쟁반해물짜장 콜?"

"그래, 쟁반해물짜장 받고 탕수육까지 콜!"

기분 좋게 외치면서도 찜찜했다. 만에 하나, 오늘 나은이가 겪은 사고가 '약간의 페널티'였다면 언제 또 제2, 제3의 사고가 이어질지 몰랐다.

마음을 다잡으며 속으로 중얼거렸다.

'좋아, 어디 해 볼 테면 해 봐.'

* * *

— 지금 무연타워 옥상으로 와 줄 수 있어?

저녁을 먹고, 택시를 타고 돌아오던 길에 현민이의 카톡을 받았다.

— 왜? 무슨 일 있어?

— 어, 중요한 일

잠시 고민했다. 외할아버지가 위독해져서 조퇴까지 했던 녀석이 이렇게 불러낼 정도면 분명 중대한 일이었다. 등굣길에 보여 줬던 블랙박스 동영상이 마음에 걸리기도 했다. 현민이도 무연타워 옥상에서 밑을 보다 호루스의 눈을 발견했는지도 몰랐다.

"나은아, 넌 문 꼭꼭 잠그고 집에 있어. 언니, 일이 있어서 그런데 금방 갔다 올게."

"왜 또? 나 혼자 무섭단 말이야."

"미안해. 현민이가 잠깐 보재."

현민이의 이름을 듣고서야 그 애는 마지못해 고개를 끄덕였다. 집 앞에 그 애를 내려주고 그길로 택시를 돌려 무연타워로 갔다.

— 아, 걔는 왜 또 이 야밤에 여기까지 오라고 난리래냐? 나도 나름 바쁘신 몸인데 말이야.

혜정이의 불평을 들으며 엘리베이터를 타고 13층으로 향했다. 옥상으로 가려면 13층의 스카이라운지 레스토랑을 지나 따로 계단을 통해야 했다. 레스토랑도 문 닫은 시각이라 계단으로 가는 길은 어둡고 으슥했다.

— 와, 으스스한 게 분위기 죽이네. 귀신 나오겠다, 야. 귀신 잡는 해병대 나온 우리 삼촌이라도 데려올걸. 아, 그럼 나를 잡으려나?

혜정이의 농담에도 웃을 수가 없었다. 내 신경은 온통 현민이에게로 쏠려 있었다. 계단을 오르자, 옥상으로 통하는 문이 나왔다. 문을 밀자 녹슨 철문이 신음하며 열렸다. 널찍한 옥상이 눈앞에 펼쳐졌다. 화려한 스카이라운지와 달리, 조명도 제대로 없는 옥상이라 어두컴컴했다. 초여름인데도 높은 데라 서늘한 바람이 불었다.

— 안나린, 어째 감이 안 좋다. 그냥 가면 안 될까?

이왕 여기까지 왔으니 현민이의 얼굴은 보고 가야만 했다.

그런데 현민이는 옥상 어디에도 없었다. 그때 등 뒤에서 철문이 쾅 닫히는 소리가 났다.

"깜짝이야!"

화들짝 놀라 주위를 살폈다. 바람이 분다고는 해도 철문이 닫힐 만큼 거세지는 않았다. 그렇다면 둘 중 하나였다. 누가 계단 안쪽에서 문을 닫았거나. 손대지 않고도 문을 닫을 줄 아는 사람이 여기 있거나.

물탱크를 얹은 콘크리트 구조물 옆으로 시커먼 사람 그림자가 서 있었다.

"누구야."

적어도 현민이는 아니었다. 그렇다고 하기에는 키가 작은 편이고 몸의 윤곽도 날씬했다.

— 함정이야, 안나린!

그림자가 그늘 밖으로 손을 불쑥 내밀었다. 그제야 상황을 알아차리고 어떻게든 방어를 해 보려 했지만, 너무 늦었다. 미처 손을 쓰기도 전에 몸이 붕 떠올랐다. 보이지 않는 크레인에 와이어를 연결해 나를 허공에 띄운 듯했다. 내 몸이 포물선을 그리며 옥상을 날았다. 눈앞이 어지럽게 휘돌았다. 옥상 바닥과 밤하늘과 옥상 난간 너머의 풍경이 만화경처럼 한데 뒤섞였다.

— 난간!

13층 아래로 떨어지기 직전, 한 손으로 난간을 턱 붙들고 대롱대롱 매달렸다. 보이지 않는 힘이 난간을 붙든 내 손가락마저 하나하나 펴기 시작했다.

— 안나린, 어떻게 좀 해 봐.

혜정이가 외쳤지만, 어떻게 해 보기도 전에 손에서 힘이 빠져나갔다. 손끝이 난간에서 떨어지고 내 몸이 수십 미터 허공에 떠오른 순간, 난간 너머에서 동준이가 불쑥 나타나 내 손을 턱 붙들었다.

"정동준……."

안도감도 잠시 난간에 배를 걸친 녀석이 나를 끌어올리려던 순간, 녀석의 몸마저 붕 떠올랐다. 보이지 않는 힘이 녀석의 다리를 붙들어 내팽개쳤다. 우리는 수십 미터 아래로 곤두박질하기 시작했다. 눈앞에서 난간이 사라지면서 동준이가 난간을 붙들지도 모른다는 희망마저 함께 사라졌다.

— 포기하지 마, 안나린!

'포기를 안 하면 뭐! 어떡하라고!'

— 뭐든 해 봐야지!

무시무시한 바람이 갈퀴를 세우고 온몸을 할퀴는데도 동준이는 내 손을 꽉 붙들고 놓지 않았다. 죽음을 각오한 듯했다. 손바닥만 했던 주차장의 차들이 순식간에 커지며 다가들었다. 어지러운 광경과 아찔한 속도감이 또 한 번 기시감을 불러일으켰다. 분명 언제인가 이런 기분을 느껴본 적이 있었다.

— 염력! 염력!

혜정이의 외침이 다급해졌다. 나도 어떻게든 이 거침없는 곤두박질을 멈추고 싶었다. 하지만 염력을 내 마음대로 제어할 만한 단계가 아니었다. 게다가 염력은 다른 사물을 움직이는 능력이었지, 나를 공중에 띄우는 능력은 아니었다. 주차장의 차들이 눈앞에 다가들었다. 그때 나를 옥상에서 밀어냈던 힘에 생각이 미쳤다. 나를 옥상 너머로 날려버릴 정도로 염력이 강력하다면, 그 힘을 나도 발휘할 수만 있다면…… 번뜩, 머릿속에 섬광이 스쳤다. 저 너머의 저수지를 보았다. 동준이에게로 손을 뻗으며 다섯 손가락을 쫙 펼쳤다. 주차장 바닥이 코앞으로 다가들었다.

— 안나린!

혜정이가 비명에 가깝게 절규했다. 온몸의 기를 모아 내질렀다. 뜨겁고 사나운 폭풍이 손끝에서 터져나갔다. 동준이의 몸이 다리부터 뒤로 홱 떠밀렸다. 녀석과 이어진 내 몸도 따라 방향을 틀었다. ㅅ자를 이루던 우리의 몸이 한 일 자로 펴졌다. 맞잡은 손을 더욱 꼭 붙들었다. 녀석을 놓치면 그대로 끝장이었다. 직각에 가까웠던 낙하 방향이 비스듬히 꺾였다. 우리는 윙슈트 비행을 하듯 주차장의 차들을 스칠 듯 수평에 가까운 방향으로 날았다. 13층에서 떨어지며 가공할 가속도가 붙었기에 가능한 일이었다.

"으아아아아!"

온 힘을 다해 녀석에게 기운을 쏟아냈다. 저수지가 다가왔다. 가로수 가지가 발목을 스쳤고 잔디밭이 코앞을 휙휙 지나갔다. 울타리가 시야에 들어온 순간, 온몸의 힘이 바닥났다. 저수지 수면에 어깨를 부딪혔다. 손을 놓쳤다. 몸이 물수제비뜬

자갈처럼 수면 위를 통통 튕기며 뱅그르르 휘돌았다. 나보다 앞서 수면 위로 나가떨어지는 동준이가 언뜻 보였다. 이윽고 몸이 물속에 사선으로 내리꽂혔고 무수한 물거품이 얼굴을 스쳤다. 주차장 바닥에 추락하는 불상사는 어찌어찌 피했지만 저수지 밑바닥으로 가라앉는 불상사는 피할 힘도, 길도 없었다.

'나은아, 미안해. 먼저 가는 못난 언니를 용서해 줘.'

눈을 감았다.

— 안나린!

혜정이의 외침이 들려왔지만 대꾸할 여력도 없었다. 이만 쉬고 싶었다. 진득한 어둠이 나를 집어삼켰다. 까무러치기 직전, 진희의 목소리를 들었다.

'소원이 뭐야?'

몸이 서서히 떠오르는 느낌이 들었다. 아니, 떠오르는 것은 형체 없는 나였다. 물 밑으로 가라앉는 내 몸이 보였다. 등에 멘 백팩과 겹쳐진 혜정이도……. 혜정이가 나를 올려다보며 뭐라고 외치는 듯했지만 들리지 않았다. 그리로 헤엄쳐 다가가는 동준이를 보았다. 대단한 녀석이었다. 무엇이 녀석에게 목숨을 걸게 했을까. 광적인 집착일까, 아니면 사랑일까. 뭐든 상관없었다. 여기서 그만하고 싶었다. 그대로 돌아서는 기분은 홀가분했다. 물 밖으로 빠져나오니 밖은 훤했다. 위쪽에서 나를 내려다보는 거대한 존재가 보였다. 테두리가 금빛으로 빛나고 가운데에 박힌 눈동자가 태양의 흑점처럼 검은 눈. 그 눈알이 나를 노려보았다. 호루스의 눈이었다.

'그래, 너였구나. 내 일거수일투족을 지켜보는 괴물이…….'

그때 어떤 힘이 뒤에서 나를 끌어당겼다. 돌아보았다. 어느새 잔디밭에 누운 내가 보였고 그 옆에 무릎을 꿇고 심폐소생술을 벌이는 동준이의 뒤통수가 보였다. 두 손을 모아 내 가슴 사이를 압박하던 녀석이 내 입에 숨을 불어넣었다. 강력한 힘이 나를 빨아들였다.

목구멍과 입에 가득했던 물을 쿨럭 토해내며 눈을 떴다. 동준이의 얼굴이 다시 다가들더니 내 입술에 입을 맞췄다. 어깨를 떠밀었지만, 녀석은 입을 맞춘 채 꿈쩍도 하지 않았다. 고의였다. 내가 깨어난 줄 뻔히 알면서 일부러 하는 짓. 이를 악물고 녀석의 어깨를 그러쥐었다. 새 발의 피만큼 남은 기운으로 녀석을 떠밀자, 이번에는 동준이도 순순히 밀려났다.

— 잘했어, 안나린. 저런 음흉한 놈은 아주 그냥 화학적 거세를 해 버려야 해.

그러고 보니 아직도 내 등에는 혜정이가 담긴 백팩이 매달려 있었다. 혜정이도 무사하니 천만다행이었다. 백팩을 어깨에서 떼어 옆에 내려놓고 벌렁 드러누웠다. 한동안 그렇게 밤하늘을 올려다보았다. 염력이 체력을 엄청나게 잡아먹는 일이라는 사실만은 분명해졌다. 옥상에서 바닥으로 추락하던 몇 초 동안 수명이 1년은 줄어든 듯했다.

— 미세먼지 때문인가 별 하나 안 보이네.

지퍼 틈으로 얼굴을 내민 혜정이가 한탄했다. 그 말이 맞았다. 내 신세에 걸맞게 밤하늘도 시커멓기만 했다. 한참 숨을 고른 끝에 간신히 일어나 앉았다. 무연타워 쪽을 올려다보니 우리가 떨어진 옥상에서는 고양이 그림자 하나 없었다. 우리를 옥상 난간 너머로 내던진 장본인은 벌써 꽁무니를 내뺀 모양이었다.

— 그 개년, 분명히 진희야.

내 생각은 달랐다. 교복의 윤곽밖에 못 보았지만, 평소 진희의 공격 양상과는 묘하게 달랐다. 그 애는 안 보이는 데에서 나를 해코지했지, 이렇게 대놓고 나를 죽이려 들지는 않았다.

내가 아는 한, 내 주위에 염력을 쓸 줄 아는 아이는 단둘뿐이었다.

진희와 영미.

다만, 무연타워 옥상에서 보자는 카톡을 보낸 사람이 현민인데 정작 녀석은 나타나지 않고 엉뚱한 제삼자들이 나타났다는 점이 못내 마음에 걸렸다.

"괜찮아?"

동준이가 물었다. 13층에서 떨어진 것치고 괜찮은 수준이었다.

"너 때문에 안 괜찮아, 매우."

"난 괜찮아."

— 안 물어봤거든? 이 발정 난 놈아!

"어떻게 한 거야?"

동준이의 물음에 되물었다.

"너야말로 어떻게 온 거야? 여기까지……."

"진희가……."

"진희가 뭐? 내가 무연타워 옥상에서 현민이 만날 거니까 가 보라고 알려줬어?"

"어? 어."

동준이의 태도가 어쩐지 석연치 않았다.

"아 쫌! 진희 핑계 좀 그만 댈래? 너, 뭐 있지?"

"뭐가?"

"넌 나한테 무슨 일이 있을 때마다 귀신같이 그 장소에 나타 났어. 그때마다 진희가 알려줬다고 그랬고. 근데 오늘은 내가 여기 온 걸 진희가 알았어도 알려줄 명분이 없어. 이제 좀 솔직 하게 말해……."

"솔직하게 말한 건데? 넌 그거 어떻게 한 거야?"

'그거'라 함은 염력을 말하는 듯했다. 솔직히 내가 어떻게 그 런 엄청난 힘을 냈는지 나도 잘 몰랐다.

"혜정이가 가르쳐 줬어."

반은 사실이었다. 동준이가 한숨을 내쉬었다.

"너 구하느라 죽을 뻔한 마당에 또 개 얘길 해야겠냐?"

— 내 얘기가 뭐 어때서? 진희 고년 얘기보다야 백배 천배 낫지. 그리고 너 아니었어도 나린인 살았어. 왜? 이제 포텐 터 졌거든.

"왜, 죽을 뻔해서 억울해? 혜정인 죽었어. 니가 혜정이 추모 공원에라도 가서 개한테 한 짓 진심으로 반성하고 사죄 안 하 면 난 너랑 마주칠 때마다 혜정이 얘기할 거야."

— 잘한다, 안나린! 근데 이상하게 슬퍼지네.

"관두자."

동준이가 자리에서 일어나 절뚝거리며 주차장 쪽으로 걸어
갔다. 떨어지던 중에 다리라도 다친 모양이었다. 여기까지 달
려와 목숨을 걸고 나를 구하려 했던 녀석이 고마우면서도 한
편으로는 원망스러웠다. 도대체 뭐 그리 숨기는 게 많은지 원.
내가 자리에서 일어나려 하자 혜정이가 말렸다.

— 놔 둬. 저 정도론 안 죽어. 에이, 저거 다리라도 뚝 부러졌
어야 쌤통인데…….

동준이가 탄 모터사이클이 주차장을 빠져나갔다.

— 하이고, 뭐 뀐 놈이 성낸다더니……. 그깟 일로 삐치
긴……. 그리고 진작 정신 차린 애한테 왜 자꾸 입을 맞추고 지
랄이냐고. 전자 발찌를 차 봐야 정신 차리지.

혜정이가 투덜대는 소리를 들으며 자리에서 일어나는데, 승
용차 한 대가 급히 내달려오더니 주차장에 급정거했다. 차에
서 내린 현민이가 나를 발견하자 달려왔다.

"어떻게 된 거야? 괜찮아?"

"너야말로 어떻게 된 거야?"

현민이의 얼굴에 당황한 기색이 어렸다.

"어? 무슨 말이야?"

"나한테 톡했잖아, 너. 급한 일이니 무연타워 옥상에서 보자
고. 그런데 왜 이제야 나타나?"

"난 너한테 톡한 적 없어."

"없어? 그럼 이건…….."

무심코 물이 뚝뚝 떨어지는 전화기를 만지고서야 침수됐다는 사실을 깨달았다. 현민이에게 손을 내밀며 말했다.

"네 전화기 이리 줘 봐."

"내가 너한테 정말 톡을 보냈어?"

"너 아니었으면 내가 왜 이 시간에 여기까지 와서 이 봉변을 당했겠어?"

"맹세하는데 난 톡 보낼 시간이 없었어."

"그럼 여긴 어떻게 알고 찾아왔어?"

"톡해도 답장 없고 전화를 해도 안 받아서 위치추적했어."

"네가 경찰이야, 119야? 위치추적을 어떻게 해?"

"루트가 있어."

현민이가 우리나라에서 손꼽는 재벌의 외손자이며, 돈이면 뭐든 할 수 있는 세상이라는 사실을 깜박했다. 현민이가 주머니에서 제 스마트폰을 꺼내어 내밀었다. 전화기를 받아들고 카카오톡부터 살폈다. 정말이었다. 현민이가 내게 보낸 톡은 내가 이미 출발한 뒤에 보낸 것이었다. 보내놓고 삭제하면 그만이긴 했지만 현민이가 그런 일을 해 놓고 시치미 뗄 애는 아니었다. 어쩌면 카톡 본사에는 기록이 남아 있을지도 몰랐다.

"네가 말한 루트 말이야. 혹시 카톡에도 있어?"

현민이가 고개를 끄덕였다.

누군가와 한참을 통화한 현민이가 전화를 끊고 내게 말했다.

"찾아봤는데 본사 서버에는 내가 너한테 무연타워에서 보자고 한 기록이 남아 있대."

"서버엔 그 기록이 남아 있고, 넌 보낸 적이 없고⋯⋯."

"그렇지."

"누가 니 전화기를 해킹했을 가능성도 있지 않나?"

"글쎄, 난 카톡 PC버전은 쓰지도 않는데⋯⋯."

"여태 너 어디에 있었는데?"

"할아버지 병원."

"그 병원에서 폰을 놔두고 자리를 비운 적 없어?"

"없어."

그렇다면 혹시⋯⋯. 전화기를 잔디밭에 내려놓았다. 몇 발짝 뒤로 물러나며 심호흡했다.

"뭐해?"

현민이가 물었다. 대답하지 않고 손을 전화기 쪽으로 뻗어 손끝으로 기운을 끌어모았다. 서서히 손끝이 뜨거워지기 시작했다. 기운이 뻗어 나가는 듯했다. 멀찌감치 떨어진 전화기에 손끝이 닿는 느낌이 들었다. 하늘이 보이게 손바닥을 눕히고 손끝을 위로 까딱였다. 전화기가 부르르 떨리더니 조금씩 허공으로 떠오르기 시작했다. 내 눈높이까지 전화기가 떠오르자, 검지를 까딱여 전원 버튼을 눌렀다. 액정이 켜졌다. 또 한 번 검지를 까딱여 배경화면의 카카오톡 아이콘을 터치했다. 메신저가 화면에 떴다. 나와의 대화 창을 불러와 입력 칸을 눌렀다. 액정에 떠오른 자판에 대고 한 자 한 자 입력하기 시작했다. 버튼을 누르자 내가 염력으로 입력한 단어가 전송되었다.

각성.

17. 세 번째 소원

"그만."

현민이가 외치는 바람에 집중력이 흐트러졌다. 전화기가 허공에서 위태롭게 흔들렸다.

"그만해!"

현민이가 버럭 고함을 질렀다. 화들짝 놀라 전화기를 떨어뜨렸다. 전화기가 잔디밭에 맥없이 떨어져 나뒹굴었다. 어안이 벙벙해졌다. 아까 동준이는 '그거 어떻게 한 거야?'라고 물었고 현민이도 비슷한 반응일 줄 알았다. 그런데 예기치 않았던 반응이었다. 현민이가 지켜보는 앞에서 굳이 염력을 쓴 이유는 반응을 보려는 의도였다. 친구가 염력을 부리는 광경을 봤을 때 평범한 고등학생이 보일 법한 반응은 몇 가지였다. 깜짝 놀라거나, 신기해하거나, 겁을 먹거나. 하지만 현민이의 반응은 어디에도 해당되지 않았다.

"뭘 그만해?"

현민이에게 되물었다.

"몰라서 묻는 거야?"

현민이의 눈길이 잔디 위의 전화기에 잠시 머물렀다가 내게로 돌아왔다.

"어, 진짜 몰라서."

"염력…… 말이야. 왜 각성했어?"

원망 조였다.

— 하, 누가 들으면 사람이라도 죽인 줄 알겠네.

나도 현민이의 입에서 '각성'이란 단어가 나올 줄은 몰랐다. 전화기에 그 단어를 입력한 사람은 나였지만 우리 둘이 마주 보고 있는 탓에 현민이는 내가 입력한 화면을 볼 수 없었다. '염력'과 '각성'을 하나의 고리로 엮으려면 그 둘의 공통분모를 알아야만 했다.

— 안나린, 쟤 분명 뭔가 알고 있어, 틀림없이…….

혜정이가 나직이 속삭였다. 내 생각도 같았다.

"왜 각성했냐니……. 이게 각성인지 너도 알고 있었다는 말이네?"

보란 듯이 잔디 위의 전화기 쪽으로 다시 손을 뻗었다. 현민이의 말대로 내가 각성했다는 사실만은 분명했다. 이제야 비로소 염력을 어떻게 구사해야 하는지 감이 왔다. 손끝이 내 뜻대로 쭉 늘어나는 느낌이었다. 손끝이 전화기에 가 닿는 느낌이 들자 그 물건을 집어 드는 기분으로 손을 들어 올렸다. 전화기가 다시금 허공에 떠올랐다. 손을 휘둘러 현민이에게로 전화기를 날렸다. 현민이가 제 눈앞으로 휙 날아온 전화기를 붙잡았다. 여전히 놀라는 기색도 없었다.

기분이 묘해졌다. 절체절명의 위기를 몇 번이나 넘기고서야 염력을 제대로 부리게 된 데서 오는 기쁨과 현민이의 석연치 않은 반응에서 오는 의심이 엇갈렸다.

"말해 봐. 지금 네가 이렇게 정색하는 이유가 뭔지……. 염력이 각성이라는 걸 어떻게 아는지……. 내가 왜 각성하면 안 되는지……."

내가 따졌지만, 현민이는 입을 봉해 버렸다.

─ 쟤도 어지간하다. 이건 뭐, 불리한 것만 물어봤다 하면 셧더 마우스네.

이번에는 혜정이의 말에 전적으로 공감했다.

"모현민, 내가 누누이 말해놓고 번번이 실천은 못 했는데 이젠 진짜 그만하자. 너랑 무슨 얘길 하겠니. 말하기 싫으면 하지 마. 대신 앞으로 절대 내 일에 상관 마, 다시는."

그러자 현민이가 겨우 입을 뗐다.

"내 말은…… 괴물들하고 싸우려고 굳이 괴물이 될 이유까지 있느냔 말이야."

"괴물? 염력 쓰면 괴물이 되는 거야? 좋아, 그렇다 쳐. 그런데 이렇게라도 안 하면 내가 뭘 어떻게 해야 해? 오늘 나은이, 내가 염력 안 썼으면 차에 치여 죽었어. 알아?"

현민이의 눈빛이 눈에 띄게 흔들렸다.

"내 꼴 보이지? 내가 어쩌다 이렇게 됐는지 알기나 해? 네 카톡 받고 저 옥상까지 올라갔는데 어떤 괴물이 동준이랑 나를 옥상 밖으로 날려버렸어. 내가 염력으로 동준일 저수지까지 안 밀어냈음 우리 둘 다 주차장에 처박혀 죽었어."

"동준이랑 여길 같이 왔었어?"

"아니, 내가 난간에 매달려 있을 때 걔가 나타나서 붙잡아줬어."

현민이의 표정이 한층 더 복잡해졌다.

"옥상에선…… 누구였어?"

현민이의 전화기로 카톡을 보내고 나를 여기까지 유인해 죽이려 한 장본인? 그 괴물이 누구인지는 나도 궁금했다.

"몰라, 깜깜해서 못 봤어. 진희인지, 영미인지……. 아님 제삼자인지……."

"영미도 각성했어?"

"각성을 했는지 소원을 빌었는지는 몰라도 염력을 쓸 줄은 알더라."

현민이의 얼굴이 어두워졌다. 세 시간 후 지구가 멸망하게 된다는 소식을 들은 듯한 표정이었다.

"나린아, 지금 네가 가려는 길, 너무 위험해."

그 점잖은 경고에 헛웃음이 절로 나왔다. 생각할수록 어이가 없어서 깔깔 웃어 버렸다.

— 아이고, 배야. 너무 위험하대. 없던 복근이 다 생기겠네.

"모현민, 지금은 가만히 앉아서 숨만 쉬어도 그래. 이 순간에도 어디서 뭐가 날아올지 모르는데 그걸 몰라서 하는 말이야?

내가 각성을 안 했으면, 지금 이렇게 너하고 얘기도 못 해."

잔디밭 위의 백팩 쪽으로 손을 뻗었다. 손을 뒤집어 손가락을 까딱이자 백팩이 떠올라 내게로 날아왔다. 그 물건을 어깨에 둘러멨다.

추웠다. 초여름이었지만 물에 흠뻑 젖은 데다 밤공기가 차서 몸이 떨려왔다. 딱딱 부딪치려는 어금니를 지그시 깨물었다. 그제야 현민이가 차로 달려가더니 트렁크에서 담요를 꺼내와 내 어깨에 덮어 주었다. 담요의 온기에 한기가 대번 누그러졌지만, 담요를 벗어 현민이에게 돌려주었다.

"호의는 고맙지만 나 안 받을래."

"덮어, 감기 걸려."

"괜찮아, 진짜로."

현민이는 한사코 마다했지만 기어이 담요를 돌려주고, 주차장을 가리키며 말했다.

"저기 타이어 자국 보이지? 날 밝을 때 한번 스카이라운지에서 내려다 봐 봐. 뭐로 보이나."

그 말을 끝으로 돌아섰다.

"아침에 네가 그랬지. 이제 우린 한 배를 탔다고……. 근데 지금 보니 아닌 거 같아."

집에는 또 어떻게 가야 하나. 신세를 지고 싶지는 않았다. 버스도 끊겼고 택시 잡기도 쉬운 일은 아니었다. 도로를 오가는 차들이 있긴 했지만, 차를 얻어타자니 세상이 워낙 험해서 불안했다. 현민이의 말이 맞았다. 지금 내가 가려는 길은 너무 위험했다. 모르겠다, 어떻게든 되겠지.

— 그래, 안나린, 포텐도 터졌겠다, 까짓것 어깨 쫙 펴고 갈 데까지 가 보는 거야!

그나마 혜정이의 응원이라도 받으니 가는 길이 외롭지 않았다. 두렵기는 해도…….

"괴물들하고 싸우려고 굳이 괴물이 될 이유가 있느냐고?"

도로 쪽으로 성큼성큼 나서며 나 자신을 다잡듯 중얼거렸다.

"괴물들과 맞서 싸우려면, 괴물이 되어야 해."

* * *

"어디 갔다 인제 와?"

현관문을 열고 들어서자 거실 소파에 누워 티브이를 보며 뒹굴던 나은이가 물었다. 불과 몇 시간 전에 죽을 고비를 넘긴 아이라 하기에는 믿기지 않을 만큼 여유로웠다.

"어, 밖에 비 와? 빗소리 안 나던데……."

내 몰골을 본 나은이가 고개를 갸웃거렸다. 그 애에게 사실을 곧이곧대로 알려줄 필요는 없을 듯했다.

"더워서 분수대 들어갔다 나왔어."

"뭔 소리야, 약 먹었어?"

— 약 먹어야 할 판이다, 감기약.

혜정이가 대신 대꾸했다. 아닌 게 아니라 코끝이 시큰거리고 오한이 일었다. 그나마 운 좋게 택시를 잡아타지 않았다면 지금도 오들오들 떨며 밤거리를 헤매고 있을 터였다. 내리며 돌아보니 콜택시였다는 사실이 못내 마음에 걸리기는 했다.

— 현민이가 보낸 거야, 틀림없이. 차 타고 가면서 지네 기사한테 부탁했겠지. '무연타워 쪽으로 택시 한 대 보내세요.' 딱 보면 촉이 안 오냐.

혜정이의 추측이 맞는지도 몰랐다. 그러든 아니든 신경 끄기로 했다. 동준이든, 현민이든 내게 숨겨둔 진실을 털어놓을 때까지는 그 어떤 공조도 하지 않기로 했다. 그래 봐야 내 손해겠지만······.

"치, 하나밖에 없는 동생이 죽을 뻔했는데 이 늦은 시간까지 싸돌아다니다 분수대 입수할 정신이 있냐?"

나은이가 투정을 부렸다.

'하기는 죽을 뻔한 동생 집에 혼자 두고, 남자 연락 받자마자 눈 뒤집혀 뒤도 안 돌아보고 외진 데 갔다가 그런 일을 겪었으니 입이 108개라도 할 말이 없네. 옥상에서 108번 떨어져도 싼 인간이야, 나는.'

— 그래서 옛말에 그랬지, 신선놀음에 도낏자루 썩는 줄 모른다고.

혜정이의 말이 맞았다. 그렇게 마음을 독하게 먹고도 왜 현민이의 연락만 받으면 나도 모르게 무장해제가 되어 버리는지 몰랐다. 따뜻한 물에 씻고 방으로 돌아오자마자 침대에 드러누웠다. 기진맥진했다. 하루 동안 감당하기 벅찰 만큼 많은 일을 겪었고 죽을 고비를 넘겼다.

— 안나린, 나도 좀 드라이 좀 해 줘. 찝찝해 죽겠어. 온몸이
말 그대로 물에 젖은 솜이라니까.

백팩에서 얼굴만 내민 혜정이가 졸라댔다.

"아 몰라, 만사가 다 귀찮아."

— 나도 아까 떨어질 때 동준이 살리려고 힘을 써서 완방 됐
다니까.

"내가 애기를 키우고 말지. 하여튼 애기보다 손이 더 가."

인형을 안고 다시 욕실로 돌아가 욕조에 따뜻한 물을 받고
인형을 씻겼다.

— 아아, 살 거 같다. 아이고, 삭신이야. 처엉사아안 마루에
에…….

혜정이는 온탕에 몸을 담근 노인처럼 구성진 타령까지 불러
댔다. 방으로 돌아와 장식장 위에 놓인 헤어드라이어를 집어
들려다 그냥 침대로 돌아왔다.

— 으으, 추워. 나 감기 걸리기 전에 얼렁 말려줘.

혜정이의 재촉을 들으며 장식장 쪽으로 손을 뻗었다. 염력에
익숙해질 겸, 헤어드라이어의 코드를 콘센트에 꽂고 스위치를
켜서 인형 말리기를 전부 염력으로 했다. 그러면서 내가 몸소
배운 요령을 머릿속으로 하나하나 정리해 보았다.

하나, 움직이려는 대상이 손끝에 닿는 느낌이 들 때까지 정
신을 그쪽에 집중해야 발동한다.

둘, 염력의 강도는 대상의 무게와 크기에 반비례한다.

셋, 염력의 강도는 상황의 급박성에 비례한다. 절체절명의

상황에서는 나보다 훨씬 무거운 물건을 움직일 수도 있다.

넷, 염력의 범위는 Wi-Fi와 비슷해서 대상과 거리가 멀수록 감도도 떨어진다.

다섯, 염력의 강도는 손놀림의 약 10배에서 100배까지 불어나며 기력 소모도 그에 비례한다.

— 오, 안나린 각성하니 좋네. 이렇게 좋은데 모현민이는 왜 뭐라 했나 몰라.

"혹시 각성이 폭주로 이어질까 봐 그랬나?"

— 폭주?

"어, 「크로니클」 같은 영화 보면 염력 생긴 애들이 힘을 제어 못 하고 폭주하다 불행하게 죽고 그러잖아. 그럴까 봐 그런 건 아닐까?"

— 더 심오한 이유가 있는지도 몰라. 아까 니가 염력 쓰는 걸 보면서 놀라지도 않는 걸 보면 매번 이런 걸 봐온 애 같더라니까.

그러고 보니 그랬다. 진희와 엮이게 된 후로 내게 일어난 일들은 비일상적이고 초현실적이기까지 한 사건들이었다. 세상에, 염력이라니……. 하지만 그럴 때마다 현민이의 반응과 대처를 보면 지나치게 침착했고 때론 심하게 능숙하기까지 했다.

혹시…….

그때 방문이 벌컥 열리며 나은이가 들어왔다.

"언니, 뭐해?"

해서는 안 될 행동을 하다 들킨 듯 소스라치게 놀랐다. 헤어

드라이어와 마녀 인형이 동시에 방바닥으로 뚝 떨어졌다. 스위치가 켜진 드라이어는 뜨거운 바람을 연신 뿜어댔다.

"쟤 왜 던지고 그래? 인형 말리고 있었어?"

나은이가 드라이어를 보며 무심히 물었다. 이번에도 별다른 낌새는 눈치채지 못한 듯했다.

"노크하고 들어오란 말 하기도 이젠 지친다. 용건이 뭐야?"

"언니, 이거 좀 봐."

나은이가 티셔츠 목 부근을 늘이더니 왼쪽 빗장뼈 아래를 보여주었다.

"자려고 옷 갈아입다가 보니까 이런 게 생겼더라? 차가 펑크 나면서 뭐가 날아와 부딪쳤나?"

사고 때 자동차가 뒤집힌 이유를 타이어 펑크로 여기는 모양이었다. 차라리 다행스러운 일이었다. 나은이의 몸을 들여다본 순간, 가슴이 덜컥 내려앉았다. 그 애의 빗장뼈 바로 아래에 푸르스름한 피멍이 있었다. 손바닥만 한 그 멍은 피멍이라기보다 문양에 가까웠다. 흐릿하긴 해도 생김새를 알아보기는 어렵지 않을 정도였다. 호루스의 눈이었다.

"이거, 생긴 게 꼭 무슨 눈 같지 않아?"

"누, 눈은 무슨, 어딜 봐서……."

"언니, 근데 왜 그래?"

"어? 내가 뭐……?"

나은이가 내 얼굴을 물끄러미 올려다보았다.

"얼굴이 완전 흙빛인데?"

"아, 아냐. 별거 아니니까 약 발라줄게."

"피멍 든 데에도 약을 발라?"

"안 바른 거보다야 낫겠지, 뭐."

연고를 바른 나은이가 내 방을 나가고 난 뒤에도 놀란 가슴이 가라앉지 않았다. 혹시나 해서 내 몸 구석구석도 살폈지만 그 애와 달리 어디에서도 호루스의 눈은 보이지 않았다. 진희가 관련된 테러가 터질 때마다 그 현장에는 호루스의 눈이 표식처럼 남았다.

— 뭐야, 그럼 나은이 교통사고도 진희 그년이 관련됐단 소리잖아. 소오름!

어느새 내 곁으로 다가온 혜정이 작은 몸을 바르르 떨었다.

"아무래도 무연타워 건은 진희가 아닌 거 같아."

— 왜?

"그게 진희였다면 내 몸이나 다른 어딘가에 호루스의 눈이 남았어야지. 근데 깨끗해."

— 그럼 그건 누구였단 말이야?

"아무래도 영미 같아."

— 영미 고게 벌써 그 정도 고레벨이 됐다고?

"아무래도 딴 방법이 없겠어. 일 더 커지기 전에 진희한테 세 번째 소원을 비는 거 말곤……."

— 제정신이야? 기승전소원도 아니고……. 진희 그년이 그걸 노리고 저러는 거 몰라? 뒷감당은 또 어떡하려고? 안 돼, 안 돼, 난 결사반대야.

물론 제정신은 아니었다. 눈앞에서 동생이 죽을 뻔한 사고를 겪은 지 채 몇 시간도 지나지 않아 13층 옥상에서 떨어지기까지 했으니 아무리 강철 멘탈이라 한들 흔들리지 않을 재간이 없었다.

"달리 대안이 없잖아. 뒷감당은 나중에 고민하고, 일단 나은이부터 살리고 봐야 해."

― 그래, 니가 소원을 빈다 쳐. 뭐가 달라지는데?

"적어도 진희가 페널티인지 뭔지 들먹이며 나은일 해코지할 궁리는 더 안 하겠지. 그거면 됐어."

― 야, 넌 여태 당하고, 내 꼴도 봤으면서 모르니? 난 진희 고년한테 소원 하나 빌고 이 모양 이 꼴이 됐어. 너도 몇 번이나 죽기 일보 직전까지 가 봤잖아. 그럼 세 번째 소원의 대가는 어떨지 대충 감이 안 오냐?

"상관없어, 나은이만 살릴 수 있다면."

혜정이가 긴 한숨을 내쉬었다.

― 나린아, 동생밖에 모르는 동생 바보 안나린! 만에 하나, 그런 애틋한 마음으로 소원을 빌었는데 대가로 니가 잘못되면 나은인 어쩔래? 걔가 겪을 고통은 생각 안 해 봤어?

"잘못되면 안 되는 거 아니까 이러는 거야. 그러지 않게 하려고……."

― 그년한테 백날 긍정적인 소원을 빌어봐라, 부정적이고 절망적인 대가만 돌아올걸? 관둬. 이건 친구로서가 아니라, 소원 빌었다가 먼저 인생 종 친 선배로서 하는 충고야.

"나도 관두고 싶어. 그런데 그렇게 안 되는 걸 어떡해. 당장 내일이라도 나은이가 어찌될지 모르는데 이대로 넋 놓고 있으란 말이야?"

— 염력이 있잖아. 막말로 니가 어 하고 있었음 지금 나은이가 살아 있겠어? 각성했으니 그나마 이 정도지. 그런데 뭐야, 이제 겨우 각성했는데 소원을 빌겠다고?

"진희가 나은이한테 언제 어디서 무슨 짓을 어떻게 할지 모르는데 그게 다 무슨 소용이야. 내가 종일 붙어 다니면서 일일이 막아줄 수도 없는데……. 진희가 소원 빌라고 한 지 하루도 안 지났어. 근데 벌써 나은이가 죽을 뻔했고 걔 몸에 호루스의 눈까지 새겨졌잖아. 그건 협박이야, 소원 안 빌면 걜 죽이겠단 협박."

— 호루스의 눈은 현민이 교복 재킷도 새겨졌어. 그래도 현민인 지금까지 멀쩡하잖아.

"그땐 내가 표적이었지, 현민이가 아니라……."

— 지금도 니가 표적이야, 나은이가 아니라…….

"내가 표적인데 현민이네 엄마는 돌아가셨어. 나은이라고 그러지 말란 법 있어?"

— 나은이가 널 닮았음 그렇게 호락호락 당하진 않을 거야. 쟤 좀 봐, 아까 죽을 뻔했는데 지금은 배 깔고 누워서 뒹굴뒹굴 잘만 놀잖아. 널 닮아서 강철 멘탈이라니까.

"쟤가 보기보다 속 깊은 애라 그래. 겉으로 티 안 낸다고 상처 안 받은 건 아니야. 멘탈이랑 위기대처 능력은 엄연히 별개고……. 웬만하면 버텨보려고 했는데 저 피멍까지 보니 도저히 불안해서 안 되겠어."

나은이의 몸에 새겨진 호루스의 눈에 담긴 진희의 메시지는 소원 독촉이었다. 그래도 내가 버틴다면 어떻게 될지는 뻔했다.

— 차라리 내가 진희 그년을 확 해치워 버릴게. 그럼 페널티고 소원이고 싹 다 없었던 일이 되잖아. 어차피 한 번 죽은 목숨, 한 번 죽지 두 번 죽겠어?

"진희야말로 호락호락 당할 거 같아? 너야말로 지난번에 섣불리 덤볐다가 된통 당했잖아, 두 번이나."

— 너랑 현민이까지 합심하면 되지, 뭐. 예전이라면 게임도 안 되겠지만 이제 잘만 하면 승산이 있지 않겠어?

"지금 현민이까지 끌어들여서 진희를 죽이기라도 하자 이 말이야?"

혜정이가 움찔하더니 내 눈을 피하며 얼버무렸다.

— 뭐…… 꼭 죽이자는 건 아니고, 그냥 고년이 허튼짓 못 하게 한동안 혼수상태로 만들어 놓는다거나…….

"솔직히 나도 진희가 죽이고 싶을 정도로 미웠던 적도 많았어. 그래도 살인자가 되거나 살인을 사주하고 싶진 않아."

— 아, 그럼 그냥 진희 고년한테 세 번째 소원으로 이렇게 빌어 보면 어떨까? 이번 생에서 사라져 달라고…….

"사람을 살리거나 죽여 달라는 그런 소원은 안 된댔어."

혜정이가 한숨을 내쉬고는 물었다.

— 그럼 넌 도대체 뭔 소원을 빌 생각인데?

＊＊＊

"어때, 생각 좀 해 봤어?"

다음 날 아침, 교실로 들어선 내가 옆자리에 앉자마자 진희가 물었다.

그 예쁘고 음흉한 얼굴을 마주 보노라니 만감이 교차했다. 만일 호루스의 눈이 표식이라면, 이 마녀가 어제 나은이의 교통사고에도 관여했다면 앞으로도 그런 사건이 이어지지 않으리라는 법이 없었다. 어제는 용케 무사히 넘겼지만, 앞으로도 그러리라는 보장은 없었다. 온종일 나은이와 함께하며 철벽 수비를 한들 그 애를 지킬 수 있을지는 미지수였다. 만일 내가 세 번째 소원을 빌지 않는다면……? 눈앞의 마녀를 바라보았다. 답은 뻔했다. 밤새 혜정이와 머리를 맞대고 고민했지만, 모범해답이 있을 리 없는 문제였다. 결국, 차악을 택하기로 했다.

진희를 똑바로 바라보며 또박또박 마지막 소원을 빌었다.

"마녀가 되게 해 줘, 너 같은."

그것이 내 세 번째 소원이었다.

진희 같은 마녀. 이 지긋지긋한 미궁에서 벗어나게 해 줄 마지막 명주실. 마녀와 맞서 싸우려면 스스로 마녀가 되어야만 했다. 소원을 말하는 와중에도 온갖 의문과 걱정과 불안이 머릿속에서 토네이도처럼 회오리쳤다. 하지만 혜정이가 다시 사람으로 돌아올 방법이 없듯 한번 내뱉은 소원도 그와 같았다.

진희의 표정이 살짝 흔들렸다. 제 딴에는 포커페이스를 유지

하려 애쓰는 듯했지만 동요가 엿보였다.

"왜, 무슨 문제라도 있어? 니가 알려준 제약 중 어느 항목에
도 해당 안 되는 거 아냐?"

진희에게 묻자 그 애가 이내 어깨를 으쓱하며 대답했다.

"아, 그야 물론이지. 문제없어."

"그래? 그렇담 다행이고."

나 역시 아무렇지도 않은 듯 씩 웃어 보였다. 하지만 속으로
는 어금니를 깨물며 쏘아붙였다.

'좋아, 마녀 대 마녀로 어디 한번 붙어보자, 이 빌어먹을 마
녀야.'

사실 이번 세 번째 소원은 내가 진희에게 보내는 일종의 선전
포고였다. 내내 당하기만 했으니 이제 맞서 싸울 작정이었다.

"아, 근데 나린아."

진희가 지나가는 투로 덧붙였다.

"어, 왜?"

"네가 감당할 수 있을까."

"그게 무슨 말이야?"

내가 묻자 진희가 어깨를 으쓱했다.

"뭐, 별건 아닌데 살짝 걱정돼서. 아니다, 겪어 보면 차차 알
게 될 거야."

— 웃기고 있네. 이년이 또 무슨 개수작을 벌이려고 떡밥을
뿌리고 지랄이야?

백팩 속에서 대화를 엿듣던 혜정이가 발끈했다.

"규칙은 전이랑 같지?"

내가 묻자 진희가 고개를 끄덕였다.

"응, 규칙은 전과 같아. 새벽 3시 의식, 사흘 뒤 소원 성취."

사흘 뒤 나는 어떻게 변하게 될까.

진희가 내게로 슬며시 다가오더니 귓가에 속삭였다.

"노파심에 몇 가지 일러두자면, 마녀가 되면 정해진 기한 내에 너랑 가장 가까운 친구한테 소원을 빌게 해야 해."

"무슨 말이야?"

"일종의 게임 룰이라고나 할까. 제약에 걸리는 게 없는 한, 소원은 무조건 들어줘야 하는 것도 룰이야. 소원의 대가로 일어나는 일은 고스란히 스탯 포인트로 돌아와."

"스탯 포인트?"

"일종의 성과급이라고나 할까."

"정해진 기한이란 게 언젠데?"

"자연스럽게 알게 돼."

"기한 내에 소원 빌게 못 하면?"

"그럼 그로 인한 페널티도 있겠지? 그리고……."

그때 교실 문이 열리고 영미가 들어왔다. 나와 눈이 마주치자 그 애가 내게 다가왔다.

"안나린, 나 좀 잠깐 볼래?"

진희를 돌아보았다.

"다녀와, 나린아. 0교시 자습에 늦지 않게만."

마녀가 상냥한 목소리로 말했다. 교실의 벽시계를 보니 0교시 자습까지는 20분이나 여유가 있었다. 백팩을 둘러메고 영미를 따라 교실을 나섰다. 그 애는 학교 건물 뒤편으로 나를 이끌었다. 낡은 별관을 철거하고 막 신축공사를 시작했다가 시공업체에 문제가 생겨 공사가 중단되었다는 얘기를 들은 적 있었다. 그래서인지 현장은 사람 하나 없이 횅했다.

바닥에 쏟아부은 콘크리트에 물기도 덜 가시고 철골 구조물이 뼈대처럼 서 있는 현장을 여유롭게 걸어 들어가는 영미의 뒷모습을 보며 혜정이가 속삭였다.

— 안나린, 저거 어째 여기 사전답사라도 다녀온 본새다.

나 또한 그 뒤를 따르면서도 못내 찝찝했다. 어젯밤 사건도 있었거니와 굳이 이렇게 인적 없는 공사현장으로 나를 이끌고 들어온 것도 수상쩍었다. 로비로 쓰일 법한 널찍한 공터에 다다르자 영미가 돌아섰다. 그 애가 용건을 꺼내려던 순간, 선수를 쳤다.

"영미야, 어젠 재미있었어?"

"뭔 소리야?"

"어젯밤 말이야, 현민이인 척 무연타워까지 날 유인해서 옥상 밑으로 떨어뜨렸잖아."

"뭔 개소리야. 내가 할 일 없냐?"

예상했던 반응이었다.

"그 시간에 무연타워 CCTV에 너, 아주 UHD로 찍혔더라. 그래도 시치미 뗄래?"

영미가 멈칫했다. 사실 나는 무연타워에 CCTV가 있는지도,

영미가 그 CCTV에 찍혔는지도 전혀 아는 바 없었다. 방금 한 말은 그 애를 떠보려는 떡밥이었다.

"하, 내가 거기 갔다 쳐. 내가 널 떨어뜨렸단 증거 있어?"

— 낚였네, 낚였어. 맞네, 이년.

"똑똑히 봤거든. 나랑 동준이가 떨어진 다음에 네가 헐레벌떡 무연타워에서 나와서 도망가는 거⋯⋯."

내친김에 본 적도 없는 장면까지 지레짐작으로 꾸며댔다.

"미친년, 생사람 잡고 지랄이야."

"김영미, 그냥 솔직하게 말해. 여긴 우리 둘밖에 없잖아."

머뭇거리던 영미가 에라 모르겠다는 듯 외쳤다.

"그래, 내가 했다, 어쩔래?"

역시 어젯밤 무연타워 사건의 범인은 영미였다.

"현민이 폰에서 카톡은 어떻게 보낸 거야?"

"간단해. 걔네 할아버지 입원한 병원 찾아가서 걔가 잠깐 자리 비운 사이에⋯⋯."

영미가 허공에 대고 손끝을 놀려 염력으로 전화기를 조작하는 시늉을 했다. 역시 내 예상대로였다.

"걔네 할아버지 입원하신 병원까지? 너도 성의가 대단하다. 그런 수고까지 하면서 날 죽이고 싶었어?"

"그랬다면? 어쩔래?"

영미의 눈이 살의로 번뜩였다.

"내가 너한테 무슨 잘못을 했는데?"

"넌 졸라 재수 없는 년이거든."

— 넌 더 밥맛 떨어지는 년이고.

"졸라 재수 없으면 사람 죽이니?"

"아니, 근데 남의 남자 뺏어가는 년은 죽어 마땅거든."

"남의 남자라니, 동준이 말하는 거야?"

"정동준? 내가 그렇게 남자 보는 눈이 낮은 줄 아냐?"

— 저게 또 가만있는 사람을 의문의 1패로 몰아가네. 확 그냥……!

"그럼 누구? 설마……."

현민이는 아니겠지, 하고 물으려 했는데 영미가 고개를 끄덕였다.

"어, 맞아, 모현민."

— 대애박!

가슴 한편이 덜컥 내려앉았다.

"현민이가 네 남친이었어?"

내가 묻자, 영미가 또 한 번 멈칫하며 대답을 망설였다.

"말해 봐. 내가 네 남친을 뺏어가기라도 했냐고. 만일 그게 사실이라면 내 잘못 맞지."

내가 재촉하자 영미가 팔짱을 끼며 대꾸했다.

"뭐…… 엄밀히 따지면 아직 남친이라고 할 순 없지. 근데 걔, 앞으로 내 남친이 될 거야."

기가 막혔다.

"왜, 둘이 정략결혼이라도 약속했어?"

"그건 아니지만, 곧 할지도 몰라. 난 모현민이랑 결혼까지 생각하고 있으니까."

— 현민이랑 결혼까지 생각했대! 아, 웃겨, 김칫국도 정도껏
마셔야지. 인제 보니 이 구역의 미친년은 저년이네. 현민이 스
토커, 김영미.

이제야 모든 상황이 이해되었다.

내가 현민이와 같이 있을 때마다 영미가 왜 그토록 마성의
통수녀라느니, 드라마라느니 비아냥거렸는지 알 만했다. 우리
가 과학준비실에서 키스했다는 이야기를 굳이 학교에 퍼뜨린
이유도 질투심 때문일 가능성이 컸다.

— 가만있자, 큐피드의 화살이 어떻게 꽂혔단 거야. 정동준
이는 안나린한테, 모현민이도 안나린한테 꽂혔는데, 김영미는
모현민한테 꽂혔다 이건가? 사각 관계야? 기가 막히네, 캬.

혜정이가 교통정리를 하며 감탄사를 터뜨렸다.

"현민이는 네 맘, 알고 있어?"

"걔도 알아. 내가 저를 얼마나 좋아하는지……. 고백까지 했
었거든. 물론 그냥 친구로 지내자고 했지만……. 그래도 난 알
아, 걔도 흔들리는 거. 너만 없었으면……."

고백까지……. 현민이가 영미 얘기를 한 번도 한 적이 없었
기에 이런 내막이 있을 줄은 꿈에도 몰랐다.

"그래서 나를 죽이려고 했어?"

"너만 없어지면 돼. 현민이 눈에 씐 콩깍지만 벗겨지면 나한
테도 기회가 올 테니까. 현민이가 왜 너 같은 년한테 콩깍지가
씌었는지 모르겠지만 이제 달라질 거야."

영미의 눈빛과 말투에 광기와 살기가 어른거렸다. 아무리 한 길 사람 속은 모른다지만 이 정도일 줄이야…….

"지금 날 죽이겠단 말이야?"

"봐서……."

미쳤다. 미쳐도 단단히 미쳤다.

사방을 둘러보았다. 공사현장을 가로막은 방음벽 때문에 학교 본관에서는 이 안이 보이지 않을 터였다. 영미가 나를 여기까지 불러낸 이유를 그제야 알아차렸다. 아무리 그래도 자기가 나를 불러내는 광경을 여러 아이가 목격한 마당에 이런 무모한 짓을 어떻게…….

— 저년이 사랑에 미쳐서 눈깔에 뵈는 게 없네.

주변에서 수상한 기척이 일었다. 영미가 내 어깨너머로 손을 뻗자 뒤에서 묵직한 소음이 나더니 쇠파이프가 내게 날아들었다.

— 안나린, 뒤!

재빨리 손을 뒤로 뻗어 파이프를 튕겨냈다.

— 오른쪽!

오른편에서 날아온 쇠파이프가 내 옆구리를 후려쳤다. 중심을 잃고 바닥에 나동그라졌다. 숨이 턱 막혔다. 이번에는 쇠파이프들이 뭉치로 우르르 날아들었다. 손을 뻗으며 비명을 질렀다. 눈앞까지 날아든 쇠파이프 뭉치가 내 옆으로 우당탕 나뒹굴었다.

"쫌 하는데? 너도 소원 빌었냐?"

영미가 히죽대며 허공을 움켜쥐듯 내 쪽으로 뻗은 손을 오으렸다. 휘어진 쇠파이프들이 둥글게 휘어들어 나를 에워쌌다. 내 몸통을 휘감은 쇠파이프들이 먹이를 휘감은 아나콘다처럼 나를 옥죄어들기 시작했다.

— 비겁한 년이 방심하고 있을 때 기습하네? 안나린, 어떻게 좀 해 봐. 이러다 나까지 짜부 되겠어!

손을 뻗어 쇠파이프를 펴내려 애썼지만 간신히 파이프를 펴면 도로 더 강하게 죄어들었다. 펴는 힘보다 죄는 힘이 더 강했다. 자유자재로 염력을 다루는 영미에 비하면 나는 아직 초보였다.

"뭐해? 얼른 펴야지."

영미가 낄낄댔다. 쇠파이프들이 갈비뼈를 으스러뜨릴 듯 옥죄어들었다. 숨이 막혀 죽을 지경이었다.

"여기서 내가 어떻게 되면 너도……."

무사하진 못할걸. 그렇게 말하고 싶었는데 말문이 막혔다. 피가 몰린 얼굴이 물풍선처럼 터져 버릴 지경이었다.

"네가 어떻게 되면 나도 뭐? 아아, 경찰에 잡혀갈 거라고?"

영미가 리모컨의 일시 정지 버튼을 누르듯 쇠파이프 올가미의 수축을 잠시 멈추더니 내 앞에 쪼그리고 앉았다.

"이미 판 짜놨지. 난 널 죽이고 여길 무너뜨릴 거야. 너랑 긴히 상의할 게 있어서 왔는데 하필 그때 여기가 무너졌네? 신문엔 이렇게 날 거야. '홍주 모 고교 신축 공사현장 붕괴로 여고생 1명 사망, 부실공사 의심'. 공사 관계자들이 그 책임으로 엮여 들어가고 난 친구 잃은 여고생 코스프레 좀 하다 니 장례식장에서 울며불며 통곡 좀 해 주면 끝."

"그게 네 맘대로…… 될까?"

"안될 건 또 뭐야. 날 안쓰럽게 본 현민이가 위로해 주다 여차여차 가까워지고 연인 관계로 발전할 수도 있지. 사람 일은 모르는 거거든."

─ 미친년, 막장 드라마 작가들 굶어 죽을 소리 하고 있네. 니가 현민이랑 연인 관계로 발전한다고? 현민이가 죽을 때까지 그럴 일 없다는 데 내 손모가지와 오르골을 건다.

"염…… 력은……. 소원을……."

내가 가까스로 띄엄띄엄 발음하자 영미가 그 단어들을 합쳐 질문을 완성했다.

"아, 염력은 소원 빌어서 할 수 있게 된 거냐고? 어, 맞아. 천장에 칼날 박힌 다음 날이었나, 진희가 나더러 묻더라. 소원이 뭐냐고. 그날 딴 애들은 못 봤지만 난 똑똑히 봤거든. 진희가 손을 까딱거려서 네 백팩 속에 칼 집어넣는 거."

진희가 백팩 속의 마녀 인형을 난도질하던 날, 하지 말라고 외치며 내 자리로 내달리던 나를 돌아봤던 영미의 얼굴이 기억났다.

그랬다. 영미는 그날 사건을 낱낱이 목격했다. 다만 못 본 척했을 뿐이었다.

신기해하는 얼굴로 천장에 박힌 칼을 가리키던 그 애의 말도 떠올랐다. 진희에게 어떻게 한 거냐고 물으며 반짝 빛나던 호기심 어린 눈빛도……. 틈만 나면 천장에 박힌 칼날을 올려다보며 중얼거리던 것도 기억났다.

진희는 시치미를 떼다 적당한 타이밍에 슬그머니 영미에게 물었을 터였다. "소원이 뭐야?"

"그날 본 게 신기해서 진희한테 물어봤지. 그건 어떻게 한 거냐고……. 별로 어려운 거 아니래. 그래서 나도 그걸 할 수 있었음 좋겠다고 빌었지. 그 이후의 얘기는 뭐, 말 안 해도 대충 알겠지?"

이번 일도 역시 진희의 농간이었다. 영미의 호기심을 한껏 자극한 후 넌지시 소원을 묻고 그 애에게 염력을 선사했다. 물론 곧 대가도 따라올 테지만…….

영미가 나를 빤히 내려다보며 말했다.

"아, 맞다. 나, 내친김에 진희한테 소원 하나 더 빌었어. 뭔지 궁금하지?"

— 하나도 안 궁금해, 이년아! 나린이한테 묵사발 나고 싶지 않으면 헛소리 작작하고 이거나 얼른 풀어!

혜정이가 바락바락 악을 썼지만, 영미의 귀에는 들리지 않는 모양이었다.

"에이, 그냥 안 알려 줄래, 죽으면서도 궁금하게."

영미가 할 말을 끝낸 듯 몸을 일으켰다. 그 애가 쫙 펼친 손을 꽉 오므리자 잠시 멈췄던 쇠파이프들이 다시 나를 옥죄기 시작했다. 갈비뼈가 우그러들며 온몸을 짓눌렀다. 터질 듯한 눈으로 주위를 둘러보았다. 영미 뒤편의 바닥을 뒹구는 쇠파이프 하나가 보였다. 방금 내 옆구리를 강타하고 바닥에 떨어진 파이프였다. 자유로운 손끝을 가까스로 들어 쇠파이프를 허공에 떠오르게 했다. 숨이 막혀 더는 무리였다. 마지막 힘을 쥐어 짜내어 영미 쪽으로 휘둘렀다. 쇠파이프가 투창처럼 그 애의 등 뒤로 날아왔다.

"헉!"

영미가 바람 빠진 소리를 냈다. 나를 옥죄던 쇠파이프들이 뚝 멈췄다. 바들거리는 손을 쇠파이프에 대고 손끝을 활짝 펼쳤다. 쇠파이프의 올가미가 풀리며 숨통이 겨우 트였다. 쿨럭 쿨럭 기침하며 쇠파이프를 더 풀었다. 쇠파이프들이 끽끽 풀려나 바닥에 땡그랑 나뒹굴었다. 먹이를 휘감고 막 아가리를 벌려 집어삼키려던 뱀이 불의의 일격에 나가떨어진 듯했다.

"아파."

영미의 목소리에 고개를 들었다. 쇠파이프가 뚫고 나온 영미의 옆구리에서 붉은 꽃이 활짝 피어났다. 쇠파이프를 타고 흘러내린 꽃물이 바닥에 뚝뚝 떨어졌다.

"너무 아파."

넋 나간 듯 중얼거리던 영미가 내 앞에 털썩 무릎을 꿇었다.

— 꼴좋다! 내가 아까 경고했지? 염력으로 흥한 자, 염력으로 망한다고?

혜정이가 코웃음을 쳤지만 나는 차마 그럴 수 없었다.

"영미야, 괜찮아?"

"너 같으면…… 괜찮겠니?"

영미의 얼굴에서 핏기가 가셨다. 하얗게 바랜 얼굴에서 금세 생기가 날아갔다. 식은땀이 이마에 송송 맺혔다.

"잠깐만 기다려. 내가 119······."

자리에서 일어서며 주머니를 뒤지다 멈칫했다. 어젯밤, 침수된 전화기를 책상 위에 두고 그냥 왔다.

"착한 척하긴······. 끝까지 통수나 치는 년이······."

영미가 차갑게 중얼거렸다.

"안나린."

현장 입구에서 들려온 목소리에 소스라쳤다. 현민이었다. 그 애가 우리에게로 달려와서 영미를 살피며 물었다.

"어떻게 된 거야?"

"얘가 먼저 날 죽이려고 했어."

사실이었지만 어쩐지 변명 같았다. 저보다 약한 아이를 두들겨 패놓고 얘가 먼저 때렸다고 변명하는 개구쟁이가 된 기분이었다.

"너 먼저 교실로 들어가."

현민이가 말했다.

"그게 무슨 말이야?"

내가 묻자 현민이가 나를 돌아보고 물었다.

"나 믿지?"

영미를 보니 단말마의 숨을 몰아쉬고 있었다. 끔찍했다. 곧 죽을 듯했다.

"안나린, 날 봐!"

현민이가 내 어깨를 양손으로 덥석 움켜쥐며 외쳤다.

"나 믿냐고?"

현민이가 거듭 물었다. 그 기세에 나도 모르게 고개를 끄덕였다.

"그럼 먼저 들어가. 내가 처리하고 들어갈 테니까."

— 안 나린, 아무래도 얘가 독박 쓰려고 그러나 봐. 어떡해.

"시간 없어, 얼른!"

현민이가 외쳤다. 그 외침에 나도 모르게 벌떡 일어섰다. 공사 현장에서 어떻게 뛰쳐나왔는지도 기억이 안 났다. 정신을 차려 보니 교실이었다. 가쁜 숨을 헐떡이며 자리로 돌아온 내게 진희가 무심히 물었다.

"왜 그렇게 뛰어와? 아직 시간 남았는데……."

진희에게 119에 신고를 해 달라고 할까 하다가 그만두었다. 현장에서 보았던 현민이의 눈빛과 외침이 지금도 선했다. 하지만 제가 어떻게 처리하려는지는 말하지 않았다.

"무슨 일 있어?"

진희가 물었다. 아마 이 마녀도 상황을 전혀 모르지는 않을 터였다. 영미가 나를 공사현장으로 유인해 죽이려다 내 반격에 치명상을 입었다. 하지만 내 앞의 마녀는 그런 일을 들려주기에는 못 미더운 상대였다. 사실 세상에서 가장 믿지 못할 상대였다.

"아냐, 아무것도."

그렇게 둘러대면서도 스스로 어이가 없었다. 아무것도 아니라니…….

'……영미는 죽었을까?'

— 당연히 죽었겠지. 우리 할아버지 돌아가실 때랑 똑같던데, 뭘. 숨 몰아쉬는 게……. 안나린, 어쩌다가 사람을 죽였어?

'그렇게까지 될 줄은 몰랐어. 어떡하지…….'

0교시 시작을 알리는 벨이 울리도록 현민이는 돌아오지 않았다.

— 어디 야산에다 암매장이라도 하러 간 거 아냐?

혜정이의 말을 들으니 덜컥 겁이 났다. 신경은 온통 현민이와 영미의 빈자리로 쏠렸다. 구급차라도 오지 않나 창 너머를 살폈지만 아무런 기미도 없었다. 건성으로 자습서를 책상 위에 펼쳐놓았지만, 글자 하나 눈에 들어오지 않았다.

'……정당방위였어. 그렇게 안 했으면 내가 죽었어.'

아무리 내 행동을 정당화하려 해도 끊임없이 죄책감이 고개를 들었다.

— 그냥 기절을 시키고 말지 그랬어.

혜정이가 걱정스레 말했다. 그 말을 들으니 내 선택이 사무치게 후회스러웠다.

그때 교실 뒷문이 열렸다.

"죄송합니다."

교실로 들어온 사람은 현민이였다. 현민이는 자습 감독 중인 담임 선생님에게 꾸벅 인사를 하고 자리로 돌아와 앉았다. 내쪽은 쳐다보지도 않았다. 담임 선생님이 말했다.

"어디 신성한 자습시간에 지각이야. 너 벌점."

뒤이어 누가 또 교실로 들어왔다. 그 얼굴을 돌아본 순간, 숨이 멎는 듯했다.

영미였다.

분명 피범벅이었던 교복 블라우스는 온데간데없었다. 대신 흰 티셔츠 차림이었다. 그 애는 멀쩡한 모양새로 걸어 들어와 제자리에 앉았다. 걸음걸이도 의기양양했다. 치명상을 입고 단말마의 숨을 몰아쉬던 사람이었다 하기에는 믿기지 않을 만큼 멀쩡했다. 나를 흘끔 본 그 애가 피식 웃으며 입 모양으로 말했다.

'뭘 봐.'

온몸에 소름이 돋았다.

"어허, 이것들이 쌍으로 지각이네. 둘이 사귀냐? 어, 넌 교복은 어따 팔아먹었어?"

선생님이 묻자 영미가 대답했다.

"누구 때문에 버려서 빨았는데 아직 덜 말라서요."

그 애가 눈길을 내게 툭 던졌다가 거두었다.

"뭔 소리야. 덜 말랐다고 교복을 두고 사제 티를 입고 학교에 와? 너도 벌점."

담임 선생님의 말에 영미가 입을 삐죽거렸다. 하지만 아무런 대꾸도 하지 않았다. 그 애의 얼굴은 말짱했다. 아까와는 완전히 달랐다.

"다들 책들 봐라, 책!"

선생님의 나무람에 시선을 거두었지만 쿵쾅대는 심장은 잦아들지 않았다.

'뭐야, 도대체 어떻게 된 거야. 내가 꿈을 꿨나?'

— 니가 꿈을 꾼 거면 나도 꿈꿨게? 꿈도 쌍으로 꾸냐?

꿈이었을 리 없었다. 영미가 치명상을 입은 척했을 리도 없었다. 쇠파이프가 박힌 그 애의 옆구리에서 피가 흘러내리던 광경이 지금도 생생했다. 곧 죽을 듯했던 그 애가 단 몇십 분 만에 멀쩡해져서 교실로 돌아왔다. 그렇다면 답은 하나뿐이었다.

현민이였다.

* * *

"잠깐 나 좀 봐."

쉬는 시간이 되자마자 현민이에게 가서 말했지만 현민이는 자습서를 내려다보며 고개도 들지 않고 말했다.

"시간 없어."

감정의 수은주가 영하로 떨어진 듯한 목소리였다. 당연히 나를 따라 나올 줄 알고 돌아서려다 멈칫하며 돌아보았다.

"잠깐이면 돼."

"잠깐도 싫어."

"그게 무슨 말이야?"

현민이가 소리 나게 자습서를 덮으며 한숨을 내쉬었다.

"무슨 말인지 다시 해 줄까? 너한테 낼 시간 없다고."

싸늘하기 그지없는 말투였다. 여태껏 한 번도 본 적 없던 모습이었다. 공사 현장으로 달려왔던 아까까지만 해도 이러지 않았다. 불과 한 시간 만에 완전히 다른 사람이 된 듯했다.

주위의 눈이 일제히 우리에게로 쏠렸다. 개중에는 앞자리에서 우리를 돌아보는 영미의 시선도 있었다. 교실 맨 뒷자리에 앉아 엎드려 자던 동준이도 부스스 눈을 뜨고 돌아보았다.

"왜 그래, 너?"

현민이에게 물었다.

"너 같이 재수 없는 애한테 시간 낭비한 내가 한심해서. 더는 그러기 싫어. 그게 다야. 그러니 좀 꺼져 줄래?"

현민이의 입에서 나온 '재수 없는 애'와 '꺼져 줄래?'라는 말이 가슴 한복판에 커다란 돌덩이를 퉁 내던졌다. 진심으로 한 말처럼 들렸다. 지금 이 말이 연기라면 현민이는 아카데미 남우주연상 감이었다.

"지금 뭐 하냐, 너."

동준이가 자리에서 일어나며 말했다.

"몰라서 물어? 안나린이랑 절교 중이다."

현민이가 자리에서 일어났다. 나를 밀치고 그 애가 향한 곳은 영미의 자리였다.

"가자."

영미가 자리에서 일어나더니 현민이의 팔짱을 꼈다. 나를 돌아보는 영미의 얼굴에 회심의 미소가 어렸다. 교실을 나가기 전, 현민이가 동준이에게 귀찮은 물건을 던지듯 툭 내뱉었다.

"난 필요 없으니 둘이 다시 사귀든지 말든지 알아서 해."

다리에 힘이 풀려 자리에 주저앉을 뻔했다. 나를 바라보며 수군대는 아이들 때문에 이를 악물고 참았다. 뭔가 잘못되었다. 잘못되어도 단단히 잘못되었다.

* * *

"뭐야, 도대체……."

쉬는 시간을 알리는 종이 치자마자, 백팩을 둘러매고 교실을 뛰쳐나왔다.

— 내 말이……. 이건 뭐, 어떻게 된 사연인지 도통 알다가도 모르겠네.

혜정이도 등 뒤에서 맞장구를 쳤다. 일단 곧 죽을 듯했던 영미가 어떻게 멀쩡해져서 다시 나타났는지 의문이었다. 현민이가 느닷없이 내게 절교를 선언하고 영미와 가까워진 상황도 도무지 이해 불가였다. 그 두 가지 의문이 미로 속에서 출구를 찾아 헤매는 생쥐처럼 머릿속을 이리저리 헤집으며 쏘다녔다.

"안나린!"

내 뒤를 따라오며 동준이가 외치는 소리도 못 들은 척했다. 녀석에게 시간을 내어 줄 여유가 없었다.

문제의 공사 현장으로 돌아온 순간, 그 자리에 우뚝 얼어붙었다. 현장은 말끔히 정리되어 있었다. 어찌나 말끔한지 시간을 사건 이전으로 되돌린 듯한 착각이 들 정도였다.

— 캬, 우렁각시라도 왔다 간 거?

백팩 속에서 얼굴을 비죽 내민 혜정이가 현장을 둘러보며 감탄했다. 아무리 살펴도 한 시간 전에 여기서 벌어졌던 사건의 흔적은 온데간데없었다. 쇠파이프들도 곧게 펴져서 제자리에 가지런히 놓여 있었다. 혈흔은 아예 없었다.

— 이야, 국과수에서 나와도 허탕 치겠다. 영미 고년인가. 아님 현민인가.

혜정이의 말에 대꾸할 기력도, 서 있을 여력도 없어서 그 자리에 털썩 주저앉았다. 주위에 부연 먼지가 일었다. 하다못해 이렇게 주저앉기만 해도 티가 나는 판인데 현민이는 대체 무슨 조화를 부렸을까. 조화라고밖에 설명할 길이 없는 미스터리였다.

— 혹시 영미도 현민이가 어떻게 손을 쓴 게 아닐까?

혜정이가 지나가는 말로 중얼거렸다. 그러고 보니 번뜩 짚이는 구석이 있었다. 현민이가 벽돌에 맞은 날과 철근에 어깨를 다친 날. 보통 사람이라면 중상이었을 텐데 그 앤 말짱했다. 벽돌에 다친 날은 단 한 시간도 못 되어 상처가 나았고 철근에 다친 날은 대수술을 받고 단 하루 만에 털고 일어났다.

현민이가 내 어깨를 붙들고 자길 믿냐고 했던 말이 떠올랐다. 그 간절한 눈빛이 지금도 눈에 선했다.

"현민이한테 치유 능력이라도 있는 거 아닐까? 저만이 아니라 다른 사람까지 살릴 수 있는……."

— 맞다, 맞아. 그 왜, 「그린 마일」인가 하는 영화도 보면 죽

은 생쥐도 살리고 병도 낫게 해주는 사형수 나오잖아. 현민이가 그런 능력자였단 애긴가? 와, 키 크고 잘생겼어, 집안 빵빵해, 자상하고 사려 깊어…… 도대체 걘 없는 게 뭐냐.

"솔직함."

— 아, 그건 그래. 근데 갑자기 걔 왜 그러냐? 생전 안 하던 소리까지 하고…….

"둘 중 하나일 거 같아. 영미가 계속 나한테 해코지를 할까 봐 연극을 하고 있든가, 아니면 영미가 두 번째로 빈 소원이 이뤄졌거나."

나도 모르게 전자이기를 간절히 빌었다. 현민이의 싸늘한 얼굴이 떠올랐다. 현민이가 내게 던졌던 말들도……. 가슴이 아팠다. 예상은 했지만, 이 정도로 아파질 줄은 몰랐다. 마취도 하지 않고 식칼로 가슴 한복판을 뭉텅 도려낸 듯했다. 나 때문에 엄마까지 잃은 그 애를 보면서 내게서 매정하게 돌아서기를 바라기는 했지만 막상 그렇게 되니 버티기 힘들었다.

— 닥치고 전자야. 영미 고년이 뭐 그리 대단한 소원을 빌었겠어, 끽해야 현민이가 저를 좋아하게 해 달란…….

거기까지 말한 혜정이가 슬그머니 말끝을 흐렸다. 영미가 했던 말이 떠올랐다. 내친김에 진희한테 소원 하나 더 빌었다는 그 말이. 혜정이의 추측대로 영미의 두 번째 소원이 저를 현민이가 좋아하게 해 달라는 소원이었다면? 그 애라면 그런 소원을 빌고도 남았을 터였다. 차갑게 돌변한 현민이의 태도로 미루어 봐서 영미의 두 번째 소원은 그것 같았다. 현민이가 자신을 좋아하게 해 달라는 것.

— 가만, 근데 왜 영미 고년은 첫 번째 소원을 빌었는데 대가는 스킵하고 바로 두 번째 소원으로 건너뛰었지?

"어쩜 영미 소원의 대가는 죽음이었을지도 몰라. 너처럼…….."

— 근데 고년은 왜 안 죽어, 짜증 나게…….

"소원의 대가로 죽었어야 할 영미를 현민이가 되살렸는지도 모르지."

— 아아, 나도 현민이가 옆에 있을 때 죽을걸. 그럼 걔가 살려줬을지도 모르는데…….

현민이 영미를 되살렸다는 추측이 맞고, 영미가 염력을 남용하다 죽는 결과가 첫 번째 소원의 대가였다고 치자. 그렇다면 지금 이 상황은 소원의 규칙을 거스른 셈이었다.

"후폭풍."

— 후폭풍? 뜬금없이 뭔 후폭풍?

"소원의 대가를 거스른 후폭풍이 있을 거 같아."

어쩌면 현민이의 변화가 후폭풍의 시작일지도 몰랐다. 영미 소원의 대가가 죽음이고, 영미를 살린 장본인이 현민이라면, 대가를 거스른 후폭풍도 현민이에게 돌아갈 터였다. 속사정이야 어찌 되었든 전혀 이로울 게 없는 상황이었다.

수업 시작을 알리는 종소리가 들렸다. 건물 밖으로 나와 보니 당장에라도 비가 쏟아질 듯한 날씨였다. 습한 바람이 불어와 내 맨다리를 훑고 지나갔다. 비를 머금은 먹구름이 하늘을 가득 메우고 꿈틀대며 으르렁거렸다. 환청처럼, 영미의 목소리가 바람에 실려 왔다.

'두고 봐, 더 재미있어질 테니까.'

18. 말레우스 말레피카룸

"같이 앉아도 되지?"

1교시가 끝나자 영미는 제가 현민이의 여자친구라도 되는 양 자리를 아예 현민이 옆으로 옮겼다. 현민이도 마다하지 않았다.

"미안, 우리 영미가 나랑 같이 앉고 싶대."

현민이는 원래 짝에게 그렇게 양해를 구하기까지 했다.

— 으아, '우리 영미'래. 환장하겠다, 내가…….

"전부터 너랑 앉고 싶었는데……."

현민이와 짝이 된 영미가 보란 듯이 그 애의 어깨에 머리를 기대며 나를 바라보았다.

"오늘부터라도 같이 앉았음 된 거지, 뭐."

현민이는 그 애가 사랑스러워 죽겠다는 표정으로 바라보며 머리를 쓰다듬어 주기까지 했다. 여차하면 키스라도 할 기세였다.

점심시간에는 그보다 더한 진풍경이 펼쳐졌다.

"아 해 봐, 아······."

급식실에서도 현민이와 나란히 앉은 영미는 대놓고 그 애에게 반찬을 입에 넣어주며 애정 행각을 벌였다. 현민이도 반찬으로 나온 갈치 조림에서 살을 발라 영미의 입에 떠먹여 주었다.

그냥 연극이라고, 진심이 아닐 거라고 그렇게 마음을 다잡아도 소용없었다. 가슴 속이 뻥 뚫린 듯했다. 견디기 힘들 정도였다. 지푸라기가 목에 걸린 듯 껄끄러워 내 몫의 급식 대부분을 남기고 버렸다. 식판을 반납하고 돌아서던 순간 영미가 내 어깨를 치고 지나갔다. 무방비로 어깨가 부딪치는 바람에 중심을 잃고 바닥에 넘어졌다. 영미가 실수인 척 식판의 잔반을 몽땅 내게 들이부었다.

"어머, 어떡하니, 나린아. 옷 다 버렸네."

입으로는 그렇게 말하면서도 눈으로는 웃는 얼굴이었다.

"뭐야, 왜 그래?"

영미를 뒤따라온 현민이가 물었다.

"아, 나린이가 잠깐 딴생각했나 봐. 못 보고 부딪친 내 실수지, 뭐."

영미가 둘러대며 나를 굽어보았다.

"나린아, 괜찮아? 미안해. 어떡하니, 나도 옷 버려서 빌려줄 수도 없는데······."

전혀 미안해하는 투가 아니었다.

"야."

현민이가 나를 불렀다. 현민이는 여태껏 나를 한 번도 '야.'라고 부른 적이 없었다.

"야!"

내가 보지 않자 현민이가 목소리를 높였다. 내가 올려다보자 그 애가 말했다.

"똑바로 보고 다녀."

영미가 고소하다는 듯 나를 위아래로 쩨려보다 지나갔다. 혹시나 하고 현민이의 뒷모습을 지켜보았지만, 그 애는 뒤도 한 번 돌아보지 않았다.

급한 대로 체육복으로 갈아입고 수돗가에서 블라우스를 빨았다. 마스크맨이 황산을 뿌렸던 날, 내 옆에는 현민이가 있었다. 내가 나쁜 애가 아닌 거 안다고 말하며 나를 안고 다독이던 그 애의 손길이 어깨에 되살아났다. 눈시울이 자꾸만 뜨거워져서 그냥 세수했다.

교실로 들어서다 자리에 앉은 현민이와 눈이 마주쳤다. 이제 보니 눈빛도 이전과는 달라 보였다. 마침 동준이가 교실로 들어서던 참이라 현민이가 보는 앞에서 동준이의 팔짱을 끼어 보았다.

"왜 이래?"

동준이가 퉁명스레 핀잔을 던졌지만 피하지는 않았다. 그 광경을 뻔히 보면서도 현민이는 무심하기 짝이 없는 얼굴이었다. 설령 제 앞에서 내가 동준이와 키스를 한다 해도 아랑곳하지 않을 듯했다. 슬그머니 팔을 뺐다. 현민이의 반응도 얻지 못하고 동준이에게 못할 짓만 한 것 같아서 스스로가 더 멍청하게 느껴졌다.

"야, 너 어떻게 모현민 꼬셨어? 안나린 아님 완전 철벽남이었잖아, 걔."

"내가 꼬신 게 아니라 걔가 날 꼬신 건데?"

현민이가 자리를 비우자, 평소 어울리던 아이들이 영미 주위에 우르르 몰려들었다.

"진짜 걔, 널 보는 눈이 하트 뿅뿅이더라."

"아우, 완전 닭살."

"진심 개부럽다!"

"솔직히 전부터 걔가 날 보는 시선이 예사롭지 않긴 했어."

콧대가 교실 천장을 찌를 듯 높아진 영미가 어깨를 으쓱하며 말했다.

— 하이고, 같잖아서 원……. 저년 저거, 코뼈 주저앉게 한 대 세게 후려치고 싶네. 안나린, 그냥 신경 꺼. 그게 정신건강에 이롭겠다.

나도 그래야 한다는 사실쯤은 알았다. 하지만 이성만으로는 안 되는 일이 있게 마련이었다. 의지와 상관없이 그리로 자꾸만 쏠리는 신경은 어찌할 도리가 없었다.

방과 후에도 영미는 현민이에게 붙어 떨어지지 않았다. 둘은 다정한 연인처럼 교문으로 향했고 나는 복잡 미묘한 심정으로 둘을 바라보았다.

교문 앞에서가 절정이었다. 늘 나를 태우던 중형차가 서 있었고 현민이가 재빨리 영미에게 차 뒷문을 열어 주었다. 그 애가 사뿐히 차에 올라 내가 앉던 자리에 앉더니 나를 돌아보며 히죽 웃었다. 현민이는 나를 아예 거들떠보지도 않았다. 현민이가 차에 올라 영미 옆에 앉았다. 영미가 현민이의 귀에 대고 뭐라고 귀엣말을 하자 현민이가 몸을 기울였다. 영미가 팔로 현민이의 목을 휘감았다. 뒤통수밖에 보이지 않았지만 둘이 지금 하려는 짓은 낯 뜨거운 애정행각이 분명했다.

"와, 쟤들 저러다 19금 영화 찍겠다."

"김영미 계 탔네, 계 탔어."

"신성한 교문 앞에서 뭐하는 거야."

"누구만 불쌍하게 됐네."

교문을 나서던 아이들이 차와 나를 흘끔대며 한마디씩 했다. 더러 휘파람을 부는 아이들도 있었다. 내려와 있던 차창이 올라가더니 끝내 둘의 모습이 완전히 가려졌다. 차가 출발했다.

아침나절 현민이가 했던 자길 믿냐는 말만이 차가 떠난 자리에 허깨비처럼 맴돌았다. 그래, 아직도 믿고 싶었다.

"둘이 잘 어울리지 않아? 선남선녀 커플."

진희가 다가와 물었다. 그 애도 먼발치에서 현민이와 영미를 지켜본 모양이었다.

— 하, 선남선녀가 다 멸종됐나 보네. 헌남헌녀다, 이년아.

"아까 하던 말이나 계속해."

차가 사라진 쪽을 애써 외면하며 진희에게 말했다.

"무슨 말?"

"기한 내에 가장 가까운 친구한테 소원을 빌게 못 하면 페널티가 있다며. 그다음에 말하려다 만 거."

"아, 그거? 별거 아냐. 이번 소원은 너의 극적인 변화를 끌어낼 중차대한 건이기 때문에 의식도 살짝 달라진단 말이었어."

"어떻게?"

"지니가 좀 특별하다고나 할까?"

아, 지니……. 소원의식 때 불에 태우는 제물. 하도 정신이 없어서 소원 성취에 필요한 지니를 깜박했다.

"어떻게 특별한데? 보여 줘 봐."

"보여 줄 필요가 없는데?"

"왜?"

"이번 지니는 따로 안 줘도 되니까."

걸음을 우뚝 멈추고 내 옆의 마녀를 돌아보았다.

"그게 무슨 말이야?"

"이번 지니는 사람이거든."

"사람?"

뒤통수를 한 대 얻어맞은 기분이 들었다. 세상에, 오늘 밤 내가 불에 태워야 할 제물이 사람이라니…….

"그래, 사람."

"그게 누군데?"

마녀가 턱짓으로 나를 가리켰다.

"너. 바로 너야, 안나린."

— 아니, 얘 뭐래? 나린이가 지니라니…….

"놀라지 마, 좀 위험하긴 해도 세상일이란 게 다 그렇잖아. 고통 없이 얻는 것도 없다!"

진희가 싱긋 웃었다.

— 지랄, 그래서 날 태워…….

혜정이가 거기까지 말하고 멈칫했다. 진희가 내 어깨너머를 가리켰다.

"자세한 건 네 등 뒤에 빌붙어 있는 소원 선배가 더 잘 알 거야. 걔한테 한번 물어봐."

혜정이를 두고 한 말이었다.

"무슨 말이야?"

"물어보면 알 거야."

목덜미가 선득선득했다. 제법 굵은 빗방울이었다.

"비 떨어진다. 나 먼저 갈게. 네 왕자님 어딨나 찾아봐. 혹시 모르잖아, 이번에도 우산 챙겨 줄지……."

진희가 그렇게 말을 맺고는 저만치 먼저 멀어져갔지만 나는 그 자리에 붙박인 채 움직이지 못했다. 얼떨떨했다.

'너도 들었지?'

어깨너머에 대고 물었다.

— 뭐?

'시치미 떼지 말고 사실대로 말해.'

— 사실대로 다 말했잖아.

굵어진 빗줄기에 종종걸음치던 아이들이 가만히 서 있는 나를 흘끔대며 지나갔다. 오가며 지켜보는 눈이 껄끄러워 인적이 드문 뒷골목으로 자리를 옮겼다. 진실을 알아야만 했다. 백팩을 아예 바닥에 내려놓고 지퍼를 열었다. 몸에 둘둘 감긴 손수건에 얼굴을 묻은 마녀 인형의 뒤통수가 보였다. 손수건을 치웠다. 그제야 인형이 고개를 들어 나를 보았다.

— 왜…… 그러는데?

"진희 말 들었지?"

— 하, 완전 어이없네. 너 지금 그년 말을 믿는 거야?

"그럼 자세한 건 너한테 물어보란 말은 뭔데?"

— 내가 너보다 먼저 소원을 빌었으니까 소원 선배니 뭐니 지껄였겠지.

"그게 다야?"

— 왜 그래, 진짜. 나는 하늘을 우러러 한 점 부끄럼이 없는데…….

혜정이가 잡아뗐지만, 어쩐지 꺼림칙했다. 뭔가 있다는 확신이 들었다.

"오혜정, 난 그래도 널 그동안 친구라 생각했어. 그건 지금도 마찬가지구……."

— 나도 그래. 안 그랬음 너랑 이렇게까지 생사고락을 같이 했겠어?

백팩에서 인형을 꺼내어 양손으로 받쳐 들었다.

"그럼 지금 솔직히 털어놔 봐."

인형의 검정콩 같은 눈을 빤히 들여다보며 말했다.

"그동안 나한테 감추고 말 안 했던 게 도대체 뭔지……."

— 안나린, 자꾸 왜 이래? 말 안 한 거 없어.

"정말 말 안 한 거 없다는 데에 니 손모가지와 오르골을 걸 수 있어?"

그 애의 평소 말버릇을 흉내 내어 캐물었다.

— 밑장 빼기 아니라니까.

자신 있는 투는 아니었다.

"그래, 그럼 진희가 거짓말을 한 거겠지. 넌 진실만을 말했는데……."

인형을 바닥에 내려놓고 일어섰다. 체육복이 빗물에 축축이 젖어 들었다.

— 야, 왜 그래? 어디 가려고?

혜정이가 당황한 목소리로 물었지만 아무 말도 않고 돌아섰다.

— 야, 안나린! 난 너밖에 없는 거 알잖아. 비도 주룩주룩 오고 우산도 없는데 어떡하라고?

곁눈질하니 허공에 두둥실 떠올라 내 뒤를 졸졸 따라오는 혜정이가 보였다. 일부러 그 애를 외면하며 말했다.

"따라오지 마."

— 내가 너 안 따라가면 누굴 따라가?

"누굴 따라가든 내 알 바 아니야."

— 너 지금 날 버리는 거야?

거의 울먹이는 목소리였다.

"아니, 이제 그냥 너 놓아 주려고. 너도 네 갈 길 가, 나도 내 갈 길 갈게."

그래도 인형은 골목 모퉁이 즈음까지 나를 따라왔다.

— 나린아…….

"내 이름 부르지 마. 그리고 너, 이 모퉁이 나서면 지나가는 사람들이 죄다 볼 거니까 알아서 해. 누구 동영상에 찍혀서 유튜브 스타가 되든지, 한국판 「사탄의 인형」에 캐스팅이 되든지, 이도 저도 아니면 양아치들한테 걸려서 불쏘시개로 사라지든지……."

— 진짜 이러기야?

휙 돌아섰다.

"내가 하고 싶은 말이야. 어쩜 다들 똑같아? 하나같이 감추고 거짓말하고……. 진희, 현민이, 동준이, 거기에 혜정이 너까지 다 똑같아. 이제 너랑 나랑은 끝이야. 따라오지 마. 자꾸 따라오면 공중분해를 해 버릴 줄 알아."

인형의 눈앞에 뻗친 손을 들이대며 으름장을 놓았다. 인형이 움찔하며 뒤로 한 발짝 물러섰다.

— 너무해.

"너무한 건 너야."

되돌아서 성큼성큼 골목 모퉁이를 나섰다. 혜정이가 진실을 털어놓지 않으면 정말 다시 안 볼 각오까지 했다. 세상일이 마음먹은 대로 되지는 않는다지만 그래도 해 보는 데까지는 해 봐야 했다.

— 말할게!

혜정이가 백기를 들었다. 그래도 돌아보지 않았다. 빗발이 더 굵어졌다.

— 안나린, 사실대로 말한다고! 말하겠다니까?

마지못한 척 걸음을 멈추고 돌아섰다.

"마지막 기회야. 이번에도 또 감추면 진짜 국물도 없을 줄 알아."

* * *

— 소원을 빌었어, 하나 더.

집으로 돌아와 내 방에서 마주 앉은 혜정이가 어렵사리 털어놓았다.

"어쩐지……. 소원에 비해 대가가 너무하다 했다."

맥이 탁 풀렸다. 불에 타죽는 사건이 나를 영원히 괴롭히게 해 달라는 소원의 대가라 하기에는 너무 혹독했다. 배보다 몇 십 배는 큰 배꼽.

— 너를 영원히 괴롭히고 싶단 소원을 빈 지 일주일 만에 동준이가 날 찾어. 그리고 그 다음 날 너한테 고백했어.

동준이가 고백한 날은 혜정이가 소원을 빈 지 채 열흘도 안 된 시점인 셈이었다. 우리의 소원놀음이 거의 비슷한 시기에 진행되었다는 사실이 놀라웠다.

"다른 소원은 언제 빈 거야?"

— 동준이가 너한테 고백한 날. 진희 고년한테 막 따졌지. 어떻게 된 거냐고, 소원은 이뤄지지도 않았는데 이 무슨 날벼락이냐고.

"그랬더니 뭐래?"

— 진희 고년이 이러더라. '소원이 이루어지는 과정 중 일부야. 대를 위한 소의 희생은 어쩔 수 없는 거 아니겠어?' 겁나 어이없어. 난 동준이랑 중학교 때부터 사귀었는데 너 좀 괴롭히자고 개한테 차인다는 게 말이 돼?

대를 위한 소의 희생. 그 말이 어쩐지 마음에 걸렸다.

— 그쯤에서 슬슬 고년이 의심스러워지더라. 물론 소원을 빈 다음에 도플로 네 뒤를 쫓아다니게 해준 건 신기했는데 그게 다가 아니잖아.

"그래서 무슨 소원을 또 빌었는데?"

— 그날 밤에 톡으로 물어봤지. 소원의 판을 좀 더 키워도 되냐고…….

"그랬더니?"

— 된대. 그래서 나도 될 대로 되란 마음으로 빌었지.

"뭐라고?"

— 불로불사.

"불로불사?"

— 어, 나오는 대로 지껄인 거야. 솔직히 그땐 그런 황당한 소원까지 들어줄 줄은 몰랐거든. 작년에 할아버지 돌아가시고

그즈음에 몇 년이나 기른 강아지까지 죽는 바람에 힘들어서. 그리고 그 결과…….

허공으로 붕 떠오른 마녀 인형이 내 눈앞에서 한 바퀴 빙그르르 돌았다.

— 이렇게 된 거야. 진희 고 개년이 소원 성취와 그 대가를 동시에 선사한 거지.

예전에 어떤 책에서 봤는데, 고대인들은 불로불사의 개념을 두 가지로 나눴다고 했다. 젊음을 유지한 채 영생을 얻거나, 일단 죽고 나서 다시 살아나거나. 진희는 혜정에게 두 가지를 동시에 선사했다. 일단 불에 타서 죽게 만든 후 마녀 인형 속에 자아가 깃들게 해 주었으니까. 온몸에 소름이 돋았다. 진희가 만만치 않은 마녀인 줄은 진작 알았지만 이 정도일 줄은 몰랐다.

"근데 넌 왜 여태 그걸 숨겼어?"

혜정이가 깊은 한숨을 내쉬었다.

— 너무 쪽팔려서. 자존심도 세고 자존감도 높았던 인간 오혜정이 그런 년 꾐에 홀딱 넘어가서 두 번이나 소원을 빌고 이 모양 이 꼴이 된 게 너무 한심해서. 그래서 차라리 니 핑계로 책임을 피하고 싶었어. 그래서…….

풀이 죽은 인형이 방바닥에 맥없이 주저앉았다.

"진짜야?"

— 그래, 진짜라는 데에 내 손모가지와 오르골을 건다.

내 앞에 고개 숙인 인형의 작은 몸과 군데군데 꿰맨 자국들을 보니 짠했다.

"너도 참 너다. 그냥 말하지 그랬어, 누가 뭐라고 한다고…… 난 너보다 더 한심한 소원을 빌었는데……."

인형에게 손을 뻗어 품에 안았다. 혜정이가 내 품을 파고들며 울음을 터뜨렸다.

— 역시 넌 내 하나뿐인 친구야. 이런 널 한때나마 죽도록 미워했던 내가 또 한심해진다. 미안해, 안 그래도 현민이 때문에 심란할 텐데 나까지 한 몫 거들어서…….

"괜찮아."

— 난 앞으로 영영 어른도 못 돼. 이 쬐꼬만 인형에 지박령처럼 붙박여서 지구가 멸망한 뒤에도 혼자 살아가야 할지도 모르는데……. 아 씨, 눈물샘이 없어서 눈물도 안 나오네.

나도 그만 눈앞이 부옇게 흐려져서 혜정이 모르게 눈물을 찍어냈다.

— 말이 나와서 말인데……. 네 세 번째 소원 말이야.

"어, 그건 왜?"

— 지금이라도 취소하면 안 될까?

"취소해 달라 해도 안 해 줄 거고, 취소하지도 않을 거야."

약간의 페널티. 차라리 내가 그 모든 대가를 달게 받아들이는 편이 나았다.

— 너도 내 꼴 날까 봐 그래. 진희 고년이 너까지 불에 타서 죽게 한 담에 마녀 인형으로 부활시켜주고 '왜, 네 소원대로 마녀가 되게 해 줬잖아.' 이러면서 나랑 쌍으로 마녀 인형 컬렉션

이라도 만들면 어떡할래?

창밖으로 들리는 빗소리가 점점 더 커졌다.

"그렇게 되더라도 밀고 나가는 수밖에 없어. 이미 소원은 빌었으니까."

그런데 한 가지가 마음에 걸렸다. 간밤에 전화기가 물에 빠진 탓에 고장 나서 진희와 연락할 방법이 없다는 사실. 서둘러 근처 서비스센터로 가서 수리를 받았다. 전화기 메인보드가 침수되어 통째로 갈아야 했다.

— 안나린, 이참에 방수, 방진 되는 폰으로 하나 바꾸지 그래, 응?

서비스센터를 나오던 길에 혜정이가 넌지시 물었다. 새 생명을 찾은 전화기를 내려다보았다. 한낱 기계일 뿐이지만 내게는 의미 있는 물건이었다. 현민이를 떠올리니 새삼 가슴 한편이 아렸다.

어제 식당에서 현민이가 차갑게 대하던 순간이 되살아나 가슴팍을 쿡쿡 찔렀다. 어쩌면 그 애가 돌변한 이유가 나를 지키려는 마음 때문만은 아니었는지도 몰랐다. 전화기를 손에 꼭 쥐며 고개를 가로저었다.

"아니, 그냥 이 폰 계속 쓸래."

* * *

— 오늘은 좀 일찍 서두르자

그날 밤, 새벽 2시가 되기도 전에 진희에게서 카톡이 왔다.

— 왜?

— 의식을 치를 장소가 따로 있거든

— 어딘데?

— 네가 어제 영미랑 놀았던 데

이 마녀는 어제 일까지 훤히 알았다. 그렇다면 현민이와 영미 사이에도 있었던 일도 알아차렸을지 몰랐다.

— 꼭 거기까지 가야 해?

— 응 널 위해 의식을 준비해 뒀으니까

무슨 의식을 어떻게 준비해 두었는지는 몰라도 이 새벽에 악천후를 헤치고 학교까지 가기가 쉬운 일은 아니었다.

— 같이 가, 안나린.

혼자 조용히 다녀오려 했는데 혜정이 따라나섰다.

"넌 그냥 집에 있어. 혹시 나한테 무슨 일 생기면 너라도 나은이를……."

지켜 달라고 하려다 얘가 나은이를 돌보면 얼마나 돌보겠나 싶어 그만두었다. 오히려 나은이가 얠 돌봐야 할 판이었다.

— 됐어, 이왕 이렇게 된 거 죽어도 너랑 같이 죽고 살아도 너랑 같이 살 거야.

비장한 각오가 어린 목소리였다. 고맙기도 하고 안쓰럽기도 했다. 마녀 인형을 백팩에 담고 살그머니 방을 나오는데 등 뒤에서 방문이 벌컥 열렸다.

"언니, 어디 가?"

화들짝 놀라 돌아보았다. 나은이가 문가에 서 있었다. 평소에는 한번 잠들면 운석이 떨어져도 모르는 아이가 오늘따라 어떻게 깨서 나왔는지 모를 일이었다.

"어? 어, 갑자기 편의점에서 파는 핫바가 먹고 싶어서……."

— 푸핫, 핫바래.

"이 시간에? 가방까지 메고? 누가 보면 이 시간에 학교라도 가는 줄 알겠다."

— 귀신이네.

"신경 쓰지 말고 자. 언니 금방 다녀올 테니까."

"비도 엄청 오는데 오늘은 그냥 자고 내일 사 먹으면 안 돼?"

나은이가 어쩐지 이상했다. 꼭 뭘 알고 그러는 것 같았다.

"안 돼. 오늘 꼭 먹어야 직성이 풀릴 거 같아. 그러니까 얼른 들어가."

"싫어, 그럼 나 언니 올 때까지 기다릴래."

"오늘따라 어린애같이 왜 이래? 떼쓰지 말고 얼른 자."

"싫다니까, 언니 올 때까지 기다린다, 나."

나은이가 아예 팔짱을 끼더니 거실 바닥에 주저앉았다. 어려서부터 한번 고집을 부리기 시작하면 아무도 못 말리는 아이였다. 그 황소고집이 하필이면 지금 나오다니 여간 난감한 일이 아니었다.

벽시계를 보니 벌써 새벽 2시 10분이었다.

이제 나은이가 바짓가랑이를 붙들고 늘어져도 뿌리치고 나가야 할 판이었다. 별수 없었다. 얼른 의식을 마치고 돌아오는 수밖에…….

"모르겠다. 너 좋을 대로 해."

현관문을 닫는 내 등에 대고 나은이가 외쳤다.

"내 것도 사 와, 핫바!"

* * *

한참 걸려 겨우 잡아탄 택시에서 내리기 직전, 시간을 보니 새벽 2시 50분 즈음이었다. 장대비가 쏟아지는 새벽, 교문에서 바라본 학교 건물은 폐교보다도 더 스산하고 섬뜩했다. 교문까지 잠겨 있어서 담을 넘어야 했다. 우산을 받쳐 들 손이 없어 잠시 비를 맞았는데 금세 옷이 흠뻑 젖어 들었다.

— 날 궂은 야밤에 이 무슨 생쇼인지 모르겠다, 나는.

혜정이가 툴툴댔지만 대꾸할 여유도 없었다. 학교로 들어서자마자 공사 현장으로 내달렸다. 늦을세라 입이 바짝바짝 말랐다. 도착하니 새벽 2시 55분이었다. 심호흡하고 걸어 들어갔다. 밤인데도 안은 훤했다. 공사 현장 한복판에 거대한 불기둥이 솟구치는 중이었다. 각목과 합판을 모아 피운 모닥불이었다. 뭘 뿌렸는지 불길의 기세가 엄청났고 냄새도 고약했다.

— 고년이 미리 불쇼 세팅을 해뒀나 봐, 치밀한 년.

불길과 맞닥뜨리기만 했는데도 온몸의 힘이 쭉 빠져나갔다. 사라진 줄 알았던 악몽이 되살아났다. 부모님이 돌아가시던 날의 악몽. 얼른 모퉁이 너머로 몸을 피했다. 현기증이 나고 속이 울렁거렸다. 식은땀이 나고 다리가 후들거렸다. 달아나고 싶었다. 현장 모퉁이에 몸을 숨기고 가쁜 숨을 몰아쉬었다.

— 안나린, 정신 차려. 3시 다 됐다.

혜정이의 외침에 간신히 마른 침을 삼키며 마른세수를 했다. 이러고 있을 때가 아니었다. 정신이 번쩍 들어 진희에게 톡을 보냈다.

— 도착했어

곧바로 답장이 날아왔다.

— 엄지와 검지, 중지를 차례로 찔러서 피를 한 방울씩 마셔

뭐로 찔러야 하나 고민하는데 눈앞에 옷핀 하나가 떴다.

— 내 택에서 뗀 거야.

혜정이가 말했다. 가격표를 인형 옷과 고정했던 핀인 모양이었다. 엄지부터 차례차례 찔러 핏방울을 받아 마셨다. 비린 쇠맛이 났다.

— 이제 불 앞에 서서 눈을 감고 소원을 세 번 빌어

길게 심호흡을 하고는 모퉁이에서 나왔다. 거대한 혓바닥을 날름대는 불길을 보니 달아나고 싶어졌다. 하지만 달아날 길은 없었다. 떨어지지 않는 발을 떼서 한 걸음 한 걸음 불길로 다가갔다. 불길이 뿜어대는 열기에 얼굴이 화끈거렸다. 눈을 질끈 감고 세 번째 소원을 빌었다.

"마녀가 되고 싶어. 마녀가 되고 싶어. 마녀가 되고 싶어."

내 목소리가 휑한 공사현장에 울려 퍼졌다. 눈을 뜨고 보니 전화기에 진희가 보낸 톡이 떠 있었다.

— 이제 뛰어넘어

—뭘?

— 불

— 저 불을?

— 그래 널 위해 피워둔 거야

바라보기만 해도 영혼까지 타버릴 듯한데 뛰어넘으라니……. 미친 소리였지만 선택의 여지가 없었다. 네가 감히 나를 뛰어넘겠느냐고 묻는 듯 불길이 천장까지 닿을 듯 치솟았다.

— 미쳤나 봐. 산 채로 태워죽이려고 작정했나 보네, 그년이. 안나린, 설마 진짜로 할 건 아니지?

대답 대신 백팩을 뒤쪽에 내려놓았다.

"죽기 아니면 까무러치기야. 안 죽어. 여기서 죽진 않을 거야. 두고 봐. 어떤 대가가 찾아오든 보란 듯이 마녀가 돼서, 받은 만큼 갚아줄 거야."

길게 심호흡했다. 공황으로 눈앞이 핑핑 돌았지만, 어금니를 악물었다. 눈앞에서 활활 용틀임하는 괴물을 바라보았다. 뛰어넘지 못하면 모든 게 끝이라 생각하니 용기가 났다. 서너 발짝 뒷걸음질 쳤다가 곧장 불길로 내달리기 시작했다.

— 으아, 난 못 보겠어. 내 꼴 날까 봐…….

불길 속으로 몸을 날렸다. 후끈한 열기가 얼굴에 확 다가들었다. 얼굴만이 아니라 온몸을 통째로 태워버릴 기세의 열기였다. 그때 예상 밖의 일이 일어났다.

불길을 통과한 몸이 그대로 허공을 날았다. 벽이 다가왔다.

그대로 꿰뚫고 비가 쏟아지는 교정을 가로질렀다. 추진 로켓이라도 단 듯 무시무시한 속도로 밤거리를 날았다. 순식간에 무수한 건물과 거리를 뚫었다. 날이 밝고 날이 저물었다. 무수한 산과 들, 강을 지나 넓고 큰 바다를 날았다. 내가 뛰어넘은 영역은 공간만이 아니었다. 블랙홀로 빨려든 우주선처럼, 제어장치가 고장 난 타임머신처럼 시간마저 거슬렀다. 수많은 낮과 밤이 눈앞을 스쳤다. 세상이 생겨나고 사라지기를 반복했다. 산이 사라지고 강이 말랐고 화산에서 용암이 솟구치고 거대한 버섯구름이 피어올랐다. 생성과 소멸이 미친 듯 엇갈리면서 형체도 구분이 안 갈 정도였다. 눈을 뜨기 버거울 정도로 눈앞이 어지러웠다. 이윽고 눈앞이 확 밝아졌다.

* * *

"마녀를 찾아라!"

재판관이 입을 모아 외치는 쩌렁쩌렁한 고함이 광장 한복판에 울려 퍼진다. 광장을 에워싼 군중들이 그를 따라 일제히 외쳐댄다.

"마녀를 찾아라! 독 있는 뱀처럼 박살내 버려라!"

분노에 찬 외침이다. 그 기세에 놀란 새 떼 한 무리가 푸드덕거리며 한여름 태양이 이글대는 하늘로 날아오른다. 쥐와 벌레가 들끓는 지하 감옥에 사흘 밤낮을 갇혀 있다 밖으로 끌려 나오니 햇빛에 눈이 멀 듯하다. 온몸의 물기는 말라

버린 지 오래다. 갈라진 입술에서 진득한 액체가 흐른다. 목이 말라 죽을 지경이다. 광장 한복판의 무대에 선 재판관은 햇빛을 받아 거인처럼 보인다. 피둥피둥한 그의 얼굴이 땀과 기름으로 번들거린다. 그가 두 팔을 번쩍 들어 올린다. 손에 들린 두툼한 갈색 양장본 책이 칼날처럼 번뜩인다. 『MALLEUS MALEFICARUM』이다.

"본관은 사흘간 금식하며 신께 요청했다."

그가 외치자 군중들의 광분이 삽시간에 잦아든다.

"이렌느 슐츠가 과연 유죄인지, 무죄인지…… 마녀인지, 마녀가 아닌지를 요청하고 또 요청했다. 그리고…… 바로 오늘 새벽 그 요청의 답이 내게 내려왔다."

군중들이 성호를 그으며 두 손을 모은다. 재판관이 내 쪽을 보며 고개를 끄덕이자 눈앞을 가로막았던 군중의 벽이 양옆으로 우르르 갈라진다. 재판관이 선 광장의 무대로 한 줄기 길이 트인다.

"가자."

초주검이 된 나를 시자(侍者)들이 질질 끌고 향한다. 군중들의 시선이 나에게로 쏠린다. 나를 악마와 교접한 마녀로 몰았던 자들이다. 아프다. 무수한 채찍질에 살이 갈기갈기 찢겼고 딱지 앉은 상처에서 피고름이 흘러나온다. 살을 찢고 튀어온 복사뼈가 빠각거린다. 뒤로 묶인 손목 아래로 쇳덩이를 매단 손은 손가락이 모조리 비틀려 감각도 없다. 이대로 죽고만 싶다. 시자들은 내 머리를 박박 밀고, 잘린 머리채를 불구덩이 속에 내던졌다. 어렸을 때부터 길렀던 금발은 그렇게 사라졌다. 단단한 덩어리가 날아와 내 빗장뼈를 때리고 땅바닥에 떨어진다. 돌이다. 기다렸다는 듯 돌팔매 세례가 내게로 쏟아진다. 입술이 터지고 귀에서 피가 흐른다. 눈앞에 번쩍 마른번개가 내리친다. 그러나 말라비틀어진 입술 새로는 나직한 신음밖에 새어 나오지 않는다. 비명을 지를 힘도 없다.

"마녀를 죽여라! 독 있는 뱀처럼 박살내 버려라!"

일곱 살배기 사내아이가 내게 돌팔매질을 하며 앙칼지게 외친다. 아는 아이다. 일주일 전 그 아이에게 양젖을 나눠주었다. 내게 돌팔매질을 해대는 무리 중에는 내 사촌과 이웃도 있다. 그리고 나를 좋아했던 목동 하인즈도 있다. 나와 눈이 마주치자 그는 애써 외면하면서도 남몰래 눈물짓는다. 그를 원망하지는 않는다. 마녀를 동정하면 한패로 몰리니까. 저들은 나를 사람이 아닌, 악마에게 몸과 영혼을 판 마녀로 본다.

무대 한복판까지 나를 끌고 온 시자들이 재판관 앞에 무릎을 꿇린다. 재판관이 두꺼운 책을 펼쳐 들고 읽기 시작한다.

"여자가 홀로 남으면 오로지 악한 생각밖에 하지 않는다. 여자는 몸과 마음이 연약하므로 악마에게 넘어가는 게 당연하다. 모든 마녀는 성욕이 만족이 되지 않을 때 생긴다."

거기까지 읽은 재판관이 책을 덮는다.

"이렌느 슐츠, 네가 마녀냐?"

대답하지 않는다. 대답할 힘도, 이유도 없다. 어차피 답은 하나니까. 형리의 우악스런 손길이 내 턱을 붙들어 고개를 치켜들게 한다.

"다시 한번 묻겠다. 이렌느 슐츠, 네가 마녀냐?"

재판관의 입에서는 썩은 내가 난다. 고개를 가로젓는다. 집에 가고 싶다. 엄마도, 아빠도, 동생도 흑사병에 걸려 죽고 없지만 텅 빈 집에라도 돌아가고 싶다.

"그렇다면 너는 마녀가 아니란 말이냐?"

고개를 끄덕인다. 그래, 나는 마녀가 아니다.

"좋다. 그렇다면 네가 과연 마녀가 아닌지, 선량한 게오르겐탈 시민들이 보는 앞에서 심판하겠다."

재판관이 형리들에게 눈짓을 보내자 형리가 뒤로 묶인 내 손을 풀어 앞으로 내밀게 한다. 사흘 전, 재판관은 화로 속에서 벌겋게 달아오른 쇳덩이를 내 손바닥에 올렸다.

"보아라! 만일 이렌느 슐츠가 결백하다면, 이 신성한 쇳덩이를 손 위에 올려놓고 사흘 후 천을 풀었을 때 화상이 없을 것이며, 우리의 믿음대로 마녀가 맞는다면, 화상을 입을 것이니……."

재판관이 형리에게 고개를 끄덕인다. 형리가 내 두 손에 칭칭 감긴 천을 푼다. 내 손아귀와 들러붙었던 쇳덩이를 들어내자 화상으로 만신창이가 된 손이 드러난다.

군중들이 광분한다.

"마녀를 죽여라! 독 있는 뱀처럼 박살내 버려라!"

함성이 극에 달하자 재판관이 두 팔로 허공을 가른다. 금세 함성이 잦아든다.

"마녀의 별!"

재판관이 외친다.

"악마와 교접한 마녀에게는 그 표식으로 마녀의 별이 몸뚱이에 새겨진다. 오늘, 나는 이렌느 슐츠의 몸뚱이에 새겨진 마녀의 별을 만천하에 내보이겠노라."

형리가 내 어깨에 걸친 누더기를 와락 끌어 내린다. 내 왼쪽 어깻죽지에 새겨진 별을 본 자들이 탄식한다. 성호를 긋는 이도 있다. 아무도 모른다. 이 문신 또한 사흘 전 형리들이 내 어깻죽지에 새긴 것임…….

"자, 이제 모든 것이 밝혀졌다. 나, 도미니크 비제는 신의 대리인인 집행관의 자격으로 마녀 이렌느 슐츠의 화형을 언도하노라!"

그가 외치자 형리들이 내게로 달려들어 나를 광장 한복판에 세워진 화형대에 매단다. 나는 이제 죽는다. 아침에 해가 뜨고 저녁에 해가 지듯 내 의지로는 바꾸지 못할 일이다. 하지만 이대로 죽기에는 원통하다. 신의 대리인을 자처한 저 가증스러운 자들을 노려본다.

'당신들은 나를 겁탈하려고 했다.'

당장에라도 진상을 털어놓고 싶다. 열흘 전 깊은 밤, 저놈들이 우리 집에 찾아와 나를 침대로 끌고 가 욕보이려 했다. 내가 저항하며 비명을 지르자 이웃집에 하나둘 불이 켜졌다. 결국, 놈들은 목적을 이루지 못하고 뒷문으로 달아났다. 그러고는 며칠 후 마녀의 오명을 들고 들이닥쳤다.

"네놈들이 날……."

내가 말라비틀어진 입술을 달싹거리자, 재판관의 우렁찬 외침이 내 목소리를 덮어버린다.

"신의 이름으로 명하노니, 성화로 악마와 계약한 마녀의 더러운 육신과 영혼을 불태우겠노라!"

신의 이름으로……? 나도 모르게 웃음이 터져 나온다. 낄낄 웃다가 쿨럭거리며 핏덩이를 토해내고 나자, 비로소 목이 트인다.

"날 불태우면 끝인 줄 아느냐? 네놈들도 언젠가 대가를 치르게 될 것이다."

재판관과 형리들, 그리고 군중을 하나하나 둘러보며 외친다. 군중이 웅성거리기 시작한다. 그때 사방이 어두컴컴해진다. 검은 그림자가 빠르게 태양을 좀먹는다. 하늘을 올려다본 군중들이 겁에 질려 탄식한다. 비명을 지르는 이도 있다.

"마녀의 소행이다. 마녀를 불태워라! 독 있는 뱀처럼 박살내버려라!"

재판관이 침을 튀기며 외친다. 그는 형리에게서 성화를 빼앗아 내 발밑에 쌓인 검불과 마른 장작에 불을 붙인다. 분노와 증오의 불길이 발밑에서 솟구친다. 누린내가 진동하고 살이 타들어 가는 고통에 비명이 터진다. 눈을 부릅뜨고 놈들을 쏘아본다.

"검은 태양의 눈에 대고 맹세하나니, 네놈들도 대가를 치르게 되리라!"

사방이 어두워지고 나를 태우는 불길만이 게오르겐탈의 광장을 밝힌다. 시커먼 하늘을 올려다 본다. 둥글고 검은 그림자가 태양을 완전히 가린다. 그림자에 가려진 태양은 그 자체로 이 더럽고 추악한 세상을 내려다보는 거대한 눈이다. 그 눈을 올려다보며 외친다.

"내 불의 제물이 되어 간절히 비나니, 내게 저놈들을 심판할 힘을 주소서!"

몸을 파고든 불길이 성대와 눈마저 태워버린다. 말할 수도, 볼 수도 없다. 오로지 온몸을 파고드는 고통뿐이다. 이윽고 불길은 고통마저도 태워버린다.

* * *

— 안나린, 괜찮아? 눈 좀 떠봐!

혜정이의 목소리에 눈을 번쩍 떴다. 나는 미친 듯이 비명을 지르던 중이었다.

— 괜찮아, 안나린! 정신 좀 차려!

그제야 눈앞의 마녀 인형이 눈에 들어왔다. 간신히 제정신이 돌아왔지만, 한동안 내가 누구이며 여기가 어디인지도 몰라 주위를 두리번거렸다. 깊은 물에 빠져 가라앉다 물 위로 올라온 듯 머릿속이 멍했다. 한참 만에 내가 안나린이라는 대한민국의 여고생이며 새벽에 소원 의식을 치렀다는 사실을 깨달았다. 벌떡 일어나 몸 여기저기를 살폈다. 놀랍게도 멀쩡했다.

— 살았구나! 역시 안나린! 너도 나처럼 죽는 줄 알았잖아. 얼마나 걱정했는지 알기나 해?

혜정이가 내 품에 폭 파고들었다. 엉겁결에 인형을 안고 다독이며 돌아보았다. 등 뒤로 너울대는 불길이 보였고 쏟아지는 빗소리가 들려왔다. 내가 뛰어넘었던 모닥불은 어느새 수명이 다한 듯 수그러드는 중이었다.

"나, 괜찮은 거 맞지?"

내 몸을 샅샅이 살피고도 믿기지 않았다.

— 그래, 괜찮다니까. 너무 괜찮아서 오히려 이상할 정도지. 너 스턴트 해도 되겠다, 야. 어떻게 저런 불을 뛰어넘고도 머리털 하나 안 그슬려?

"내가 얼마나 이러고 있었어?"

— 기억 안 나?

"어, 꽤 오래 지난 거 같은데……."

한 수백 년쯤.

— 불쇼 찍고 자빠진 담에 바로 그 난리를 쳤으니 한 10초도 안 됐겠네.

"10초?"

입이 떡 벌어졌다. 그 멀고도 길었던 여정이 고작 몇 초였다니……. 꿈인지 환상인지 분간 못할 상황이었지만 너무나 생생했다. 지금도 온몸을 파고들던 열기가 잔영으로 남아 살갗이 화끈거릴 정도였다. 그러고 보니 기억났다. 첫 번째 소원의 대가가 찾아오기 전날 밤에도 이와 비슷한 악몽을 꾸었다. 아니, 어쩌면 악몽이 아닌 다른 것.

"처음이 아니었어."

— 뭐가?

"불."

— 불? 어릴 때 한 불장난?

"아니, 훨씬 오래전……."

오늘은 그때와 달리 또렷이 기억났다. 나를 재판하던 재판관의 얼굴과 그가 들었던 책, 『MALLEUS MALEFICARUM』.

검색을 하려고 주머니를 더듬어 보니 전화기가 없었다. 둘러보니 멀찌감치 바닥에 나뒹구는 스마트폰이 보였다. 불길을 뛰어넘던 순간의 충격에 주머니에서 튀어 나간 모양이었다. 그리로 손을 뻗었다. 전화기가 허공에 붕 떠올랐다. 손을 까딱이자 채찍으로 감아 당긴 듯 날아와 내 손아귀에 착 내려앉았다. 다행히 무사했다. 카카오톡을 띄워 보니 진희는 이미 대화방을 나간 뒤였다.

인터넷 검색 창에 'MALLEUS MALEFICARUM'을 입력했다. 신기하게도 그 긴 스펠링이 또렷이 기억났다.

— 말레……우스 말레피카룸? 그게 뭔데?

어학 사전에 검색 결과가 떴다.

　마녀의 망치.

'말레우스 말레피카룸'으로 다시 검색해 보았다. '인류사에

재앙을 불러일으킨 책들'이라는 제목의 기사가 검색 결과에
떴다.

마녀사냥의 교본 '말레우스 말레피카룸(Malleus Maleficarum)'
= '마녀의 망치'라 불리는 이 책에는 마녀 색출과 근절 방법을 담고
있다. 이 책의 등장으로 유럽 전역은 마녀사냥의 분위기로 들끓게
된다. 책은 총 3부로 나뉘는데, 1부에서는 마술과 주술이 존재하
며 여자가 악마의 유혹에 넘어간 마녀의 실상과 타락상을 강조하
고, 2부에서는 마녀들이 벌이는 기괴한 일들, 예컨대, 악마와의 계
약, 교접, 공중을 날아다님, 변신 등에 관한 이야기들을 수집한다.
제3부는 마녀재판의 법 절차를 해설한다. 마녀에게서 자백을 받아
내기 위한 방법으로 고문을 인정했으며, 사탄 편에 가담한 자들을
없애는 종교재판관을 돕기 위해 평신도와 세속 권력자들을 소환했
다. 저자는 도미니코 수도회의 수사인 하인리히 크레머와 요하네
스 슈프렝거다.

책의 이미지도 검색 결과에 같이 나왔다. 뱀 같은 덩굴 문양
이 새겨진 두툼한 갈색 양장본. 오랜 세월에 빛바래기는 했지
만 내가 환영에서 보았던 그대로였다.
— 대박.
내 옆에서 스마트폰을 들여다보던 혜정이가 중얼거렸다.
"왜?"
— 나도 본 적 있어, 이 책…….

"언제, 어디서?"

― 진희.

언제나 가슴을 두 계단쯤 철렁 내려앉게 하는 그 이름. 이제는 익숙해질 만도 한데 배후에 도사린 그 이름에는 면역이 되지 않았다.

"진희가 보여 줬단 말이야?"

― 딱히 보여 준 거라고 하긴 뭣한데 고년이 백팩 열다가 이 책이 딴 책에 딸려서 비죽 튀어나온 적이 있어.

머릿속에서 찝찝한 물음표들이 우수수 쏟아졌다.

"이거랑 똑같은 책이었어? 확실해?"

― 어, 확실해. 고딩이 교과서나 자습서나 갖고 다니지, 이런 책을 왜 갖고 다니겠니. 호그와트 도서관에나 어울릴 책을……. 처음엔 고서 컨셉의 다이어린가 했는데 책이 너무 낡은 거야. 궁금해서 물어봤거든. 뭐냐고. 근데 고년이 정색하면서 이러는 거야. '알 거 없어.'

"알 거 없어?"

― 어, 그 말투가 어찌나 싸늘한지 입김이 다 나오려고 그러더라.

"그때가 언제였는데?"

― 나 죽기 얼마 전에……. 근데 그 책은 왜 찾아본 건데?

"방금 봐서."

― 방금? 무슨 말이야?

어디서부터 어떻게 설명해야 할까. 단 몇 초 만에 수백 년을

거슬러 올라간 그 괴상하고 무서운 경험을……. 혹시 몰라 주
위에 뒹구는 각목을 염력으로 움직여 불길이 잦아든 모닥불부
터 들쑤셔 불을 껐다.

— 꺼진 불도 다시 보자?

혜정이도 빗물이 고인 페인트통을 들어다 불을 끄는 데에
한 몫 거들었다. 깜부기불까지 꺼뜨린 뒤, 백팩 지퍼를 열었다.

"가면서 얘기하자."

* * *

"언니, 왜 인제 와? 내가 얼마나 기다렸는지 알아?"

현관문을 열자 거실에 앉아 있던 나은이가 달려와 와락 안
기며 말했다.

"동네 편의점 갔더니 핫바가 떨어졌더라고."

— 그래서 어마어마한 핫바를 뛰어넘고 왔지.

"에이, 없으면 그냥 오지, 핫바 공장까지라도 갔다 왔어, 이
시간에?"

"좀 멀리 갔다 왔어. 그건 그렇고 너 왜 여태 안 잤어?"

벽시계를 보니 벌써 새벽 4시를 넘긴 시각이었다.

"언니가 안 오는데 어떻게 자? 오면 보고 자려고 기다렸지.
나 착하지? 부비부비해 줘잉."

나은이가 얼굴을 내 품에 비벼대며 애교를 부렸다. 이런 동
생을 두고 내가 죽었다면 눈이나 제대로 감았을까. 상상만 해

도 아찔했다.

"근데 내 핫바는?"

역시 아직 어린애였다.

"너, 내가 아니라 핫바 기다린 거 아냐?"

편의점에서 사 온 핫바를 그 애에게 건네며 눈을 흘겼다.

"아냐. 날 뭘로 보고 그래? 나한테 핫바 100만 개를 줘 봐라, 내가 언니랑 그딴 걸 바꾸나."

말은 그렇게 하면서도 그 애는 얼른 비닐 포장을 뜯어 핫바를 베어 물었다.

"맛있다. 근데 언니."

나은이가 나를 물끄러미 바라보았다.

"어, 왜?"

"왜 언니한테서 탄내 같은 게 나? 혹시 고깃집 갔다 온 거 아니지?"

잠깐이지만 나은이의 눈빛이 빛났다. 내심 흠칫하면서도 짐짓 태연하게 대답했다.

"고깃집은 무슨……."

"근데 왜 몸에서 숯불구이 냄새가 나?"

— 숯불구이가 될 뻔했지.

"핫바 훈제 향을 착각한 거 아냐?"

다시는 불 근처에도 가고 싶지 않았다. 핫바에 코를 들이대고 킁킁대던 나은이가 고개를 갸웃거렸다.

"그런가? 이상하네. 분명 탄내 같은데……."

이 천진난만한 아이에게까지 어둡고 음산한 세계의 일을 알리고 싶지는 않았다. 핫바를 깨끗이 먹어치운 나은이가 제 방으로 들어가자, 나도 내 방으로 돌아와 옷을 갈아입고 침대에 누웠다.

가슴이 쿵쾅거렸다. 아까만 떠올리면……. 기분 탓인지는 몰라도 세상은 그대로인데 나만 이상해진 듯한 기분이 들었다. 번데기 속에서 막 세상으로 나온 누에나방이 된 기분이랄까. 실상은 나방에서 누에가 되었는지도 모르지만.

— 그나저나 불쇼 하면서 뭘 본 거야, 안나린?

내가 모닥불을 꿰뚫던 순간 겪었던 일을 털어놓자 혜정이가 물었다.

— 너 독일어 알아?

"아니, 전혀."

— 독일어의 D도 모르는 니가 환상 속 사람들이 하는 말은 어떻게 알아들었어?

"그러게."

환상 속에서는 당연한 줄 알았는데 곰곰이 떠올려 보니 이상하기는 했다. 독일어를 전혀 모르는 내가 독일어를 우리말처럼 알아듣다니…….

"뭐랄까. 그 환상 속에서 난 내가 아니었거든."

— 니가 아니면 누구였는데?

"이렌느 슐츠라는 애한테 빙의된 거 같았어. 그래서 그런지 사람들이 독일어로 말해도 다 알아듣겠더라고."

— 대박, 혹시 그 환상이 니 전생 기억은 아닐까?

"난 전생 같은 거 안 믿어."

— 나도 영혼 같은 거 안 믿었거든. 이 모양 이 꼴이 되기 전까지는…….

하기는 뭐든 겪어 봐야 믿게 마련이었다. 염력이니 마녀니 하는 개념들도 말로만 들으면 황당하기만 했다. 하지만 겪어 보니 염력도, 마녀도 진짜 있었다.

— 그러니까 니가 전생에 이렌느 슐츠라는 독일 여자애였고 진희는 그 재판관이었던 거지. 니네 둘은 전생의 악연으로 현생까지도 지지고 볶고 싸우는 사이가 된 거고…….

일단 그 사건이 실제로 있었던 일인지부터 확인해야 했다. 염력으로 스마트폰을 허공에 띄워 인터넷에 접속했다. 염력을 터득한 뒤로 가장 좋은 점이 이렇게 침대에 누워 손가락만 까딱거려도 필요한 물건을 마음대로 부릴 수 있다는 점이었다.

이렌느 슐츠는 실존 인물일까. 『말레우스 말레피카룸』은 실제 책이었다. 그런데 진희도 한 권 소장 중이라는 말이 어쩐지 찝찝했다. 모든 환상이 진희의 농간은 아니었을까. '게오르겐탈'을 검색해 보았다. '마녀사냥'이라는 제목의 지식백과 문서가 떴다.

마녀사냥은 15세기 초부터 산발적으로 시작되어 16세기 말~17세기가 전성기였다. 당시 유럽 사회는 악마적 마법의 존재, 곧 마법의 집회와 밀교가 존재한다고 믿고 있었다. 초기에는 희생자의 수도 적었고, 종교재판소가 마녀사냥을 전담하였지만, 세속법정이 마녀사냥을 주관하게 되면서 광기에 휩싸이게 되었다.

뒤이어 프랑스와 독일을 비롯한 유럽 각 지방의 마녀재판 횟수와 희생자 수의 기록이 이어졌다. 밑으로 쭉 넘겼다. 있었다.

튀링겐 숲에 인접한 게오르겐탈이라는 인구 4000명에 불과한 작은 도시에서 1652~1700년에 64회의 마녀재판이 실시되었다.

1652년부터 1700년까지 64회의 마녀재판……. 만일 내 환상이 실화라면 이렌느 슐츠라는 여자애가 화형당한 사건도 그 64회의 마녀재판 중 한 번일 터였다.

— 너, 게오르겐탈이란 데 알았어?

"아니, 맹세코 오늘 처음 들어봤어, 게오르겐탈. 게보린이니 게비스콘은 들어봤어도……."

— 맞다, 개기일식 한번 검색해 봐.

이렌느 슐츠가 불타던 순간, 그림자가 태양을 뒤덮은 현상은 분명 개기일식이었다. 달이 태양과 지구 사이에 놓여 지구에서 볼 때 달이 태양을 완전히 가리는 현상. 검색어를 이리저리 바꾸어가며 찾아봤지만 1652년부터 1700년 사이 독일에 개기일식이 일어났다는 기록은 좀처럼 보이지 않았다. 결국, 동틀 무렵쯤 검색을 포기했다. 잠시라도 눈을 붙이려 했지만 이렌느의 외침이 귓가를 떠나지 않았다.

검은 태양의 눈에 대고 맹세하나니, 네놈들도 대가를 치르게 되
리라!

그 아이가 죽기 직전 올려다본 검은 태양의 눈은 호루스의
눈을 빼닮았다. 어쩌면 둘은 가깝게 이어져 있는지도 몰랐다.

내 불의 제물이 되어 간절히 비나니, 내게 저놈들을 심판할 힘을
주소서!

19. 표식

"어떡해! 늦겠다. 너, 왜 안 깨웠어?"

눈을 뜨니 아침 7시를 훌쩍 넘긴 시각이었다. 늦잠을 잤다. 간밤에 쏟아지던 비는 그쳤지만, 여전히 우중충해 날이 밝은 줄도 몰랐다. 허겁지겁 교복을 입으며 괜한 혜정이를 원망했다.

— 니가 하도 곤히 자길래 더 자라고 놔뒀지.

덩달아 늦잠을 잔 나은이를 깨우고 부랴부랴 집을 나섰다. 집 앞에 낯익은 모터사이클이 서 있었다. 주위를 둘러봤지만, 동준이 외에는 아무도 없었다. 부지불식간에 실망했다. 어쩌면 현민이가 와 있기를 기대했나 보다. 현민이는 지금 뭐하고 있을까.

"왜 이렇게 늦게 나와?"

동준이가 묻는 말에 대답하지 않고 되물었다.

"왜 왔어?"

"너 태우러 왔지. 나은이가 오늘은 언니 꼭 태워다 주라던데, 자긴 택시 타고 간다고. 늦었다. 얼른 타."

내키지 않았지만 워낙 시간이 촉박해서 동준이가 건네는 헬멧을 쓰고 뒷좌석에 앉았다. 동준이가 가속 레버를 당기자 몸이 젖혀지며 주위의 풍경들이 뒤로 밀려났다. 모터사이클은 순식간에 골목길을 빠져나와 홍주 거리를 내달렸다. 어젯밤 모닥불에 뛰어든 순간, 느꼈던 속도감이 되살아났다. 확실히 둘은 비슷했다.

교문 앞에서 막 승용차에서 내리던 현민이와 맞닥뜨렸다. 눈이 마주친 순간 팔에 힘이 들어가서 동준이의 등을 꽉 끌어안고 말았다.

— 야, 안나린, 너 스킨십이 좀 과한 거 아냐?

혜정이의 핀잔도 귀에 들어오지 않았다. 현민이가 나를 외면하고 뒷좌석 문을 열자 거기서 영미가 내렸기 때문이었다.

"오토바이 타고 와서 시원하겠네."

우리가 그 곁을 지나던 순간, 영미가 같잖다는 듯 우리를 바라보며 비웃었다.

— 와, 영미 저거 명치 세게 쳐 줬으면 속이 시원하겠네.

"생 까, 저것들."

동준이가 주차장으로 모터사이클을 몰며 말했다. 나도 그러고 싶었다. 사실 그래야만 했다.

* * *

"안녕, 나린아."

옆자리에 앉는 나를 본 진희가 인사를 건넸다. 늘 그렇듯 오늘도 그 애는 시치미를 뚝 뗐다.

"어, 안녕."

마음에도 없는 인사로 답하며 곁눈질로 진희의 얼굴을 흘깃 살폈다. 왼쪽 눈 밑에 살포시 자리 잡은 미인 점. 언뜻 보면 그냥 동그란 점이었지만 가까이에서 가만히 들여다보면 원형이 아니라 별 모양에 가까운 점. 이 마녀의 미모에 마성까지 더하는 화룡점정. 재판관의 말이 떠올랐다. '악마와 교접한 마녀에게는 그 표식으로 마녀의 별이 몸뚱이에 새겨진다.'

혹시 저 점이 정말 마녀의 표식은 아닐까. 교실 문이 열리고 영미와 팔짱을 낀 현민이가 들어섰다.

"오오."

아이들이 환호했다. 영미가 손으로 브이 자를 만들어 보이며 화답했다. 현민이는 여전히 나를 못 본 척했다. 그때 뭔가 번뜩 뇌리를 스쳤다. 현민이의 정수리 바로 밑에도 별이 있었다. 그 애가 나 대신 벽돌을 맞았던 날 상처를 살피다 봤던, 점이라기보다는 문신에 가까운 문양. 현민이의 별은 점에 가까운 진희와는 약간 달랐다. 진희의 별은 속이 검은 육각별이었지만 현민이의 별은 속이 비어 있었다. 그날 내가 현민이의 별을 문신에 가까운 문양이라고 여겼던 이유가 바로 그 때문이었다.

＊＊＊

― 혹시 현민이도 마녀는 아닐까?

화장실 칸 안에 들어서자 혜정이가 조심스레 추리했다.

"남자 마녀도 있어?"

― 있어, 나도 좀 찾아봤는데, '위치(Witch)'가 대개 여자를
의미하긴 하지만 그렇다고 남자 마녀가 아예 없는 건 아니래.
그래서 '마녀'라는 단어 자체가 정확한 번역은 아니래.

"그럼 뭐라고 해야 돼. 마남?"

혜정이가 풉 웃음을 터뜨렸다.

― 마남은 좀 코믹하지 않아? 마인(魔人)이라고 해야 한단 소
리도 있어.

"그럼 현민이가 마인일지도 모른다 이 말이야?"

― 외국에서 마녀는 두 가지로 나뉜대. 검은 마녀와 흰 마녀.
검은 마녀는 저주나 흑마술로 농작물을 말라 죽게 하거나, 인
형에 바늘을 찔러 누군가를 죽게 하는 저주를 내렸고, 흰 마녀
는 주문이나 약초로 병을 고치고, 가뭄이 오면 비가 오기를 하
늘에 비는 일을 했대.

"그럼 진희의 별은 검은 마녀란 뜻이고, 현민이의 별은 흰 마
녀, 아니, 흰 마인이란 뜻이다?"

일리가 있는 추리였지만 확신이 생기지는 않았다.

― 어제 아침 영미가 곧 죽게 생겼을 때 현민이가 널 들여보
내고 난 다음에 영미가 멀쩡해져서 교실로 왔잖아. 그럼 현민

이가 어떻게든 손을 썼다는 거야, 맞지?

"현민이가 아니라 영미가 빈 소원이 어떻게든 작용했을 수도 있지 않나?"

— 일단 영미 소원은 접어두고 얘기하자고.

"그래, 그렇다 치고."

— 죽어가는 생명을 살리는 건 긍정적인 일이니 검은 마녀가 아니라 흰 마녀의 일이야. 현민이 정수리에 별 모양 표식까지 있었다며? 그럼 현민이가 흰 마녀, 아니, 마인이란 소리지. 아아, 난 아무래도 탐정을 했어야 해. 셜록 혜정!

혜정이가 자신의 추리에 뿌듯해하며 허공을 한 바퀴 빙그르르 돌았다. 기분이 좋을 때 하는 행동이었다. 하지만 그 애의 추리보다 더 복잡한 내막이 있을지도 몰랐다. 어쩌면 그 모든 것들이 그저 우연의 일치인지도…….

"아!"

어깻죽지에 통증이 일었다. 어릴 때 선산에 성묘 갔다가 땅벌에 쏘였던 때처럼 아팠다.

— 왜 그래?

"어깨가 아파."

— 뭐가 물었나? 어디 봐 봐.

블라우스 단추를 풀고 왼쪽 어깨를 드러냈다.

— 히익!

"왜? 뭐가 물었어?"

— 글쎄, 이건 니가 직접 봐야 될 거 같은데…….

혜정이가 그렇게 얼버무렸을 때 불길한 예감이 일었다. 인형을 백팩에 넣고 화장실 칸막이 문을 열었다. 화장실에는 아무도 없었다. 세면대 거울 앞으로 다가갔다. 가슴이 두근거렸다. 통증은 여전히 은은하게 왼쪽 어깻죽지를 찔렀다.

악마와 교접한 마녀에게는 그 표식으로 마녀의 별이 몸뚱이에 새겨진다. 오늘, 나는 이렌느 슐츠의 몸뚱이에 새겨진 마녀의 별을 만천하에 내보이겠노라.

재판관의 말이 귓가에 땅벌처럼 윙윙 맴돌았다. 통증이 시작된 곳은 어깻죽지 위에 새겨진 문양이었다. 점처럼 검은 별 모양이었다.

왁자한 아이들의 목소리가 화장실로 다가왔다. 얼른 블라우스를 추스르고 단추를 잠갔다. 여자애들 서넛이 화장실로 우르르 들어왔다. 하필 개중에 영미가 끼어 있었다. 나를 본 영미가 슬금슬금 다가왔다.

"어머, 이게 누구야? 우리 현민이 전 여친 안나린 아냐?"

'전 여친'이라는 단어보다 '우리 현민이'라는 단어가 더 듣기 싫었다. 다른 아이도 아닌 현민이가 눈앞의 밉상과 '우리'라는 단어로 엮이는 자체가 기분 나빴다.

"전 여친은 개뿔, 저딴 게 무슨……."

영미의 심복이 나를 위아래로 훑어보며 콧방귀를 뀌었다. '마음 놓고 부리거나 일을 맡길 수 있는 사람'이라는 사전적 의미가 아니라, 정말 그 아이의 이름이 심복이었다. 유심복. 누가 이름을 지어 줬는지는 몰라도 이름값 하나는 확실히 하는 아이였다.

"여기서 혼자 뭐해? 거울 보고 지나간 옛 추억을 떠올리며 눈물이라도 찍어대고 있었나?"

— 와, 저년은 한마디를 해도 어쩜 저렇게 밉살맞게 하는지…… 저건 배워서 되는 게 아니야, 천성이지.

상대할 가치조차 없어 무시하고 칸막이로 돌아와 백팩을 어깨에 걸치고 화장실을 나가려 했다. 그때 영미가 내 앞을 가로막았다.

"우리 현민이가 그러더라? 너란 년이랑 엮였던 기억 자체를 지워 버리고 싶다고……."

하마터면 돌아서서 현민이가 정말 그랬느냐고 되물을 뻔했다. 하지만 설령 그랬다 해도 이제 나와는 상관없는 일이었다.

— 안나린, 동준이 말대로 그냥 생 까. 저런 개소리에 절대 발끈하면 안 돼.

혜정이의 말이 맞았다. 저런 수준 낮은 시비에 일일이 대응할 여유도, 이유도 없었다. 영미를 지나치려는데 심복이 백팩을 홱 낚아챘다. 그 애가 내게서 우악스레 백팩을 떼어내자 영미가 물었다.

"너 요새 화장실 갈 때도 꼭 이거 챙기더라? 매일 그날도 아닐 테고……. 여기 뭐 중요한 거라도 들었어?"

"알 거 없어, 내놔."

내가 손을 내밀자 심복이 등 뒤로 백팩을 숨기며 고개를 가로저었다. 영미가 거듭 캐물었다.

"사람이 뭘 물어봤으면 대답을 해야지?"

"유치하게 놀지 말고 얼른 내놔."

심복이 내 가슴팍을 떠밀었다.

"누가 너딴 년이랑 놀재?"

그 애가 허락도 없이 백팩 지퍼를 열어젖혔다.

"어, 뭐야, 이거. 오호, 대박, 이년 수준 좀 보소. 백팩에 뭔 인형을 넣어 갖고 다녀. 초딩이냐?"

"어디, 어디?"

유심복의 말에 아이들이 너도나도 내 백팩 안을 들여다보았다. 목구멍으로 불덩어리가 치밀었다. 나를 자극하려는 속셈이었다.

"어머, 정말이네. 안나린, 너야말로 유치하게 논다?"

영미가 모자 부분을 붙들고 마녀 인형을 백팩 밖으로 끄집어냈다. 죽은 닭처럼 축 늘어진 마녀 인형이 손끝에서 대롱거렸다.

"안 내놔?"

내가 달려들자 아이들이 중간에서 가로막았다.

영미가 물었다.

"이 인형은 뭐야?"

— 뭐긴 뭐야, 살아생전엔 니가 그림자도 못 밟았던 오혜정 님이시다! 어쩔래?

혜정이가 악을 썼지만 나를 뺀 누구도 그 말을 듣지 못했다.

— 이것들을 확 그냥……!

인형이 꿈틀 움직였다.

"어, 이거 살짝 움직인 거 같은데?"

영미가 고개를 갸우뚱했다. 평소 남들의 눈을 의식해 움직이지 않던 혜정이도 흥분을 주체하지 못한 모양이었다.

"똥꼬에 이건 뭐야?"

인형 치마를 걷어 올린 심복이 꽁무니에 매달린 태엽 손잡이를 보고 중얼거렸다.

"건드리지 마!"

내 경고 따위는 못 들은 척 심복이 태엽을 쥐고 감았다.

　　종소리가 은은하게 들려온다
　　희망의 앞날을 알려주려
　　딩동댕동 딩동댕 들려온다
　　바람결 따아라 저 멀리서

마녀 인형이 목운동하듯 시계방향으로 머리를 휘돌리며 오르골을 연주했다. 오늘따라 그 선율이 유독 섬뜩하게 들렸다. 내 어깨에 생긴 검은 별을 본 직후라서 그런지도 몰랐다.

"어, 나 이 노래 아는데. 「징글벨」인가?"

"미친, 「징글벨」이래. 아, 웃겨. 「종소리」지."

심복과 영미가 시시덕거렸다.

"내놓으라고 했다."

내가 또 한 번 으름장을 놓자 영미의 얼굴에서 웃음기가 가셨다.

"이걸 왜 갖고 다니는지 말하면 줄게."

"내가 왜 그걸 너한테 말해야 하는데?"

"내가 물었으니까."

"무슨 상관이야?"

"웃기잖아. 고2씩이나 된 게 이딴 싸구려 인형을 무슨 신줏단지 모시듯 백팩에 넣고 화장실에도 데리고 다니는 게……."

"네 알 바 아니잖아?"

"아니, 알고 싶어. 우린 친구잖아."

— 친구 같은 소리 하고 있네. 마녀랑 재판관이 친구라고 하지, 어?

혜정이가 빠르게 머리를 휘돌리자, 영미가 화들짝 놀랐다.

"깜짝이야. 이거 왜 이래? 고장 났나?"

영미가 인형을 빤히 들여다보며 말했다. 그 애가 눈짓을 보내자 심복이 손에 든 손지갑에서 일회용 라이터를 꺼냈다. 라이터에서 불꽃이 솟구쳤다. 불꽃이 인형의 발끝으로 다가갔다. 여차하면 인형을 불태울 기세였다.

— 안나린, 살려 줘! 아아악!

불꽃이 닿기도 전에 혜정이가 혼비백산해서 비명부터 질렀다. 불을 보자, 분신하던 순간의 공포가 되살아난 듯했다.

"붙여."

영미가 유심복에게 말했다. 명령대로 심복이 인형 발끝에 불을 댕기려던 순간, 세면대 수도꼭지에서 물이 쏟아졌다. 누군가 꼭지를 틀어막은 듯 물줄기가 직각으로 휘어져 김영미와 유심복에게 물벼락을 안겼다.

"앗 차거!"

그 바람에 라이터가 심복의 손에서 떨어져 나와 화장실 구석까지 날아가 벽에 부딪혀 펑 터졌다. 고작 일회용 라이터일 뿐인데도 유리창이 흔들릴 정도로 폭발음이 컸다. 밖에서도 웅성거리는 소리가 났다. 화장실 문 너머에서 얼쩡대는 아이도 있었다. 영미 패거리의 얼이 빠진 틈에 영미의 손아귀에서 마녀 인형을 낚아챘다.

— 안나린, 저것들 확 다 날려버려!

그러고 싶었지만 그랬다가는 판만 커질 상황이었다. 영미 혼자만 있지도 않을뿐더러 보는 눈이 너무 많아 염력을 또 쓰기에는 무리였다. 조금 전의 꼼수도 다른 아이들이 알아차리지 못하게 하느라 힘들었다. 영미가 씩씩대며 나를 쏘아보았다.

"애들 보는 데서 한바탕 해 보자 이거야?"

— 그래, 한바탕 해 보자 이거다, 이년아! 덤벼!

"네가 원하는 바라면……."

일촉즉발의 긴장감이 영미와 나 사이의 공기를 팽팽하게 달구었다.

"멀었어?"

화장실 밖에서 굵직한 목소리가 들려왔다. 현민이었다. 그제야 영미가 언제 그랬냐는 듯 인상을 풀고 애교 섞인 목소리로 외쳤다.

"응, 금방 나갈게."

영미가 나를 쏘아보았다.

"너 현민이 때문에 산 줄 알어. 우리 현민이가 그러더라. 수준 떨어지니까 너 같은 년이랑 상종하지 말라고. 아, 역시 각시는 서방 말을 잘 들어야 해."

영미가 교복에 튄 물을 탈탈 털어냈다.

— 서방 같은 소리 하네. 확 선빵을 날려 버릴라.

영미 패거리가 매무새를 가다듬는 사이, 인형을 백팩에 넣고 화장실을 나섰다. 복도에서 현민이와 마주쳤다. 나를 바라보는 눈빛이 여전히 차가웠다. 그래, 이게 순리야. 순리대로 가는 거야. 분명 그렇게 마음을 다잡았는데 내 입에서는 엉뚱한 말이 흘러나왔다.

"진심 아닌 거 다 알아."

순간, 현민이의 눈동자가 흔들렸지만 잠시였다. 그 애는 내 말을 듣지도 못했다는 듯 아예 돌아서 버렸다. 수업 시작을 알리는 벨이 울렸다.

* * *

— 원래 있었던 점 아냐?

점심시간, 아이들의 눈을 피해 학교 건물 뒤편의 공터 벤치로 나오자 혜정이가 물었다. 비가 갠 뒤의 수풀은 평소보다 더 푸르렀다.

"아니, 나 점 없었어."

— 잘 생각해 봐. 사람이 자기 뒤통수랑 등은 못 보잖아. 나도 열 살 때까지 몰랐는데 나중에 목욕탕에서 우연히 봤더니 등에 쪼끄만 점이 하나 있더라고.

"없었어. 확실해."

— 그래? 그렇담 최근에 생긴 점이란 얘긴데……. 그럼 정말 어제 불 뛰어넘은 뒤로 생긴 건가. 근데 흰 점도 아니고 까만 점이란 게 쫌 걸린다.

'쫌'이 아니라 많이 걸리는 눈치였다. 나도 마찬가지였다.

— 혹시 너 마녀재판 받고 불타 죽었다가 복수하려고 다시 태어난 이렌느 슐츠 아냐? 널 좋아했던 하인즈인지 하는 목동은 현민이. 걔가 전생에 널 지켜주지 못한 업보를 현생에 만회하려고 지금도 니 주변을 맴도는 거지.

그런지도 몰랐다. 어릴 때부터 나는 외국 아이 같다는 말을 곧잘 들었다. 컬러렌즈를 끼지 않아도 푸른 기가 감도는 눈빛과 염색을 안 해도 밝은 연갈색 머리카락 때문이었다. 엄마와 아빠는 이목구비가 또렷해도 한국인이 분명했는데 나와 나은이는 살짝 달랐다. "우리 조상 중에 외국인이 있었나?" 더러 아버지에게 물어보면 늘 그런 식의 대답이 돌아올 뿐이었다. 내가 전생에 이렌느 슐츠였다면…….

"진희는?"

― 진희 고년이야 당연히 재판관이겠지. 『말레우스 말레피카룸』! 그걸 괜히 갖고 다니겠니. 전생의 악연이 현생에선 아주 가까운 사이로 태어난다잖아. 부모 자식이나 현재 자매, 부부로. 나도 엄마랑 원수지간이었나 봐. 가슴에 대못만 박고 죽었으니…….

혜정이가 나직이 한숨을 내쉬었다.

"그렇게 보자면 반대여야 맞지 않아? 전생엔 내가 재판관, 진희가 이렌느 슐츠. 진희가 전생에 나한테 그렇게 당하고 죽어서 현생에 복수한다고 봐야 아귀가 더 잘 맞아떨어지지."

― 그런가? 에이, 난 그냥 셜록 혜정 자격증 반납해야겠다. 아직 내공이 부족해. 머릿속에 솜만 가득 찼으니 뭐……. 내 뉴런, 내 뉴런!

"머릿속에 뉴런이 알차게 들어찬 나도 뭐가 뭔지 모르겠는데 뭘."

발치에 걸리는 돌조각을 주워들어 던졌다. 돌조각은 어디인지 알 길 없는 수풀 속으로 사라져 버렸다. 수풀 어디쯤 떨어진 돌조각 찾기. 내가 지금 딱 그런 일을 하고 있다는 생각이 들었다.

"모르겠어, 정말……. 내가 수백 년 전에 죽은 애한테 빙의됐던 이유가 뭔지, 이렌느 슐츠가 죽은 다음에 무슨 일이 일어났는지, 그게 나랑 무슨 상관인지, 하필 불을 뛰어넘을 때 그런 게 보였는지까지, 진짜 전부 다 모르겠어. 앞으로 어떻게 될지도……."

앞으로 무슨 일이 벌어지든 감수할 각오는 되어 있었다.

내가 가장 감명 깊게 본 영화는 「그래비티」였다. 개봉 첫날 엄마 아빠와 디지털로 보고, 다음 날 3D로 또 봤다. 극장에서 내릴 때까지 열 번도 더 보아서 클라이맥스의 대사는 줄줄 외울 정도였다. "내가 보기에 예상되는 결과는 두 가지다. 멀쩡한 상태로 내려가 멋진 모험담을 들려주거나, 앞으로 10분 안에 불타 죽거나. 어느 쪽이든 밀져야 본전이다. 어떻게 되든 엄청난 여행일 거다. 난 준비됐다."

그래, 어느 쪽이든 밀져야 본전이었다. 나도 준비됐다.

* * *

그날도 현민이는 교문 앞에 대령한 승용차를 영미와 함께 타고 사라졌다. 현민이가 곁에 없는 방과 후는 주인공이 실종된 로맨스 소설처럼 텅 빈 느낌이었다.

"타."

모터사이클을 타고 뒤따라 나온 동준이가 내게 헬멧을 건네며 말했다. 단도직입적으로 물었다.

"너, 진희한테 소원 몇 개 빌었어?"

"몇 개는 무슨……. 하나가 다야."

대충 감은 잡았는데도 녀석은 소원 이야기만 나오면 발을 뺐다. 잡아떼려면 티나 덜 나게 잡아떼든가.

"확실해?"

"확실해."

내가 뚫어지게 바라보자 동준이가 슬쩍 눈을 피했다. 도로 헬멧을 내밀었다.

"너도 앞으로 내 앞에 얼씬거리지 마. 집에 찾아오지도 말고…… 누가 날 죽이려고 덤비면 그냥 놔둬. 죽든 살든 순리대로 될 테니까. 차라리 잘됐어. 너도, 현민이도 다 싫어."

"둘 중에 누가 더 싫냐?"

— 어처구니가 없네, 진짜.

"지금 그게 중요해? 둘 다 똑같이 싫어! 죽도록! 됐어?"

내가 고함을 지르자 동준이가 쓴웃음을 지으며 중얼거렸다.

"내가 더 싫다고 할 줄 알았는데 다행이네."

— 하이고, 퍽이나 다행이겠다.

"오늘은 먼저 간다. 무슨 일 생기면 연락해."

"절대 안 할 거니까 기다리지 마."

동준이는 헬멧 유리를 내리고 가속 레버를 당겨 출발했다. 말은 모질게 했어도 동준이마저 가 버리자 가슴 한복판에 커다란 싱크홀 두 개가 뚫린 듯했다.

— 너무 쓸쓸해하지 마, 안나린. 너한텐 내가 있잖아.

"그래, 엄청 위로가 된다."

빈정거리듯 대꾸했지만 사실이었다. 혜정이마저 곁에 없었더라면 이 모든 일을 혼자 어떻게 감당했을까. 그러고 보면 사람 일은 정말이지 한 치 앞이 안 보이는 안갯속 같았다.

"학생."

뒤에서 부르는 목소리에 돌아보니 연세가 지긋하신 할아버지가 서 있었다. 처음에는 누구인지 못 알아보았지만 낯익었다. 누구시더라?

― 목소리 들으니 난 대번 알겠는데?

혜정이의 말에 기억이 났다. 나를 불러 세운 그 할아버지는 죽은 진희의 할아버지였다. 덥수룩했던 그날과 달리 오늘은 이발과 면도를 말끔히 한 듯 말끔했다. 그날이 간달프였다면 오늘은 매그니토였다. '꽃할배'라는 말이 딱 어울릴 모습이었다. 그날은 연락처도 남기지 않고 돌아왔다. 아마 내 교복을 기억하고 무작정 학교로 찾아와 교문 앞에서 기다리신 모양이었다.

"아아, 안녕하셨어요?"

"그래, 긴가민가했는데 내가 제대로 찾아왔고만."

"어쩐 일로……."

내가 말끝을 흐리자, 할아버지가 품에서 뭐를 끄집어냈다.

"이거 좀 전해 주려고……."

할아버지가 내민 물건을 반사적으로 손에 받아들었다. 딱지 모양으로 접은 쪽지였다.

"이게 뭔데요?"

"진희가 죽기 전날, 나한테 남긴 거다."

"근데 이걸 왜 저한테……."

"이거 주면서 진희가 그러더라. 나중에 혹시 자기한테 무슨 일이 생기고 찾아오는 친구 있으면 꼭 전해 주라고……."

"진희가……요?"

할아버지가 고개를 저으며 한숨지었다.

"이유는 모르겠다, 나도. 워낙 예민한 애가 돼놔서 저한테 무슨 일이 닥칠지 예감했는지……."

말끝을 흐리며 눈시울을 붉히는 할아버지를 보니 나도 코끝이 찡했다. 소중한 사람을 잃는 일도 슬프지만 이미 떠나버린 사람을 떠올리는 일도 못지않게 그렇다. 나도 엄마 아빠를 떠올리면 지금도 눈앞이 부옇게 흐려지니까.

"그날은 경황도 없었고 진희가 말한 그 친구가 너란 확신도 없어서 그냥 보냈다만……."

할아버지가 말을 멈추고 잠시 뜸을 들였다.

— 근데 왜 오늘은 이렇게 다시 찾아오셨을까나.

"뒤늦게나마 진희가 말한 그 친구가 너라는 확신이 들더라."

내가 우물쭈물하는 사이, 할아버지는 그대로 돌아섰다.

"왜요?"

못 참고 할아버지의 등에 대고 물었다. 할아버지가 나를 돌아보았다.

"진희가 그랬거든. 언젠가 찾아올 친구가 나쁜 애는 아닐 거라고……."

귀에 익은 말이었다. 너 나쁜 애 아닌 거 안다는 그 말. 그 말을 어떻게 잊을까. 아마 죽는 날까지 못 잊을 터였다. 세상 누구도 나를 믿지 않고 돌을 던질 때 나를 보듬어 주었던 단 한 사람. 정말 현민이는 전생에 이렌느 슐츠를 좋아했던 목동 하인즈였을까. 아니면 검은 마녀 진희에 맞서는 흰 마인일까. 이도 저도 아니면 그저 나를 좋아하는, 아니, 좋아했던 남자일까. 어쩌면 셋 다일지도 몰랐다.

"네가 다녀간 뒤에 미모사가 꽃을 피웠더라. 진희가 죽은 뒤로 이파리를 잔뜩 움츠리고 곧 죽을 듯 시들시들했는데 살아났어. 까마귀 날자 배 떨어진지도 모르겠다만, 진희 말과 늙은 이 감을 한번 믿어 보기로 했다. 보고 불태워 버리라더라."

그 말을 끝으로 할아버지는 미련 없이 멀어져갔다. 이번에는 내가 뭐라고 물어도 돌아서지 않을 듯했다. 쪽지와 할아버지를 번갈아 보았지만, 뭐라 말해야 할지 몰랐다.

— 네, 잘 읽어보고 꼭 불태워 버릴게요. 무더운 날씨에 여기까지 찾아와 주셔서 고맙습니다, 할아버지!

혜정이가 들리지도 않을 인사를 나 대신 외쳤다.

— 얼른 쪽지 좀 봐. 궁금해서 현기증 난단 말이야.

"자리부터 옮기자."

죽은 진희가 남긴 쪽지를 불특정 다수가 오가는 교문 앞에서 열어 보기는 싫었다. 무슨 일이 있을 때마다 찾곤 하는, 인적 드문 뒷골목으로 왔다.

— 얼른 열어 봐. 빨리빨리…….

혜정이의 호들갑스러운 재촉을 받으며 쪽지를 천천히 폈다. 가슴이 두근거리고 손이 떨렸다. 쪽지를 펼치자 낯익은 글씨체가 드러났다. 죽은 진희의 집에 갔던 날, 책상에서 봤던 '소원 성취 그날까지 ㄱㄱ'란 포스트잇 문구와 같은 손글씨였다. 쪽지에 적힌 열세 글자의 메시지를 확인한 순간, 온몸이 얼어붙었다.

　　너는 마녀를 살려두지 말지니라

　— 소오름. 이건 뭐, 거의 살인 청부 수준인데?

　"진희를 죽이란 소린가?"

　— 그 말이겠지, 뭐.

　하지만 어딘가 이상했다. 글투가 어쩐지 고등학생치고는 너무 올드했다. '너는'이라는 주어도, '말지니라'라는 서술어도 영 어색했다.

　"아무리 글로 써도 이렇게는 잘 안 쓰지 않나? '마녀를 죽여 줘.'라고 썼다면 모를까 '너는 마녀를 살려두지 말지니라.'라니……. 꼭 무슨 잠언집 글귀 같은 걸 옮겨 적은 거 같아."

　— 글쎄……. 듣고 보니 좀 그러네. 검색 고고.

　스마트폰을 꺼내어 인터넷에 접속해 그 문구를 검색해 보았다. 검색 결과가 뜬 순간, 전화기를 떨어뜨릴 뻔했다. 어느 블로그의 포스트 제목에 낯익은 문구가 눈에 띄었기 때문이었다. 『말레우스 말레피카룸』! 미리보기로 보이는 블로그 내용은 그 둘을 제대로 묶었다.

　1485년 하인리히 크라머는 이단 재판의 패배에서 받은 수모로 인해 성경의 단 한 구절, '너는 마녀를 살려두지 말지니라.'에 의거해 마녀사냥의 교본인 '마녀의 망치(MALLEUS MALEFICARUM)'을 집필한다.

"세상에……."

입이 다물어지지 않았다. 하인리히 크라머가 『말레우스 말
레피카룸』을 쓴 줄은 알았지만, '너는 마녀를 살려두지 말지니
라.'라는 성경 구절을 이용했다는 사실은 처음 알았다. 아래 검
색 결과에는 더 상세한 출처가 나왔다.

　　출애굽기 22장 18절 너는 무당을 살려두지 말라

같은 문구이지만, 어떻게 번역하느냐에 따라 '마녀'가 되기
도 하고 '무당'이 되기도 하는 모양이었다. 결국, 죽은 진희는
마지막 메시지로 출애굽기 22장 18절에 명시된 문구를 남긴
셈이었다. 대체 왜……? 죽은 자는 말이 없다. 그러니 다잉 메
시지를 해석하는 일은 오롯이 산 자의 몫이었다.

"반대의 뜻은 아니었을까."

― 그건 또 무슨 소리야?

"말 그대로 진희를 죽이란 뜻이 아닐지도 모른단 말이지."

― 말이야, 막걸리야, 그게.

"『말레우스 말레피카룸』을 쓰는 데에 결정적인 근거로 삼은
구절이 출애굽기 22장 18절이라잖아. 그 책이 마녀사냥의 교
본이 됐고……. 출애굽기의 문구를 악용한 거지. 죽은 진희가
나더러 그러지 말라는 경고를 남긴 건 아닐까."

— 야, 그건 꿈보다 해몽이다. 이 쪽지는 말 그대로 그냥 진희 고년을 살려두지 말란 소리야. 진희 고년 때문에 인생 파탄 난 사람이 몇이니? 죽은 진희도 개가 마녀란 사실을 알았던 거야.

"좋아, 그렇다 쳐. 그럼 죽은 진희는 그 사실을 어떻게 알았던 건데?"

— 어떻게 알긴……. 죽은 진희도 마녀였던 거지.

"죽은 진희도 마녀였다고?"

— 그래, 근데 죽은 진희는 검은 마녀가 아니라 흰 마녀였던 거야. 그래서 검은 마녀인 진희랑 사사건건 대립하고 충돌했겠지. 진희 고년은 눈엣가시인 개를 술수로 죽인 거야. 죽은 진희는 그 전에 가장 믿을 만한 할아버지한테 이 쪽지를 남겼고…….

"자기가 죽은 다음에 내가 찾아올 줄은 어떻게 알았고?"

— 마녀가 왜 마녀겠어. 신통력이나 예지력 같은 게 있었겠지. 안 그래? 캬아, 셜록 혜정 또 나왔네, 또 나왔어.

혜정이가 으스댔다. 그럴싸한 추리였지만 정답인지 확인할 길은 없었다. 쪽지를 챙겨 백팩 앞주머니에 넣다 멈칫했다.

"그런데 말이야."

— 또 뭐? 말만 해. 이 셜록 혜정이 다 해결해줄 테니까.

"왜 이걸 보고 불태워 버리라고 했을까?"

— 누굴 죽이란 쪽지 갖고 있어서 뭐하게? 혹시라도 진희 고년이 알게 되면 어쩌고? 그래서 그랬겠지. 「미션 임파서블」 못 봤어? '이 메시지는 5초 후에 자동으로 폭파된다.' 대외비 몰

라, 대외비?

정말 그래서였을까.

* * *

— 나 좀 봐

집으로 돌아가는 버스 안에서 현민이의 카톡을 받았다. 그세 글자밖에 안 되는 카톡이 어찌나 반갑고 설레던지 눈물이 날 뻔했다. 답장도 몇 번이나 썼다 지웠기를 되풀이했다. 화를 낼까, 따질까, 아니면 그냥 무덤덤하게 대할까. 혹시 영미가 또 현민이 폰으로 연락한 건 아닐까. 오만가지 생각들이 떠올랐다가 사그라졌다. 고심 끝에 답장을 보냈다.

— 왜?

— 볼일이 있어서

— 무슨 볼일?

— 집 앞으로 갈게

현민이는 그렇게 용건만 말하고 톡을 끊었다. 어찌나 단호한지 뭐라고 더 물어보면 한 대 칠 기세였다.

— 완전 단호박이네. 애 요즘 왜 이러냐. 원래 이런 애였는데 너한테만 아닌 척한 건가?

앞으로 맨 백팩 지퍼 틈으로 전화기를 보여 주자 혜정이 중얼거렸다.

"모르겠어, 왜 그러는지."

한 치 앞도 안 보이는 안갯속 같은 녀석. 모현민이 아니라 무현민. 안개 무(霧)를 붙여서 무(霧)현민.

— 안나린, 톡에서는 이래도 실제로 보면 다를지도 몰라. 어쩜 영미 눈치 보느라 이렇게 보냈을 수도 있지. 혹시 알아? 다시 돌아온 걸지……. 희망을 가져.

그랬으면 좋겠다고 생각했다. 사람 속이란 알다가도 몰랐다. 그렇게 나 좋다고 따라다닐 때는 얼른 떨어져 나가기를 빌었는데 막상 현민이가 이렇게 돌아서니 돌아와 주기를 바라는 모순이란……. 집 앞에서 만난 그 애가 나를 안아 주는 상상을 했다. "돌아왔구나. 그래, 그럴 줄 알았어. 너만은 돌아올 줄 알았어." 그러면 울먹이는 나를 꼭 부둥켜안고 녀석이 말해 주기를. "아니, 난 한 번도 널 떠난 적이 없었어."

과연 현민이의 차가 우리 집 대문 앞에 서 있었다. 낯익은 광경인데도 엄청 오랜만에 보는 듯했다. 현민이가 반갑게 손을 흔들지는 않더라도 알은척은 할 줄 알았다. 하지만 차에 기대어 서 있다 나를 돌아본 현민이의 눈에서는 아무런 감정도 보이지 않았다. 이내 눈길을 거두는 그 애가 풍기는 체감온도는 영하권이었다. 나를 안아 줄지도 모른다는 기대는 김칫국이었다.

"볼일이……."

뭐냐고 묻기도 전에 말허리가 잘렸다. 싹둑.

"갖고 나와."

"뭘?"

"내가 줬던 미니 금고."

"뭐?"

귀를 의심했다. 집으로 오는 내내 예상했던 모든 경우의 수를 뛰어넘는 볼일이었다.

"못 들었어? 내가 준 미니 금고 내놓으라고."

현민이가 씹어뱉듯 말했다. 내 안을 떠받치던 버팀목 하나가 뚝 부러지는 듯했다. 실망을 넘어 멘붕에 가까운 감정이 가슴 속에서 북받쳤다. 목이 메었다.

"볼일이 겨우 그거였어?"

현민이의 입가에 비웃음이 어렸다.

"그럼 뭔 줄 알았는데? 너보고 다시 시작이라도 하자고 할 줄 알았어?"

"기다려."

도망치듯 대문 안으로 뛰어들었다. 계단을 오르다 몇 번이나 발을 헛디뎠다. 중간에는 정강이를 찧기까지 했지만 아픈 줄도 몰랐다. 집으로 들어와 책장에서 미니 금고를 집어 드는데 다리가 후들거려 서 있기가 힘겨웠다.

— 와, 완전 초대박이다. 진상 전 남친의 끝판왕이구나. 줬던 것도 내놓으라니.

혜정이가 혀를 내둘렀다. 금고 든 손이 떨려 몇 번이나 그 물건을 바닥에 떨어뜨렸다.

"뺐어?"

집 앞으로 나간 내가 현민이에게 금고를 내밀자 그 애가 물었다.

"뭘 빼?"

"네 전화기. 그건 빼고 줘야지."

목젖까지 치밀었던 뜨거운 덩어리가 손끝으로 옮아갔다.

"알았어, 빼고 줄게."

금고가 내 손끝에서 떨어져 공중으로 떠올랐다. 손끝의 기운으로 큐브를 맞추듯 금고를 돌리며 이음매와 틈새를 파고들었다. 금고 문의 경첩 핀을 뽑아 문짝을 떼어냈다. 전화기를 끌어당겨 손에 움켜쥔 후 금고를 날렸다. 현민이는 강속구를 너끈히 받아내는 포수처럼 능숙하게 금고를 한 손으로 붙들었다. 내가 처음 그 애 앞에서 염력을 선보였던 그날처럼 태연했다. 현민이에게 말했다.

"다신 연락하지 마."

"그럴 줄 알았어?"

절대 그럴 일 없다는 투였다. 현민이가 뒷좌석 문을 열고 차에 올랐다. 문 틈으로 낯익은 얼굴이 빙글거렸다. 영미였다.

"어머, 저런 집에서도 사람이 사나 봐."

영미가 우리 집을 위아래로 훑으며 코웃음 쳤다. 차 문을 닫았는데도 깔깔대는 웃음 소리가 새어 나왔다. 기분대로 했다면 염력으로 눈앞의 차를 뒤집어 버릴 수도 있었지만 그러지 못했다. 순식간에 골목을 빠져나가는 차의 꽁무니를 바라보다 손등으로 눈길을 떨어뜨렸다. 현민이가 나를 지나치던 순간, 내 손등에 뭐가 떨어졌다. 물방울이었다. 혀를 대 보니 짭짤했다. 눈물이었다. 내 눈가를 찍어 보았지만 말라 있었다. 둘 중 하나였다. 나도 모르게 흘린 눈물이거나, 현민이가 마지막 선물로 떨어뜨린 눈물이거나.

* * *

"분명 여기에 단서가 있어. 우리가 알아차리지 못한 결정적인 단서."

책상 앞으로 돌아와 죽은 진희의 쪽지를 꺼내어 만지작거렸다. 아무것도 하고 싶지 않았지만, 뭐든 해야만 했다. 그렇지 않으면 가슴 한편이 뭉텅 잘려나간 듯한 허탈감을 못 견딜 듯했다.

너는 마녀를 살려두지 말지니라

죽은 진희의 쪽지를 뚫어지게 들여다보았다. 보고 불태워 버리라던 진희 할아버지의 말이 귓가에 되살아났다.

"왜 불태워 버리라고 했을까?"

— 그 말이랑 연결고리가 있는 거 아냐? '너는 마녀를 살려두지 말지니라. 불태워 버릴지니라.' 뭐 이런 식으로.

이렌느 슐츠도 그렇게 죽기는 했다.

"혹시 그 둘에 다른 연결고리가 있진 않을까?"

'너는 마녀를 살려두지 말지니라'가 있는 그대로의 의미가

140

아니라면 쪽지를 불태워 버리라는 말도 있는 그대로의 의미가 아닐지도 몰랐다.

"쪽지…… 불태워 버리다……."

그러다 머리에 뭐가 번뜩 스쳤다. 쪽지에 코를 들이대고 냄새를 맡았다. 희미한 레몬 냄새가 났다. 유레카! 서둘러 책상 서랍을 뒤졌다. 전에 혜정이를 위협할 때 써먹고 처박아둔 라이터를 꺼내어 쪽지를 책상에 고르게 폈다.

— 진짜 불붙이게?

대답 대신 염력으로 쪽지를 허공에 떠오르게 했다. 그러고는 라이터를 켜서 불꽃을 쪽지 밑에 살며시 갖다 댔다. 불꽃이 종이 밑에 어른거리자 쪽지 군데군데에 희미한 갈색 획들이 마술처럼 드러났다. 쪽지가 불타지 않을 만큼 거리를 유지하며 불꽃을 쪽지에 골고루 쬐었다.

— 아하, 비밀편지!

종이에 묻은 레몬의 시트르산이 종이의 셀룰로오스에서 수소와 산소를 뽑아내고 탄소만 남겨놓으면서 레몬 잉크가 묻은 자리만 갈색으로 변하는 원리였다. 이윽고 글자가 또렷이 나타났다. 죽은 진희가 남긴 진짜 다잉 메시지였다.

전영고

세 글자였다. 쪽지를 가득 메우도록 큼지막하고 또박또박 적힌 글씨를 달리 해석할 수도 없었다. 내가 작년까지 다녔던 학교였다.

— 전영고? 뭐야, 난 또 엄청 대단한 거라고. 설마 전 씨에 영
자, 고 자인 이름은 아닐 테고……. 별것도 아닌 학교 이름을
뭐 이리 힘들게 숨겼어?

혜정이의 말대로 나 또한 좀 허탈했다. 레몬 잉크를 이용한
비밀편지는 말 그대로 중요한 메시지를 남의 눈에 띄지 않게
담을 때 사용하는 수단이었다. 이 쪽지도 그랬다. 그냥 펼쳐 봤
을 때에는 볼펜으로 '너는 마녀를 살려두지 말지니라'라고 적
어둔 메시지가 다였다. 영화나 소설에서 나오는 비밀편지는
대개 사건 해결의 열쇠가 될 결정적인 단서였다. 그런데 고작
전영고라니…….

— 전영고에 보물단지라도 숨겼나?

"'너는 마녀를 살려두지 말지니라'를 눈에 띄게 적어두고 '전
영고'를 숨겨놓은 게 이상해. 보이는 메시지보다 숨겨진 전영
고가 더 중요하단 뜻 아닐까?"

— 와, 누굴 죽이라는 말보다 달랑 학교 이름 석 자가 더 중
요하단 소리는 난생처음 들어보네.

"어쩌면 그 두 개가 만나야 온전히 하나의 메시지를 이루는
건지도 모르지."

— 이를테면 '너는 전영고의 마녀를 살려두지 말지니라'?

"그럴 수도 있고……. '너는 전영고에서 마녀를 살려두지 말
지니라' 이런 뜻일지도 모르지. 아무튼, 전영고가 중요한 키워
드 아닐까?"

― 가는 마당에 속 시원하게 도면 도, 모면 모, 똑 부러지게 써놓고 가면 오죽 좋아? 스크류바도 아니고 꼭 그렇게 다 빙빙 꼬아서 불로 쬐고 단어를 조합하고 뺑뺑이를 돌려야만 속이 후련했냐고……. 아아, 급 스크류바 먹고 싶네. 먹을 수 있을 때 실컷 먹어둘걸.

유독 음식에 집착하는 습성도 인형에 깃든 후로 혜정이에게 생긴 경향이었다. 하기는 나라도 이런 상황이면 못 먹게 된 음식들을 그리워하게 될 터였다.

쪽지를 접으며 중얼거렸다.

"날 밝는 대로 한번 가 봐야겠어."

20. 그림자

주말의 교정은 한산했다. 기말고사를 앞두고 열어 둔 도서관을 빼면 오가는 학생들도 드물었다.

— 학교는 참 희한해. 어디나 하나같이 정이 안 가. 학교 건물 설계할 때 매뉴얼이라도 있나? 애들이 싫어하게 최대한 딱딱하고 권위적으로 지으라, 뭐 그딴 거.

등 뒤에서 혜정이가 백팩 지퍼 틈으로 교정을 둘러보며 중얼거렸다. 틀로 찍어낸 듯한 교문과 그 앞으로 난 등하굣길, 백년이 지나도 똑같을 듯한 정원과 운동장, 언덕 위에 자리 잡은 학교 본관. 학교 하면 떠올릴 법한 이미지에서 한 치의 어긋남도 없는 교정이었다. 그런데도 어쩐지 낯설었다. 다녔던 학교라는 사실이 의심스러울 정도였다.

'미래 인재를 육성하는 참교육의 요람.' 본관 앞에 다다르니 학교 본관 입구 위의 현판이 가장 먼저 눈에 띄었다. 판에 박힌 문구도 낯설기는 매한가지였다. 분명 매일같이 오가며 봤을 텐데 왜일까.

— 어때, 뭔가 감이 오지 않아?

혜정이가 물었다.

"아니, 전혀."

돌이켜봐도 이 학교에서의 생활은 여느 고1과 전혀 다를 바 없었다. 아침에 등교해 수업을 받고, 쉬는 시간에는 아이들과 수다를 떨고, 점심시간에는 급식을 먹고, 수업이 끝나면 집으로 오는 구간 반복재생 영상 같은 일상이었다.

— 그럼 니네 교실로 한 번 가 보는 게 어때?

혜정이의 조언에 따라 일단 내가 1년 동안 공부했던 교실로 찾아가 보기로 했다. 작년에 나는 1학년 2반이었고 교실은 3층에 있었다. 계단을 오르는 발걸음이 몸에 익은 듯 자연스러웠다. 3층 복도로 접어들어 교실로 다가갈수록 가슴 속에서 미묘한 불안감이 스멀스멀 피어올랐다. 교실 문 앞에 다다른 후에도 선뜻 문을 열고 들어가지 못하고 머뭇거렸다. 여기서 발길을 돌려 집으로 돌아가고 싶어졌다.

— 왜 그래?

"모르겠어, 그냥 기분이 좀…… 이상해."

— 여기까지 왔는데 들어가 보기는 해야지.

물론 그래야 했지만 교실 문손잡이를 붙든 손이 쉽사리 움직이지 않았다. 큰맘 먹고 손잡이를 돌려 보았지만, 문은 안쪽에서 잠겨 있었다.

— 잠겼어?

"어."

— 내가 따 줄까?

"아냐, 내가 해 볼게."

문손잡이에 손바닥을 대고 손잡이 안쪽의 잠금 버튼을 떠올렸다. 엄지에 검지를 튕기자 안쪽에서 버튼이 딸각 풀리는 소리가 났다. 눈을 감고 한 번, 두 번, 세 번 심호흡했다. 눈을 뜨고 교실 문을 열려던 순간, 문이 먼저 열렸다.

"깜짝이야, 네가 열었지?"

등 뒤에 대고 눈을 흘기자, 백팩의 지퍼 틈으로 내다보던 혜정이가 쏙 들어가며 대꾸했다.

— 미안, 내가 성질이 좀 급해서…….

반년 만에 다시 찾은 교실은 아이들이 없어 고즈넉할 뿐 평범하기 그지없었다.

— 특이사항 제로. 그냥 교실이네, 뭐.

슬그머니 백팩을 빠져나온 혜정이가 교실 여기저기를 날아다니며 중얼거렸다. 칠판과 교탁, 나란히 놓인 책걸상들, 교실 뒤편의 사물함에 이르기까지 이상한 점이라고는 눈을 씻고 찾아봐도 없는 교실이었다. 사계절을 머물렀던 공간인데 내가 여기에 존재했다는 증거는 말끔히 지워지고 없었다.

— 뭔가 짚이는 거 없어?

"별로……."

창가로 드는 여름 햇살 덕분에 교실은 불을 켜지 않아도 훤했다. 나와 혜정이가 교실을 휘젓고 돌아다니자, 놀란 먼지들이 허공을 우왕좌왕 떠돌았다.

"가만, 내 자리가 어디였더라?"

햇볕 쬐기를 좋아해서 창가 자리에 곧잘 앉곤 했다. 기억이 났다. 창가 쪽 앞에서 두 번째 자리가 내 지정석이다시피 했다. 그리로 걸어갔다. 그 와중에도 어쩐지 가슴이 자꾸 두근거렸다. 의자를 빼내어 자리에 앉아 보았다.

— 자자, 수업을 시작하겠어요. 오늘 수업 주제는 '진희와 영미에게 맞서 싸우는 방법'입니다. 거기 창가 쪽 두 번째에 앉은 학생, 특히 잘 들으세요.

교단 위에 둥둥 뜬 혜정이가 말했다. 분필이 허공에 떠오르더니 칠판에 '진희+영미=죽음'이라는 글씨를 썼다. 순간, 기시감으로 눈앞이 아찔해졌다. 이 교실에서 저 문구와 비슷한 글귀를 본 기억이 났다. 어디였더라. 주위를 살폈다. 책상 위는 말끔했다. 최근에 책상을 바꾼 듯했다. 창가 턱 아래쪽의 벽을 살폈다. 역시 깨끗했다. 분명 여기 어딘가에 있었다. 턱 아래쪽에 머리를 들이밀고 턱 밑을 올려다보았다.

안나린♡유진

네임펜으로 또박또박 깨알같이 적어둔 글씨였다. 으레 오가며 보면 아예 눈에 띄지 않는 데에 적힌 글씨라 온전한 듯했다.

— 안나린 하트 유진? 저기 나린이가 너 아냐?

어느새 내 옆으로 다가온 혜정이가 내 눈길이 붙박인 자리를 함께 올려다보며 물었다.

"그런 거 같고 아닌 것도 같고……."

— 그런 거면 그런 거고 아닌 거면 아닌 거지, 뭐야 그게. 유진이란 이름은 몰라도 나린이란 이름이 어디 흔하니? 설마 지금 1학년 2반에도 나린이가 있겠어?

저 낙서에 적힌 '나린'이 나라고 확신하지 못하는 이유는 두 가지였다.

"일단 내가 쓴 글씨가 아니야. 그리고 난 유진이란 애를 몰라."

— 대박. 니 글씨가 아니면 유진이란 애가 써놓은 낙서란 소린데……. 저런 건 사귀는 사이나 진짜 친한 사이에 적지 않나? 걔가 니 스토커가 아니고서야……. 백번 양보해 그렇다 쳐도 같은 1학년 2반이었다면 니가 유진이란 애를 모른다는 게 말이 돼?

"내 말이……. 그러니까 이상하단 거지."

— 애가 알츠하이머라도 왔나. 잘 생각해 봐, 진짜로 전혀 기억이 안 나?

곰곰이 기억을 더듬었다. 아무리 헤집어도 유진이란 이름은 낯설기만 했다. 얼굴도 전혀 기억에 없었다. 게다가 유진이라는 이름을 기억해 내려고 하면 할수록 머리가 지끈거렸다. 결국, 포기하고 고개를 가로저었다.

"몰라, 유진이랑 애가 작년에 한 반이었는지도 모르겠어."

— 애가 갑자기 왜 이래. 그럼 다른 애한테 한번 물어봐, 유

진이란 애가 너랑 작년에 같은 1학년 2반이긴 했나. 혹시 모르잖아, 존재감 제로인 앤데 몰래 너를 쭉 지켜보면서 여기다 자기 희망사항을 적어놨는지도…….

"나, 전화기 바꿨잖아. 지금까지 연락하며 지내는 애도 없었고……."

— 한 명도 없어?

"어."

— 실화야? 너도 참 노답이다. 인간관계가 얼마나 엉망이면 작년에 한 반이었던 애 중에 연락하는 애가 아예 한 명도 없을 수가 있냐?

"그냥…… 친한 애가 별로 없었어."

— 별로가 아니고 아예 없었고만, 뭘. 근데, 니가 적은 것도 아니고 유진이란 애가 기억도 안 난다면서 여기 이 구석진, 뵈지도 않는 자리에 있는 낙서는 어떻게 찾았어?

"그러게, 그건 살짝 기억이 났는데……."

— 애가 무슨 선택적 기억상실에 걸렸나. 다 연관된 건데 이건 기억하고 저건 기억 못 하고……. 「메멘토」냐?

그때였다.

등 뒤에서 귀에 익은 목소리가 끼어들었다.

"오, 벌써 여기까지 찾아왔네. 예상보다 빠른데?"

진희가 어느 틈에 교실 문틀에 어깨를 기대고 팔짱을 긴 채 우리를 바라보고 있었다.

— 뭐야, 저건. 야, 넌 여기 어떻게 알고 찾아왔어?

혜정이가 적의를 드러내며 허공에 두둥실 떠올랐다.

"어떻게 알긴……. 아까 너희가 여기로 들어가길래 무슨 일인가 해서 따라와 봤지."

— 웃기시네, 미행하지 않고서야 우리가 여기로 들어가는지 저기로 날아가는지 알 게 뭐야. 너도 나린이 스토커냐? 어째 내 귀에는 왜 니 말이 전부 개소리로밖에 안 들리냐.

진희가 빙글거리며 받아쳤다.

"너도 귀가 있기는 하니?"

— 뭐? 이게 또 울고 싶은 인형, 따귀를 때리네. 그래, 나 귀 없다! 그래도 들을 건 다 듣는다, 어쩔래?

"네가 뭘 듣든 난 관심 없어. 내 관심사는 안나린이니까."

— 와, 안나린 인기 좋네. 진희한테 관심도 받고 유진이란 애한테도…….

"오혜정!"

내가 말을 가로막자 혜정이가 아차 싶었는지 말을 멈추었다. 꺼내지 말았어야 할 말이었다. 유진이란 이름을 들은 진희의 표정이 살짝 흔들렸다. 어차피 엎질러졌으니 끼얹어나 보자는 심정으로 물었다.

"너, 유진이란 애 알아?"

진희가 어깨를 으쓱했다.

"전영고 애를 왜 나한테 물어?"

"유진이란 애가 전영고 다닌다고는 말 안 했는데?"

"니가 전영고에 와서 유진이란 애를 들먹이니 전영고 애란 거 아니겠어?"

이내 태연한 얼굴로 둘러댔지만, 말끔히 수습하기에는 무리였다. 분명 저 애도 유진이라는 아이를 알았다.

— 천하의 진희가 혓바닥이 왜 이렇게 길어? 후달리냐?

혜정이가 어느 영화의 대사를 흉내 내며 이죽거렸다. 교실 안에 한동안 불편한 정적이 흘렀다. 진희가 피식 웃으며 정적을 깨뜨렸다.

"아무튼, 몸조심해. 널 노리는 것들이 꽤 많으니까……."

나를 노리는 것들?

— 하, 타노스가 어벤져스 생각해 주는 소리 하고 있네. 너야말로 조심해, 이년아. 뒤에서 칼 맞기 전에…….

"어디 누가 칼 맞나 내기해 볼까?"

진희가 받아쳤다.

— 내친김에 여기서 끝장을 내자. 맞네, 맞어. 안나린, 그 말이 전영고에서 마녀를 끝장내라는 말이었어.

혜정이 주위의 의자가 들썩거리기 시작했다. 염력으로 움직이려는 모양이었다. 가소롭다는 듯 코웃음 치며 진희가 돌아섰다.

"우리 오빠가 그러더라. 군대에서도 제대할 때 되면 떨어지는 낙엽도 조심해야 한다고……."

교실 문이 닫히고, 뒤늦게 혜정이가 날린 칠판지우개가 교실 문을 때렸다.

— 하, 저년한테 오빠도 있었어? 어떤 인간인지 안 봐도

4DX다.

혜정이가 내 옆의 책상 위로 내려앉으며 분통을 터뜨렸다.

"넌 왜 자꾸 도발해? 어차피 이기지도 못할 거."

— 재수 없잖아, 어떻게 귀신같이 알고 여기까지 쫓아와서. 수정구슬로 우릴 스토킹하나…….

여기까지 찾아온 진희가 달갑잖기는 나 또한 마찬가지였다. 요즈음 저 애는 내게서 한 발짝 떨어져서 지켜보기만 했다. 그런데 오늘은 평소와 달랐다. 아무래도 미궁을 빠져나갈 열쇠를 찾은 듯했다. 스마트폰으로 문제의 낙서를 찍어 증거로 남기며 중얼거렸다.

"뭔가 있어, 분명히."

* * *

"혹시 너, 유진이라고 알아?"

집으로 돌아오자마자 나은이에게 물었다. 도서관에 가려는지 가방을 둘러메고 나오던 나은이가 고개를 갸우뚱했다.

"유진? 무슨 유진? 유진이가 얼마나 많은데……. 우리 반에도 엄유진이라고 있는데?"

가만, 성이 따로 있었나. 되짚어보던 순간, 나은이가 툭 뱉었다.

"아…… 맞다. 언니 친구 유진 언니 있었잖아."

"내 친구?"

"어……. 작년에 엄청 같이 붙어 다녔던……. 기억 안 나?"

유진이란 이름은 물론, 작년에 누구와 엄청 같이 붙어 다녔던 기억도 전혀 없었다. 내가 고개를 가로젓자 그 애가 애매모호한 표정으로 주머니에서 제 전화기를 꺼냈다.

"그 언니, 언니랑 엄청 친했는데……. 우리 집에도 놀러 와서 자고 간 적도 있는데?"

점입가경이었다.

"잠깐만."

스마트폰 갤러리를 뒤적이던 나은이가 한참 만에 외쳤다.

"아, 여깄다!"

그 애가 내게 불쑥 전화기를 내밀었다. 전화기를 받아들고 액정을 내려다본 순간, 정신이 멍해졌다. 내가 어떤 아이와 얼굴을 나란히 맞대고 찍은 사진이었다. 난생처음 보는 낯선 얼굴이었다.

"이 언니가 유진 언니야. 언니 방에서 찍은 건데…… 진짜로 기억이 안 나?"

사진의 배경은 정말 내 방이었다. 어깨너머의 책상과 서랍장을 봤을 때 틀림없었다. 게다가 그 애와 나는 나은이의 말대로 굉장히 친한 사이로 보였다. 누가 봐도 단짝 친구가 찍은 셀카였다. 온몸에 힘이 쭉 빠져나갔다. 서 있기도 벅차서 거실 바닥에 털썩 주저앉았다. 이 모든 일이 짓궂은 몰래카메라 같다는 생각이 들었다. 혹시 이 상황도 나은이의 장난은 아닌지 의심스러울 지경이었다.

"왜 난 기억이 하나도 안 나지?"

"……진짜?"

"어, 나한텐 그냥…… 처음 보는 애야."

얼빠진 목소리로 중얼거린 내게 나은이가 약간 주저하더니 덧붙였다.

"진짜 기억 안 나? 그 언니…… 죽은 것도?"

"죽었어……?"

눈앞이 아득해졌다. 그렇게 친했던 친구가 죽었는데 내가 기억 못 할 리 없었다.

"언제……?"

내가 묻자 나은이가 생각에 잠겼다.

"글쎄, 정확히는 몰라도 언니 홍주고로 전학 가기 전이었어. ……11월이었나?"

11월……. 작년 10월부터 12월까지 정말 엄청난 일들이 있었다.

"며칠이었는지는 기억 안 나고?"

"나도 잘 모르겠어……. 그 언니 죽었다고 언니 한동안 멘붕이었는데……. 방에 틀어박혀서 잘 나오지도 않고……. 그것도…… 기억 안 나?"

기억나지 않았다. 지우개로 지워낸 연필 글씨처럼, 수정액으로 덮어 버린 볼펜 글씨처럼, 공장 초기화한 메모리처럼. 하지만 아무리 말끔히 지워내도 자국은 남게 마련이었다. 그 부분을 통째로 오려내지 않는 이상……. 11월에 죽은 유진이라는 아이. 그 아이가 내 단짝이었는데 내 기억에는 그 아이가 아예 없다. 어떻게 이런 일이 있을 수 있을까.

"언니…… 괜찮아? 말하지 말걸……. 내 입이 방정이네. 이 식은땀 좀 봐. 얼굴도 완전 창백해."

"괜찮아."

괜찮지 않았다.

"완전 안 좋아 보이는데……. 하필 나 오늘 친구네서 애들이랑 기말 대비하면서 밤새우기로 했는데…… 언니 얼굴이 이러니 나가기도 그렇네. 한번 일어나 봐. 일어날 수 있겠어?"

나은이가 나를 부축해 일으켜 세웠다. 억지로 안간힘을 쓰고 일어섰다.

"좀 누워서 쉬어, 언니. 기억 안 나면 억지로 기억해내려고 애쓰지도 말고……."

기억하려고 애써도 떠오르는 기억이 없었다. 혹시 그 이유가 그 일들을 감당하지 못해서는 아니었을까. 하지만 감당하든 못 하든 지금은 어떻게든 기억을 끄집어내야 할 때였다. 죽은 진희는 '너는 마녀를 살려두지 말지니라'와 '전영고'라는 다잉 메시지를 남겼다. 전영고 1학년 2반 교실에서 나는 유진이 남긴 '안나린♡유진'이라는 낙서를 찾아냈다. 유진이란 애가 죽은 진희와 어떤 식으로든 관련이 있을 가능성이 컸다.

"물이라도 한잔 떠다 줘?"

방 침대에 눕자 나은이가 물었다. 입술이 바짝바짝 타들어서 고개를 끄덕였다. 나은이가 떠다 준 물을 단숨에 들이켰다. 한숨 돌린 후 그 애에게 컵을 건네며 말했다.

"난 괜찮으니까 친구네 갔다 와. 가기 전에 그 사진만 톡으로 좀 보내 줄래?"

* * *

— 그 무슨 영화더라? 사랑의 기억을 지우는 영화 있었잖아, '인터넷 선샤인'인가? 짐 캐리 나오는 거.

백팩에서 나온 혜정이가 말했다.

"「이터널 선샤인」?"

— 맞다, 그거. 그 영화에 나오는 기억 삭제 방법이 그렇게 황당한 얘기만은 아니래. 실제로 네덜란드의 어떤 신경학자가 환자 뇌에 전류를 보내서 짧은 충격을 주는 전기치료로 기억을 지우는 실험을 했는데 성공했대.

나은이가 카톡으로 보내 준 사진을 들여다보고 또 들여다보았지만 저 사진을 찍었던 기억조차 없었다. 만에 하나, 유진이란 아이가 실제로 나와 친했고 그 아이가 죽은 일도 사실이라면 관련된 내 기억도 지워진 모양이었다. 그렇지 않고서는 도저히 설명할 수 없는 미스터리였다. 인터넷에 접속해 '기억 지운다'로 검색을 해 보았다. '내 머릿속 트라우마, 공포기억만 찾아 지운다'는 제목의 기사가 떴다.

미국 리버사이드 캘리포니아대의 한국인 교수와 연구원이 실험용 쥐에게 어떤 소리를 들려주고 그때마다 전기충격을 줬다. 그 뒤로 쥐는 전기충격 없이 소리만 들려줘도 공포기억 때문에 겁에 질려 움직이지 않았다. 그다음 빛으로 뇌를 제어하는 '광유전학(Optogenetics)' 기술로 공포기억을 담당하는 편도체와 청각 신경세포 사이의 연결을 약하게 했더니 쥐의 공포 반응도 약해졌다고 했다.

— 누가 니 뇌도 광유전학 기술로 건드린 거 아냐?

"아직 연구 단계라잖아."

'기억 지워'로 다시 검색해 보았다. 불행한 기억을 지워 외상후 스트레스 장애를 치료하는 실험이 세계적으로 활발히 진행 중이라는 기사가 여럿 떴다. 미국 하버드대 의대 교수팀은 제논 가스로 실험용 쥐의 기억을 지웠고, 미국 MIT의 도네가와 스스무 교수팀은 공포를 느끼는 신경세포에 빛을 전달하는 광섬유를 이식해 실험용 쥐의 감정까지 바꾸는 실험에 성공했다. 그렇게 머릿속의 기억을 지우거나 바꾸는 일을 '브레인 모듈레이션'이라 부른다고 했다.

— 흠, 너도 브레인 모듈레이션 당한 건가.

기사 끄트머리에도 나와 있듯 브레인 모듈레이션은 아직 실험 단계였다. 어느 프랑켄슈타인 같은 과학자가 나를 데려다 쥐 대신 기억 조작 실험을 했을 리도 없었다. 그렇다면 도대체 누가……? 늘 그렇듯 의심의 화살은 단 한 명에게로 향했다. 나와 혜정이가 동시에 같은 이름을 외쳤다.

"진희."

진희라면 기억 조작이 마냥 불가능한 일도 아니었다. 소원도 들어주는 마녀니까.

— 좋아, 진희 고년이 니 기억에 손댔다 쳐. 그럼 이유가 있어야 할 거 아냐. 심심풀이로 그런 짓을 하진 않을 테니까. 도대체 그게 뭘까?

혜정이의 말이 맞았다. 만에 하나, 진희가 내 기억을 조작했다면 어떤 목적이든 있어야 했다.

"뭘 감추려고 그런 거 아닐까? 내가 유진이란 애의 존재 자체를 기억하지 말아야 할 이유. 유진이가 진희한테 치명적인 비밀을 알고 있었을 수도 있고……."

— 니가 유진이란 애랑 단짝이었는데 진희가 그사이에 끼어들고 싶었던 거 아냐? 그런데 걔가 걸림돌이라서 걜 죽여 버린 거야. 그리고 관련된 기억을 삭제하고 휴지통 비우기까지 끝! 참 쉽죠?

"됐고, 일단 유진이란 애가 언제 어떻게 죽었는지부터 알아내야겠어. 그것만 알아내도 관련된 기억이 어느 정도 살아나지 않을까?"

— 그건 그래. 아무튼, 살벌하다. 무슨 명탐정 코난도 아니고 왜 이리 니 주변에 죽어 나가는 사람이 많냐.

무심코 중얼거렸던 혜정이가 멈칫하더니 얼른 말을 돌렸다.

— 아아, 오늘 날씨 참 덥네. 선풍기라도 틀자.

뒤늦게 아차 싶었는지 그 애가 염력으로 벽걸이 선풍기의 스위치를 눌러 선풍기를 틀었다. 기억도 저렇게 간단하게 조작할 수 있을까.

예상보다 빨리 '여기'를 찾아왔다던 진희의 말이 떠올랐다.

'여기'가 있는 그대로 전영고 1학년 2반 교실을 가리키는 말이었는지도 모르지만, 그 이상의 뜻이었는지도 몰랐다. 인터넷에 '통수녀 사건의 진실'이란 글이 올라온 직후 진희가 했던 말도 떠올랐다. 퀘스트 하나를 무사히 수행했으니 보상받고 다음 스테이지로 넘어가야 된다던 말. 내가 세 번째 소원을 빌었을 때 그 애는 소원의 대가를 가리켜 '스탯 포인트'라 했다. 게임에서 '스탯 포인트'는 '레벨 업'과 직결된 용어였다.

"혹시 진희가 아까 여기까지 왔다고 할 때 '여기'도 어쩌면 고난도의 스테이지란 뜻은 아닐까?"

— 이 모든 게 진희 고년한테는 게임이고 넌 고년의 플레이어 캐릭터다? 하긴 워낙 미친년이니 그렇게 봐도 아예 말이 안 되는 건 아니네. 그럼 앞으로 넌 어떻게 하려고?

"난 게임엔 소질도, 관심도 없어. 근데 퀘스트가 부여됐으니 어쩌겠어, 끝까지 가 봐야지."

침대에서 몸을 일으키며 덧붙였다.

"끝판왕 나올 때까지."

* * *

"유진이?"

선생님이 내게 되물었다.

"네."

짐짓 태연한 척 테이블 위에 놓인 초코라떼를 빨대로 빨았다. 냉방이 잘 되는 카페라 여름 한낮인데도 팔뚝에 소름이 돋도록 서늘했다. 요즘 한창 인기 있는 가요가 8분음표를 하늘거리며 카페 안을 맴돌았다. 나와는 상관없는, 평온한 세상에 잠시 소풍 나온 듯했다. 또 한 번 초코라떼를 한 모금 마셨다. 달고 시원했다.

─ 아, 쪽쪽 빨아먹는 소리만 5분째 듣고 있자니 고문이 따로 없네. 초코라떼 먹고 싶다, 초코라떼, 초코라떼에에에!

백팩 속의 혜정이가 거의 울부짖었다. 요 며칠 그 애의 식탐은 거의 절정에 달했다.

"너 진이 때문에 날 보자고 한 거니?"

선생님은 팔짱을 끼고 물었다. 별로 중요하지도 않은 용건으로 자기를 불러냈냐는 투였다. 미간에 주름이 생긴 품이 못마땅한 기색이었다. 입에 올리고 싶지 않은 이름을 꺼냈다고 생각하는지도 몰랐다. 하지만 내게는 중요한 문제였다.

"네, 죄송해요. 선생님도 바쁘실 텐데……."

"요즘 한창 기말 대비로 정신없을 때야……."

"꼭 여쭤보고 싶은 게 있어서요."

"뭔데?"

전영고 홈페이지를 뒤져 알아낸 전화번호로 가까스로 작년 담임 선생님과 연락이 닿았다. 이럴 때 현민이가 곁에 없어서 아쉬웠다. '든 자리는 몰라도 난 자리는 안다.'는 속담은 과연 진리였다. 현민이가 옆에 있었더라면 그런 정보쯤 앉은자리에서 얻어냈을 텐데……. 작년만 해도 싱글이었던 담임 선생님은 최근에 애인이 생기셨단다. 오늘도 데이트하러 홍주 시내에 나오는 길이라고 했다. 딱 5분을 겨우 허락받고 데이트 장소 근처인 이 카페까지 헐레벌떡 달려왔다.

"진이가 죽기 전에 무슨 낌새가 없었나 해서요."

"그게 왜 궁금한데?"

"제가 걔랑 친했는데도 전 전혀 못 느꼈거든요."

선생님에게는 유진과 관련된 내 기억이 지워지고 없다는 사실을 일부러 털어놓지 않았다.

"걔랑 단짝인 네가 못 느낀 걸 나라고 느꼈겠니?"

차가운 반응이었지만 맞는 말이었다. 나는 그 애가 이 세상에 존재했는지조차 몰랐다. 지금도 내게 유진이라는 아이는 그저 말과 사진 속에서만 존재했다.

— 와, 이 샘 쌀쌀맞은 게 거의 울 엄마급이네.

"아, 그러고 보니 작년에 이런 일이 있었어. 학교 끝나고 애들도 다 집에 갔는데 교실에 걔 혼자 자리에 앉아서 멍 때리고 있더라. 왜 안 가고 그러냐고 물었더니 그 애가 멍한 얼굴로 이러더라."

"뭐라고요?"

"선생님은 소원이 뭐예요?"

가슴이 덜컥 내려앉았다. 내게는 너무도 익숙한 말이었다.

"그, 그래서 뭐라고 하셨는데요?"

"내 소원은 네가 지금 당장 집에 가는 거라고 했지. 그랬더니 선생님 소원을 이뤄드리겠다면서 주섬주섬 가방을 챙겨 교실을 나갔어. 그게 다야."

"그게 언제쯤이었는데요?"

"걔가 교통사고로 죽기 일주일 전인가, 열흘 전인가……."

— 헐, 교, 통, 사, 고.

"제가 요즘 깜빡깜빡해서 그런데요, 그 사고가 언제쯤 났는지 기억하세요?"

"아마 10월 말쯤이었을걸?"

나은이는 유진이란 애가 죽은 달이 11월이라고 했고 선생님은 10월 말이라고 했다. 약간의 차이는 있었지만 크지 않았다. 유진이는 10월 말에서 11월 초에 교통사고로 죽었다. 결론이 그렇게 나자 곧바로 죽은 진희가 생각났다. 진희가 죽은 날이 작년 10월 30일이었다. 그때 선생님의 핸드백 속에서 전화벨이 흘러나왔다. 선생님이 전화기를 꺼내 들며 자리에서 일어섰다.

"난 바빠서 이만 간다."

내 인사도 본 척 만 척 돌아선 선생님이 콧소리 섞인 음성으로 전화를 받으며 멀어져갔다.

"으응, 자기야. 어디야?"

— 와, 저런 샘한테 애인이 있다는 게 미스터리네. 진희 고년한테 소원이라도 빌었나?

소원……. 유진과 죽은 진희. 그리고 진희와 나. 죽은 두 사람과 산 두 사람을 소원이라는 굴레가 얽어맸다. 다시금 팔뚝에 소름이 돋았다. 비단 카페 천장의 에어컨이 뿜어대는 냉기 때문만은 아니었다.

* * *

— 안나린, 일어나. 얼른!

그날 밤, 혜정이의 목소리에 눈을 떴다.

— 저기 좀 봐.

그 애가 창가 쪽을 가리켰다.

한 뼘쯤 열린 창틈으로 빨간 점이 보였다.

— 저게 뭐지?

빨간 점이 점점 다가왔다. 창과의 거리가 가까워지면서 점은 점점 덩어리로 바뀌었다.

— 꼭 도깨비불 같아.

그제야 깨달았다. 저 빨간 점의 정체가 횃불이며, 저것이 내 방 창으로 날아온다는 사실을……. 잠이 확 달아났다. 횃불이 창살 틈으로 날아들기 직전, 염력으로 튕겨냈다.

보이지 않는 장애물을 만난 불의 방향이 홱 꺾이더니 팽그르르 휘돌며 위로 날아올랐다. 벽에 부딪친 불꽃이 창으로 후드득 떨어졌다. 파편들이 1층으로 쏟아지고 나자 이내 주위가 잠잠해졌다. 방금 무슨 일이 있기는 했는지 의심스러울 정도였다. 잠에서 깬 이웃집 개가 짖어댔다.

— 깜짝이야. 어떤 정신 나간 인간이 횃불을…….

혜정이가 말을 채 맺기도 전에 굉음이 집안을 뒤흔들었다.

이번에는 거실 쪽이었다. 거실 유리창을 뚫고 날아든 것은 벽돌이었다. 거실 바닥에 뒹구는 벽돌 위로 병이 또 날아들어 바닥에 부딪혀 박살났다. 병에서 쏟아진 불길이 거실 바닥을 쭉 가로질렀다. 어떻게든 불을 끄려고 손을 뻗는 나를 혜정이가 말렸다.

― 문 닫아, 안나린!

곧장 치솟은 불길이 얼굴을 덮치기 직전, 방문을 쾅 닫았다. 이내 피어오른 유독가스가 문틈으로 스멀스멀 기어 들어왔다. 기침이 터져 나왔다. 혜정이가 백팩 속에서 제가 곧잘 돌돌 말고 놀던 손수건을 염력으로 끄집어냈다. 그 애가 화장대 위의 스킨로션 뚜껑을 날려버리고 병을 뒤집어 손수건에 내용물을 쏟아냈다. 손수건이 흠뻑 젖자마자 내게로 휙 날렸다.

― 입 막아!

손수건을 마스크처럼 입에 두르고 끄트머리를 뒤통수에 질끈 묶었다. 문제는 유독가스였다. 이번 테러의 장본인은 첫 번째 공격으로 내 신경을 창가로 돌린 후, 두 번째 공격으로 거실을 노렸다. 벽돌로 유리창과 모기장을 뚫은 뒤 그 구멍으로 화염병을 던졌다. 이번 테러의 목적은 위협 정도가 아니었다. 방화, 나아가서는 살해였다. 나은이가 집에 없다는 사실이 천만다행이었다.

"아무래도 안 되겠어!"

마녀 인형을 백팩에 넣고 백팩을 어깨에 둘러멨다.

― 어떻게 하려고?

"살고 봐야지."

방 안 공기가 매캐해져 눈도 뜨기 힘들 지경이었다. 젖은 손수건으로 질식을 피하는 데에도 한계가 있었다. 창문을 활짝 열고 바깥공기를 맡으니 잠시나마 숨통이 트였다. 모기장까지 몽땅 열었는데 방범창은 어찌할 도리가 없었다. 두어 발짝 뒤로 물러나 방범창 쪽에 손을 뻗었다. 염력으로 방범창을 날려 버리려다 멈칫했다.

'내가 여기서 이렇게 도망가 버리면 이 집은 어떻게 되는 거지?'

이 집은 엄마 아빠의 유산이었다. 내가 여기서 달아나면 두 분의 자취가 곳곳에 남은 이곳이 금세 잿더미가 될 터였다. 방범창으로 뻗었던 손을 거두었다.

"안 되겠어."

— 안 되겠다니, 뭐가……?

"나만 살겠다고 이 집을 버릴 순 없어."

— 야, 사람이 살아야 집도 있는 거야. 니가 죽으면 이 집이 다 무슨 소용이냐고!

"알아."

다시 창문을 닫았다.

— 뭐 하는 거야? 어떻게 하려고?

방문 쪽으로 돌아서며 혜정이에게 말했다.

"살려고. 그리고 우리 집도 살리려고……."

나은이가 차에 치일 뻔했을 때 자동차도 날렸던 나였다. 돌이켜보면, 절체절명의 위기일수록 내 염력은 강해졌다. 부디 이번에도 그러기를 간절히 바랐다. 심호흡을 깊게 세 번 한 후 숨을 멈췄다.

— 나, 무서워, 안나린, 진짜로…….

내 의도를 알아차린 혜정이가 겁에 질린 목소리로 중얼거렸다. 불에 타 죽은 기억이 떠오르는 모양이었다.

"나도 무서워. 근데 무섭다고 달아나면 아무것도 해결되지 않아."

방문 손잡이를 잡아 돌렸다. 문을 열자마자 연기와 불길이 확 달려들었다. 불길은 이미 거실 바닥에서 소파까지 번져 활활 타오르는 중이었다.

지지 않아. 죽지 않을 거야! 이를 악물고 왼손을 등 뒤로 뻗어 염력으로 홑이불을 치켜들어 휙 날렸다. 거실 바닥으로 날아간 홑이불이 불길을 뒤덮자, 잠깐이나마 불길이 잦아들었다. 불길을 더 돋우는 불쏘시개 역할을 하기 전에 오른손을 주방 싱크대 쪽으로 뻗었다. 손을 허공에 돌려 수도꼭지를 최대한 틀었다. 물이 쏟아지자마자 물줄기를 불길 쪽으로 틀어 흩뿌렸다. 거실이 매캐해졌다. 쿨럭거리면서도 물러서지는 않았다.

제발, 제발……. 솟구치는 불길과 쏟아지는 물줄기가 엎치락뒤치락 뒤엉켰다. 물줄기의 공세에 몸을 사리는 듯했던 불길이 다시금 확 살아났다. 불길이 아예 나은이의 방으로까지 손길을 뻗기 시작했다. 지금 못 잡으면 끝장이었다.

— 안나린, 소화기!

혜정이가 외쳤다. 그제야 현관 입구 신발장 옆에 놓아둔 소화기에 생각이 미쳤다. 염력으로 떠오르게 했지만, 안전핀을 풀고 밸브를 눌러 불에 뿌릴 겨를이 없었다.

— 목을 날려!

혜정이의 말대로 신발장 모서리에 소화기 목을 내리쳤다. 소화기 밸브가 날아갔다. 뿌연 분말이 솟구치며 소화기가 허공에서 빙글빙글 휘돌았다. 소화기를 불길 한복판으로 날렸다. 불길로 떨어진 소화기가 뿌연 분말을 마구 뿜어댔다. 마침내 불길이 잦아들기 시작했다. 집안을 태우려 발악하던 불길이 몇 번인가 몸부림치다 끝내 꺼졌다.

— 나이스 안나린!

매캐한 눈앞을 더듬어 현관으로 나가 문을 열었다. 집안을 가득 메운 연기가 꾸역꾸역 쏟아져 나갔다. 밖에 대고 한동안 쿨럭대니 목이 트였다. 간신히 한숨 돌리고 돌아서는데 거실에서 불꽃 한 점이 발갛게 되살아났다. 대접 하나가 날아가 깜부기불에 물을 홱 끼얹었다.

— 꺼진 불도 다시 보자, 몰라?

뒤처리를 끝낸 혜정이가 잔소리했다.

"그래, 잘했어."

눈앞에 떠 있는 인형의 엉덩이를 통통 다독여주고 물이 쏟아지던 수도를 잠갔다. 물과 불이 휩쓸고 간 거실은 완전히 난장판이었다. 소파와 홑이불은 물론, 커튼과 텔레비전까지 불에 그슬려서 흉물스러웠다. 그나마 나은이의 방과 내 방이 온

전해서 다행이었다. 멀리서 사이렌 소리가 들려왔다. 화재 신고를 받고 출동한 모양이었다. 저 소방차가 집에 닿을 때까지 기다렸다면 집안은 남아나지 않았을 터였다.

— 어떤 인간인지 잡히기만 해 봐. 아주 그냥 살인미수로 처넣을 테다!

"누구였을까, 도대체."

— 나가 봐. 혹시 알아? 아직 집 근처에 있을지…….

혜정이의 말에 맨발로 달려나갔다. 발코니에서 계단과 골목길을 샅샅이 살폈지만 수상한 그림자는 눈에 띄지 않았다. 우리 집에서 피어오르는 연기를 보고 구경 나온 이웃들 몇몇이 고작이었다.

대충 얼굴을 씻고 경찰에 신고했다. 어쩌면 근처 CCTV에 찍힌 용의자라도 밝혀낼지도 몰랐다. 경찰을 기다리며 혜정이와 머리를 싸매고 범인을 추측했다.

가장 먼저 용의 선상에 오른 인물은…….

"김영미!"

혜정이와 내가 거의 동시에 외쳤다.

"분명 허공에 떠 있었어, 횃불이. 네가 꼭 도깨비불 같다고 했잖아. 내 방 창 맞은편은 이웃한 건물도 없는 도로고……. 만약에 도로에서 횃불을 던졌다면 불이 포물선을 그리며 날아들었어야지, 허공에 둥둥 떠 있을 순 없잖아."

— 염력을 이용했다?

"어쩌면. 곧바로 거실 창을 노린 것도 그래. 내 방 창은 도로

하고 면해 있는데 거실 창은 베란다랑 면해 있잖아. 길에서 내 방 창으로 화염병을 던진 다음에 곧바로 2층 베란다로 올라와서 거실 창으로 벽돌이랑 화염병을 던지기가 쉽지 않지."

— 둘 다 2층에서 던진 거면? 니 방 옆에 베란다 있잖아. 거기서 상체만 쭉 빼고 던지면 아예 불가능한 것도 아닐걸?

다음 용의자는 마스크맨이었다.

"수법이 비슷해. 아직 경찰에 잡혔단 말도 없는데, 한동안 뜸하기도 했고……. 니 말대로라면 범인이 마스크맨이라 해도 억지는 아니겠지."

끝으로…….

— 진희 고년이 직접 나섰을 수도 있지. 어젠 전영고 교실까지 쫓아왔잖아. 몸조심하라고, 널 노리는 것들이 많다고 경고를 가장한 협박 하러…….

"세 번째 소원 빈 지 이틀밖에 안 지났잖아. 소원 성취 하루 앞두고 날 죽일 이유가 있을까?"

— 소원 성취 하루 전이니 그랬는지도 모르지. 마녀가 되게 해 달란 니 소원이 고년한테는 굉장히 내키지 않는 소원일 수도 있지 않을까? 니가 진희랑 동급이 되면 전처럼 널 갖고 놀기도 만만치 않을 테고…….

"화근을 미리 없애겠다?"

— 그거야. 내가 봤을 땐 백퍼야. 지가 상권을 독점하고 있는데 바로 옆에 동종업체가 들어서면 수입도 반 토막 나잖아. 산다는 게 결국은 다 밥그릇 싸움이거든.

"글쎄……."

그사이 다급한 발소리가 계단에서부터 현관으로 내달려왔다. 어쩌면 현민이일지도 모른다는 희망이 고개를 들었다. 내가 위험할 때마다 내 이름을 불러주며 나를 구해주곤 했으니까. 그런데 가쁜 숨을 몰아쉬며 현관문으로 얼굴을 들이민 사람은 동준이였다.

* * *

"너, 도대체 뭐야? 어떻게 알고 찾아왔어?"

담벼락에 기대어 선 녀석에게 물었다. 소방관과 화재조사반은 물론, 경찰까지 다녀가고 난 후라 정신이 하나도 없었다. 그래도 짚어야 할 부분은 짚고 넘어가야 했다.

"말했잖아, 너한테 할 말 있어서 찾아왔다고……."

"하필 그때?"

"어."

— 거 참, 타이밍 한 번 절묘하네. 차라리 니가 방화범이라는 게 더 그럴싸하겠다.

백팩 속의 혜정이가 빈정거렸다. 녀석의 태도는 여전히 어딘가 석연치 않았지만, 용건부터 묻기로 했다.

"좋아, 할 말이 뭐야?"

— 할 말이 뭐겠어. 보고 싶었다는 둥 헛소리나 하려고 왔겠지.

"보고 싶었어."

— 아싸, 예지력 상승! 아아, 그런데 왜 이리 웃프냐.

"그게 다야?"

"아니."

내가 집으로 돌아갈 태세로 돌아서자 동준이가 내 팔을 붙들며 말했다.

"사랑해."

두 달 전에 들었다면 '심쿵사'를 일으켰을 고백이 지금은 부정적인 의미로 급성 심정지를 일으키려 했다.

— 미친놈.

혜정이가 나 대신 대꾸했다.

"장난해?"

"진심이야."

"너, 좀 전에 우리 집 꼴 봤지?"

"어."

"그게 딱 지금 내 상황이야. 활활 타오르던 불길이 다 꺼지고 시커먼 물이 줄줄 흐르는 흉한 잿더미. 거기에 라이터 들이대봐, 불이 다시 붙을까?"

동준이는 대꾸하지 않았다.

"네 말이 정말 진심이라면 제발 내 일에서 빠져 줘. 나 때문에 누가 죽거나 다치는 거 더는 보고 싶지 않으니까. 이건 충고가 아니라 경고야."

"너 때문이라면 죽어도 좋아."

동준이의 각오는 굳세고 꿋꿋했다. 조폭 영화에서 조직 두목을 쫓아다니며 '목숨을 바치겠습니다, 형님. 거둬 주십시오!'라고 외치는 건달 지망생을 보는 듯했다. 대개 그런 건달은 이용만 당하다 비참하게 죽게 마련이었다. 그런 꼴을 보고 싶지는 않았다.

"난 싫어."

― 나도 싫어.

동준이의 손을 뿌리치고 돌아섰다.

"혜정이도 네가 그렇게 되는 건 바라지 않을 거야."

― 그런 각오로 공부를 해 봐라, 카이스트 들어가겠다, 이놈아.

계단을 오르는 나를 올려다보던 동준이가 뜬금없는 말을 꺼냈다.

"나 걔 알아."

'걔'라니 누구? 오늘 우리 집에 불낸 사람? 아니면…….

― 생 까, 안나린. 알긴 누굴 안단 거야. 너 붙잡으려고 수작 부리는 거야.

못 들은 척 계단을 성큼성큼 올라갔다. 동준이가 내 뒤통수에 대고 외쳤다.

"누군지 안 궁금해?"

"안 궁금해."

"이름 들으면 궁금해질걸?"

계단을 하나 남겨두고 걸음을 멈추었다.

"누군데?"

마지못해 묻자, 뜻밖의 이름이 튀어나왔다.

"유진."

담 너머를 돌아보았다.

"네가 걜 어떻게 알아?"

아니, 그보다…….

"내가 궁금해할 줄은 어떻게 알았고?"

"진희가 그랬어."

— 뭔 얘기만 나왔다 하면 무조건 진희한테 들었대. 니네 둘이 사귀냐?

나도 동준이의 소식통이 매번 진희라는 점이 마음에 걸렸다.

"넌 왜 나에 관련된 걸 늘 진희한테 들어?"

"걔가 누구보다 널 잘 아니까."

당연한 걸 왜 물어보느냐는 투였다.

"그래? 난 누구보다 걔를 모르겠는데……."

사실이었다. 진실에 다가서면 다가설수록 진희는 자석의 같은 극처럼 점점 더 멀어져갔다. 어쩌면 그렇게 나를 속속들이 알고 있을까. 그 애는 안이 훤히 들여다보이는 유리 저편에서 나를 지켜보는데 나는 거울로 된 반대편에서 허둥대는 기분이었다.

"좋아, 그렇다 쳐. 넌 유진이를 어떻게 아는데?"

"널 처음 본 날, 걔가 같이 있었어."

"누가, 유진이랑 나랑?"

"어."

계단을 도로 내려가 대문 밖으로 나가 마주 보고 캐물었다.

"나 처음 본 게 작년 12월이라며?"

내가 나은이와 선생님에게 전해 들은 말이 맞는다면 유진이란 애는 10월 말에서 11월 초에 죽었다. 그렇다면 나와 12월에 함께 있었을 리 없다. 동준이가 고개를 가로저었다.

"그건 진희한테 내 여친이 너였음 좋겠다고 빌었을 때고."

"그럼 날 처음 본 게 언젠데?"

"10월 초."

"확실해?"

"내 이름을 걸고."

10월 초라면 유진이가 죽기 전이었다. 그때 내가 걔랑 있었다고?

"나 처음 본 날 얘기했을 때 걔 얘긴 안 했잖아."

"안 물어봤으니까."

스마트폰을 꺼내어 갤러리로 들어가 동준이에게 유진이의 사진을 들이댔다.

"네가 말한 유진이 얘 맞아?"

"맞아."

— 안나린, 아무래도 너 빼고 다들 얠 아나 보다, 야.

혜정이가 중얼거렸다. 나 빼고 다 아는 아이. 어쩌면 이 미궁을 빠져나갈 아리아드네의 명주실이나 진희와 나 사이의 빠진 퍼즐 조각이 될지도 모르는 아이, 유진. 우선 이 아이와 관련된 기억부터 되살려야만 했다. 죽은 진희가 마지막으로 남긴 단서였으니 파고들어야만 했다.

"뭐든 애에 대해 아는 게 있으면 털어놔 봐."

동준이가 어깨를 으쓱했다.

"나도 잘은 몰라. 그날 한 번 본 게 다야."

"근데 애가 유진인지는 어떻게 알아?"

"걔가 말했어."

"너한테?"

"어, 너 버스 타고 간 다음에……."

"그럼 그날 걔가 나랑 같은 버스 타고 간 게 아냐?"

"집 방향이 다르댔어."

"집이 어디랬는데?"

"안 물어봤어."

동준이는 꼬치꼬치 캐묻는 내 말에 거침없이 대답했다. 아무리 뜯어봐도 거짓말하는 눈치는 아니었다.

"네가 먼저 걔한테 말 걸었어?"

"아니, 걔가 먼저. 이거 타고 버스 따라갈까 할 때……."

동준이가 담벼락에 세워둔 모터사이클을 가리켰다.

"걔가 뭐라고 했는데?"

동준이가 유진의 대답을 재연했다.

"내 친구 예쁘죠?"

"그래서 넌 뭐라고 했는데?"

"고개만 끄덕였지. 그랬더니 이러더라. '여자가 봐도 참 예뻐요. 나린인…….' 그때 알았지, 네 이름."

"그리고?"

"나보고 몇 학년이냐더라. 1학년이랬더니 동갑인데 말 놓자면서 통성명이나 하재. 했지. 어차피 네 친구면 알아둬도 좋겠다 싶어서……."

"그다음엔?"

"바로 버스가 와서 더 말할 시간도 없었어. 잠깐 얘기나 하자고 했더니 다음에 하자더라."

"그게 끝이야?"

"어, 그날 보고 다시는 못 봤으니까. 그런데……."

"그런데 뭐?"

동준이가 잠시 기억을 더듬는 듯 생각에 잠겼다.

"걔가 버스 타기 직전에 혼자 뭐라고 중얼거렸어."

"뭐라고 했는데?"

"익숙한 단어가 아니라……."

"잘 생각해 봐."

"뭐라더라. 좀 희한한 말이라 기억하는데……. 무슨…… 쿠스였어."

— 무슨 쿠스? 에쿠스? 오스트랄로피테쿠스?

혜정이가 끼어들었다.

"말…… 무슨 쿠스였는데."

"말레피쿠스?"

내가 묻자 동준이가 집게손가락을 튕겨 딱 소리를 냈다.

"어, 말레피쿠스. 어떻게 알았어?"

몰랐다. 뭔지도 모르는데 나도 모르게 입에서 나왔다. 모양

새로 보아 『말레우스 말레피카룸』과 관련된 단어라는 느낌은 들었다. 하지만 난생처음 듣는 단어였다. 그런 말이 왜 내 입에서 나왔을까.

"유진이가 죽은 건 어떻게 알았어?"

"진희가 말해 줘서."

"그게 언제였는데?"

"올 초."

"진희는 언제부터 알았는데?"

"작년 12월 초쯤. 너 보러 전영고 찾아갔다가……."

작년 12월 초라면 동준이가 진희에게 첫 번째 소원을 빌었다던 시기였다.

"그때 걔 어느 학교 교복 입고 있었어?"

"사복 입고 있었어."

"걔가 전영고에서 나왔어?"

"아니, 교문 바깥쪽에서. 내 이름을 알더라."

"걘 지금이랑 똑같았고?"

"어, 언뜻 봐서는 유진이랑 살짝 닮았는데, 진희가 훨씬 예쁘지."

그러고 보니 유진이와 진희는 닮은 데가 있었다. 동준이의 말대로 미모로는 동급이 아니었지만, 묘하게 비슷했다. 둘 다 외자 이름이고……. 하지만 둘이 동일인일 가능성은 없었다. 유진이는 이미 죽었으니까.

"그래서 걔가 뭐랬는데?"

"널 보러 왔냐더라."

"나……?"

"어."

동준이의 말이 사실이라면 진희는 이미 작년 12월부터 나를 알았다는 말이었다. 어쩌면 그 전부터였는지도…….

― 거봐, 진희 고년 니 스토커 맞잖아.

잠자코 대화를 엿듣던 혜정이가 중얼거렸다.

"그래서 넌 걔한테 뭐랬는데?"

"넌 누구고 나린이는 어떻게 아냐고 그랬지."

"그랬더니 뭐래?"

"너랑 단짝이랬어."

21. 말레피쿠스

"히익! 이게 다 뭐야?"

나은이의 목소리에 눈을 번쩍 떴다. 난장판이 된 거실을 치우다 깜박 잠이 들었던 모양이었다.

"안나린, 괜찮아?"

나은이 옆에서 굵직한 목소리가 났다. 귀에 익은 목소리였다. 목소리가 난 쪽을 돌아보니 현관문 앞에 선 두 사람이 보였다. 나은이와 나란히 서 있는 사람은 현민이였다.

"어? 동준 오빠도 있었어?"

그 애의 말에 벌떡 몸을 일으키고 둘러보니 내 옆에 숯검정이 된 동준이가 누워 있었다. 낭패였다. 하필이면 이럴 때…….

"현민이 넌 여기 어쩐 일이야?"

어젯밤, 이런저런 자초지종을 털어놓은 동준이는 거실 정리를 돕겠다며 부득부득 고집을 부렸다. 등짝을 때리고 발로 정강이를 걷어차도 막무가내였다.

"또 무슨 일 생기면 어쩌게?"

"네가 있어서 무슨 일 생기면?"

"걱정 마. 아무 짓도 안 할 테니까."

— 그래, 안나린. 까짓것 들어오라 해. 내가 두 눈 시퍼렇게 뜨고 있는데 지가 뭔 짓 하겠어?

혜정이까지 거들었다. 혜정이가 두 눈 시퍼렇게 뜨고 지켜보는 줄 동준이가 알 리는 없었다. 다만, 집에 버티고 있으면 테러범도 섣불리 2차 테러를 저지르지는 못하겠다 싶어 마지못해 녀석을 집에 들였다. 그러고는 동틀 때까지 같이 거실을 쓸고 닦았다. 지쳐서 잠시 소파에 기대어 한숨 돌리다 나도 모르게 잠이 든 후에 나은이와 현민이가 집에 온 모양이었다. 동준이를 본 현민이의 얼굴이 굳었다. 현민이와 눈이 마주친 동준이도 달갑잖은 얼굴이었다.

"여긴 왜 왔냐? 김영미랑 연애질이나 하지."

"그러는 넌?"

현민이가 날 선 투로 물었다.

"나? 난 밤새 나린이랑 같이 있었는데?"

동준이가 받아쳤다. 현민이를 자극하려는 듯했다.

"밤새 거실 치우기만 했어."

변명하면서도 내가 왜 이런 설명까지 해야 하나 싶었다. 나를 바라보는 현민이의 눈빛은 싸늘했다.

"상관없어, 난 내 전화기 돌려받으러 왔을 뿐이니까."

그 순간, 맥이 탁 풀렸다. 그럼 그렇지. 다른 의미로 얼굴이 화끈 달아올랐다.

"전화기 돌려 달라고 온 거였어?"

내가 묻자 현민이가 되물었다.

"그럼 다른 이유가 있겠어?"

당황스러우면서도 내심 반가웠던 기분이 송두리째 날아갔다. 내 방으로 성큼성큼 들어가 전화기를 가지고 나왔다. 떨리는 손으로 전화기를 공장초기화시켜 현민이에게 던지다시피 했다.

"가져가라, 가져가. 좀 한 번에 받아 가지 뭘 두 번에 나눠서……."

현민이는 내 말에 대꾸도 하지 않았다. 그때 동준이가 맨발로 뛰쳐나가더니 현민이에게 주먹을 날렸다. 현민이는 동준이의 주먹질에도 맞서지 않았다.

"찌질한 새끼야, 지금 집 꼴을 보고도 그딴 소리가 나와?"

동준이의 힐난에 현민이가 나지막이 대꾸했다.

"그래, 난 그런 놈이니까 둘이서 잘해 봐."

그 말을 끝으로 현민이는 돌아섰다. 달려가서 그 애를 돌려 세우고 그 모든 말과 행동이 진심이냐고 묻고 싶었다. 하지만 그러지 않았다.

"야, 현민인 왜 데려왔어?"

애먼 나은이를 째려보며 캐묻자 그 애가 대답했다.

"데려오긴 누가 데려와? 들어오는데 대문 앞에 서 있더만.

언니한테 용건이 있어서 왔다는데 그냥 가라고 해? 그건 그렇고 이 난리는 뭐야?"

둘러대기도 뭣해서 사실대로 털어놓았다. 내가 염력으로 불을 끈 대목만 동준이의 맹활약으로 각색했다. 동준이가 괜한 소리를 할세라 눈치를 줬다.

"동준 오빠라도 있어서 다행이네."

속사정을 알 리 없는 나은이는 멋모르고 안도의 한숨을 내쉬었다. 그 애가 근처 제과점에서 사 온 샌드위치로 아침을 때우고 나가 가구점과 전자대리점에서 새 소파와 텔레비전을 사며 오전을 보냈다. 소파와 텔레비전을 설치하고 유리 기술자를 불러 유리창을 갈았다. 통장을 탈탈 털어 현관에 CCTV까지 달고 벽지를 사다 거실 도배까지 새로 했다. 그러고 나니 어느덧 해 질 녘이 되었다. 하루 더 있겠다는 동준이의 등을 떠밀어 보내고 서둘러 집 근처의 시립도서관으로 갔다.

『마녀의 문화사』라는 책을 빌려왔다. 인터넷에서 '말레피쿠스'를 검색하다 알게 된 책이었다. 제목이 익숙해서 생각해 보니, 혜정이가 혈서로 나를 저주하는 글을 써 놓았던 책도 이 책이었다. 마녀라는 존재가 어떻게 생겨났고 어떤 박해를 받았는지를 역사학적으로 분석한 책이라고 해서 도움이 될 것 같았다. 책을 훑어보다 내가 찾던 단어를 발견했다.

때때로 번역은 박해를 촉진하기도 했다. 이와 관련해 가장 중요한 예는 '출애굽기 22장 18절'인데, 원래 히브리어 판에는 이 대목이 '카숍은 살해당한다'로 명시되어 있다. 카숍이란 주술사, 점술사 또는 마법사이긴 하지만, 악령숭배와는 아무런 관련도 없다. 라틴어 판 성서인 울가타Vulgate에는 이것이 'Maleficos nos patieris vivere(너는 말레피쿠스를 살아 있게 해서는 안 된다)'로 번역되었다. 울가타의 번역이 완성되었을 당시에는 말레피쿠스('악을 행하는 자'라는 뜻의 형용사 및 명사형의 남성 주격—옮긴이)라는 말 자체의 뜻이 아직 분명치 않아서, 해악을 끼치는 마법사를 가리키기도 했지만, 뭔가 범죄를 저지르는 사람이라는 뜻으로도 쓰였다. 이후 유럽에 마녀가 속출하게 됨에 따라, 이 말은 특히 악마에게 바쳐진 마녀를 가리키게 되었고, 이 구절은 다시 마녀 처형을 정당화하는 근거로 이용되었다.

*『마녀의 문화사』에서 인용, 제프리 버튼 러셀 지음, 김은주 옮김, 르네상스 출판사

말레피쿠스. 내 입에서 나왔던 그 단어는 라틴어로 '나쁜 짓 하는', '악을 행하는'이란 의미의 단어였다. 책상 옆에서 나와 함께 책을 들여다보던 혜정이가 중얼거렸다.

— 역시 『말레우스 말레피카룸』이랑 자매품이었어.

"동준이랑 마주친 날, 유진이란 애는 왜 말레피쿠스란 말을 했을까?"

— 진희를 두고 한 말 아냐?

"그럼 그때 걔도 진희를 알고 있었나?"

— 그럴지도 모르지. 동준이한테 니 이름 팔면서 지가 먼저 접근했다는 거 봐. 말레피쿠스 같은 년.

"날 어떻게 알고?"

— 마녀잖아, 말레피쿠스!

"혹시 유진이도 진희의 농간에 죽게 된 거 아닐까?"

— 나처럼?

"어."

— 죽은 진희는 유진이가 그렇게 됐다는 걸 너한테 알려 주려고 그런 메시지를 남겼고? 유진이를 죽게 한 마녀를 살려두지 마라, 뭐 그런 뜻으로?

"지금으로선 그렇게밖에 생각이 안 돼. 근데 내 기억엔 왜 유진이가 전혀 없을까?"

— 진희 고년이 지운 거라니까? 생각해 봐, 니가 유진이를 기억하고 걔가 진희 고년 때문에 죽었단 걸 알면 진희 고년이 너한테 접근했을 때 순순히 넘어갔겠어?

"그렇긴 한데, 난 유진이 진희랑 닮았단 말이 왠지 자꾸 마음에 걸려."

— 다 진희 고년의 전략이야. 고년이 유진이랑 닮았기 때문에 너도 친근감을 느껴서 고년이랑 친해졌고 그러다 홀딱 넘어간 거지. 노렸네, 노렸어.

과연 그럴까. 그날 밤도 늦도록 잠을 이루지 못하고 뒤척였다. 내가 잠들면 또 다른 테러가 집으로 날아들지도 몰랐다. 무엇보다 디데이가 코앞이었다. 내 세 번째 소원이 이루어지는 날.

— 잠이 안 와? 내가 자장가 들려줄까?

혜정이가 오르골로 「종소리」를 들려주었지만, 오히려 역효과가 났다. 새벽 4시가 넘어 겨우 잠들었다가 지독한 악몽을 꾸기까지 했다. 꿈에서 나는 이렌느 슐츠였고 내 발밑에 불을 놓은 장본인은 현민이였다. 불길이 치솟는 와중에 불길 너머에서 나를 바라보는 얼굴들을 보았다. 죽은 진희와 유진이 있었고, 영미와 진희도 있었다. 내 머리 위에서 검은 달그림자가 태양을 완전히 뒤덮었다.

— 안나린, 일어나, 아침이야.

혜정이의 목소리가 나를 꿈에서 끄집어냈다. 그렇게 마녀가 되어 맞는 첫 번째 날이 밝았다.

눈을 떴다.

— 어때? 뭔가 달라진 느낌 들어?

혜정이가 물었지만, 딱히 느껴지는 변화는 없었다.

— 말 좀 해 봐, 현기증 난단 말이야.

혜정이의 재촉에 침대에서 일어나 앉았다. 주위를 둘러봐도 마찬가지였다.

"글쎄, 아직은 잘 모르겠는⋯⋯."

— 어, 잠깐! 너 나 좀 봐 봐.

마녀 인형이 나를 빤히 들여다보았다.

"왜?"

— 대박!

"왜 그러는데?"

— 거울 봐 봐. 보면 알아.

일어나 거울 앞으로 다가갔다.

"어!"

거울에 비친 나를 보자 절로 감탄사가 터져 나왔다. 뭔가 달라졌다. 하룻밤 사이에 딴판이 되지는 않았어도 분명 달라졌다. 일단 눈동자 색부터가 어제와는 미묘하게 달라졌다. 어제까지 내 눈에 감돌던 푸른 빛이 선홍빛으로 바뀌었다. 눈빛은 눈동자를 둘러싼 홍채의 멜라닌 색소로 정해진다고 배웠다. 대개 멜라닌 색소는 흑갈색인데 멜라닌 색소가 많을수록 흑갈색으로 보이고, 색소의 양이 적을수록 청색, 색소가 모자란 홍채는 적색으로 보인다고 했다. 그런데 난데없는 이 눈빛은 뭐지?

변화는 그뿐이 아니었다.

— 너 되게 예뻐진 거 알아? 뭐야, 그거. 무서워.

내 옆으로 다가온 혜정이가 거울에 비친 나를 이리저리 들여다보며 중얼거렸다.

— 에이, 이럴 줄 알았으면 나도 마녀가 되게 해 달라고 빌걸! 완전 일타쌍피잖아.

혜정이의 호들갑이 과장은 아니었다. 내 눈에도 얼굴이 어제와는 사뭇 달라 보였다. 눈도 더 커지고 콧대가 더 높아지고 얼굴은 더 갸름해졌다. 근 두 달간이나 제대로 못 자서 푸석푸석했던 피부도 물광을 낸 듯 보얗고 매끄러워졌다.

— 캬, 클래스가 다른데? 어제까지 비즈니스였다면 오늘은 완전 퍼스트클래스야. 희한하네.

혜정이가 내 주위를 뱅뱅 맴돌며 호들갑을 떨었다. 내 변화를 알아차린 사람은 혜정이만이 아니었다.

"어, 뭐야?"

욕실에서 세수하고 나오던 나와 마주친 나은이가 고개를 갸우뚱했다.

"밤새 어디 가서 쁘띠 성형이라도 받고 옴?"

"뭔 소리야, 잠 덜 깼어?"

"우리 언니 아닌 거 같아. 어이, 당신, 우리 언니 맞아? 혹시 우리 언니 손톱 먹고 둔갑한 쥐 아냐? 어디 보자. 등에 점이 있나, 없나."

나은이가 장난기 어린 얼굴로 다가와 티셔츠의 왼쪽 어깨 부분을 끌어내렸다.

"뭐 하는 거야?"

"어!"

나은이가 멈칫했다. 티셔츠 목이 늘어나며 내 왼쪽 어깻죽지에 생긴 별 모양의 점이 드러난 모양이었다. 그 애가 물었다.

"이 점들은 또 언제 생겼대?"

"점들?"

엥? '점'도 아니고 '점들'이라니…….

이상했다. 지난주 금요일에 학교 화장실에서 비춰봤을 때만 해도 분명 왼쪽 어깻죽지에 생긴 점 하나가 전부였다. 거실 한편에 놓인 거울로 가서 왼쪽 어깨를 비췄다. 왼쪽 어깻죽지 한복판에 자리 잡은 별은 그대로였다. 그런데 별을 에워싼 새로운 문양들이 보였다. 꼭지가 키세스 초콜릿처럼 기울어진 네 개의 세모꼴이었다. 고깔모자 같기도 하고 잎사귀 같기도 했다. 세모꼴 아래로 이어진 짤막한 줄기에는 물결표 모양의 떡잎이 달렸다. 꼭지 부분이 별로 모인 세모꼴 네 개가 동서남북으로 별을 에워쌌다.

"어? 이게 언제 생겼지?"

내가 중얼거리자 나은이가 나직이 탄식했다.

"어떡해."

아이고, 이제 큰일 났다. 딱 그런 투였다.

"어떡하긴 뭘 어떡해?"

돌아보며 묻자 나은이가 멈칫하더니 제 뒤통수를 긁적였다.

"꼭 문신 같아서. 때 수건 같은 걸로 빡빡 문질러도 안 닦이겠지⋯⋯."

나은이가 얼굴까지 발그레해져서 호들갑을 떨며 걱정했다.

"점이 닦이겠어?"

"응, 근데 점 같지 않고 꼭 문신 같다. 학생이 문신했다고 오해하면 어쩌지?"

"보일 만한 위치는 아니긴 한데⋯⋯."

그러다 말을 멈췄다. 소원 의식 때 본 환상 속에서 재판관이 했던 말이 또다시 귓가에 되살아났다. '악마와 교접한 마녀에게는 그 표식으로 마녀의 별이 몸뚱이에 새겨진다. 오늘, 나는 이렌느 슐츠의 몸뚱이에 새겨진 마녀의 별을 만천하에 내보이겠노라.'

                              * * *

　등굣길도 이전과 사뭇 달라졌다.

　뭇사람들의 시선이 그랬다. 버스정류장에서도, 학교로 가는
버스 안에서도, 교문으로 들어선 뒤에도 사람들의 시선이 내
게로 쏠렸다.

　혜정이가 백팩의 지퍼 틈으로 밖을 내다보며 '미모는 나의
무기' 운운하는 김아중의 노래를 흥얼거렸을 정도였다. 그 영
화에서 미녀가 된 김아중을 본 남자들처럼 무아지경은 아니었
지만 나를 본 남자들의 눈길에서는 전에 없던 감정들이 어른
거렸다.

　— 아무래도 '마녀'가 '마법을 부리는 여자'가 아니라 '마성
의 미녀'의 줄임말이었나 봐. 남자들이 아주 너만 보네. 이제
진희 따위는 너한테 명함도 못 내밀겠는데?

　혜정이의 말이 마냥 과장은 아니었다.

　— 와, 저 아저씨 좀 봐. 고개 빼고 너만 보면서 가다가 꽈당
했어, 대박! 하여튼 젊으나 늙으나…….

　그뿐이 아니었다. 버스에 오르면서부터 크고 작은 속삭임들
이 들리기 시작했다.

　'아, 출근하기 싫어 미치겠네. 김 과장 그 새끼를 또 어떻게
보지? 로또만 당첨돼 봐, 내가 당장 때려치운다.'

　'이 아저씨, 암내 짱이네. 다음 정거장에서 내려라. 제
발…….'

'오, 쟤 끝내주는데? 아이돌 연습생인가?'

'우유에 콘후레이크라도 말아 먹고 나올걸. 배고파.'

'주식이 너무 떨어졌네. 지금이라도 팔아야 되나?'

'쟤 보니까 나도 고치고 싶어. 쌍수에 앞트임, 뒤트임에 필러까지만……. 돈 벌면 해야지.'

'카드대금을 막아야 하는데 미치겠네. 어디서 돈벼락 좀 안 떨어지나?'

버스 안의 승객들이 저마다 소곤거리는 듯한 목소리들이었다. 주위를 휘둘러보았다. 입을 열고 말하는 사람은 아무도 없었는데도 속삭임들은 또렷이 들려왔다.

'이 새끼를 죽여야 하는데…….'

바로 옆에서 들려온 소리였다. 돌아보니 내 옆에서 이야기하는 정장 차림의 회사원들이었다.

"이번에 내가 발로 안 뛰었어 봐. 계약도 물 건너갔지."

"그러게요. 김 대리님 아니었으면 어찌 됐을지 상상만 해도 끔찍하네요."

웃으며 대꾸하는 앳된 남자에게서 속삭임이 들려왔다.

'너 아니었으면 지난달 승진은 내가 했어, 이 재수 없는 새끼야.'

그제야 알아차렸다. 그 속삭임들은 사람들이 마음속에 감춘 욕망이었다.

* * *

— 그러니까 사람들의 욕망이 속삭임으로 너한테 들려온다이 말이지?

교문에 다다를 즈음, 혜정이가 물었다.

"어, 그렇다니까."

'아, 누가 학교 폭파 좀 안 시키나? 졸 가기 싫네.'

내 옆으로 한 아이가 속삭이고 지나갔다.

"방금 지나간 애는 학교를 폭파하고 싶대."

— 오, 「왓 위민 원트」가 아니라 '왓 휴먼 원트'야? 나도 가끔그런 생각 했는데……. 아, 맞다! 진희 고년이 소원 뭐냐고 물어보던 게 딱 이런 타이밍을 이용한 거 아니었을까?

"상대의 마음속 욕망을 엿듣고 소원을 빌게 한다?"

— 바로 그거야.

진희에게 첫 번째 소원을 빌었던 날이 생각났다. "소원이 뭐야?" 그 애가 그렇게 묻던 순간, 나는 동준이를 생각하고 있지는 않았다. 오히려 진희가 소원을 물었기 때문에 녀석을 떠올리게 됐을 뿐이었다.

"선후가 바뀐 거 같은데? 소원을 빌게 한 게 먼저인 거 같은데……."

— 입은 삐뚤어져도 말은 바로 하랬다고 그날 니가 진희 말듣고 처음으로 동준이한테 그런 맘 품었겠어? 전부터 니가 동준이를 은근 좋아하던 걸 진희 고년이 알고서 적당한 타이밍

에 물어봤겠지.

어쩌면 그 말이 맞는지도 몰랐다.

"안나린!"

등 뒤로 모터사이클 소리가 다가왔다. 동준이였다.

— 안나린, 저놈 속 좀 들여다봐 봐. 뭐가 들어 있나.

혜정이가 은근한 목소리로 부추겼다. 걸음을 멈추고 동준이를 돌아보았다. 나와 눈이 마주친 녀석의 눈빛이 눈에 띄게 흔들렸다. 적잖이 놀란 모양이었다. 모터사이클이 중심을 잃고 이리저리 휘청대다 옆으로 넘어갔다. 깜짝 놀라서 물었다.

"괜찮아?"

"당연히 괜찮지."

동준이가 아무렇지도 않다는 듯 자리를 털고 일어났다.

'눈부셔.'

녀석의 속삭임이 들려왔다.

— 뭐라고 하는지 들려?

혜정이가 물었지만 대답하기가 뭣했다. 속삭임이 이어졌다.

'사랑스러워 미치겠네.'

욕망의 목소리를 듣고 있자니 별로 알고 싶지 않은 비밀을 엿듣는 듯 영 껄끄럽고 난처했다.

"나 먼저 들어갈게. 오토바이 대고 천천히 와."

교문으로 서둘러 들어가려는데 등 뒤로 자동차 멈춰서는 소리가 들렸다. 묘한 느낌이 들어 돌아보니, 아니나 다를까, 현민이가 타고 다니는 차였다. 차에서 현민이와 영미가 내렸다.

"어머, 아침부터 어디서 깨 쏟아지는 냄새가 난다 했더니 너네였구나?"

나와 동준이를 본 영미가 빈정거렸다.

'죽여 버렸어야 하는데…….'

영미의 욕망이 들려왔다. 오늘 아침, 내가 들은 모든 속삭임보다 더 악의에 차 있었다. 나를 죽여 버리고 싶었는데 못 죽여아쉽다는 듯한 투였다. 그 말인즉, 최근에 제가 나를 죽이려 했다는 자백인지도 몰랐다. 어쩌면 토요일 밤에…….

"화장했나 보네? 아님 주말에 칼 좀 대고 왔든가. 아아, 둘 다구나?"

— 하, 뭐 눈엔 뭐만 보인다더니……. 나린이가 넌 줄 아냐, 이년아.

"주말에 바빴어. 누가 집에 불을 내서 난리였거든."

말에 뼈를 담아 대꾸하고는 영미의 반응을 살폈다.

"어쩌라고?"

영미가 턱을 쳐들고 쏘아붙였다. 속삭임은 들려오지 않았다.

"됐어, 상대하지 말고 들어가자."

현민이가 영미의 허리에 팔을 두르며 재촉했다. 눈이 마주쳤다. 동준이가 그랬듯 현민이의 눈빛도 일순 흔들렸다. 그 흔들림이 내 외적인 변화 때문인지 아니면 다른 이유 때문인지는알 길이 없었다.

이상한 일이었다. 눈빛만 보면 뭐라도 생각했을 법한데 현민이의 속삭임은 들려오지 않았다. 귀를 쫑긋 세우고 집중해도 마찬가지였다.

"아, 맞다. 우리가 떨거지들이나 상대할 급이 아니지."

영미가 히죽거리며 우리를 지나치자 동준이가 영미의 팔뚝을 낚아챘다.

"너 방금 뭐라고 했냐?"

"놔. 안 놔?"

영미의 얼굴에 살기가 어렸다.

'확 날려 버릴까 보다.'

당장에라도 염력을 쏟아낼 듯한 기세였다. 눈에는 눈, 이에는 이로 받아치면 될 테지만 주위에 사람이 너무 많아서 마음에 걸렸다.

"놔라."

이번에는 현민이가 동준이의 손목을 붙들었다. 동준이가 그 손길을 뿌리치며 윽박질렀다.

"사람 마음 갖고 장난치니 좋냐, 이 박쥐 같은 새끼야?"

아무래도 이러다 또 싸움이 날 듯해 끼어들었다.

"셋 다 그만해, 제발."

'착한 척은 저 혼자 다 하고 있네, 미친년. 확 죽여 버릴까?'

영미의 싸늘한 속삭임이 들려왔다.

"야, 니들 신성한 교정에서 뭐 하는 짓들이냐?"

담임 선생님이 끼어들면서 사건은 일단락되었다. 영미가 어깨를 으쓱하더니 걸음을 재촉하며 대답했다.

"아무것도 아녜요. 애들이 질투하기에 그러지 말라고 했더니 시비를 거네요."

— 질투 같은 소리 하고 있네. 뭘 모르나 본데, 나린이야말로 이제 너 같은 떨거지 상대할 레벨이 아니야, 이년아.

혜정이의 말도 그리 위안이 되지는 않았다. 저만치 멀어져가는 두 사람을 바라보는 내 마음속에 질투심이 피어올랐다. 마녀가 되어도 그런 감정은 사라지지 않는 모양이었다. 만일 진희가 나처럼 욕망을 들을 줄 알고, 이 순간 내 곁을 지나갔다면 분명 내 속삭임을 들었을 터였다. '모현민, 네 옆엔 내가 있었어야 해.'

학교 건물 앞에 다다라 안으로 들어가려다 걸음을 멈추었다.

"왜 그래?"

학교 주차장에 모터사이클을 대고 와서 나와 나란히 걷던 동준이가 물었다. 아까부터 정수리가 간질간질했다. 어쩐지 누가 나를 내려다보는 느낌이 들었다.

— 안나린, 왜 그러는데?

"좀 이상해서……."

두 사람의 질문에 답하며 무심코 올려다보았다. 이삼 미터는 족히 떨어진 허공에 그것이 떠 있었다. 그것과 눈이 마주친 순간, 온몸이 얼어붙었다.

호루스의 눈이었다.

"거기 뭐가 있는데?"

동준이가 물었지만, 털어놓을 수 없는 이야기였다. "어, 커다란 짐볼만 한 호루스의 눈이 드론처럼 떠 있어."라고 말한들,

동준이가 알아들을 수나 있을까.

호루스의 눈은 그 너머의 하늘이 비칠 정도로 반투명하지만 또렷했다. 사다리를 타고 올라가 손을 뻗으면 손끝에 눈동자가 닿을 듯했다. 눈동자와 눈가는 개기일식 때 태양을 가린 달그림자처럼 검었고 그 둘레가 달그림자 사이로 새어 나오는 햇빛처럼 환하게 빛났다.

— 안나린, 침착해. 아무것도 아니야.

낌새를 눈치챈 혜정이가 나를 진정시키려 애썼다. 하지만 놀란 가슴이 쉽사리 가라앉지 않았다. 천적과 맞닥뜨린 동물처럼 온몸이 굳고 진땀이 났다. 그동안 여러 번 표식을 남기기는 했지만 저것이 눈앞에 나타나기는 처음이었다.

제게 날 덮칠지도 모른다는 공포감에 온몸에서 힘이 빠져나갔다. 휘청 중심을 잃는 순간, 동준이가 내 허리를 감아 부축하며 물었다.

"괜찮아?"

"아니……."

내가 눈을 깜박일 때마다 눈앞에 어떤 영상이 번뜩이며 지나갔다. 눈을 질끈 감아보았다. 평소 눈을 감으면 보이는 거라고는 망막에 남은 잔상이나 눈꺼풀을 통과한 빛, 눈알의 유리체 속을 떠다니는 먼지 같은 부유물이 고작이었다. 오늘은 달랐다. 눈을 감으니 더 또렷이 보였다. 밑에서 위를 향하고 있는 내 얼굴이었다. 드론이나 헬리캠을 띄워 내 머리 위에서 찍은 동영상을 실시간으로 보는 듯했다. 떨리는 손을 머리 위로 들어 손가락을 까닥거려 보았다. 그 모습도 고스란히 보였다. 확실했다. 눈앞에 보이는 광경은 바로 지금 호루스의 눈이 내려다보는 내 모습이었다.

"뭐가 있는데?"

동준이가 다시 물었다. 내가 계속 한곳을 보자 나와 같은 곳을 올려다보았지만, 녀석에게는 아무것도 안 보이는 모양이었다.

"어? 아니, 그냥…… 현기증이 좀 나서."

"어디 좀 앉자."

동준이와 근처 화단 앞의 벤치로 가면서도 위를 흘끔댔다. 거대한 눈알은 나를 졸졸 따라왔다.

'도대체 저게 언제부터 나를 따라왔을까? 눈 떴을 때도 있었더라면 내 방 천장에 떠 있었을 테고 그랬다면 나와 눈이 마주쳤을 텐데. 저렇게 졸졸 따라다니다 공격하는 거 아냐?'

─ 안나린, 진정해. 널 공격할 거였으면 진작 했겠지, 여태껏 너만 보고 있겠어?

내 생각을 읽은 혜정이에게 물었다.

'넌 어때? 보여?'

─ 아니, 전혀. 사고 날 때마다 나타났다던 호루스의 눈이 지금 니 머리 위에 떠 있단 말이잖아.

'어.'

─ 대박. 내 눈엔 그냥 하늘만 보이는데……. 마녀가 되니 별일이 다 있네.

호루스의 눈이 표식으로 나타났던 때를 헤아려 보았다. 마스크맨의 황산 테러 때 현민이의 교복 재킷에, 벽돌 추락 때 공사 현장의 안전망에, 싱크홀 때 싱크홀 자체에, 철근 교통사고 때 자동차 앞 차창에, 현민 어머니의 교통사고 때에는 주차장 바닥에 표식으로 남았다. 그리고 내가 무연 저수지에 빠져 사경을 헤매던 때……. 가만, 그런데 저게 그 호루스의 눈 맞기는 할까?

"어때, 좀 괜찮아?"

동준이가 물었다. 그제야 내가 벤치에 녀석과 나란히 앉아 있다는 사실을 깨달았다.

"어? 어, 이제 괜찮아졌어. 들어가자."

괜찮아지지는 않았지만, 내 정수리로 붙박인 시선을 고스란히 받으며 여기에 앉아 있기도 싫었다. 솔직히 무서웠다. 진희와 얽힌 뒤로 산전수전 다 겪어서 이제 강철 심장이 되었다고 자부했는데 꼭 그렇지만도 않은 모양이었다. 내가 건물로 들어가면 저 흉물은 어떻게 될까? 제발 내 눈앞에서 사라지기를 바라며 서둘러 건물 현관으로 들어섰다. 복도를 걸으면서도 위를 흘끔흘끔 보았다. 안 보였다. 안도의 한숨을 내쉬려는 찰라, 천장 너머에서 그것이 불쑥 나타났다. 눈알은 사라지지 않고 천장 즈음에 떠오른 채 나를 졸졸 따라왔다. 투명한 끈으로 나와 연결된 헬륨 풍선처럼……. 콘크리트 벽 따위는 우습게 통과하는 품이 모양은 있지만, 무게나 질량은 아예 없는 존재인 듯했다.

'저리 가. 꺼지란 말이야!'

천장을 노려보며 속으로 부르짖어도 놈은 굳세게 따라붙었다. 나를 따라다니며 내려다보는 일이 제 임무라도 되는 양. 손을 뻗어 염력으로 밀어내보았다. 꿈쩍도 하지 않았다.

"뭐 해?"

천장에 손을 뻗고 있는 내 꼴을 본 동준이가 물었다. 머쓱해져서 손을 거두며 얼버무렸다.

"모기가 있는 거 같아서……."

세상에서 가장 큰 모기 눈알. 복도에서 나와 마주친 아이들이 내게 눈길을 보냈다. 크고 작은 속삭임들이 내 곁을 스쳐 지났다.

교실 문을 열고 안으로 들어선 순간에는 와자하던 교실이 아예 조용해졌다. 나를 본 아이들이 홀린 듯 말과 행동을 멈췄다. 꼭 진희가 전학 온 첫날 교단 위에 서서 인사하던 순간을 보는 듯했다. 한동안 정적이 흐른 뒤, 교실은 좀 전의 모습으로 돌아왔지만 내게로 쏠리는 시선들은 여전했다.

"안녕, 나린아."

늘 그렇듯 에어팟을 끼고 제자리에 앉아 자습서를 들여다보던 진희가 한쪽 에어팟을 빼고 반갑게 인사를 건넸다.

"어, 안녕."

별로 안녕하지 못했지만 아닌 척했다.

"오늘따라 유난히 예쁘다, 너?"

"아냐, 네가 더 예뻐."

"기분은 좀 어때?"

그 말 앞에 붙였어야 할 '마녀가 된'은 생략했을 터였다.

"좋아."

거짓말이었다. 정수리 위에 떠서 나를 내려다보는 호루스의 눈과 아이들 근처를 지나칠 때마다 들려오는 속삭임들 때문에 정신이 하나도 없었다.

'안나린 쟤 왜케 예뻐졌지? 짜증 나게……. 나도 이번 방학 때 양악해 달라고 해야지.'

'개쩐다. 나도 저 얼굴 반만 됐으면…….'

속삭임들이 동시다발적으로 쏟아졌다.

"곧 익숙해질 거야."

진희가 지금 내 상황을 다 이해한다는 투로 말하고는 제 귀에 에어팟을 끼웠다. 에어팟! 무릎을 칠 뻔했다. 진희가 왜 늘 에어팟을 끼는지 이제야 알 것 같았다. 내 짐작이 맞는다면 주위 사람들의 내밀한 속삭임은 마녀에게만 들리는 일종의 정보인 듯했다. 마녀는 그 속삭임을 들어뒀다가 적당한 때에 소원 떡밥을 던지는 게 아닐까? 시스템이 어찌 됐든 의지와는 상관없이 사방에서 쏟아지는 속삭임에 밤낮없이 시달린다면 그것도 보통 고역이 아닐 터였다. 저 에어팟은 그 속삭임을 막아 주는 일종의 귀마개 아닐까. 백팩을 뒤적거렸다. 주머니 어디인가 잘 쓰지 않는 이어폰이 처박혀 있을 텐데…….

주머니에서 스마트폰을 꺼내어 이어폰을 연결했다. 현민이가 사 주었던 스마트폰이 아니라 예전 폰이었다. 메모리에

MP3 몇 곡을 저장해 두었다. 음악을 틀었다. 이어폰을 귀에 꽂자 김윤아의 「착한 소녀」가 흘러나왔다.

가만, 내가 언제 이 노래를 넣었더라? 한동안 현민이가 준 금고에 묵혀 두었으니 그 전에 넣었단 뜻인데 그런 기억이 없었다.

'뭐지, 정말 알츠하이머라도 오나?'

그때 진희가 뭐라고 말했다.

"어?"

이어폰을 빼고 물으니 그 애가 피식 웃으며 말했다.

"내가 넣어뒀다고, 기념 선물로……."

* * *

― 이어폰 끼니 어땠어?

혜정이가 물었다. 방과 후, 택시를 타고 집으로 돌아온 뒤였다. 내게 쏟아지는 시선과 속삭임들 때문에 버스 타기도 껄끄러웠다.

"안 들렸어. 속삭임들이……."

― 대박이네. 너한테만 들리는 속삭임이라는 거, 결국 텔레파시 같은 심령 현상이란 얘긴데 그런 걸 이어폰으로 안 들리게 한다는 게 웃긴다. 아, 그래서 마녀인가? 마성의 안나린!

마녀가 되고 생긴 변화를 꼽아보았다. 눈빛과 외모, 어깻죽지의 문양과 사람들의 마음속 욕망 그리고 호루스의 눈.

마녀가 되면 정해진 기한 내에 가장 가까운 친구의 소원부터 빌게 해야 한다는 말이 못내 마음에 걸렸다. 가장 가까운 친구라면……. 옆자리의 혜정이를 돌아보았다.

— 왜? 내가 마수걸이 고객이 되는 거?

내 마음속을 헤아린 혜정이가 해맑게 물었다.

"마수걸이 고객은 무슨……."

혜정이는 이미 진희에게 소원을 빌었고 끔찍한 대가를 치렀으며 대가는 현재 진행형이었다. 그런 애한테 또 고통을 겪게 하고 싶지 않았다.

— 지금도 그 호루슨지, 호루라긴지 하는 눈깔 떠 있어?

혜정이가 천장을 올려다보며 물었다.

"어."

— 지금도?

"아까부터 쭉."

한나절을 함께했으니 이제 좀 익숙해질 만도 한데, 볼 때마다 목덜미가 섬뜩했다. 종일 놈은 지치지도 않고 나를 따라다녔다. 혜정이의 말대로 나를 공격하지도, 거리를 좁히지도 않았지만, 존재 자체가 공포였다.

"그런데 이상해."

— 뭐가?

"속삭임 말이야. 현민이나 진희의 속삭임은 어째서 안 들리는 걸까?"

— 야, 좀비도 동족끼리는 안 잡아먹는 게 규칙이야. 마녀도

동족끼리는 마력이 안 통하는 거겠지. 그러니 이 셜록 혜정님 추리대로 현민이는 마녀, 아니, 마인이다, 이거지!

"그나저나 쟨 왜 계속 나만 따라다니지?"

— 이유가 있겠지. 그래도 이렇다 할 해코지를 안 하는 게 너한테 해로운 놈은 아닌가 보네.

"그게 아니면?"

— 눈 감으면 저 눈깔 보는 게 보인다며? 그렇다면 혹시 저게 너랑 연결된 분신 같은 건 아닐까?

"분신?"

그러고 보니 저것이 보이는 이유가 있을 터였다.

— 안나린, 우리 한번 해 보자.

"뭘?"

— 호루스의 눈 길들이기.

"저걸 어떻게 길들여?"

— 염력은 뭐, 태어날 때부터 터득했니? 니 눈도 요령을 알아서 움직이는 건 아니잖아. 까짓것 해 봐. 혹시 알어? 저게 너만의 수정구슬 같은 건지도…….

수정구슬? 어쩌면 그런지도 몰랐다.

"좋아, 해 보자."

눈을 감았다.

— 뭐가 보여?

"침대에 앉은 나랑 너."

— 말하자면 드론 캠 같은 거네. 야, 인제 CCTV 필요 없겠

다. 저걸로 실시간 감시하면 되겠네. 한번 움직여 봐.

"얘를?"

— 그럼 걔지, 나겠니?

"해 볼게."

시선을 옮기듯 그 눈으로 다른 곳을 보려 했다. 그러나 눈은 고정 카메라처럼 내 정수리에 시선을 붙박고 움직이지 않았다. 무던히 애를 썼지만 헛일이었다.

"아, 역시 안 돼."

— 아이고, 초보 마녀님, 그게 바로 되겠어요? 쟤가 보는 걸 네가 보는 것만도 대단한 거지. 저 눈이 네 눈이라고 생각하고 다시 해 봐.

심호흡하고 다시 눈을 돌려보려 애썼다. 아무리 눈을 이리저리 돌려봐도 호루스의 눈은 옴짝달싹하지 않았다.

"아무래도 안 되는 건가 봐."

— 내가 제일 싫어하는 말 중에 해병대 나온 울 아빠가 하던 말이 있거든? 뭔지 알아?

"내가 그걸 어떻게 알아?"

— 안 되면 되게 하라!

"돼야 되게 하지."

— 바로 그거야. 그래서 내가 그 말을 싫어했어. 안 되는 걸 어떻게 되게 하냐고, 돼야 되게 하지. 근데 말이야, 죽어도 안 되는 건 안 되지만, 요령만 알고 보면 이 쉬운 걸 내가 왜 안 된다고 했나 싶게 되는 게 더러 있긴 하더라고.

"요령?"

— 어, 방금 생각난 건데 목표물을 한번 찾아보면 어떨까?

"목표물?"

— 내가 소원 빌었을 때 진희가 그랬댔잖아. 니가 궁금할 때마다 눈 꼭 감고 니 이름 세 번 중얼거리라고. 그럼 내 도플이 나한테서 너한테로 가고, 니가 보일 거라고……. 넌 이제 마녀가 됐고 저게 니 분신이라면 단순한 도플하곤 비교도 안 되게 강력하지 않을까?

"어떤 대상을 생각해 보라 이거지?"

— 그래, 지금 니가 가장 보고 싶은 대상.

가만히 떠올려보았다. 가장 보고 싶은 대상. 멀리서 늘 나를 지켜주던 현민이가 생각났다. 어제 집으로 와서 내게 했던 몹쓸 짓도 어쩌면 배려였는지도 몰랐다. 현민이가 영미에게 다가간 후로 영미의 공세는 주춤했다. 적어도 현민이가 지켜보는 앞에서는…….

"모현민, 모현민, 모현민."

현민이의 얼굴을 떠올리며 외치자, 놀라운 일이 벌어졌다. 꿈쩍도 하지 않던 호루스의 눈이 부르르 용틀임했다. 눈이 움직이기 시작했다. 천장과 콘크리트를 꿰뚫고 쏘아 올린 폭죽처럼 공중으로 솟구친 눈이 서서히 골목길로 내려섰다. 이제 막 불을 밝힌 전봇대가 보였고 리어카를 끌고 폐지를 수집하는 할머니가 지나갔다. 잠시 머뭇거리는 듯했던 눈이 목표를 정한 듯 내달리기 시작했다. 현기증 나는 속도였다. 그렇게 눈은 내가 보고 싶어 하는 대상에게로 향했다.

— 뭐가 보이긴 해?

"어."

— 진짜? 뭐가 보이는데?

"길거리. 차."

호루스의 눈은 그 위를 획획 지나쳤다. 앞을 가로막는 건물
이나 육교, 신호등 따위는 그대로 꿰뚫고 나아갔다. 투명한 로
켓을 타고 홍주 시내를 가로지르며 퇴근길 교통상황을 내려다
보는 기분이 들었다. 한 차의 뒤에 다다른 호루스의 눈이 질주
속도를 줄였다. 가로등 불빛과 네온사인을 튕겨내며 밤거리를
내달리는 검은 승용차였다. 차를 바짝 뒤쫓던 눈이 안쪽으로
스며들었다. 어안렌즈로 된 카메라로 보는 듯 시야가 넓었다.
차 안은 물론, 현민이와 영미의 얼굴이 동시에 보일 정도였다.

"현민이랑 영미가 보여."

— 진짜? 걔들이 어디서 뭐하는데?

"달리는 차에……."

— 말소린? 안 들려?

"글쎄, 말소리까진 무리 아닐까?"

호루스의 눈은 어디까지나 눈일 뿐, 호루스의 귀가 아니니
까. 그런데 내가 듣고 싶다고 생각한 순간 소리가 들렸다.

"……넌 성형이라도 했나 봐."

영미의 목소리였다. 물속에서 물 밖의 소리를 듣는 듯 탁하
고 감이 멀어도 확실히 들렸다.

"들려!"

— 말소리까지 들린다고? 와, 초대박.

호루스의 눈이 소리까지 전해줄 줄은 몰랐다. 몰래카메라를 자동차 뒷좌석 한가운데에 들이밀고 엿보는 느낌이었다.

"난 잘 모르겠던데……."

현민이의 말소리도 들렸다. 현민이가 영미의 눈치를 흘끔 보고는 얼른 덧붙였다.

"관심이 없어서."

잠시 얼굴을 굳혔던 영미가 이내 표정을 풀고 말했다.

"남자들이야 잘 모르지. 쁘띠 성형이라고 있거든. 티 안 나게 조금씩 건드리는 거."

"아……."

현민이가 고개를 끄덕인 후 입을 다물자 차 안에 침묵이 내려앉았다.

"아 참, 이거."

영미가 제 백팩에서 무엇을 꺼내어 현민이에게 내밀었다. 하트가 잔뜩 그려진 분홍 포장지에 하늘색 끈으로 묶은 선물이었다.

"뭔데?"

"나 내리면 풀어 봐."

"어, 그럴게."

차가 멈추어 섰다. 차창 밖을 둘러보니 영미가 사는 아파트 주차장이었다.

"톡할게."

"어, 들어가."

차 문 손잡이를 잡은 영미가 현민이를 빤히 바라보았다.

"나, 그냥 보낼 거야?"

그 애의 목소리에 혀 짧은 교태가 어렸다.

"아……."

현민이가 잊을 뻔했다는 듯 영미에게로 다가갔다. 영미가 눈을 감고 입술을 내밀었다. 현민이는 영미의 입술 대신 뺨에 입을 맞췄다.

"뭐야."

눈뜬 영미가 입을 삐죽이며 눈을 흘겼다. 내게는 다행스러우면서도 씁쓸한 장면이었다. 영미는 차에서 내리고도 아파트 입구로 들어서던 순간까지 현민이의 차를 돌아보며 손을 흔들었다. 현민이도 미소 지으며 손을 들어 보였지만 영미가 아파트 입구로 들어가자 얼굴에서 미소가 가셨다. 현민이는 손에 든 선물을 옆자리에 툭 던졌다. 그러더니 나를, 아니, 호루스의 눈을 획 돌아보았다. 마치 진작 알아차리기라도 한 듯. 그 바람에 당황해 움찔 물러났다. 뒤로 급히 빠진 눈이 빠르게 되감은 영상처럼 왔던 길을 거슬러 돌아왔다. 밤거리를 광속으로 날아온 눈은 순식간에 우리 집이 있는 주택가로 접어들었다. 2층 난간을 꿰뚫고 벽을 지나 내 방으로 날아든 순간, 보였다. 내 방 천장 위에서 나를 지켜보는 또 다른 호루스의 눈. 비명을 지르며 눈을 떴다. 전력 질주를 한 듯 숨이 가빴다.

— 왜 그래, 안나린?

"하나가 아니야."

— 뭐가?

"호루스의 눈."

— 호루스의 눈이 또 있다고? 어디, 어디?

"저기."

천장을 가리켰다.

— 그럼 지금 호루스의 눈이 두 개 떠 있다 이 말이야?

겨우 정신을 가다듬고 천장을 올려다보았다. 하나였다. 다른
호루스의 눈은 사라지고 없었다.

"지금은 하나밖에 안 보여."

— 확실히 본 거 맞아? 쟤랑 헷갈린 거 아냐?

"아냐. 저거랑은 달랐어. 크기랑 생김새는 거의 비슷한데 빛
깔이나 분위기가 완전 달라."

— 어떻게?

"눈도 더 시커멓고 빛도 더 어두웠어."

그랬다. 손을 뻗으면 손끝에 시커먼 재가 묻어날 성싶을 정
도였다. 눈동자 둘레의 빛도 햇빛이 아닌 달빛 같았다.

— 근데 왜 좀 전까진 그 눈깔이 안 보였을까? 걔까지 떠 있
었음 너한테 호루스의 눈 두 개가 보여야 하지 않나?

그러고 보니 그랬다. 오늘 종일 나를 따라다녔던 호루스의
눈은 하나뿐이었다.

"그게 내 거가 아니라서 그랬나. 호루스의 눈으로만 보이는

209

다른 사람 거 말이야."

— 혹시 그 눈깔, 진희 고년 거 아냐?

진희? 수수께끼의 해답 하나가 툭 튀어나왔다. 눈에 불을 켜고 찾아도 없던 퍼즐 조각을 장판 밑에서 찾아낸 듯한 기분이 들었다. 무릎을 탁, 치며 외쳤다.

"맞아!"

— 아, 깜짝이야. 왜 갑자기 소리를 빽 지르고 그래?

"혜정이 네 말이 맞았어."

— 무슨 말?

"수정구슬! 저게 내 수정구슬일지도 모른단 말."

— 저 눈깔이 니 수정구슬이다 이거야?

세차게 고개를 끄덕였다.

"마녀가 되면 저마다 수정구슬 역할을 하는 저 호루스의 눈이 생기는 거야. 그래서 제 목표물의 일거수일투족을 지켜보는 거지."

첫 번째 소원 의식을 치르던 날부터 여태까지 진희가 어떻게 내 일거수일투족을 훤히 꿰뚫었는지 이제야 알 만했다. 몰래카메라도, CCTV도, 악성코드도 아니었다. 호루스의 눈이었다.

— 그럼 좀 전까지 고년이 지 호루스의 눈깔로 우리 감시하고 있었단 소리야? 소오름.

"그랬던 거 같아. 그게 발각되니까 얼른 내뺐고……."

책상을 돌아보았다. 첫 번째 의식 때 쓰레기통에 내버린 지

니를 감쪽같이 책상으로 옮겨다 놓았던 수법도 대략 짐작이
갔다.

"호루스의 눈이랑 염력을 같이 썼던 거야."

내가 쓰레기통에 버린 지니를 가지러 가기 전에 이미 진희
는 지니를 쓰레기통 밖으로 끄집어냈다. 복강경으로 수술하는
의사처럼 호루스의 눈과 염력만으로……. 그러고는 내가 거실
을 둘러보는 사이 저 책상 위에 지니를 올려놨겠지.

— 사고가 날 때마다 호루스의 눈 모양이 현장에 남았던 건
뭘까?

"모르긴 해도 니 말처럼 현장에 표식으로 남나 봐. 말하자면
살인사건 현장에 남는 혈흔 같은 거지. 호루스의 눈과 염력을
이용해서 사고를 일으키면 생기는……."

— 그럼 마스크맨은 뭔데? 그 인간이 학교에 찾아와서 너
한테 황산 뿌렸을 때 현민이 교복에 호루스의 눈 모양이 생겼
다며?

"정체가 뭔지는 몰라도 진희랑 밀접하게 연관된 사람은 분
명해. 어쩌면 진희가 조종하는 하수인일 수도 있고……. 그렇
다면 황산을 뿌렸을 때 호루스의 눈이 생긴 것도 마냥 말이 안
되는 건 아니지."

하지만 아직 해결되지 않은 의문은 있었다.

"모현민. 그리고 안나은."

— 현민이랑 나은인 왜?

"좀 전에 내가 호루스의 눈으로 차 안을 들여다봤을 때 현

민이가 내 쪽을 쳐다봤어. 꼭 호루스의 눈을 볼 줄 아는 것처럼…….”

— 진짜? 그냥 누가 자길 지켜보는 느낌이 들어서 본 거 아닐까? 왜, 우리도 가끔 그럴 때 있잖아. 꼭 누가 뒤에서 나를 보는 거 같아서 돌아보면 진짜로 그러고 있을 때. 호루스의 눈 때문에 그런 느낌이 든 거 아니었을까?

“글쎄……. 아직은 잘 모르겠어. 근데 하나는 확실해졌어.”

— 뭐가?

“현민이가 영미한테 완전히 넘어간 건 아니란 거.”

— 왜? 영미 내리니까 현민이가 욕이라도 했어?

“아니, 영미가 차에서 내리기 전에 선물을 줬는데 풀어보지도 않고 던져놓더라고.”

— 여태껏 훼이크였다 이건가?

“어쩌면…….”

그러다 멈칫했다. 내가 호루스의 눈으로 보는 광경들은 진희 또한 얼마든지 제 호루스의 눈으로 지켜볼 터였다. 현민이가 넘어가지 않았다는 사실을 알게 되면 영미에게도 알릴 가능성이 컸다.

— 나은인 또 왜?

“아무래도 나은이가 뭘 아는 거 같아.”

— 뭘 아는데?

“지난번에 나은이가 동준이한테 그런 말 한 적 있잖아.”

병실로 찾아와 나를 모터사이클에 태우고 워프할 기세로 홍주를 관통했던 그날 동준이는 분명 나은이가 언니를 태우고 이렇게 달려 보라고 부탁했다고 했다.

혜정이가 고개를 갸우뚱했다.

— 그게 어쨌다고?

"호루스의 눈으로 길거리 달리는 느낌이 꼭 동준이 오토바이 뒤에 타고 달리던 때랑 비슷했어. 호루스의 눈이 비교도 안 되게 빠르긴 했지만……. 나은이도 뭘 알고 있었던 거야."

그날 카톡으로 캐물었을 때 나은이는 기분전환이라도 하라는 뜻이었다고 은근슬쩍 둘러댔다.

— 그럼 나은이가 호루스의 눈이 뭔지도 알고 니가 그걸 기억하는지 떠보려고 동준이한테 그렇게 부탁했다 이거야?

"나은이 오면 한번 물어봐야겠어."

그 애까지 끌어들이고 싶지는 않았지만 만에 하나, 이미 관련되었다면 어떻게 해야 할까. 상상만으로도 식은땀이 났다.

그러고 보니 여태 교복 차림이었다. 날이 더운 데다 호루스의 눈으로 현민이를 지켜보는 동안 진땀을 빼서 찝찝했다. 방 안에 앉아 호루스의 눈으로 천 리 밖을 내다보는 일은 분명 굉장한 기적이었지만 그만큼 피곤한 일이기도 했다. 자리에서 일어나 교복 블라우스를 벗었다.

— 아, 맞다!

등 뒤에서 혜정이가 외쳤다.

"뭐가?"

— 니 어깨에 생긴 문신, 아니, 문양 말이야.

"그게 왜?"

― 왠지 어디서 봤다 싶어서 니 전화기로 찾아봤거든.

"그래서 찾았어?"

― 어, 바로 이거!

혜정이가 스마트폰을 허공에 띄워 인터넷 검색창에 '말레우스 말레피카룸'을 치고 이미지 검색을 눌렀다.

내 어깨의 문양과 『말레우스 말레피카룸』 속지에 새겨진 문양을 비교해 보았다.

똑같았다.

* * *

"호루스의 눈? 그게 뭔데? 먹는 거야?"

나은이가 눈을 동그랗게 뜨고 되물었다. 정말 몰라서 묻는 듯했다.

"아니, 내 말은……. 혹시라도 들어본 적 없냐 이거지."

"글쎄? 목 아플 때 먹는 사탕?"

― 얘가 정말 모르는 거야, 아니면 모르는 척하는 거야?

내 방에서 대화를 엿듣던 혜정이가 중얼거렸다.

"그럼 그날 동준이한테 오토바이로 워프해 보라고 했던 건 왜 그런 거야? 기분전환 같은 거 말고 진실을 얘기해 봐."

"아아, 그날? 난 또 뭐라고……."

나은이가 피식 웃었다.

"뭔데?"

"사실은 그날 아침에 동준 오빠한테 연락이 왔더라? 부탁 좀 하자고……."

"무슨 부탁?"

"언니가 나한테 물어보면 그냥 기분전환이나 하라고 그랬다고 하랬어."

"동준이가?"

나은이가 고개를 끄덕였다.

"그러니까 결론은 그 오토바이 사건은 애초에 네 부탁이 아니고, 동준이가 해 놓고 나한테는 네가 부탁했다고 말해 달란 거다, 이 말이야?"

"뭐, 그런 셈이지."

"도대체 누구 말이 맞는 거야. 넌 그 부탁을 왜 들어줬는데?"

"동준 오빠가 맛있는 거 쏜대서."

"맛있는 거 쏜다고 아무 부탁이나 막 들어줘?"

"가끔 오토바이도 태워 주고. 뭐, 별로 나쁜 일도 아닌데 어때서? 그게 아무 부탁이야?"

막상 그렇게 물으니 뭐라 할 말이 없었다.

"됐어. 밥이나 먹자."

늦은 저녁을 먹고 방으로 돌아왔지만 찝찝한 기분은 가시지 않았다.

— 으아, 헷갈려. 도대체 누구 말이 맞는지 통 모르겠네. 그럼 그날도 그놈의 자작극이었단 말이야, 뭐야?

혜정이가 허공을 빙글빙글 돌아가며 투덜댔다.

"아무래도 동준이도 의심스러워."

책상 앞에 앉아 눈에 들어오지도 않는 『마녀의 문화사』를 건성으로 넘기며 중얼거렸다. 그러다 어느 페이지에서 손이 우뚝 멈췄다. 익숙한 단어가 보였다.

일반적으로 원래는 '악행'이라는 뜻으로 쓰이던 말레피키움 maleficium(제4장 이후부터 계속 나오는 말레피키아maleficia의 복수형. 말레피쿠스maleficus와 말레피카malefica는 '악을 행하다'라는 뜻을 가진 형용사의 남성형과 여성형. 명사적으로 사용할 땐 각각 '악을 행하는 남자', '악을 행하는 여자'의 뜻이 된다. −옮긴이)이라는 말은, 이때부터 특히 유해한 마법을 가리키는 말이 되며, 말레피쿠스와 말레피카는 악마와 친밀한 관계가 있는 것으로 생각되었다.

* 『마녀의 문화사』에서 인용, 제프리 버튼 러셀 지음, 김은주 옮김, 르네상스 출판사

"가만, 왜 '말레피카'가 아니고 '말레피쿠스'였지?"

— 말레피카? 그건 또 뭔데? 말레피쿠스 친구야?

혜정이가 다가와 책장을 들여다보았다.

"동준이가 날 처음 본 날, 유진이가 버스 타기 전에 그랬댔잖

아. '말레피쿠스'라고……. 근데 이 책에 보면 '말레피쿠스'는 '악을 행하는 남자'래. '악을 행하는 여자'는 '말레피카'고……. 유진이는 왜 하필 동준이한테 그런 말을 했을까?"

— 진희 고년이 원래는 남자였다 이건가?

"그건 너무 나갔고……. 혹시 유진이가 동준이를 경계해서 한 말은 아니었을까?"

— 에이, 그거야말로 오바다.

유진이는 대체 어떤 아이였고 왜 죽었을까. 의혹은 동준이에게서 유진이에게로 옮아갔다. 그 애의 죽음에 얽힌 내막을 진작 알아내야 했는데, 하도 복잡한 일이 동시다발적으로 터져 그러지 못했다. 스마트폰을 집어 들고 유진이와 같이 찍은 사진을 불러왔다.

— 얘는 왜?

"어쩌면 얘가 언제 죽었는지 알 수 있을 것도 같아서."

— 어떻게?

여전히 천장에 떠서 나를 내려다보는 호루스의 눈을 올려다보았다.

"저 수정구슬로……."

스마트폰에 뜬 유진의 얼굴을 들여다보며 머릿속에 아로새기고 눈을 감았다.

"가 보자."

유진의 얼굴을 떠올리며 유진의 이름을 세 번 되풀이하자, 호루스의 눈이 서서히 움직이기 시작했다. 눈이 빛보다 빠르

게 날아 도착한 곳은 어느 추모공원의 봉안실이었다. 거기에
봉안함이 있었다.

故 유진.

그 두 자의 이름을 사이에 두고 출생일과 소천일이 좌우에
붙었다. 봉안함에 적힌 날짜를 본 순간, 숨이 멎었다.

22. 접근

生 2001. 6. 21.
卒 2017. 10. 27.

잘못 봤나 싶어 봉안함으로 더 가까이 다가들었지만 아무것
도 달라지지 않았다. 그저 작은 숫자들이 더 또렷해졌을 뿐이
었다. 2017년 10월 27일. 그 여덟 개의 숫자가 의식을 송두리
째 뒤흔들었다. 모른 척하려야 할 수 없는 날짜였다. 죽은 진
희의 생활기록부를 본 날, 현민이가 했던 말이 떠올랐다.

2017년 10월 27일에 경부고속도로에서 졸음운전 하던 앞차가
가드레일을 들이받고 튕겨 나와서 진희네 차까지 받았대. 차는 뒤
집혔고 부모님은 그 자리에서 다 돌아가셨대.

죽은 진희가 교통사고로 의식불명에 빠진 날, 유진이란 애가 죽었다. 전영고의 담임 선생님은 유진이가 10월 말에 교통사고로 죽었다고 했다. 죽은 진희와 유진이는 교통사고를 당했다. 2017년 10월 27일에…….

눈을 번쩍 떴다. 내 방으로 돌아오자 속이 뒤집히고 눈앞이 노랬다. 자리에서 일어서다 방바닥에 철퍼덕 고꾸라져서 헐떡였다.

— 안나린, 왜 그래? 도대체 뭘 봤길래……. 유진이란 애 송장이라도 본 거야?

혜정이가 물었지만 대답할 힘이 없었다. 짐승처럼 방바닥에 웅크린 채 가쁜 숨을 몰아쉬는데 온몸이 바들바들 떨렸다. 호루스의 눈이 앗아간 체력도 체력이었지만 날짜가 안겨 준 충격이 더 컸다.

둘이 어떤 식으로든 연관이 있을 줄은 알았지만 같은 날짜에 교통사고를 당했을 줄은 상상도 못 했다. 그저 우연의 일치일까? 아니면…….

— 피! 너 코피 나.

혜정이의 외침에 고개를 드니 인중을 타고 뜨뜻한 액체가 흘렀다. 방바닥에 피가 뚝뚝 떨어졌다.

— 휴지, 휴지!

혜정이가 염력으로 티슈를 뽑아와 내 손에 쥐어 주었다. 티슈를 말아 코에 끼웠다.

— 야, 인제 그만해. 호루스의 눈인지 뭔지 세 번 썼다간 사

람 잡겠다. 세상에, 얼굴이 완전 백지장이네.

코피까지 쏟을 정도이니 호루스의 눈으로 다른 장소를 보는
일도 체력 소모가 상당하다는 사실이 확실해졌다. 무엇보다
현실 감각이 없었다. 단 몇 분 만에 우주왕복선을 타고 대기권
밖까지 나갔다가 돌아온 듯했다. 숨을 고르고 몸을 일으켜 침
대에 걸터앉는 데에도 한참이 걸렸다. 어지간히 정신을 차리
고 나서 스마트폰을 집어 들었다. 이로써 유진이의 죽음에 얽
힌 미스터리 중 '언제?'라는 문제의 답은 알아냈다. 하지만 '어
디서?'라는 숙제는 아직 풀지 못했다.

작년 전영고 담임 선생님에게 전화를 걸었다. 썩 내키지는
않았지만, 지금은 딱히 도움을 받을 만한 사람이 없었다. 신호
가 열댓 번 울리고 음성사서함으로 넘어가려나 싶을 즈음에야
담임 선생님이 전화를 받았다.

"선생님, 안녕하세요. 저 나린인데요."

— 아, 난 또 누구라고. 왜, 또?

귀찮아 죽겠다는 투였다.

"저어, 죄송한데, 진이 때문인데요. 걔가 교통사고 난 데가
어디였는지 혹시 좀 알 수 있을까요?"

내 물음에 담임 선생님이 한숨부터 내쉬었다.

— 넌 선생님한테 연락해서 할 소리라는 게 죽은 애 얘기밖
에 없니?

"죄송합니다. 도와주실 분이 선생님밖에 없……."

담임 선생님이 내 말을 끊고 대답했다.

— 고속도로.

내 손에서 전화기가 떨어져 나갔다. 침대 위로 떨어진 전화기에서 선생님의 목소리가 흘러나왔다.

— 어느 고속도로였는진 나도 몰라. 가족들이 다 차 타고 가다 뒤차랑 부딪쳤대. 나도 거기까지밖에 모르니까 이 일로 다신 연락하지 마. 알았니?

내 대답이 없자, 몇 번인가 '여보세요?'를 반복하던 담임 선생님은 짜증을 내며 전화를 끊어버렸다.

— 이게 무슨 소리야? 죽은 진희네도 고속도로에서 졸음 운전한 차량 사고 났다고 하지 않았어?

혜정이의 물음에 대꾸할 힘도 없어 고개만 끄덕였다.

— 그럼 혹시 가드레일 들이받았단 앞차가 유진이네 차였던 거 아니야? 나 몰라, 심장마비 오려고 해. 아, 난 심장이 없지.

넋이 나갔는데도 손은 더듬더듬 전화기를 집어 들고 인터넷에 접속했다. '10월 27일 고속도로 사고'를 검색했다. 검색 결과를 넘기다 보니 '경부고속도로서 졸음운전 추정 사고… 5명 사망 2명 중상'이라는 제목의 뉴스가 눈에 띄었다.

2017년 10월 28일에 올라온 기사였다.

27일 오후 9시 12분께 경부고속도로 대전 방면 천안IC 인근에서 유 모(47) 씨가 몰던 승합차가 뒤따르던 진 모(45) 씨의 승용차를 추돌했다.

경찰에 따르면 사고는 앞서 가던 유 씨의 승합차가 가드레일을 들이받고 튕겨 나와 뒤따라오던 진 씨의 승용차를 들이받으며 일어났다. 이 사고로 유 씨 부부를 비롯해 5명이 그 자리에서 숨지고 유 씨의 아들 유 모(21) 군과 진 씨의 딸 진 모(16) 양이 중상을 입고 인근 병원으로 옮겨져 치료를 받고 있으나 중태다.

이 사고로 사고 수습이 마무리될 때까지 해당 구간의 통행이 막혀 이 일대에 극심한 정체 현상이 빚어졌다.

경찰은 유 씨가 졸음운전을 했을 가능성에 무게를 두고 블랙박스 동영상과 인근 CCTV 영상을 토대로 정확한 사고 경위를 조사하고 있다.

함께 뉴스 기사를 읽은 혜정이가 탄식했다.

— 와, 어떻게 이럴 수가 있지? 그러니까 2017년 10월 27일 경부고속도로에서 유진이네 차가 죽은 진희네 차를 들이받았단 거네? 맞지?

"이 기사의 유 모 씨가 유진이네 아버지가 맞는다면 그렇겠지."

— 야, 2017년 10월 27일에 교통사고 나서 사망한 진 씨네랑 유 씨네가 대한민국에 또 있겠어? 여기 중태에 빠졌단 진 씨 딸 16세 진 모 양이 누구겠어? 죽은 진희겠지. 이야, 이건 뭐, 우연의 일치라고도 말할 수가 없네. 필연의 일치다, 필연의 일치.

동감이었다. 이 기사 속의 불운한 두 가족이 유진과 죽은 진희의 가족이 맞는다면, 죽은 진희와 유진은 한날한시에 난 교통사고로 죽었다. 그리고 이 사고는 물론, 둘의 죽음은 모두 산진희와 깊은 연관이 있다.

— 근데 여기 진 모 양이 죽은 진희면 혼수상태로 있다가 사흘 후에 죽었다 치고……. 중태라던 유 씨의 아들 유 모 군은 어떻게 됐을까? 죽었을까, 살았을까?

"모르지."

나이를 보니 유 모 군은 유진이의 오빠였다. 유진에게 오빠가 있는 줄은 몰랐다.

— 지금 당장은 좀 그렇고 체력 회복 좀 하고 나서 우리 호눈이로 한번 찾아보면 뭔가 또 나오지 않을까?

"호눈이?"

— 호루스의 눈 말이야. 내가 줄여서 애칭을 만들어 봤어. 호눈이라고 하니까 왠지 캐릭터 이름 같아서 친근하지 않아? 호눈아, 안녕? 그렇게 계속 눈 뜨고 있으면 눈 안 아프니? 내가 안과에서 인공 눈물이라도 처방 받아다 줄까?

혜정이가 천장에 대고 손을 흔들며 웃었다. 별로 웃기지도 않는 유머를 질러놓고 제풀에 깔깔대는 습관도 인형에 깃든 후로 생긴 버릇이었다.

"그래, 호눈이……. 호루스의 눈보단 낫다. 아무튼, 난 유진이의 오빠 얼굴을 몰라서 추적이 될지 모르겠어. 눈도 내가 아는 얼굴이어야 위치추적을 해 주는 거 같아."

— 아, 그런 애로사항이 있긴 하네. 참, 안나린, 아까부터 궁금했던 건데 호눈이로 보면서 염력 쓰는 건 어떻게 알았어?

그러고 보니 그랬다. 내가 호루스의 눈을 다른 장소를 엿보며 염력을 써 본 적은 아직 없는데도 진희가 첫 번째 소원 의식 때 호루스의 눈으로 내 방을 지켜보며 염력으로 지니를 옮겨 다 놓았다고 믿었다. 왜 그랬을까.

그때 스마트폰이 진동했다.

— 나린아

현민이였다. 아무렇지도 않은 듯 답하려 했지만 버튼을 누르는 손끝이 떨렸다.

— 왜?

— 집이야?

짧게 용건만 묻는 내용만 봐서는 현민이가 차갑기 짝이 없던 요즘 모습 그대로인지, 아니면 예전으로 돌아왔는지 알 길이 없었다.

— 집인데 그건 왜 물어?

한동안 뜸 들이던 현민이에게서 마침내 답이 왔다.

— 지금 잠깐 나올 수 있어?

* * *

— 지하, 3층입니다.

안내 음성이 들리고 엘리베이터 문이 열렸다. 현민이와 만나기로 한 주상복합빌딩의 지하주차장은 인적이 없었다. 처음에는 왜 하필 여기서 만나자고 했는지 의아했다.

— 야, 이번에도 영미 고년이 현민이인 척하고 연락한 거 아냐?

혜정이가 의심할 만도 했다. 현민이의 카톡을 받고 무연타워로 갔던 날, 13층 옥상 너머로 나가떨어지기까지 했으니까. 나도 그런 생각이 안 든 건 아니었지만 현민이의 한마디에 모험을 해 보기로 했다.

— 나, 믿지?

영미가 죽을 뻔했던 날, 현민이가 한 그 말이 내 마음의 빗장을 밀어서 잠금 해제했다.

여기까지 오는 길은 멀고도 험난했다. 몇 번이나 눈을 감고 호루스의 눈으로 주변을 두리번거렸는지 몰랐다. 다행히 아까처럼 또 다른 눈이 보이지는 않았다. 내 호루스의 눈은 여전히 나를 호위무사처럼 졸졸 따라왔지만…….

— 홍주 시외버스터미널 물품 보관함 12번.

현민이는 그렇게만 말하고 전화를 끊었다. 집에서 홍주 터미널까지 택시를 타고 나와 보관함 앞을 서성거렸다.

— 아니, 열쇠도 없는데 어쩌라고.

백팩 속의 혜정이가 중얼거렸다. 그때 한 청년이 내 쪽으로 다가오더니 내 어깨를 툭 치고 지나갔다.

"어이쿠, 미안해요, 학생."

청년이 손을 들고는 종종걸음으로 멀어져갔다.

— 저 인간은 또 뭐야. 야, 눈 똑바로 뜨고 다녀!

혜정이가 투덜댄 순간, 손아귀에 뭐가 만져졌다. 내려다보니 12번 열쇠였다. 열쇠로 보관함을 열어 보니 안은 텅 비어 있었다. 자세히 들여다보니 보관함 구석에 메모지 한 장이 보였다. 네임펜으로 적힌 내용은 간결했다.

트리플타워 지하 3층

— 아니, 무슨 스파이 영화 찍나, 뺑뺑이 한번 거하게 돌리네. 이렇게 돌리면 뭐하냐고. 진희 고년한테도 흑눈이가 있는데…….

다시 택시를 타고 트리플타워로 향하는 내내 혜정이가 투덜댔다. '흑눈이'는 나를 감시하던 호루스의 눈이 어두침침했다던 내 말을 듣고 그 애가 붙인 줄임말이었다. 그런데 엘리베이터를 타고 지하로 내려가는 순간, 의심이 놀라움으로 바뀌었다. 줄곧 나를 따라다니던 호루스의 눈이 지하 2층부터 쓱 사라졌다. 눈을 감아 보아도 호루스의 눈은 여전히 지상 풍경만을 보여 줄 뿐이었다.

"안 보여."

— 뭐가? 호눈이?

"어."

— 진짜? 오호, 신기한데? 지하로 내려오면 핸드폰 신호 약해지는 거랑 비슷한 원리인가?

"모르겠어. 근데 현민이가 그런 걸 다 알고 이리로 오라고 한 건가?"

— 그러게. 뭐지?

엘리베이터 밖으로 나와 보니 현민이는 어디에도 보이지 않았다. 인적이 없는 지하라 여름인데도 목덜미가 서늘했다.

— 이번에도 함정 아냐? 지하주차장이라서 그런가, 꼭 분위기가 지난번에 우리 집 갔던 날, 마스크맨이 차로 달려들던 때 같아.

혜정이가 자꾸만 불안해하니 나도 덩달아 불안하고 미심쩍었다. 그때 주차장 구석의 모퉁이 너머에서 누가 쓱 나타났다.

"나린아."

현민이였다. 지하주차장의 조명을 받아서 그런지 더 잘생기고 멋있어 보였다. 얘가 원래 이렇게 훈남이었던가?

— 이야, 얼굴은 여전히 존잘이네. 드라마 찍어도 되겠다.

백팩 지퍼 틈으로 내다본 혜정이도 감탄했다. 내게로 다가온 녀석이 물었다.

"오느라 고생 많았지?"

그 말을 들은 순간, 눈물이 왈칵 쏟아지려 했다. 예전의 그 살갑던 말투였다. 이게 꿈은 아닐까. 눈을 감았다 떠 보면 현민이의 모습이 신기루처럼 사라져 버리는 꿈.

— 고생 많았으니 뽀뽀라도 좀 해 주라.

"왜 보자고 한 거야?"

마음과는 달리 차가운 말이 내 입에서 나왔다. 나를 물끄러미 바라보던 현민이가 입을 열었다.

"왜 그랬어."

현민이의 말투에 어린 감정은 안타까움이었다.

"뭘?"

"알잖아."

"지금 왜 마녀가 됐느냐고 묻는 거야?"

현민이가 대답 대신 눈빛으로 답했다. 긍정이었다. 역시 현민이도 알고 있었다. 진희와 나 사이에 일어났던 일들을……. 허탈하고 화도 나서, 마음과는 상관없이 가시 돋친 말이 나왔다.

"그게 너랑 무슨 상관인데? 내가 죽든 살든 나 몰라라 영미랑 희희낙락하더니, 인제 와서 참견이야?"

— 야, 안나린, 너 왜 그래? 갑분싸하게…….

"너를 위해서였어."

"아, 그래? 다들 말은 그렇게 하더라. 그럼 네가 나를 위해서 영미랑 룰루랄라 하는 동안 내가 혼자 어떻게 했어야 해?"

"끝까지 버텼어야지."

"버텼어. 그런데도 도저히 안 되는 걸 어떡해?"

"넌 넘지 말았어야 할 선을 넘었어. 더는 안 돼."

현민이를 올려다보았다.

"그 말 하려고 여기까지 부른 거야?"

현민이가 두 손을 내 어깨에 얹고 말했다.

"부탁이야, 제발 진희랑 똑같아지지 마."

말을 마친 현민이가 돌아섰다. 이제 자기 용건은 다 끝났다는 듯……. 다시 모퉁이 쪽으로 저벅저벅 걸어가는 뒷모습을 지켜보았다.

— 참나, 뭐야. 기껏 그 말 하려고 여기까지 뺑뺑이 돌린 거야?

혜정이가 기가 막힌다는 듯 혀를 찼다.

"모현민!"

현민이를 불러 세운 뒤 등에 대고 물었다.

"정말 이게 다야? 기껏 여기까지 불러서 할 말이 겨우 그 것밖에 없냐고!"

현민이는 대답하지 않았다. 나를 돌아보지도 않았다. 왈칵, 설움이 북받쳤다. 목젖까지 뜨거운 덩어리가 치밀어 올랐다.

"잠깐만, 거기 있어 주면…… 안 돼?"

이렇게 단둘이, 얼굴을 마주한 지가 얼마나 오랜만인데 고작 원망 몇 마디 던져놓고 돌아서다니……. 이렇게는 못 보내. 백 팩을 벗어 바닥에 내려놓았다. 잠시만이라도 단둘이 있고 싶었다.

"가지 마!"

내 외침이 지하주차장을 뒤흔들었다. 주차된 차들 여기저기 서 도난 경보음이 울렸다. 그 요란한 경보음처럼 그동안 내 안에 켜켜이 쌓아두었던 감정의 덩어리들이 일시에 터져 나왔다.

"가지 말란 말이야."

현민이에게로 내달려 뒤에서 와락 끌어안았다. 어느 소설 제목처럼 '발로 차주고 싶은 등짝'의 온기를 느꼈다. 현민이의 등은 널찍하고 듬직했다. 있는 힘껏 발로 차도 꿈쩍하지 않을 만큼.

"잠깐만 이대로 있어."

비 온 뒤 얼굴을 내민 햇살처럼, 따스한 감촉이 살며시 내 손을 감쌌다. 마침내 그 애가 내 손을 꼭 잡으며 속삭였다.

"안 가. 어디에, 누구랑 있든 난 너랑 같이 있어."

"떠난 줄 알았어. 영영 나한테서……."

"한 번도 없었어, 널 떠난 적."

눈물이 뚝뚝 흘렀다. 나는 현민이를 끌어안은 채 어린애처럼 펑펑 울었다. 그 애가 덧붙였다.

"그래서 더 아파."

때로 영원처럼 느껴지는 순간이 있다. 현민이가 그렇게 말한 뒤에 일어난 일이 바로 그랬다. 그 말이 무슨 뜻인지는 확실치 않았다. 내게서 마음이 한 번도 떠난 적 없지만 떠난 척해야 해서 더 아프다는 말인지, 내게서 떠나고 싶은데 떠날 수 없어서 더 아프다는 말인지, 둘 다인지……. 그 말뜻을 묻지 않아도 진심은 가슴에 절절히 와 닿았다.

"아프지 마, 너 아프면 난 더 아파."

겨우 그렇게 말했다. 울음기가 섞여 나와 내가 듣기에도 처량했다. 현민이는 대꾸하지 않고 내게로 돌아섰다. 그 애의 눈도 촉촉이 젖어 있었다. 손을 뻗어 현민이의 두 뺨으로 흐르는 눈물을 닦아 주었다. 눈물도 따스했다. 이번에는 그 애가 나를 부둥켜안았다. 마주 끌어안자 비로소 완전해지는 기분이 들었다. 어쩌면, 애초에 우리는 한 몸이었는지도 몰랐다. 뜨거운 입술이 내 이마와 코와 뺨을 거쳐 내 입술을 찾았다. 두 입술이 맞닿는 순간, 눈을 감았다. 잠시만이라도 이대로 있고 싶었다. 그 애의 입술을 오롯이 느끼고 싶었다.

시간이 멈췄다.

눈앞이 까맣게 어두워졌고 그 속에서 따스한 빛 한 점이 생겨났다. 점에서 시작한 빛이 점점 커다랗게 불어났고, 파도가 되어 나를 덮쳤다. 파도는 나와 나를 둘러싼 주위의 모든 사물을 집어삼켰다. 빛의 바다는 별이 되었고 별은 곧 우주가 되었다. 그 우주를 커다란 일체감과 충만감이 눈부시게 물들였다. 과학 준비실에서 첫 키스를 하던 순간과는 비교도 되지 않는, 시간과 공간을 뛰어넘는 영원이었다.

— 좋겠다. 나도 울 쭈니랑 한 번만 저렇게 해봤으면…….

멀리서 들려온 혜정이의 중얼거림이 나를 현실로, 초침과 분침과 시침이 움직이는 세상으로 끄집어냈다. 동시에 입술이 떨어졌다. 아쉬웠다. 마음 같아서는 다시 붙들고 싶을 정도였다. 현민이는 끝내 내게서 떨어져 나갔다. 나를 바라보는 눈빛이 한없이 슬퍼 보였다. 내가 그랬듯 내 뺨에 흐르는 눈물을 말없이 손으로 훔쳐 준 현민이가 다시 돌아서며 말했다.

"갈게, 이제."

더는 붙잡지 못했다. 현민이가 모퉁이 너머로 사라졌다. 차 문이 열렸다 닫히는 소리가 들렸고 모퉁이 뒤편에 대기하던 승용차가 출발했다. 출구 쪽으로 멀어져 가는 차를 마냥 바라보았다. 현민이가 지나간 자리가 텅 빈 후에도 내 입술에 아로새겨진 온기는 오랫동안 가시지 않았다.

— 항마력 테스트하니, 안나린. 네가 아프면 난 더 아파앙. 으아, 오글오글. 그거 누가 써 준 대사니?

혜정이가 휘파람까지 불어대며 놀려댔다. 백팩을 집어 들며 지퍼 틈으로 얼굴을 내민 그 애에게 눈을 흘겼다.

"누가 써 준 대사는 무슨⋯⋯."

나도 내 입에서 그런 말이 나올 줄은 몰랐다. 진심으로 한 말이었지만 막상 혜정이가 되풀이하니 민망하기 그지없었다.

— 아냐, 진짜로 웬만한 영화 뺨치던데? 거, 여고생 키스 신이 너무 찐한 거 아뇨?

"너 자꾸 그러면 다음부터 안 데리고 다닌다?"

— 내가 없으면 누가 널 지켜주게? 팩하긴⋯⋯. 암튼, 사랑하는 낭군님 컴백 축하해.

"사랑하는 낭군님은 또 뭐야."

— 에이, 아닌 척하긴⋯⋯. 귀신을 속여라. 아, 내가 귀신인가? 암튼 부럽다. 아아, 내 님은 어디에 있나. 또 어디서 폭주족 놀이나 하고 있으려나.

백팩을 메고 엘리베이터 쪽으로 성큼성큼 걸었다.

— 그나저나 무슨 뜻이었을까?

엘리베이터 앞에서 버튼을 누르고 기다리는 동안 혜정이가 말했다.

"뭐? 그래서 더 아프단 말?"

— 아니, 넘지 말았어야 할 선을 넘었단 얘기 말이야. 더는 안 된단 말⋯⋯.

"마녀가 되지 말았어야 한다는 말이겠지. 다른 사람 소원도 들어주지 말아야 하고⋯⋯."

— 나도 처음에는 그렇게 알아들었는데 가만히 생각해 보니 어째 더 심오한 의미가 담겨 있을 거 같단 감이 와.

엘리베이터 문이 열렸다. 1층 버튼을 누르자 문이 닫히고 익숙한 관성이 몸을 내리눌렀다. 지상으로 접어들자, 천장에서 호루스의 눈이 불쑥 나타났다. 물 밖에서 숨을 고르다 물속으로 들이미는 다이버의 얼굴처럼.

"다시 나왔어."

내가 천장을 올려다보며 중얼거리자 혜정이가 물었다.

— 뭐, 호눈이? 여태 위에서 대기하고 있었던 거? 이야, 쟤 완전 니 호위무산가 보다.

그 말을 듣자, 번뜩 불길한 예감이 머릿속을 스쳤다.

"혹시……."

— 혹시 뭐?

눈을 감았다. 호루스의 눈으로 엘리베이터 안이 내려다보였다. 백팩을 멘 나와 백팩 틈으로 얼굴을 내밀고 천장을 올려다보는 마녀 인형. 주위를 둘러보았다. 다른 호루스의 눈은 보이지 않았다. 엘리베이터 문이 열리자, 로비로 나와 다시 눈을 감았다. 호루스의 눈으로만 다른 호루스의 눈을 볼 수 있었다. 하지만 역시 보이지 않았다. 괜한 걱정이었나?

— 왜? 또 뭐 하는데?

"진희, 진희, 진희."

대상을 알아차린 호루스의 눈이 건물 밖을 빠져나갔다. 지상에서는 그 어떤 장애물도 우습게 뚫고 나가는 눈이 왜 지하로는 못 들어오는지 알다가도 모를 일이었다. 혜정이의 말대로 휴대전화 전파 같은 원리일까. 트리플타워를 빠져나간 호루스의 눈은 곧장 도로 위를 내달았다. 밤거리를 꿰뚫고 날아간 눈이 다다른 지점은 여전히 도로 위였다. 내가 떠올린 대상은 분명 진희였다. 그런데 호루스의 눈이 도로 위를 내달리며 다가든 목표물은…….

"말도 안 돼!"

나도 모르게 외쳤다.

— 왜, 왜? 뭐가 보이는데?

"현민이네 차."

— 뭐? 그게 무슨 소리야. 진희를 생각했는데 왜 현민이네 차가 보여? 둘이 같이 있단 거야, 뭐야? 에이, 설마……. 차종만 같은, 다른 차 아냐?

그렇게 믿고 싶었지만 번호판을 보니 확실해졌다. 분명 현민이가 타고 간 승용차였다.

도대체 왜……?

고개를 앞으로 쭉 뺐다. 호루스의 눈이 더 속도를 내어 차 안으로 들어갔다. 그제야 알아차렸다. 내 호루스의 눈이 쫓는 목표물은 현민이가 탄 차가 아니었다. 현민이의 차에 들러붙은 또 다른 호루스의 눈이었다. 그 눈은 현민이의 차 천장에 떠서 차 안을 내려다보는 중이었다.

"역시 그랬어."

— 왜, 뭐가 보이는데?

"또 다른 호루스의 눈."

— 진짜? 우리 집 감시하고 있단 그거? 진희 고년이 흑눈이를 쓰고 있으면 니 호눈이가 진희 대신 그걸 찾아가는 건가? 그게 진희의 분신 같은 거면…….

혜정이의 추리가 맞는 듯해서 가슴이 덜컥 내려앉았다.

"현민일 쫓고 있었나 봐."

— 진희 고년이?

"어."

— 언제부터? 혹시 현민이가 여기로 오기 전부터 아니야?

내 호루스의 눈이 주인을 기다리는 반려견처럼 여태 지상에서 나를 기다렸듯 진희의 것도 진작부터 트리플타워 지상에서 죽치고 자리를 지켰는지도 몰랐다. 현민이가 탄 차가 주차장 밖으로 나오자 그 뒤를 쫓았고……. 진희의 목표물은 애초에 내가 아닌 현민이였을지도 몰랐다. 건물 출입문을 박차고 밖으로 뛰쳐나왔다. 그 바람에 막 문으로 들어서려던 한 쌍의 남녀와 어깨를 부딪쳤다.

"죄송합니다!"

사과만 간신히 던지고 건물 밖으로 튀어나온 순간, 도로변에 서 있던 모터사이클과 마주쳤다. 동준이였다. 나를 본 녀석이 손을 흔들었다.

"여기까지 어쩐 일이냐?"

동준이가 물었다. 내가 묻고 싶은 말이었다.

"너야말로 여긴 어쩐 일이야?"

"그냥 바람 쐬러."

말도 안 되는 변명이었지만 이것저것 따질 때가 아니었다. 모터사이클 뒷좌석에 몸을 날리다시피 올라탔다.

"밟아!"

"어디로?"

눈을 감고 현민이가 탄 차가 간 방향을 헤아려 보았다. 대충 어디쯤인지 알 만했다.

"곧장 직진!"

동준이가 가속 레버를 당기자, 모터사이클이 곧장 홍주 시내를 내달리기 시작했다. 뒷자리에서 눈을 감고 진희를 떠올렸다. 호루스의 눈이 현민이의 차로 들어간 진희의 분신을 뒤쫓았다. 진희가 저걸로 현민이를 뒤쫓는 이유가 뭘까. 감시? 아니면…….

"안 돼!"

나도 모르게 외치자 동준이가 속도를 줄이며 물었다.

"서라고?"

"아니, 너 말고! 넌 계속 밟아!"

호루스의 눈으로 다른 곳을 보며 거기에 염력을 발휘한다는 내 이론이 맞는다면 지금 진희가 현민이의 뒤를 쫓는 목적은 해코지인지도 몰랐다. 상상만으로도 눈앞이 아득해졌다. 경고해야 했다. 전화를 걸려다 관두었다. 그러는 동안 무슨 일이 터지면 말짱 헛일이었다. 일단 내 수정구슬을 활용하기로 했다.

호루스의 눈이 승용차 안으로 뛰어들었다. 진희의 분신에서 한 줄기 검은 연기가 스멀스멀 기어 나오는 광경이 보였다. 장판 틈으로 기어 나오는 노래기처럼. 생명력을 지닌 촉수처럼 검은 연기가 현민이에게로 서서히 다가들었다. '꺼져 버려!' 속으로 부르짖으며 손을 휘둘렀다. 칼로 내리친 도마 위의 낙지 다리처럼 검은 연기의 줄기가 잘려나갔다. 그러나 이내 연기는 다시 이어졌다.

현민이가 낌새를 눈치챈 듯 차 천장을 노려보았다. 현민이가 외쳤다.

"차 세우세요!"

그러나 현민이보다 검은 연기가 더 빨랐다. 현민이를 포기한 연기가 이번에는 방향을 틀어 운전석을 꿰뚫었다.

"헉!"

차를 몰던 운전기사가 외마디 비명을 내지르며 가슴팍을 움켜쥐는 광경이 룸미러로 보였다. 차가 중심을 잃고 이리저리 비틀거리기 시작했다. 옆 차선에서 나란히 달리던 차들이 기겁하며 경적을 눌러댔다.

"괜찮으세요?"

기사는 현민이의 물음에 대답할 상황이 아니었다. 그는 가슴팍을 움켜쥔 채 그대로 운전대에 얼굴을 박았다. 비명처럼 경적이 울렸다. 차가 휘청하더니 도로변의 가드레일을 긁고 지나갔다. 저 멀리 홍주천을 가로지른 홍주대교가 보였다. 급한 대로 손을 뻗어 염력을 썼다. 내 예상이 맞았다. 손끝에 핸들이 닿았다. 멋대로 돌아가던 핸들을 붙들자 차가 아슬아슬하게 중심을 잡았다. 호루스의 눈으로 운전석을 뚫고 나가 브레이크를 밟으려 했는데 기사의 발이 가속 페달을 꾹 밟았다. 기사의 의지로 벌이는 일이 아니었다. 기사의 발에 덩굴처럼 휘감긴 검은 연기의 짓이었다. 예상하건대, 저것은 진희의 염력이었다.

차에 더욱 속도가 붙었다. 다리로 들어선 차가 중앙선을 넘어 역주행하기 시작했다. 마주 오던 차들이 경적을 누르며 양옆으로 아슬아슬하게 스쳐 지나갔다. 현민이가 앞 좌석 사이로 뛰어들어 사이드 브레이크를 있는 힘껏 당겼다. 차가 다리 한복판에 커다란 C자를 그리다 다리 난간을 들이받았다. 난간을 뚫고 넘어갈 기세로 껑충 솟구친 승용차를 염력으로 붙들었다. 난간에 걸린 바퀴가 나를 거들었다. 가까스로 차가 광란의 질주를 멈추었다.

"하아⋯⋯."

현민이의 입에서 안도의 한숨이 흘러나왔다. 그런데 진희의 분신이 눈에 띄지 않았다. 호루스의 눈으로 주위를 둘러보았다. 어디로 갔지? 다시 진희를 떠올리자 다리 맞은편에서 달려오던 트럭으로 눈이 옮아갔다. 진희의 분신은 그 트럭 운전석 위에 떠 있었다. 검은 연기가 트럭의 핸들을 홱 틀었다. 난간에 걸린 현민이의 승용차 쪽으로⋯⋯. 타이어 끌리는 굉음이 나며 트럭의 전조등이 승용차 안을 밝혔다. 놀란 현민이의 얼굴이 보였다.

"안 돼!"

앞으로 손을 뻗어 트럭의 질주를 가로막았다. 손끝에 어마어마한 충격이 밀어닥쳤다. 버텼다. 제발, 제발……. 트럭의 보닛이 우그러들며 속도가 확 줄어들었다. 하지만 나은이의 사고를 막아냈던 때와는 달랐다. 염력으로 막아내기에 트럭은 너무 크고 무거웠다. 앞으로 밀린 트럭이 승용차의 뒤쪽을 들이받았다. 그 충돌로 다리 난간에 걸려 있던 차가 끝내 난간 너머로 튕겨 나갔다.

"모현민!"

현민이 탄 차가 다리 난간 너머로 곤두박질하기 시작했다. 승용차 전조등이 시커먼 강물을 훑었다. 염력으로 현민이라도 끄집어내려 애를 썼지만 역부족이었다. 포물선을 그리며 떨어진 차가 뒤집히며 강물 위로 처박혔다. 커다란 물보라가 솟구쳤다. 물속으로 다가들었지만, 호루스의 눈은 강물 위에 멈춰 버렸다.

눈을 떴다.

모터사이클은 이제야 홍주대교로 들어서는 중이었다. 현민이의 차가 뚫고 나간 난간 즈음에 이르러 외쳤다.

"멈춰!"

동준이가 모터사이클을 세우자마자 내려서 난간으로 달렸다. 사고 현장은 참혹했다. 난간 너머로 고개를 내밀자 공기 방울을 부글부글 쏟아내며 물속으로 가라앉는 승용차가 보였다.

"안나린, 위험해!"

동준이가 내 허리를 낚아채서 난간에서 끌어냈다. 녀석을 염력으로 날려버렸다. 동준이가 저만치 나가떨어졌다.

— 안 나린, 동준이 말이 맞아. 니 마음은 알지만…….

혜정이의 말이 끝나기도 전에 달리며 외쳤다.

"내 마음이 뭔 줄 알아? 여기서 현민일 못 구하면 나도 죽어. 그게 내 마음이야."

난간 너머로 몸을 날렸다. 한동안 많은 일을 겪는 바람에 중요한 한 가지를 잊고 지냈다. 모든 소원에는 끔찍한 대가가 따른다는 사실. 마녀가 되어 달라진 일상에 적응하느라 그 사실을 깜빡했다. 이제야 알 듯했다. 내 세 번째 소원의 대가는 현민이의 죽음이었다.

'내가 구할 거야, 널!'

그 생각 외에는 아무것도 떠오르지 않았다. 아찔한 높이에서 뛰어내리면서도 두렵지 않았다. 지금 내게 두려운 일이라고는 현민이를 잃게 될지도 모른다는 불안뿐이었다. 홍주천의 출렁이는 수면이 다가왔다. 다리부터 배와 얼굴이 수면에 부딪힌 순간 눈앞이 아득해질 정도의 충격이 일었다. 물에 빠진 사람을 구하려다 덩달아 죽게 되는 이유를 알 듯했다.

무수한 물거품이 눈앞을 스쳤다. 엉겁결에 숨을 들이쉬자 코와 입으로 물이 쏟아져 들어왔다. 몸이 물속으로 완전히 빠져들자 위아래도 모를 지경이었다. 물속은 탁하고 어두웠다. 물속으로 가라앉은 현민이의 승용차는 보이지 않았고 몸도 움직이지 않았다. 아니, 구속복을 입은 듯 손발이 몸에 붙어 꼼짝할 수 없었다. 보이지 않는 사슬이 온몸을 칭칭 감은 듯했다.

"물의 길이 너를 심판하리니! 네가 마녀라면 신성한 물이 너를 밖으로 내칠 것이요, 네가 마녀가 아니라면 물속으로 집어삼키리라."

귓가에 쩌렁쩌렁한 외침이 들려왔다. 불에 뛰어들던 날, 환상 속에서 보았던 재판관의 목소리였다. 몸부림을 치는 와중에도 몸은 서서히 물속으로 가라앉았다. 코와 입으로 쏟아져 들어온 물 때문에 송곳 수백 개가 머릿속을 찌르는 듯했다.

— 안나린, 정신 차려! 헤엄을 쳐야지. 이러다 너까지 죽겠어!

백팩 속의 혜정이가 외쳤지만, 몸이 말을 듣지 않았다. 몸은 커다란 쇳덩이를 매단 듯 물 밑으로 내려갔다.

'그래, 그냥 이렇게 죽을래. 모현민, 너랑 한날한시에 죽는다면 그것도 나쁘진 않겠다.'

마음이 편해졌다. 몸부림을 포기하자 나를 죽이려 들던 탁한 물이 엄마의 양수처럼 포근하게 나를 감쌌다. 그때 어떤 따스한 기운이 온몸을 휘감더니 나를 위쪽으로 끌어당겼다. 내 의지가 아니었다. 기운이 나를 물 위로 끌어 올렸다. 이윽고 몸이 떠올랐다.

"푸읍!"

본능적으로 물을 토해내며 숨을 들이마시고 내뱉었다. 허공에서 나를 내려다보는 호루스의 눈이 보였다. 나를 물속에서 끌어올린 따스한 기운은 바로 그 눈에서 흘러나온 빛줄기들이었다. '흑눈이'에서 기어 나온 검은 연기와는 사뭇 달랐다. 그것이 어둠이라면 이것은 빛이었다. 물 위에 드러누운 자세로 둥둥 떠서 숨을 고르다 정신이 번쩍 들었다.

"모현민!"

현민이를 구하려고 곧바로 몸을 틀어 물속으로 다시 뛰어들려 했지만, 몸이 움직이지 않았다. 물속에서의 구속력과는 다른 힘이었다. 전자는 나를 옥죄었고 후자는 나를 감쌌다. 자궁속의 태아가 된 기분이 들었다. 몸은 편안해졌지만, 마음은 그렇지 않았다.

'놔 줘!'

놈은 내 말을 듣지 않았다. 눈을 감고 현민이를 떠올려보았지만 헛일이었다. 호루스의 눈은 움직이지 않았다. 만에 하나, 현민이가 차에서 탈출해 물 밖으로 빠져나왔다면 호루스의 눈이 찾아냈어야 했다. 눈이 움직이지 않는 것으로 보아 현민이는 아직도 물속에 있었다. 차가 하천으로 추락한 지 적어도 5분이상이 지났다. 베테랑급의 해녀도 5분이 넘도록 물속에서 버티기는 어려웠다. 멀리서 사이렌 소리가 들려왔다.

* * *

"괜찮아?"

담요를 뒤집어쓰고 구급 침대에 걸터앉은 내게 동준이가 물었다. 대답하지 않았다. 괜찮지도 않았고 대답하고 싶지도 않았다.

— 안 괜찮아! 코도 시큰시큰하고 으슬으슬 추운 게 몸살이

오려나. 으으…….

내 품에 안긴 혜정이가 대신 대답했지만, 역시 동준이는 전혀 못 듣는 눈치였다.

"일단 병원으로 가 봐요, 학생. 혹시 모르니까."

구급대원의 권유에도 나는 손사래까지 치며 고개를 가로저었다.

"괜찮아요."

자리에서 일어나 다리 난간 쪽으로 가서 하천변을 내려다보았다. 승용차 인양 작업이 한창이었다. 구급차와 경찰차, 구급대원들과 구경꾼들로 현장은 북새통이었다. 잠수부가 크레인과 연결된 벨트를 물속의 승용차에 걸었고 크레인이 차를 물밖으로 끌어 올렸다. 차창이 깨지고 천장과 보닛이 우그러든 차가 뒤집힌 채 물 위로 모습을 드러냈다. 안에서 물이 쏟아져 내렸다.

— 가 보자, 안나린.

혜정이가 말을 맺기도 전에 현장에 몰린 구경꾼들 사이를 비집고 들어갔다.

"오라이, 오라이!"

한 구급대원이 경광봉으로 크레인 기사에게 착지점을 가리키며 외쳤다. 인양된 승용차가 땅에 닿자 구급대원들 여럿이 달려들어 바퀴가 땅에 닿도록 차를 밀었다. 내려앉은 승용차 안에 현민이는 없었다.

"찾았습니다!"

멀찌감치 물 위로 얼굴을 내민 잠수부가 외쳤다. 승용차가 추락한 데에서 10여 미터는 떨어진 지점이었다. 심장이 멎는 듯했다. 잠수부가 물속에서 시신을 끌어올리고 고무보트가 현장까지 닿는 데에 걸린 시간이 영원처럼 길었다. 보트가 하천 변에 닿자 구급대원들이 그리로 달려갔다. 나도 달렸다. 구급대원들은 끌고 간 이동 침대에 시신을 누이고 바디백에 담았다.

"잠시만요! 죄송합니다!"

구경꾼들의 벽을 비집고 들어가 시신을 확인했다. 승용차를 몰던 운전기사였다. '어쩌면 현민이도…….'라는 절망과 '어쩌면 현민이는…….'이라는 희망이 엇갈렸다.

— 안나린, 너무 걱정하지 마. 분명히 살았을 거야. 걔 생명력이 거의 짐승급이잖아.

혜정이의 위로에도 마음이 놓이지 않았다. 호루스의 눈 때문이었다. 그동안 몇 번이나 눈을 감고 현민이를 떠올려 봐도 호루스의 눈은 그 애가 있는 곳으로 움직이지 않았다. 호루스의 눈이 접근하지 못하는 물속이나 지하에 있지 않고서는 보이지 않을 리가 없었다.

동이 틀 때까지 현민이는 발견되지 않았다.

* * *

"안 가?"

동준이가 물었다. 사고 현장 수습이 마무리되자 구경꾼들은 자리를 떴다. 하지만 나는 그 자리에 앉아 현민이가 사라진 물만 바라보며 꼼짝도 하지 않았다. 그런 내 곁을 혜정이와 호루스의 눈이 지켰다.

"너나 가. 난 안 가."

"학교는?"

"지금 학교가 문제야?"

날 선 반응에 동준이가 움찔했다.

"너, 트리플타워까진 어떻게 알고 찾아왔어?"

어젯밤에 경황이 없어 묻지 못했다. 홍주 터미널을 거쳐 트리플타워까지 현민이와 만나는 과정은 혜정이의 말대로 스파이 접선처럼 비밀리에 이루어졌다. 그런데도 동준이는 귀신같이 타워 앞까지 찾아왔다.

"말했잖아. 바람 쐬러 왔다고……."

"하필 그 시간에 거기로 바람 쐬러 왔다고?"

— 야, 차라리 너한테도 호눈이가 있다고 그래라. 그게 더 믿음이 가겠다.

혜정이도 빈정거렸다.

"이번에도 진희야?"

동준이는 어깨를 으쓱할 뿐 대답하지 않았다. 그 석연치 않은 태도에 의혹이 되살아났다. 수상쩍었다. 동준이는 내가 곤경에 처할 때마다 누구보다도 일찍 내 앞에 나타났다. 영미의 계략에 빠져 무연타워에서 떨어졌던 날도 그랬다. 그날 내가 염력으로 밀어내어 가까스로 목숨을 건졌을 때도 녀석은 그리

놀라지 않았다. 그저 '어떻게 한 거야?'라고 물었을 뿐이었다. 화염병 테러로 불이 났을 때도 동준이는 우리 집에 나타났다. 소방대원보다 더 일찍…….

"너…… 뭐야?"

자리에서 일어나며 녀석을 쏘아보았다.

"뭐냐니……. 무슨 소리야?"

"너 정체가 뭐냐고……."

— 이놈 이거 혹시 진희 고년이랑 한 패 아니야? 저 눈빛 흔들리는 거 좀 봐. 분명히 구린 데가 있는 거야. 안나린, 이번에는 바른 대로 이실직고할 때까지 족쳐!

유진이는 녀석에게 '말레피쿠스'라고 말했다. 『마녀의 문화사』에 따르면, 말레피쿠스는 여자가 아닌 남자를 가리키는 단어였다. 악을 행하는 자.

"니년이야말로 정체가 뭔데?"

등 뒤에서 익숙한 목소리가 들려왔다. 돌아보니 영미가 서 있었다. 사고 소식을 전해 듣고 달려온 모양이었다. 나를 노려보는 눈빛에 살기가 어른거렸다.

— 하, 원수는 외나무다리에서 만난다더니, 저년이 또 오늘 무덤을 파는구나. 안나린, 오늘은 인정사정 볼 것 없이 묻어버려!

주위를 둘러보았다. 간밤에 출동했던 구급대원들이나 경찰은 대부분 철수하고 없었다. 하지만 수색 중인 잠수부를 비롯해 몇몇 구급대원들은 아직 현장 주변에 남아 작업 중이었다.

여기서 한바탕하자니 사람들의 이목이 걸렸다. 나와 동준이 그리고 영미. 세모꼴로 선 우리 사이에 심상치 않은 기류가 감돌았다.

"대답 안 해?"

영미가 살기등등한 기세로 내게 채근했다.

"무슨 헛소리야?"

지지 않고 받아쳤다. 내 정체라고 해 봐야 초보 마녀가 고작이었지만······.

"그걸 몰라서 물어? 현민이가 니년 때문에 실종됐잖아."

— 아 웃겨. 현민이는 나린이 때문이 아니라 진희 고년 때문에 실종됐어, 이것아!

혜정이가 나 대신 쏘아붙였지만, 영미가 그 말을 들었을 리 없었다.

"누가 그래?"

"진희가······. 니년이 불러내서 현민이가 트리플타워까지 갔다 오는 길에 사고가 났다던데? 내 말 틀려?"

— 당연히 틀리지. 어제 불러낸 사람은 나린이가 아니라 현민이거든?

이제 진희라면 넌더리가 났다. 어젯밤 사고는 진희의 '흑눈이' 때문에 일어났다. 그 애 때문에 기사 아저씨가 죽었고 현민이가 실종되었다. 그러고도 영미에게는 내 탓이라고 귀띔하다니 마녀도 그런 마녀가 없었다.

"맞아, 내가 불러냈어."

영미가 그럴 줄 알았다는 듯한 표정을 지었다.

— 왜 그래, 안나린? 인제 와서 뭐 거리낄 게 있다고.

혜정이가 어이없다는 듯 따졌다.

"왜 남의 남친을 불러냈는데?"

"정말 너랑 사귀는 게 맞는지 물어보려고…….."

"그건 핑계고 어떻게든 현민이를 꼬셔 보려고 한 거 아냐?"

"그래, 맞아."

나오는 아무 말이나 했다. 만에 하나, 현민이가 살아 있다면, 그 애가 여전히 나를 좋아한다는 사실을 영미가 알아서는 안 됐다. 어젯밤 보았던 태도로 보아 여태껏 현민이가 영미에게 했던 말과 행동들은 모두 거짓이었다.

"니깟 년이 뭔데 남의 남친한테 꼬리를 쳐!"

영미가 게거품을 물고 빽 소리를 질렀다.

— 하이고, 내로남불 오지네.

"김영미, 그만해."

지켜보던 동준이가 안 되겠다 싶은지 끼어들었다.

"넌 빠져! 난 이년이랑 얘기 중이니까!"

영미가 외쳤다. 여차하면 동준이에게 염력이라도 쓸 기세였다. 영미가 내게 다가들었다.

"니년 때문에 전부 틀어졌어. 알아? 장담하는데, 현민이가 죽으면 너도 죽을 줄 알아. 내 손에……. 알아들었어?"

"할 말 끝났으면 가자, 학교 늦겠다."

동준이가 영미의 팔을 붙들고 끌어당겼다. 영미가 그 손을 뿌리치고는 나를 쏘아보았다.

"가자니까. 태워다줄게."

동준이가 다시금 끌어당긴 후에야 영미가 못 이긴 척 돌아섰다. 동준이가 모터사이클에 영미를 태우고 자리를 떴다.

— 아 저년, 별것도 아닌 게 주둥이만 살아서……. 안나린, 저년 확 밟아버리지 왜 가만 놔둬? 쫄았냐?

혜정이가 분통을 터뜨렸다. 마음 같아서는 나도 끝장을 보고 싶었다. 하지만 지금은 더 중요한 일이 있었다. 영미와의 결판보다 현민이를 찾는 일이 우선이었다. 만일 현민이가 죽는다면……. 상상만으로도 가슴이 갈기갈기 찢기는 듯했다. 내 짐작대로 세 번째 소원의 대가가 그 애의 죽음이라면 그것은 죽음보다 더 고통스러운 대가였다.

눈을 감고 현민이를 떠올렸다. 여전히 호루스의 눈은 움직이지 않고 내 머리 위에 머물렀다. 진희를 떠올려보았다. 나를 내려다보던 호루스의 눈이 제 옆을 돌아보았다. 그 옆에 떠 있는 '흑눈이'가 보였다. 진희가 여전히 나를 감시 중이라는 의미였다.

"이상해."

— 뭐가?

"내가 진희를 생각하고 호눈이로 보면 지금도 진희 대신 호눈이 옆에 떠 있는 흑눈이가 보여."

— 근데 그게 왜?

"내가 진희를 생각할 때 개가 호루스의 눈을 쓰고 있으면 흑눈이가 보이는 걸 거라고 했잖아. 그렇다면 흑눈이도 내 거랑 같은 식으로 움직여야 하지 않나?"

― 같은 식으로 움직이는 거 아냐?

"아닌 거 같아. 어젯밤에 내가 영미랑 현민일 호눈이로 보고 돌아왔을 때 그때도 흑눈이는 내 방 천장에 떠 있었어."

― 무슨 말인지 잘 모르겠어.

"그때 내가 호눈이로 현민이랑 영미를 따라갔으니까 진희가 날 떠올렸다면 흑눈이가 내 방 천장이 아니라 내 호눈이를 따라 현민이 차로 따라왔어야 한다는 거지."

― 호눈이랑 흑눈이가 다른 방식으로 움직인다? 진희 고년 한테 더 유리한 방식으로?

"그것만이 아니야. 대가도 이상해."

― 소원의 대가?

"어, 진희가 분명 그랬어. 내가 첫 번째 소원을 빌 때, 자기도 책임 못 지는 대가가 있다고, 그래도 해 보겠냐고……."

― 그 말은 나한테도 했는데?

"그 대가란 게 미심쩍어. 첫 번째 소원을 빌고 내가 사람들한 테 마녀사냥을 당하게 된 이유도 네가 죽었기 때문이잖아."

― 그렇지.

"근데 네가 죽게 된 것도 따지고 보면 진희 때문이잖아."

― 그야 그렇지. 아오, 다시 생각해도 열 받네.

"내 사랑이 이루어졌으면 좋겠단 첫 번째 소원도 따지고 보면 이미 동준이가 나를 좋아하고 있었으니 진희가 들어줬다고

하긴 무리야. 이 지옥에서 벗어나고 싶단 내 소원도 초자연적으로 이루어졌다기보단 진희가 올린 해명 글 때문에 이루어졌다고 봐야지."

— 그러고 보니 그렇네?

"두 번째 소원을 빌고 나한테 생긴 죽을 고비도 따지고 보면 전부 진희가 일으킨 일이고……. 만약 세 번째 소원의 대가가 현민이의 죽음이라면 그것도 결국 초자연적인 소원 시스템이 작동해서라기보다는 진희가 부린 술수 때문 아닐까?"

— 결국, 소원이고 대가고 뭐고 전부 다 진희 고년의 흉계로 일어나는 일들이다?

"왠지 그런 거 같아."

— 그렇게 되면 니가 확실히 마녀가 되었는지도 미지수겠네?

"그걸 아직 모르겠어."

— 실험해 보면 어떨까?

"어떻게?"

— 시험 삼아 내 소원을 들어줘 봐.

가슴이 철렁했다.

"소원이라니……. 나한테 소원을 빌겠단 말이야?"

— 그래, 진희 고년이 그랬잖아. 마녀가 되면 정해진 기한 내에 너랑 가장 가까운 친구의 소원부터 빌게 해야 한다고. 제약에 걸리는 게 없으면 무조건 들어줘야 한다고…….

"안 돼, 널 희생양으로 삼을 순 없어."

딱 잘라 말하자 혜정이가 아쉬운 듯 입맛을 다셨다.

252

— 안나린, 만약에, 이건 정말 만약인데…… 현민이가 죽은 거면 너 어떡할 거야?

한 치도 망설이지 않고 대답했다.

"죽일 거야."

— 누굴?

현민이가 사라진 홍주천을 노려보며 대답했다.

"진희."

— 진심이야?

대답 대신 고개를 끄덕였다. 오기로 한 말이 아니었다.

— 진희를 어떻게……?

"무슨 수를 써서든……. 마녀도 됐는데 그거라고 못하겠어?"

진희는 이미 무고한 생명을 셋이나 해쳤다. 혜정이와 현민이네 엄마 그리고 현민이의 운전기사. 어쩌면 셋 이상일지도 몰랐다. 죽은 진희와 유진의 사고와도 분명 연관이 있을 터였다. 깊고 가까이……. 만일 현민이마저 그 명단에 들어간다면…….

"죽일 거야. 죽을 때 죽더라도 같이 죽을 거야."

다른 길은 생각나지도, 생각하고 싶지도 않았다. 함무라비 법전이 왜 '눈에는 눈, 이에는 이'라는 동해복수법에 기초한 형벌법이 되었는지 알 듯했다. 내 어깨에 생긴, 『말레우스 말레피카룸』 속지와 똑같은 문양도 어쩌면 진희라는 마녀를 처단하라는 계시인지도 몰랐다. 죽은 진희가 내게 남긴 '너는 마녀를 살려두지 말지니라.'라는 메시지도 그런 맥락으로 보자면 매한가지. 그렇게 따지면, 지금 내게 주어진 마녀의 능력도 마녀를 처단하는 용도로 써야 할 '망치'인지도 몰랐다.

고개를 들어 머리 위의 허공을 노려보았다. 지금도 제 호루스의 눈으로 나를 내려다보고 있을 마녀를 올려다보며 다짐했다.

"날 고통스럽게 한 만큼 너도 고통받게 될 거야."

내 품에서 위를 올려다보던 혜정이가 놀란 기색으로 말했다.

— 안나린, 지금 너 머리…… 꼭 메두사 같아.

곁눈질로 보니 혜정이의 말대로 내 머리카락들이 메두사처럼 허공에 가지를 뻗고 너울대는 중이었다. 심호흡하며 마음을 가라앉히자 머리칼이 다시 차분히 내려앉았다.

— 나, 무서워. 너도, 진희도…….

"난 안 무서워, 아무것도……."

두려움이 사라졌다. 두려움이 가신 자리에 분노가 독사처럼 똬리를 틀고 꿈틀거렸다. 여차하면 누구든 독니로 깨물고 안 놔줄 기세였다.

— 그러지 말고 차라리 경찰에 신고하는 게 어때?

"소용없는 거 알잖아."

현민이의 사고만 해도 그랬다. 진희가 제 호루스의 눈으로 차를 뒤쫓다 검은 연기로 운전석을 꿰뚫고 사고를 일으켰다고 한들 어느 누가 믿어 줄까. 직접 본 나조차도 믿기지 않는데……. 초여름의 태양이 하천변을 뜨겁게 달구기 시작했다. 햇볕을 고스란히 받으며, 하천 너머로 피어오르는 아지랑이를 바라보았다.

"물의 길이 너를 심판하리니. 네가 마녀라면 신성한 물이 너를 밖으로 내칠 것이요, 네가 마녀가 아니라면 물속으로 집어삼키리라."

물로 뛰어들었던 어젯밤에 들었던 환청을 나직이 중얼거렸다.

— 그게 무슨 소리야?

"재판관 목소리."

— 재판관? 아, 불에 뛰어들었을 때 봤다던 그 재판관 말이야?

"어."

— 그 재판관이 어젯밤에도 보였어?

"목소리만."

어젯밤 나는 물 밖으로 나왔다. 신성한 물이 나를 밖으로 내쳤다기보다는 호루스의 눈이 나를 물 밖으로 끄집어냈지만…….

— 혹시 그 말, 마녀재판 때 써먹었던 거 아냐? 전에 인터넷에서 본 거 같은데…….

혜정이의 말에 주머니를 뒤져 스마트폰을 찾았다. 인터넷 검색을 하려던 참이었다. 하지만 주머니에서 꺼낸 폰은 먹통이었다. 어젯밤 물에 뛰어들 때 함께 물에 잠겼으니 당연한 일이었다. 현민이가 살아 나와 내게 연락을 한다 해도 지금으로서는 받을 길이 없었다. 홍주천을 바라보다 다시 눈을 감고 현민이를 떠올렸지만 호루스의 눈은 내 머리 위에 붙박인 채 움직이지 않았다. 그 앨 찾지 못한다는 의미였다.

'모현민, 살아 있어? 지금 내 목소리를 들을 수 있으면 대답해 줘, 제발……'

한참 만에 눈을 뜨고 돌아섰다.

— 가려고? 괜찮겠어?

혜정이가 물었지만 대답하지 않고 하천변 위로 올라가 주위를 둘러보았다. 몇 블록 떨어진 건물에 피시방 간판이 보였다. 그리로 걸어갔다.

피시방 의자에 앉자마자 인터넷에 접속해 '마녀사냥'을 검색했다. 동명의 TV 예능 프로그램과 웹툰이 나왔고 그 밑에 지식백과와 뉴스 결과가 주르륵 떴다. 중간에 뜬 위키백과를 클릭했다.

오른편의 그림부터 눈에 띄었다. 마녀로 몰린 여자를 화형대에 묶어 불을 지피고 그 광경을 재판관과 군중이 지켜보는 그림이었다.

마녀사냥(魔女 — , 프랑스어: Chasse aux sorcières)은 중세 중기부터 근대 초기에 이르기까지 유럽, 북아메리카, 북아프리카 일대에 행해졌던 마녀나 마법 행위에 대한 추궁과 재판에서부터 형벌에 이르는 일련의 행위를 말한다. '마녀사냥'을 '마녀재판'이라고 일컫기도 한다.

그렇게 마녀사냥을 정의한 문서는 '유럽에서의 마녀재판'이라는 소제목으로 된 서두로 이어졌다.

마녀는 본래 사악하지 않았다. 그들은 공동체 내에서 출산이나 질병치료 같은 의료 기능을 담당하거나 점을 치고 묘약을 만드는 주술적 기능을 수행한 집단이었다. 기독교 성서도 마녀를 우호적으로 묘사했다. 인간 한계를 초월하는 능력을 지닌 신비로운 존재로 여겨졌던 그들은 어느 날 졸지에 악마와 놀아나면서 신앙을 해치고 공동체에 해악을 끼친다고 낙인찍히기 시작했다.

나도 애초에는 마녀와 상관없는 평범한 여고생이었다. 하지만 진희라는 마녀를 만나게 되면서부터 마녀로 낙인찍히고 돌아갈 수 없는 강을 건넜다.

스크롤을 쭉 내렸다.

중간 즈음에 '마녀재판의 실제'라는 단락 제목이 눈에 띄었다. 그 밑의 소제목은 '마녀재판을 하는 방법'이었다. 글에 소개된 방법은 네 가지였다. 첫째, 눈물 시험. '마녀들은 사악하기 때문에 눈물이 없다, 그래서 혐의자가 눈물을 흘릴 수 있나 시험'하라는 말이었다. 마녀들이 사악해서 눈물이 없다고? 헛소리였다. 내가 소원을 빈 뒤로 마녀사냥을 당하는 동안 흘린 눈물만 해도 1리터는 족히 될 테니까. 그래서인지 '눈물 시험'이라는 말이 남 일 같지가 않았다. 이어지는 내용도 낯익기는 매한가지였다. 둘째, 바늘 시험. '타락한 악마들은 지울 수 없는 표식을 가지고 있으며, 마녀 또한 마찬가지라는 논리'라고 했다. 그래서 '마녀의 점이 나오면 형리는 그 자리를 누르거나 바늘로 찔러 감각을 느끼는지, 피가 흐르는지 시험'한다고 했다.

— 마녀의 점? 니 어깨 표식이 혹시 그런 거 아냐? 한번 눌러 봐.

혜정이의 말에 등 뒤로 손을 뻗어 왼쪽 어깻죽지를 눌러보았다. 다른 데는 누르는 느낌이 나는데 유독 그 표식이 생긴 그곳만……

"감각이 없어."

— 진짜? 그 표식이 마녀라는 소리가 맞는 거? 찔러도 피 한 방울 안 나온단 소리가 저기서 나온 건가? 근데 안나린, 저 바늘 시험이라는 말 왠지 익숙하지 않아?

"무슨 뜻이야?"

— 왜, 현민이네 차 타고 가다 트럭이랑 부딪쳐서 사고 났잖아. 상징적으로 보면 그날 그 철근들을 바늘이라고 해도 억지는 아니지 않나 싶어서…….

혜정이가 말끝을 흐렸다. 그날 철근들은 나를 절묘하게 피해 내 좌석 등받이 둘레에 박혔다. 바늘꽂이의 자수를 피해 꽂힌 바늘들처럼. 현민이는 다쳤지만 나는 피 한 방울 흘리지 않았다. 그리고 사고 순간에 혜정이는 진희의 웃음소리를 들었다.

"네 말은 그 모든 일이 진희가 꾸민 일종의 '바늘 시험'이었는지도 모른다 이 말이야?"

— 뭐, 코에 걸면 코걸이, 귀에 걸면 귀걸이긴 한데 왠지 그런 생각이 들어서.

"그래, 그 사고만 놓고 보자면 네 말이 맞을 수도 있겠지. 근데 내가 소원 빌고 죽을 뻔한 적이 한두 번이 아니었잖아. 벽돌에, 싱크홀에, 뭐에……. 어쩌다 얻어 걸린 거 아닐까?"

— 그게 아니라, 내 말은 철근만이 아니라 벽돌이니 싱크홀이니 하는 것도 죄다 일종의 바늘이 아니냐 이거야. 다음 내용한번 봐 봐. 더 소름이다, 야.

    세 번째는 불시험(Feuerprobe)이다. 재판관은 혐의자에게 그들의 무혐의를 증명하는 방법으로 달구어진 쇠로 지지는 것을 견딜수 있는지, 그리고 다치게 될지를 시험한다는 것이다. 이렇게 제안했을 때 혐의자가 승낙을 한다면 그는 마녀가 된다. 마녀는 이 난관을 악마의 도움을 받아 헤쳐나갈 수 있다고 믿어졌기 때문이다.

— 불 테러!

혜정이가 나보다 먼저 외쳤다. 누가 달군 쇠로 지지지도 않았고 내가 악마의 도움을 받아 난관을 헤쳐나가지도 않았지만, 엊그제의 테러 때문에 겪은 화재는 '불시험'이라고 불러도무리가 없을 사건이었다.

— 너, 소원 의식 치르면서 모닥불에 뛰어들기도 했잖아.

그 커다란 불길의 벽. 그날 나는 그 불길을 오롯이 견뎌냈고 어디 한 군데 다치지도 않았다. 내용을 읽어 내려갈수록 마우스를 쥔 손이 떨려왔다. 이윽고 네 번째 방법에 이른 순간, 입에서 탄식이 절로 터졌다.

    네 번째는 물시험(Wasserprobe)이다. 일반적으로 물은 깨끗한 속성을 가지고 있다고 믿어졌다. 형리들은 혐의자를 단단히 묶고 깊은 물에다 빠뜨린다. 물은 깨끗한 속성을 가지고 있기 때문에 마녀가 들어올 경우에는 물 밖으로 내쳐진다고 믿어졌다. 만약 혐의자가 물에서 익사한다면, 그는 혐의를 벗게 되겠지만, 물에서 떠오른다면 마녀로 간주되어 화형 되었다. 마녀든 아니든 죽는 것은 마찬가지였다.

— 소오름! 너 저거랑 비슷한 환청 들었다며?

"환청만이 아니야. 물에 빠졌을 때 온몸이 밧줄에 묶인 것처럼 안 움직였어."

— 아, 그럼 헤엄을 안 쳤던 게 아니라 못 쳤던 거였어?

"처음엔 그랬지."

— 하아, 진짜 희한하네. 『마녀의 망치』인지 『말레우스 말레피카룸』인지 하는 책이 말도 안 되는 엉터리 아니었어? 근데 뭐 이리 딱딱 맞아떨어져.

"내 말이……. 진희가 갖고 있다던 그 책, 확실히 『말레우스 말레피카룸』이었어?"

— 확실하다는 데 내 고깔모자와 오르골을 건다.

지금 생각해 보니 이상했다. 마녀사냥 지침서를 가지고 다니는 마녀라니…….

— 진희 고년, 알고 보면 환생한 재판관 아냐?

"그런지도 모르지."

애초에 진희는 내 소원을 들어줄 생각이 없었는지도 몰랐다.

그저 세 가지 소원을 빌미로 마녀재판 혹은 마녀사냥을 했을 뿐인지도…….

— 소원이 뭐야?

진희가 아무렇지 않게 건넨 그 말로 시작한 이 지긋지긋한 소원놀음이 어느덧 이 지경에 이르렀다. 그때만 해도 그 말을 시간 때우는 농담 정도로 여겼다. 일이 이렇게 커질 줄 알았더라면 그냥 웃어넘겼을 텐데……. 그랬더라면 내 일상이 아무 일 없이 평온하게 흘러갔을까. 진희는 사람의 욕망을 들을 줄 아니 그 질문도 최적기에 던진 떡밥이었을 터였다. 그걸 농담처럼 던진 이유도 그래야 내가 덥석 물리라는 계산이 있었을 테고……. 피시방 천장을 올려다보며 내 일거수일투족을 지켜볼 마녀에게 물었다.

'넌 대체 뭐야? 나한테 왜 이래?'

어디선가 진희의 대답이 들려오는 듯했다.

'말했잖아. 우린 영원한 단짝이라고…….'

그래, 단짝이든 헌신짝이든 어디 한번 해 보자. 혜정이가 메두사 이야기를 꺼냈을 때 묘안이 떠올랐다. 페르세우스는 메두사와 싸울 때 메두사의 얼굴을 직접 보지 않고 방패에 비친 메두사를 보고 목을 베었다. 그냥 페르세우스가 거울 같은 방패를 메두사한테 들이대서 메두사가 자기 얼굴을 보게 했으면 메두사도 돌이 되지 않았을까?

나의 메두사에게 거울을 보여 줄 때였다. 모니터의 시계를 보았다. 오전 9시를 갓 넘긴 시각이었다. 1교시 수업 시간이었다. 눈을 감고 진희를 떠올렸다. 이번에는 '흑눈이'가 아니라, 교실에서 수업을 듣는 진희의 얼굴이 보였다. 하기는 제아무리 호루스의 눈으로 나를 감시한다고 해도 24시간 내내 나만 감시하기는 불가능한 일이었다. 인터넷 창을 끄려다 내가 다시 키보드를 두드리기 시작하자 혜정이가 물었다.

— 또 뭐하려고?

복수하겠다면서도 그동안은 사실 마음뿐이었다. 쏟아지는 공격을 피해 달아나거나 실마리를 쫓아다니느라 복수는 뒷전이었다. 그렇지만 이제 더는 물러설 자리도 없었고, 물러서고 싶지도 않았다. 힘주어 키보드를 두드리며 대답했다.

"마녀재판."

23. 재판

학교로 오던 길에 서비스센터에 들러 스마트폰을 수리했다.

기사는 고객 과실로 침수가 되어 전화기의 메인보드를 갈아야 한다고 했다. 스마트폰을 고치자마자 부랴부랴 전원을 켜고 부재중 전화나 메시지부터 확인했다. 현민이에게는 연락이 없었다.

문을 열고 교실로 들어서자, 수업 중이던 담임과 아이들이 일제히 나를 돌아보았다. 개중에는 동준이와 영미도 있었다. 이 교실 안에서 나를 돌아보지 않은 아이는 진희가 유일했다.

"들어가 앉아."

어두운 얼굴로 수업 중이던 담임 선생님이 말했다. 낯빛을 보니 현민이의 실종 소식을 전해 들은 모양이었다. 그 애의 자리를 보았다. 역시 비어 있었다. 자리에 앉는 대신 진희에게로 다가갔다. 이 모든 일의 원흉, 나의 마녀에게로…….

— 안나린, 설마 너 이 많은 애들 앞에서 진희랑 싸울 건 아니지?

백팩 속의 혜정이가 긴장한 목소리로 물었다. 반은 맞고 반은 틀렸다. 진희와 싸우되, 이제까지와는 다른 방식으로 싸울 테니까. 진희에게로 가서 무릎을 꿇었다.

"뭐 하는 거야?"

담임 선생님이 물었지만, 대답 대신 진희를 올려다보며 울먹였다.

"미안해, 진희야. 뭐 때문에 나를 이렇게 괴롭히는지 모르겠는데…… 이제 그만해 주면 안 될까? 이렇게 무릎 꿇고 부탁할게. 제발……."

그제야 진희가 나를 돌아보았다. 그 애의 표정이 흔들렸다.

"어머, 왜 그래, 나린아. 얼른 일어나."

진희가 주위를 둘러보며 말했다.

— 착한 척, 사려 깊은 척 그만해, 이 가증스러운 년아!

"네가 그만하겠다고 할 때까지는 못 일어나."

그때 진희와 눈이 마주쳤다. 그 애의 얼굴에 일었던 동요가 또렷한 감정으로 눈빛에 맺혔다. 당혹감이었다.

'부탁이야, 제발 진희랑 똑같아지지 마.'

어젯밤 현민이는 내게 그렇게 당부했다. 진희와 똑같은 마녀가 되지 말라는 뜻으로 한 말이었을 터였다. 하지만 똑같아지지 않으면 맞설 방법이 없었다. 권선징악이나 인과응보도 선이 악보다 강할 때에나 가능한 일이었다. 이 세상을 지배하는 원리는 약육강식과 자연선택이었다. 살아남으려면 진희라는 선을 넘어야만 했다.

"안나린, 지금 뭐하는 거냐고!"

담임 선생님이 한층 높아진 목소리로 외쳤다. 이쪽을 바라보던 아이들이 웅성대기 시작했다. 스마트폰을 꺼내어 촬영하는 아이도 있었다.

바로 지금이었다. 무릎을 꿇은 채 진희를 흘끔 올려다보았다. 나를 내려다보는 얼굴이 굳었다. 그 애가 내 속셈을 알아차리기 직전, 선수 쳤다. 고개를 들어 염력으로 재빨리 그 애의 손을 조종했다. 무방비였던 진희의 손이 내 뜻대로 움직였다. 뒤로 휙 젖혀졌다가 앞으로……. 표적은 내 뺨이었다. 커다란 반원을 그리며 날아온 진희의 손이 내 뺨을 후려쳤다. 풀스윙에 가까운 일격이었다. 눈앞에 플래시가 터졌다. 제대로 맞았다. 눈앞이 아찔하고 귀가 멍해질 정도였다. 최대한 자연스레 교실 바닥에 나동그라지며 흐느꼈다. 교실 안의 공기가 순식간에 얼어붙었다. 사방에서 웅성대는 소리가 났다.

"진희! 넌 또 뭐야!"

담임 선생님이 고함을 지르며 달려왔다.

"아녜요, 제가……."

진희가 어찌할 바를 모르고 손사래를 쳤다. 저 애가 저렇게 당황하는 모습은 난생처음이었다. 짜릿했다.

"그래, 이렇게라도 해서 네 분이 풀린다면 쳐. 그리고……."

비슬비슬 몸을 일으켰다. 이제 영미 차례였다. 교실 바닥을 북북 기어 그 애에게 다가가 무릎을 꿇고 머리를 조아리며 울 먹였다.

"영미야, 너한테도 미안해. 현민이가 실종된 것도 다 나 때문 이야. 현민이가 어젯밤에 나 만나서 그랬어, 너무 힘들대."

"뭐, 뭐야, 이거……."

눈이 휘둥그레진 영미가 자리에 앉은 채로 뒷걸음질 쳤다. 그 애의 의자 다리가 교실 바닥에 끌리며 끼익 비명을 질렀다. 그때 염력으로 그 애의 몸을 앞으로 끌어당겼다.

"어, 어?"

영미가 저도 모르게 자리에서 엉덩이를 떼며 주춤주춤 일어 섰다. 그 애의 한쪽 다리를 치켜들었다. 그 애의 다리가 위로 구부러졌다가 실내화 신은 발등으로 내 턱을 걷어찼다. 몸을 최대한 뒤로 젖히며 벌렁 나동그라졌다. 이번에는 살짝 빗나 갔지만 충분했다. 아이들 눈에는 위력적인 폭행으로 보일 테 니까. 교실 안의 아이들이 너도나도 자리에서 일어서자 여기 저기서 의자 끌리는 소리가 났다. 교실 곳곳에서 폰카 셔터 소 리와 동영상 녹화 시작음까지 들렸다.

'오호, 이거 인스타에 올리면 반응 쩔겠는데?'

'안나린, 쟤는 저러고 있어도 예쁘네.'

아이들의 마음속 속삭임들이 들려왔다. 몸을 일으켜 다시 무 릎 꿇으며 말했다.

"그래, 마음껏 때려. 너희 둘, 분이 풀릴 때까지, 마음껏……."

물론 그 말의 속뜻과 대상은 따로 있었다.

'마음껏 찍어. 그리고 너희들 마음껏 올려.'

"아니, 이거 내가 한 게 아니라 이년이⋯⋯."

얼굴이 새빨개진 영미가 나를 가리키며 변명하다 입을 다물었다.

— 안나린, 꼭 이렇게까지 해야 해? 아 나, 눈물 없이는 못 보겠네.

안 그래도 내 신세와 그간의 우여곡절을 떠올리니 눈물이 절로 솟구쳤다. 교실 바닥에 눈물을 뚝뚝 흘리며 오들오들 떨기까지 했다. 그때 내 몸을 움직이려는 힘이 느껴졌다. 염력이었다.

진희 아니면 영미였다. 뒤늦게 내 몸을 조종해 어떻게든 사태의 반전을 이끌어 내려는 속셈이겠지. 필사적으로 버텼다. 까짓것 염력에는 염력으로 맞서면 되니까. 진희도, 영미도 조금 전에는 무방비였기에 내가 염력으로 몸을 움직이는 일이 가능했다. 하지만 내가 만반의 태세를 갖춘 지금, 그 애들이 제 뜻대로 내 몸을 움직이기는 호락호락하지 않을 터였다. 달려온 담임 선생님이 나를 일으켜 세웠다.

"괜찮아?"

담임 선생님이 진희와 영미를 돌아보았다.

"신성한 교실에서 뭐 하는 짓들이야?"

"아녜요, 선생님. 애들은 잘못 없어요, 다 제 잘못이에요."

오히려 진희와 영미를 감싸는 척했다.

"제가 그런 거 아니라니까요, 이거! 아아, 미치겠네."

영미가 분을 못 이겨 발을 동동 굴렀다.

"셋 다 생활 지도실로 따라와."

담임 선생님을 따라 교실을 나와서 복도를 걷는 동안 뒤통수가 따가웠다. 맹렬한 적의와 살의였다. 영미가 속으로 속삭였다.

'두고 봐. 쥐도 새도 모르게 죽여 버릴 테니까.'

* * *

"도대체 뭐가 어떻게 된 거야?"

생활 지도실의 탁자 앞에서 담임 선생님이 내게 물었다.

— 한번 사실대로 말해 봐, 안나린. 담임이 뭐라고 하나. 진희가 소원 세 개 들어주는 대가로 니 인생 파탄 내고 현민이까지 쪽박 차게 만들었다고……. 거기에 영미까지 가세해서 한몫 거들었다고…….

혜정이의 말대로 털어놓으면 선생님이 어떻게 반응할지 뻔했다. 일단 내 정신 상태부터 의심하겠지.

"뭔가 오해가 있었어요, 선생님."

영미가 끼어들었다.

"너한테 안 물어봤어. 안나린, 대답해 봐."

대답하지 않고 흐느끼기만 했다.

"말을 해 보라니까?"

내가 끝내 대답하지 않자 담임 선생님이 마른세수를 벅벅

하더니 영미와 진희를 돌아보았다.

"그럼 너희들이 말해 봐."

* * *

"자, 주목."

교실로 돌아와 교단에 선 담임 선생님이 아이들에게 말했다.

"요새 너희들 왜 그러냐? 누구 속 터져 죽는 꼴 보고 싶어서 이래? 어? 오혜정이 잘못된 지 얼마 되지도 않았는데 모현민 까지 사고가 나질 않나……. 도대체 왜들 그러는 건데?"

그가 자리에 앉은 진희와 영미, 나를 흘끔거리며 속으로 속삭였다.

'저것들 확 그냥 갖다 버렸으면 좋겠네.'

"셋이 오해가 좀 있었댄다. 서로 얘기해서 오해 깨끗이 풀고 화해도 했으니까 혹시라도 SNS에 올려서 괜히 일 키우거나 학교 이름에 먹칠하지들 말도록……. 알았냐?"

아이들은 대답하지 않았다.

"어쭈, 대답 안 해?"

그제야 아이들이 마지못해 대답했다.

"네에."

잠시 골똘히 생각에 잠겼던 담임 선생님이 고개를 내저으며 말했다.

"아냐, 아무래도 안 되겠어. 다들 핸드폰 책상에 올려놓는다,

실시."

선생님은 자리마다 돌아다니며 아이들이 촬영한 사진과 동영상을 손수 찾아 일일이 삭제했다.

"샘, 이거 사생활 침해 아녜요?"

한 아이가 뾰로통한 얼굴로 제 전화기를 넘기며 따지자 그가 받아쳤다.

"내 수업 시간에 있었던 일이 어떻게 니들 사생활이야, 학교생활이지. 패턴 뭐야?"

하지만 그는 한 가지를 간과했다. 자신이 생활 지도실에 다녀온 사이, 몇몇이 이미 온라인에 씨앗을 뿌려놓았다는 사실을……

수업이 끝나고 선생님이 교실을 나가자마자 아이들이 저희끼리 속닥이는 소리가 들려왔다.

"야, 너 벌써 올렸잖아."

"너도 올린 거 다 봤거든?"

굳은 얼굴로 자습서를 들여다보던 영미가 자리에서 벌떡 일어섰다. 그 바람에 의자가 뒤로 벌렁 넘어갔다.

"야!"

영미가 빽 고함을 지르자 아이들이 화들짝 놀랐다.

"아, 깜짝이야. 뭔데?"

한 아이가 고개를 쳐들고 대꾸했다. 덩치 큰 철규라는 애였다.

"그거 당장 삭제해."

"뭘?"

"니가 트위터에 올린 거!"

"못하겠다면 어쩔? 왜, 나도 치게? 쳐 봐. 그리고 지금 삭제해도 소용없거든? 리트윗이 벌써 몇 갠데……."

그때 철규의 손에서 스마트폰이 휙 빠져나갔다. 허공에 일직선을 그리며 창 쪽으로 날아간 전화기가 유리창을 깨고 창 너머로 나가떨어졌다.

"뭐야, 이거. 어떻게 된 거야."

얼빠진 얼굴로 제 손과 깨진 유리창을 번갈아 보던 철규가 창가로 달려갔다. 창 너머를 내다본 녀석이 얼굴을 구겼다.

"아이 씨, 개통한 지 한 달도 안 된 건데……."

영미가 철규를 노려보며 녀석에게로 다가들었다. 무슨 짓을 할 작정인 듯했다.

"김영미!"

그 외침에 영미가 멈칫했다. 진희였다.

"잠깐 나 좀 보자."

그렇게 말한 진희가 먼저 교실을 나갔다. 어디 조용한 데에서 향후 대책이라도 의논하려는 모양이었다. 영미가 진희를 따라나서며 철규에게 말했다.

"이따 계좌번호 줘. 폰 값 물어줄 테니까."

교실을 나가기 전, 영미가 독기 띤 눈으로 나를 쏘아보았다. 모른척했다. 이목이 많은 이상, 섣부른 짓을 하지는 못할 터였다.

눈빛. 나를 바라보는 아이들의 눈빛이 달라졌다. 이전까지 나를 바라보는 아이들의 눈에 적개심이 번뜩였는데 이제는 동정심과 경외심이 어렸다. 어쩌면 악의와 선의란 같은 동전의 다른 면인지도 몰랐다.

* * *

— 안나린, 얼른 애들 SNS 확인해 봐.

점심시간, 공터 벤치에 앉아 혜정이의 재촉대로 아이들의 SNS를 확인해 보았다. 아니나 다를까, 단톡방과 우리 반 아이들의 SNS에는 아까 수업 시간에 있었던 사건을 찍은 사진과 동영상이 수두룩했다. 철규가 '반도의 흔한 불꽃 싸대기(Feat. 불꽃 사커킥)'라는 트윗으로 올린 동영상은 벌써 리트윗만 100회를 넘겼다. 멘션도 한둘이 아니었다. 도화선에 불이 붙었다. 이제부터는 알아서 불타오를 테니 폭발력을 갑절로 늘릴 화약만 그 옆에 한 뭉텅이 놓아두면 될 일이었다.

— 너 그렇게 안 봤는데 상당히 무섭다, 안나린. 어떻게 그런 생각을 했어?

"너한테 한 수 배웠지."

사실이었다. 스마트폰을 집어넣고 자리에서 일어섰다.

— 어디 가려고?

"너한테 배운 거, 마저 실천하러……."

내가 학교 건물 옥상으로 향하자, 혜정이가 물었다.

— 안나린, 뭐야 너, 설마…… 아니지?

"응, 맞아. 나도 이러고 싶어서 이러는 거 아냐."

— 그러니까 내가 유서로 널 엿 먹인 식으로 너도 진희랑 영미를 엿 먹이겠다 이 말이잖아.

"말하자면 그런 셈이지."

— 애가 마녀밥 며칠 먹더니 간이 아주 배 밖으로 나왔네. 야, 니가 염력 좀 할 줄 안다고 무슨 짓을 해도 무사할 줄 알아?

"13층 옥상에서 떨어지고도 살았는데 5층 정도야 껌이지. 설마 죽기야 하겠어?"

— 설마가 사람 잡는단 소리 괜히 있는 거 아니다. 멀리 갈 것도 없어, 날 봐.

"뭐, 삐끗해서 다치거나 몇 군데 부러지는 정도는 나도 각오하고 있어."

— 그걸로 안 끝나면? 13층은 오히려 니가 어떻게 해 볼 여유라도 있었지, 5층에서 떨어지는 건 진짜 눈 깜짝할 사이야. 까딱 잘못하면…….

"까딱 잘못하면 쟤가 날 지켜주겠지, 뭐."

그렇게 말을 가로채며 내 머리 위를 졸졸 따라다니는 호루스의 눈을 가리켰다.

— 안나린, 미쳤구나, 정말.

솔직히 무섭고 떨렸다. 살짝만 삐끗해도 중상 아니면 사망이었다. 하지만 이 길밖에 없었다. 담임 선생님과 반 아이들 앞에서 망신을 당했으니 조만간 진희와 영미가 어떤 식으로든 내게 보복하려들 터였다. 그 전에 보복의 싹을 잘라야만 했다.

옥상으로 통하는 철문은 잠겨 있었다. 염력으로 자물쇠를 열었다. 옥상으로 나서자 따가운 햇볕과 미지근한 바람이 나를 맞았다.

— 하지 마. 다른 방법을 찾아보자, 응? 내 말 들어, 안나린.

혜정이의 설득에도 고개를 가로저었다.

"괜찮을 거야. 난 마녀니까."

— 마녀는 사람 아니야? 이 건물이 5층짜리니까 1층이 3미터라 치면 여기가 대략 지상에서 15미터는 된단 얘긴데…….
아아, 상상만 해도 어지러워. 나 고소공포증 있는데…….

내 품에 안겨 있던 마녀 인형을 옥상 바닥에 내려놓았다.

"걱정 마, 넌 안 데려갈 테니까."

인형이 허공에 붕 떠오르더니 내 뒤를 졸졸 따라왔다.

— 니가 잘못되기라도 하면 난 뭐가 되냐? 세상에 하나뿐인 친구가 없어지면 난 뭐, 허공에 대고 모노드라마나 찍으라 이거야? 날 봐서라도 관둬, 쫌. 응?

대답하지 않고 건물 앞쪽으로 걸어갔다. 사람에게 가장 큰 공포심을 불러일으키는 높이가 11미터라는 말을 인터넷에서 봤다. 옥상 난간 너머를 내다보니 그 말은 사실이 아니었다. 사람에게 가장 큰 공포심을 불러일으키는 높이는 지금 내가 뛰어내리려는 높이였다.

옥상에서 내려다본 학교 풍경은 평화롭기 그지없었다. 운동장에서 축구나 농구를 하는 아이들은 먹이를 물어 나르는 일개미들처럼 보였다. 나무 그늘에 앉아 노닥거리거나 수돗가에서 물장난하며 깔깔대는 아이들을 내려다보니 이 세상에서 가장 불행한 사람은 나인 듯했다.

난간을 타 넘었다. 다리가 후들거렸다. 혜정이의 말이 맞았다. 제아무리 마녀가 되었다 해도 사람은 사람일 뿐이었다.

— 아아, 나 몰라. 난 못 보겠어.

혜정이가 뒤로 물러나며 제 눈을 가렸다. 난간 바깥쪽으로 내려서서 스테인리스 난간을 붙든 채로 실내화 한 짝을 떨어뜨렸다. 중력가속도가 실려서인지 실내화가 바닥에 떨어지며 낸 소리도 요란했다. 아마 내가 떨어지면 더하겠지. 그제야 밖에 나와 있던 아이들이 하나둘 나를 보고 밑으로 모여들기 시작했다. 어떤 아이는 교무실로 달려갔고 어떤 아이는 스마트폰으로 나를 찍기 시작했다. 심호흡을 크게 세 번 하며 마음을 가다듬었다.

준비는 끝났다. 유서는 아까 피시방에서 블로그 예약 게시물로 남겨두었다.

— 안나린, 부탁이야. 절대 실수하면 안 돼. 알았지? 실수하면 나 다신 너 안 봐.

혜정이가 신신당부했다. 그 애에게 고개를 끄덕였다.

— 그리고 혹시 몰라서 미리 말해두는데…… 사랑해.

그 애의 말끝이 울음기를 머금어 살짝 떨렸다.

"그래, 나도……."

그 애에게 미소를 지어 보였지만 과연 그렇게 보였는지는 모르겠다. 그때 옥상 철문이 벌컥 열리고 누가 튀어나왔다. 동준이였다.

"안나린!"

동준이가 내게 달려왔다. 녀석이 나를 붙들기 전에 뛰어내려야 했다. 난간을 붙들었던 손을 놓았다. 몸이 옥상 난간에서 떨어져 나와 허공에 떠올랐다. 건물 밑에서 지켜보던 아이들이 비명과 탄성을 내질렀다. 중력이 등 뒤에서 나를 끌어당겼다. 5층 아래로 떨어져 내리며 눈을 감았다.

그때 그토록 보이지 않던 그 애가, 그렇게 불러도 대답 없던 그 애가 눈앞에 나타났다. 내 호루스의 눈이 그 애를 찾아냈다. 전속력으로 교정을 가로질러 달려오는 사람은 분명 현민이였다.

처음에는 믿기지 않았고 그다음에는 궁금했다. 도대체 어떻게 살아나왔고 왜 이제야 나타났는지……. 그리고 눈물 나게 고마웠다. 살아 있어서, 이렇게 달려와 줘서…….

교정을 비스듬히 가로지른 그 애가 내가 떨어지는 쪽으로 내달려왔다. 호루스의 눈으로 내려다보는 그 광경은 재생 속도를 최대한 늦춘 동영상처럼 느리고 비현실적이었다.

1.6초. 내가 15미터 높이의 옥상에서부터 땅에 떨어지는 데에 걸리는 시간은 기껏해야 1.6초에 불과했다. 그 1.6초가 죽잡아당긴 고무찰흙처럼 기다랗게 늘어났다. 전부터 익히 겪었던 시간의 슬로비디오 현상이었다. 이번에는 그 정도가 어느 때보다도 심했다. 몸이 떨어진다기보다는 떠오르는 기분이 들 정도였다. 현민이는 필사적으로 달려오는데 그 애와 나 사이

는 점점 더 벌어지는 듯했고 내가 아무리 발버둥 쳐도 다시는 그 애에게 닿지 못할 듯했다. 영원히…….

아래로 몸을 틀며 눈을 떴다. 호루스의 눈으로가 아니라 내 눈으로 직접 그 애를 보고 싶었다. 만에 하나, 여기서 죽게 된다면 마지막으로 본 사람은 그 애이기를 바랐으니까. 아래의 풍경이 눈에 들어왔다. 착각이나 환상이 아니었다. 틀림없는 현민이였다. 나를 올려다보며 달려오는 현민이의 눈과 마주친 순간, 왈칵 눈물이 솟구쳤다. 그 바람에 집중력이 흐트러졌다. 원래 계획은 몸이 땅에 떨어지기 직전, 염력으로 바닥을 밀어 낼 작정이었다. 그렇게 하면 충격도 줄어들 테고, 다치더라도 죽지는 않으리라고 생각했다. 적어도 조금 전까지는…….

콘크리트 바닥이 눈앞에 다가들었다. 순간, 강한 힘이 나를 홱 끌어당겼다. 똑바로 내리꽂히던 몸이 그쪽으로 방향을 틀었다. 염력이었다. 돌아본 곳에는 역시나 한 손을 든 진희가 서 있었다. 뿌리치려 했지만, 그 애의 힘이 더 강했다. 그 힘이 나를 옴짝달싹 못 하게 옥죄었다.

떨어지는 속도에 가속도가 붙었다. 내 몸은 끌어당기는 대로 떨어져 내렸다. 추락 지점은 정확히 그 애의 머리 위였다.

'뭐 하는 거야!'

이대로 떨어지면 정면으로 부딪치게 될 상황이었다. 진희의 얼굴이 코앞으로 다가왔다. 진희가 양손을 활짝 벌리며 웃었다. 이 순간을 기다렸다는 듯, 제 품으로 어서 오라는 듯.

그때 누가 내 옆구리를 낚아챘다. 현민이었다. 벼랑에서 떨

어진 토끼를 낚아채는 독수리처럼 그 애가 진희와 나 사이에
끼어들었다. 양팔로 나를 받아낸 현민이가 나를 끌어안은 채
허공을 휘돌았다. 아이들의 탄성이 들렸고 눈앞이 어지럽게
흔들렸다. 그런데 현민이도, 나도 예기치 못한 변수가 있었다.
그 바람에 내 추락 지점이 진희에게서 벽으로 바뀌었다는 사
실이었다. 염력으로 건물 벽을 밀어내야 하는데 몸이 가위에
눌린 듯 말을 듣지 않았다. 벽이 눈앞을 가득 메웠다.

죽었다.

이번에는 '죽겠다.'가 아닌 '죽었다.'였다. 무수한 영상과 소
리들이 기억 속에서 폭죽처럼 쏟아져 나와 눈앞에서 펑펑 터
졌다.

'죽일 거야.'

'마녀가 되게 해 줘. 너 같은…….'

'설마 너만 진희한테 소원 빌었다고 착각한 건 아니지?'

'벗어나고 싶어, 이 지옥에서…….'

'너 가져라.'

'너 나쁜 애 아닌 거 아니까.'

'네 소원을 이루어 줄 지니.'

'소원이 뭐야?'

'나, 도미니크 비제는 신의 대리인인 집행관의 자격으로
마녀 이렌느 슐츠의 화형을 언도하노라!'

'검은 태양의 눈에 대고 맹세하나니, 네놈들도 대가를 치
르게 되리라!'

'내 불의 제물이 되어 간절히 비나니, 내게 저놈들을 심판할 힘을 주소서!'

태양을 뒤덮는 달그림자. 빛을 뒤덮는 어둠. 엄청난 충격이 나를 송두리째 뒤흔들었다. 그렇게 나는 죽었다.

눈을 뜨자 벽에 부딪힌 내 머리에서 솟구치는 피가 보였다.

현민이가 제 교복 셔츠를 벗어 그 피를 지혈하며 주위에 뭐라고 외쳤다. 선생님들이 달려와 현장을 들여다보고 혼비백산했다. 한 선생님은 어디론가 전화를 걸었다. 주위를 에워싸고 스마트폰으로 현장을 찍어대는 아이들 사이에서 무표정한 얼굴로 서 있는 진희와 영미도 보였다. 아무 소리도 들리지 않았다. 깊은 물속에 잠겨 물 밖을 내다보는 듯한 기분이었다. 바닥에 드러누워 눈을 부릅뜬 나를 내려다보았다. 확실히 느꼈다. 나는 죽었다.

현민이가 나를 꼭 부둥켜안았다. 선생님 하나가 다가와 그 앨 떼어놓으려 했지만, 꿈쩍도 하지 않았다. 이제야 다시 만났는데 이렇게 영영 헤어져야 한다니 슬펐다. 허공에 떠오른 채 그 애의 등을 내려다보는데, 위에서 내려온 기운이 나를 휘감았다. 따스하고 포근했다. 올려다보니 호루스의 눈이 있던 자리에 강렬한 빛의 터널이 생겨 나를 끌어당기는 중이었다. 어쩌면 지금 나는 안나린이 아닌, 호루스의 눈인지도 몰랐다. 그리로 서서히 떠올랐다. 나를 끌어당기는 빛의 터널로 막 빨려 들어가던 순간, 뭔가 내게 닿았다. 아래에서부터 뻗어 나온 한 가닥의 빛줄기였다. 빛줄기는 나를 휘감고 놓아 주지 않았다.

현민이에게서 흘러나온 가느다란 빛의 명주실들이 가닥가닥 나를 휘감고 아래로 끌어당겼다. 죽음이라는 미궁에서 나를 끄집어내는 아리아드네의 명주실이었다. 그 명주실을 타고 현민이의 목소리가 들려왔다.

"죽지 마, 안나린. 죽지 마. 제발……."

나를 끌어당기던 빛의 터널이 서서히 멀어졌다. 아니, 실은 내가 터널에서 벗어나 아래로 내려가는 중이었다. 끝내 명주실은 축 늘어진 내 몸으로까지 나를 고이 돌려놓았다. 햇볕에 달아오른 바닥과 맞닿은 등의 감각이 살아났다. 나를 끌어안은 현민이의 품과 숨결도 얼굴에 와 닿았다.

"허어억!"

끊겼던 숨이 내 입에서 다시 터져 나왔다. 숨이 트이자 심장이 다시 뛰고 피가 돌기 시작했다.

"어머, 쟤 죽은 거 아니었어?"

"살았나 봐. 대박!"

우리를 둘러싼 아이들이 시끌벅적해졌다. 스마트폰의 셔터 소리도 요란해졌다. 쏟아지는 햇살 사이로 현민이의 얼굴을 올려다보았다. 하고 싶은 말도, 묻고 싶은 말도 많았다. 내가 입술을 달싹이자 그 애가 얼른 내 입술에 제 검지를 갖다 댔다.

"말하지 마."

현민이가 내 머리맡으로 손을 뻗어 뭔가 집어 들더니 내 품에 안겨 주었다. 잠시 후 구급차가 도착했고 구급대원들이 나를 들것에 실어 차 안으로 날랐다. 현민이는 나를 따라 구급차에 올랐다. 차에 오르기 전, 우리를 쏘아보는 가시눈을 느꼈다. 진희와 영미였다.

달리는 구급차 안에서도 현민이는 내게 눈길을 붙박고 움직이지 않았다. 그 애가 내 손을 꼭 잡아주었다. 이제야 영원 같은 1.6초를 건너 맞닿았다. 비로소 마음이 놓여 웃었고 다시금 정신을 잃었다.

* * *

눈을 뜨자 천장이 보였다.

— 안나린, 정신 들어? 괜찮아? 괜찮은 거 맞지? 내가 얼마나 걱정했는지 알기나 해? 네가 죽은 줄 알았단 말이야!

혜정이가 울먹이며 내 품에 폭 안겼다.

주위를 둘러보니 병실이었다. 게다가 1인실이었다. 머리맡을 올려다보니 창밖은 어두컴컴했다. 아까만 해도 낮이었는데 벌써 밤이 된 모양이었다. 벽시계를 돌아보니 저녁 8시를 갓 넘긴 시각이었다. 푹 자고 일어난 듯 머릿속이 개운하고 몸이 가뿐했다. 머리를 더듬어 보니 칭칭 감긴 붕대가 만져졌다. 벽에 부딪힌 정수리가 욱신거리기는 했지만 죽을 정도는 아니었다.

"나 수술받은 거야?"

— 수술까진 아니고 찢어진 데 한 열 바늘 꿰맸대.

"현민이는?"

주위를 둘러보았지만, 보이지 않았다.

— 현민이? 너 꿈꿨어? 걔 실종됐잖아.

"뭐?"

가슴이 덜컥했다. 내가 옥상에서 바닥으로 떨어지던 순간, 현민이가 달려와 나를 구해준 일이 죽음 직전의 환상이었단 말이야?

— 하이고, 얘 얼굴 하얗게 질리는 거 좀 봐. 농담이야. 어쩐지 바늘이 실 안 찾는다 했다. 기다려 봐, 너 정밀검사 받은 거 결과 나와서 의사 선생님이랑 얘기하러 갔으니까.

"현민이가 내 보호자로 있는 거야?"

— 그럼 누가 해. 내가 하겠어, 나은이가 하겠어? 걔가 입원 수속부터 서류에 사인까지 다 했어.

"넌 여기까지 어떻게 따라왔어?"

— 기억 안 나? 너 실려 오기 전에 현민이가 니 옆에 놔줬어.

그제야 구급차에 오르기 전, 현민이가 내게 안겨준 물건이 마녀 인형임을 깨달았다.

"넌 어떻게 옥상에서 내려왔는데?"

— 어떻게 내려왔겠어? 너 떨어진 다음에 나도 뛰어내렸지. 고소공포증이 있는 내가 옥상에서 다이빙했다니까. 한 번 죽지, 두 번 죽겠어?

"현민이는 어떻게 살아 돌아왔대?"

— 나도 모르지. 내가 물어본다고 말해주겠니?

"아……."

혜정이와 워낙 가깝게 지내다 보니 가끔 이 애가 인형에 깃들어 있다는 사실을 잊곤 했다. 가만, 그런데 현민이도 혜정이의 존재를 눈치채지 않았나?

"나은인?"

— 연락받고 와서 여태 여기 있다가 현민이랑 같이 나갔어.

"걔도 많이 놀랐겠다."

— 나은이? 괜찮아 보이던데? 그냥 살짝 놀란 정도? 그나저나 이것 좀 봐. 대박이야, 대박. 지금 인터넷이 난리야. 벌써 기사까지 뜨고…….

혜정이가 염력으로 스마트폰을 내 눈앞에 들이댔다. 인터넷 검색어 순위에 올라온 '매장녀'라는 단어가 눈에 띄었다. 누구를 의미하는지는 안 봐도 뻔했다.

"이거 내 전화기 맞아?"

— 어, 왜?

전화기를 집어 들고 이리저리 살폈다. 전화기는 멀쩡했다. 나는 전화기를 교복 주머니에 넣은 채 옥상에서 뛰어내렸다. 주머니는 속이 깊지 않았다. 옥상에서 떨어져 바닥에 부딪히던 순간, 밖으로 튀어나와 박살 났어야 했다.

"이게 왜 멀쩡하지?"

— 몰라. 그러고 보니 그러네? 이것도 아까 현민이가 챙겼는데……. 챙길 때만 해도 액정도 박살 나고 배터리도 분리되고 난리였는데…….

그제야 내내 아귀가 어긋나던 퍼즐 하나가 딱 맞아떨어졌다.

"맞아!"

— 아, 깜짝이야. 왜?

"나, 죽었었어."

— 뭐? 죽었었어? 그걸 왜 대과거로 얘기해?

"현민이가 날 살려냈으니까. 옥상에서 떨어질 때 진희가 염력으로 날 꼼짝 못하게 했거든. 그때 현민이가 끼어드는 바람에 건물 벽에 머리를 들이받았어."

— 그때 니가 죽었다고?

"어, 확실해."

머리를 뒤흔든 충격과 머리에서 솟구치던 피가 아니더라도 똑똑히 느꼈다. 내가 죽었음을…….

"근데 현민이가 나를 살렸어."

정확히는 그 애에게서 흘러나온 명주실이…….

— 소오름. 현민이가 죽은 사람도 살리는 능력자라도 된다 이거야?

"정확히는 몰라도 걔한테 그런 능력이 있는 건 분명해. 그래야 아귀가 맞아."

공사현장에서 벽돌이 떨어진 날, 파편에 맞아 피를 철철 흘리던 현민이가 차에서 내릴 즈음에는 멀쩡해졌다. 철근 실은 트럭과 사고가 난 날도 그랬다. 그 애는 철근에 어깨가 꿰뚫려 수술받고도 금세 퇴원해 학교로 돌아왔다. 과학 준비실에서 진실을 묻자, 현민이는 키스로 답을 했다. 그날 나는 에너지 드링크를 세 박스쯤 마신 듯한 활력을 느꼈다.

현민이는 자기가 어릴 때부터 상처가 잘 낫는 편이었다고 둘러댔지만, 그 키스야말로 그 애가 내게 일러준 제 정체였다. 그리고 영미. 영미가 학교 신축 공사현장에서 나를 죽이려 했던 날, 영미도 분명 죽었다. 하지만 불과 한 시간 만에 멀쩡해져서 돌아왔다. 현민이가 영미를 되살렸다. 어쩌면 어젯밤에 현민이는 정말 죽었는지도 몰랐다. 아무리 호루스의 눈으로 찾아도 보이지 않았던 이유가 그거라면 말이 됐다. 그리고 그 애는 부활했다.

가만, 부활……? 분명 얼마 전 어디선가 본 적이 있는 단어였다. 어디였더라? 그러다 번뜩 머릿속을 스치는 단어가 있었다. 전화기로 인터넷에 접속해 위키백과를 뒤졌다.

……죽음과 부활의 신 오시리스와 최고의 여성신 이시스의 아들이며 사랑과 미의 여신인 하토르의 남편이다.

찾았다. 오시리스!

……오시리스가 동생 세트의 질투로 죽임을 당하자 이시스가 주술로 오시리스를 부활시키고 호루스를 잉태하였다.

내가 위키백과 검색 창에 입력한 단어는 '호루스 신화'였다. 오시리스. 죽음과 부활의 신이자 호루스의 아버지. 현민이가 오시리스와 관계가 있다면…….

— 현민이가 호눈이랑도 관계가 있다 이 말인가?

내가 하려던 말을 혜정이가 대신했다.

— 어라, 현민인 너한테 테세우스나 아리아드네 같은 애 아니었어? 걔가 오시리스랑 뭔가 연결고리가 있다면 인간계에서 신계로 레벨업되는 거잖아. 어허, 어째 모현민이 점점 넘사벽이 되어 가는 느낌적인 느낌인데…….

"말도 안 되는 소리 그만해. 현민이가 설마 오시리스의 현신이라도 되겠어?"

나도 모르게 퉁명스레 쏘아붙였다. 현민이와 또다시 헤어지기 싫었다. 이제야 내게로 돌아와 줬는데……. 혜정이의 까만 눈동자가 나를 빤히 올려다보았다. 속마음을 들킨 듯해 헛기침하며 얼버무렸다.

"내 말은……. 그냥 부활이란 키워드를 따라가다 보니 어쩌다 오시리스가 얻어걸린 걸지도 모른단 거야."

— 테세우스든 아리아드네든 오시리스든 현민이 고 녀석이 보통 인간은 아니란 건 확실해.

"그야 그렇긴 하지."

그렇지 않다면 현민이가 그 많은 사고를 겪고도 무사할 리도, 죽은 나를 살려냈을 리도 없었다.

— 말이 나와서 말인데, 안나린, 너도 보통 인간은 아니잖아. 야, 난 죽었다 깨어나도 전교생이 보는데 옥상에서 투신할 생각은 못 하겠다. 아, 이미 죽었다 깨어나긴 했지. 근데 안나린, 난 어쩜 현민이가 부활한 게 아닐 수도 있다고 봐.

286

"부활한 게 아니면 뭐……?"

— 부활한 게 아니라 그냥 안 죽은 거였다면……?

"그럼 호눈이로 찾아봐도 걔가 안 보였던 게 설명이 안 되잖아."

— 애초에 현민이한테 호눈이의 레이더망을 피하는 능력이 있다고 하면 설명이 되지.

"진희를 속이려고 죽은 척 위장했다?"

— 그렇지. 걔가 영미 고년을 속이려고 사귀는 척했던 거처럼…….

"그렇게 해서 현민이가 얻은 게 뭔데?"

— 니가 진희랑 영미한테 복수할 시간과 동기. 현민이가 죽은 줄 알고 니 눈에 뵈는 게 없게 됐잖아. 현민인 그렇게 되도록 유도한 게 아닐까?

"에이, 그건 오바다. 그 반대라면 또 모를까."

— 반대?

"어, 전부터 나한테 진희랑 엮이지 말라고 누누이 충고했거든. 그런 애가 설마 내가 폭주하길 유도했겠어? 차라리 제 한 몸 희생해서 진희와 영미가 나한테서 손 떼게 하려고 했담 모를까."

— 하이고, 지 남친이라고 편드는 거 좀 봐. 그럼 왜 아깐 갑툭튀했는데?

"내가 옥상에서 떨어지는 동안 진희가 날 죽이려고 했으니까."

그때 진희는 분명 나를 죽이려 했다. 어서 오라는 듯 양팔을 활짝 벌리고 웃으며……. 가위에 눌린 듯 옴짝달싹할 수 없었던 그 순간을 떠올리니 눈앞이 아찔해졌다. 확실히 그 애의 염력은 나를 우습게 압도할 만큼 강력했다.

"현민이가 안 끼어들었으면 난 틀림없이 죽었어."

— 어디 더 짱 박혀 있으려다 너 죽을까 봐 만천하에 다시 모습을 드러냈다? 너, 죽었었다며? 현민이가 끼어들어서 그랬던 거 아냐?

혜정이가 정곡을 찔렀다. 틀린 말은 아니었다. 현민이가 나를 낚아채면서 충돌 지점이 진희에서 벽 쪽으로 바뀌었으니까. 하지만 말로 설명하기 힘든, 미묘한 느낌에 고개를 가로저었다. 진희의 계략을 현민이가 막았다는 직감이었다.

"진희는 단순히 날 죽이려고 한 건 아닌 거 같아."

— 물론 그렇겠지. 그 불여우 100단인 년이 단순히 널 죽이려고만 했겠어? 전교생이 보는 앞에서 본때를 보여 주려고 했겠지. 날 엿 먹이면 이렇게 된단다, 얘들아.

"그럼 굳이 위험하게 저한테 날 끌어당길 필요가 없지. 내가 아무리 못해도 49킬로는 나갈 텐데 15미터 높이에서 떨어질 때 정면충돌하면 저도 최소한 중상인데⋯⋯."

— 49킬로 드립 좀 그만 치셔. 난 490그램이거든?

"그냥 그렇다고. 가끔 뉴스에 나오잖아, 옥상에서 투신한 사람한테 사람이 깔려 죽었단 사건. 그런 위험을 감수하느니 벽에 메다꽂는 편이 더 확실하지 않나?"

— 내가 봤을 때, 고년은 널 죽이려고 한 게 아냐. 다른 꿍꿍이가 있었던 거지.

"다른 꿍꿍이라니?"

— 생각해 봐, 내가 자살한 날, 니가 날 구했다면 어떻게 됐을까? 그래도 니가 통수녀로 찍혀서 사람들한테 마녀사냥을 당했을까?

"그럼 진희가 날 염력으로 끌어당긴 게 내 생명을 구한 척해서 제 살길 찾으려고 했단 거야?"

— 빙고! 얼마나 드라마틱해. '투신자살 시도한 피해 친구, 가해 친구가 극적으로 구해' 헤드라인 딱 나오네.

그러고 보니 진희가 양팔을 활짝 벌리고 웃으며 나를 맞으려 했던 이유도 알 듯했다. 다른 아이들의 눈에는 옥상에서 떨어진 나를 제가 끌어안는 각본. 그 애가 의기양양하게 기자나 주변 사람들에게 으스대는 광경이 절로 떠올랐다. '이 일을 계기로 나린이가 저한테 쌓였던 오해를 풀고 같이 친하게 지냈으면 좋겠어요.'

"그런데 현민이가 산통을 깼다?"

— 깬 정도가 아니라 아주 박살을 냈지. 덕분에 진희 고년이 쓴 각본 있는 드라마는 시작도 못 해 보고 끝났고……. 한번 봐봐. 고년 지금 어디서 뭘 하고 있나.

눈을 감고 진희를 떠올렸다. 만일 그 애가 지금 나를 감시하고 있다면 그 애의 얼굴이 아닌, 호루스의 눈이 보일 터였다. 그런데…….

— 보여?

고개를 끄덕였다. 어느 카페에 앉은 진희가 보였다. 그 맞은

편에는 영미가 앉아 있었다. 둘은 탁자 위의 아이패드를 들여다보는 중이었다. 액정에는 인터넷 창이 떠 있었다. 내가 피시방에서 블로그에 예약게시물로 올렸던 유서였다.

진희야, 영미야.
〈나의 불행에는 이유가 있다〉라는 영화 아니?
사실 나도 제목만 알아. 그동안 너희가 나를 괴롭힐 때마다 그 영화 제목을 생각하며 버텼어. 분명히 내 잘못도 있었을 테니까. 근데 솔직히 그 잘못이 뭔지 난 지금도 잘 모르겠어.
영미야, 현민이랑 내가 서로 좋아하는 게 그렇게 잘못된 일이니? 날 협박하고 때리고 물벼락을 뒤집어씌울 만큼 큰일이니? 학교 신축 공사현장에서 네가 나를 죽이려고 했던 날도 뭔가 이유가 있다고 생각했어. 하지만 난 아직도 그 이유를 모르겠어.
그리고 진희야.
홍주고로 전학 와서 잘 적응 못 할 때 네가 전학 와서 내 짝이 되어줬지. 참 고마워. 하지만 네가 나한테 소원이 뭐냐고 묻던 날부터 우리 우정에 금이 갔지. 처음엔 그냥 농담인 줄 알았어. 내 사랑이 이루어졌으면 좋겠다고 대답한 건 그래서였어.
네가 어떻게 손을 썼는지 모르겠지만 며칠 후 혜정이의 남자친구였던 동준이가 나한테 사귀자고 꽃다발을 내밀었어. 혜정이랑은 깨끗이 헤어졌다고 했고….
그래, 나도 내심 동준이한테 호감이 있었어. 그래서 걔랑 영화도 봤고, 선물도 받았어. 그러다 혜정이가 자살했고, 나는 만인의 마녀가 돼서 온갖 수모를 당했지. 너도 잘 알겠지만 죽을 뻔한 적도 한두 번이 아니었어. 그때부터 너는 변했어. 내 불행을 즐기는 게 아닐까 싶을 만큼.

내가 마녀사냥당하며 힘들어할 때 인터넷에 '통수녀 사건의 진실'이라는 해명글 올려준 건 고마워. 하지만 너는 그걸 빌미로 나를 더 교묘하고 집요하게 괴롭히기 시작했지. 그 고통이 얼마나 심했는지는 네가 더 잘 알 테니 구구절절 늘어놓진 않을게.

오늘 내가 죽는 이유는 너희를 원망해서가 아니야. 너희한테 너무 미안해서야. 내가 너희한테 뭘 잘못했는지 몰라서.... 그래서 너무 괴롭고 힘들어.

내가 죽고 나면 내 영전에라도 와서 그 이유 좀 말해 줄래? 내가 너희한테 뭘 잘못했는지.... 그럼 하늘에서라도 기꺼이 너희 둘을 축복할게.

미안해. 이제라도 나는 혜정이를 만나 진심으로 용서를 구하려고 해. 그 애가 그렇게 된 데에는 분명히 내 책임도 있으니까. 끝까지 비겁한 나를 용서해 줄래? 다음 세상에서는 둘도 없는 단짝으로 다시 만나자.

안녕.

그 포스트 밑으로 달린 댓글은 무려 462개였다.

내 자살 시도 소식과 유서 내용이 벌써 기사화된 모양이었다. 대부분 나를 동정하고 영미와 진희를 저주하는 댓글들이었다. 표적이 바뀌었을 뿐이지, 그 댓글들의 모양새는 내가 '통수녀'로 낙인찍혀 마녀사냥을 당하던 때와 놀랍도록 비슷했다. 어쩌면 인간의 역사란, 주역만 바뀔 뿐인 비슷비슷한 사건들의 되풀이인지도 몰랐다.

"아오, 빡쳐. 통수년이 아주 작정하고 우리한테 빅엿을 먹였네."

댓글을 넘기며 손을 바들바들 떠는 영미가 보였다. 그 애가 주먹을 꽉 움켜쥐고 부르르 떨자, 태블릿 액정에 거미줄 같은 금이 쩍 가더니 픽 하고 아예 나가 버렸다. 그러고도 분이 풀리지 않는지 영미는 한참 씩씩댔다.

"경찰도 수사에 착수했대. 아까 홍주서에서 전화 왔더라. 내일 조사차 학교로 오겠대. 학교에서도 가만 안 있을 거 같아. 엄마도 난리야. 아빠가 막아주는 것도 한계가 있고……. 벌써 신상 털려서 욕 문자에 악플에 협박이 장난 아니야."

그 말이 떨어지자마자 영미의 스마트폰이 울렸다.

"여보세요?"

전화를 받은 영미의 얼굴이 일그러졌다.

"야, 너 누구야? 누군데 지랄이야? 와 봐, 어디 한번 와서 죽여 봐!"

전화를 끊은 영미가 전화기를 꺼 버렸다.

"우리 죽이러 올 파티원 모집 마감됐대. 기다리래, 내 목 따러 곧 찾아오겠대. 별 미친놈들이……. 안나린 그년 때문에 이게 무슨 꼴이야."

제 머리를 북북 긁어대던 영미가 맞은편에 앉은 진희에게 물었다.

"어떻게 할 거야?"

진희는 생각에 잠긴 듯 앞에 놓인 아이스 카페라떼를 빨대로 휘저으며 이렇다 할 말이 없었다.

"뭐라고 말 좀 해 봐. 니가 시작한 일이잖아."

영미가 재촉하자 진희가 손가락으로 내 호루스의 눈을 가렸다.

"저 염탐꾼 때문에 좀 성가셔서……."

역시 진희는 만만찮은 적수였다. 그 애가 영미 쪽으로 다가앉더니 뭐라고 나직이 속삭였다. 엿듣고 싶었지만 들리지 않았다. 영미의 눈이 번뜩 빛났다.

"언니!"

나은이의 목소리에 눈을 번쩍 떴다. 호루스의 눈으로 엿보던 영미와 진희의 작당 모의가 순식간에 사라졌다. 하필 중요한 순간에…….

어느새 병실로 들어온 나은이가 내게로 달려와 내 품에 폭 안겼다.

"내가 얼마나 걱정했는지 알기나 해? 왜 그랬어?"

그 애는 내 품에서 펑펑 울었다. 내가 눈 뜨기 전까지 의연하게 참았던 눈물이 한꺼번에 터진 모양이었다.

"미안해. 언니가 잘못했어."

그 애의 작은 등을 다독다독 쓰다듬었다. 이런 아이를 남겨두고 나 혼자 세상을 떠났더라면 얼마나 큰 상처를 받았을까. 상상만으로도 눈앞이 캄캄해졌다. 나은이의 뒤를 따라 현민이

가 들어섰다. 나를 살려낸 부활의 신, 나만의 오시리스. 정체가
뭐든 상관없었다. 내 곁에 있어 주기만 한다면…….

"괜찮아?"

현민이가 물었다.

"어, 괜찮아. 너는?"

"나도. 담당 선생님 말씀 듣고 왔는데 다행히 별 이상 없대."

"어떻게 된 거야?"

현민이에게 물었다. 간밤의 실종을 비롯해 그간 녀석을 둘러
싸고 벌어졌던 모든 미스터리의 답을 묻는 질문이었다.

"눈 떠 보니 홍주천 근처 갈대밭이었어. 차에서는 어떻게 빠
져나왔는데 물살에 휩쓸려서 떠내려갔던가 봐. 기사님이 안되
셨지. 나 때문에…….'

"아냐, 다 나 때문이야. 미안해, 정말로…….'

죽도록 미안했다. 나 때문에 현민이의 어머니도, 운전기사
아저씨도 돌아오지 못할 강을 건넜다. 다 내 탓이었다.

"미안해할 거 없어. 잘못한 사람은 따로 있으니까."

나은이를 의식해서인지 꼭 집어 가리키지는 않았지만, 누구
를 두고 한 말인지는 뻔했다.

"영미랑은 어떻게 된 거야?"

굳이 묻지 않아도 될 말이었지만 확인하고 싶었다. 현민이가
나은이를 돌아보았다.

"언니, 나 잠깐 화장실 좀 갔다 올게."

심상치 않은 분위기를 느낀 나은이가 슬그머니 자리를 피해

주었다. 그 애가 병실을 나간 뒤에도 현민이는 한동안 뜸을 들였다. 이제는 그런 뜸 들이기도 반가웠다. 혹시 속마음이 들리지 않을까 귀 기울여보았지만 헛일이었다. 혜정이의 말대로 현민이는 평범한 인간이 아니었다.

"널 위해서였어."

한참 만에 현민이가 내놓은 대답도 예상대로였다. 더는 묻지 않았다. 영미가 공사현장에서 죽던 날, 현민이가 말했던 대로 나는 현민이를 믿으니까. 이제 세상에 나 말고 믿을 사람이라고는 현민이와 나은이 그리고 혜정이가 전부니까.

"그리고…… 너랑 떨어져 지내는 동안, 죽은 진희 뒤를 좀 캤어."

"죽은 진희? 당산고 진희?"

"어."

"뭐 좀 나왔어?"

"진희가 사고를 당한 날, 마지막으로 문자를 보낸 사람."

"뒷자리 3213?"

"어, 맞아."

"그게 누군데?"

"너랑 친구였던 유진이였어."

"유진이? 내가 아니고?"

— 잠깐만, 죽은 진희가 '다신 연락하지 마'라고 문자 보낸 사람이 유진이였다고? 아니, 이보시오, 모현민 씨, 지금 그게 무슨 소리요? 걔가 유진이라니…….

침대에 누워 천장을 바라보면서도 혜정이가 못 참고 끼어들었다.

"3213은 내 예전 폰번호 뒷자린데……."

"걔도 썼어, 그 번호. 친한 널 따라서……."

친구나 연인이 뒷자리가 같은 번호를 쓰는 경우는 흔한 일이었다. 그런데 그 3213이 그 애일 줄은 상상도 못 했다.

또 하나의 퍼즐 조각이 맞아떨어졌다. 죽은 진희가 왜 내게 '너는 마녀를 살려두지 말지니라'와 '전영고'라는 메시지를 남겼는지…….

누가 병실 문을 두드렸다.

"네."

문이 열리고 꽃다발을 든 어떤 사람이 들어왔다. 꽃다발에 가려진 탓에 얼굴이 보이지 않았다.

"누구세요?"

내가 묻자 그 사람이 꽃다발을 내려 얼굴을 드러냈다. 영미였다.

— 어서 와, 호랑이 굴은 처음이지?

혜정이가 뼈 있는 말로 영미를 맞았다. 나 또한 그 애의 문병이 달갑지는 않았다. 달가울 리 없었다. 영미가 말없이 내게로 다가왔다.

"어쩐 일이야?"

현민이가 영미의 앞을 가로막으며 물었다. 영미는 현민이는 쳐다보지도 않고 말했다.

"너 보려고 온 거 아닌데."

현민이에게는 지금 볼일 없다는 듯 싸늘한 말투였다. 이제 본심을 알아차렸을 테니 그럴 만도 했다.

"가."

현민이가 나지막이 말했지만, 영미는 아랑곳없이 병실 안쪽으로 들어서며 되물었다.

"사과하러 왔는데, 왜?"

"나중에 와."

"왜, 니 여친한테 손찌검이라도 할까 봐? 난 그동안 너랑 한 약속 지켰어. 통수는 너랑 니 여친이 쳤지."

'너랑 한' 약속? 역시 둘 사이에 어떤 약속이 있었던 모양이었다.

"나중에 오라고 했어."

"아니, 난 지금이어야 돼."

"김영미."

현민이가 어깨를 붙들자, 영미는 도끼눈으로 현민이를 노려보았다.

"왜, 내가 니 여친한테 뭐라도 얘기할까 봐 겁나? 털끝 하나 건드리지 말라며? 그래서 안 건드렸어. 아까 교실서 있었던 일도 내가 한 거 아냐. 너도 알잖아, 안나린."

영미가 나를 빤히 바라보았다. 귀 기울여 봤지만, 영미에게서는 어떤 속삭임도 들려오지 않았다.

― 맞네, 맞어. 가만 보니까 둘이 협상했네. 신축 공사 현장

에서 현민이가 저걸 살려주면서 조건으로 건 거야. 널 살려주고 너랑 사귀겠다, 대신 나린인 털끝 하나도 건드리지 마라. 틀림없어. 아아, 모현민, 너 왜 이리 멋있냐!

상황을 파악한 혜정이가 호들갑을 떨었다. 동감이었다. 새삼 현민이가 대단해 보였다. 나 하나 때문에 그동안 마음에도 없는 애랑 사귀는 척했다니⋯⋯. 그나저나 영미는 어떻게 저렇게 금방 내 병실로 왔을까. 저 애가 카페에서 진희와 밀담을 나눈 지 채 10분도 지나지 않은 시점이었다. 눈을 감고 진희를 찾아보았다. 내 예상대로 그 애의 염탐꾼이 병실 천장 위에 떠 있었다. 카페에서 영미에게 뭐라고 속삭였는지도 대충 알 듯했다.

영미를 총알받이로 보내놓고 뒤에서 지켜보겠다는 거였다. 이미 여론이 들썩이기 시작했고 진희와 영미는 마녀사냥의 제단에 올랐다. 게다가 지금 내 곁에는 현민이까지 있었다. 그러니 영미도 섣부른 행동을 하지는 못할 터였다.

— 그래, 쇠뿔도 단김에 뺀다고 너 오늘 무릎 꿇고 불꽃 싸대기 49대만 맞아보자.

혜정이가 으름장을 놓았다. 물론 영미가 그 말을 들었을 리 없었다. 그런데 그 애가 꽃다발을 침대 옆 서랍장 위에 올려놓더니 내 앞에 무릎을 꿇었다.

"미안해, 나린아. 니가 그렇게 힘든 줄 몰랐어."

— 뭐, 뭐야, 이거. 무릎 꿇기가 요새 트렌드야? 안나린, 조심해. 이년 이거 분명히 노림수가 있어. 언제 통수 칠지 모르니까

조심해.

혜정이의 귀띔대로 나 역시 영미의 행동이 진심에서 우러난 사과라고는 생각하지 않았다. 나도 그랬으니까. 가만, 나도 그랬다……?

"안나린, 아까는 내가 미쳤었나 봐. 진심으로 사과할게. 니가 뭐라고 하든 달게 받을 각오로 여기까지 왔어. 그러니 날 용서하지 말아 줘."

영미가 내 앞에 머리를 조아리며 울먹였다. 막 여론이 들끓는 시점이었다. 이 시점에 내 병실에까지 찾아와 오늘 내가 저희에게 했던 방식을 그대로 따라 하는 행동이 진심일 리 없었다. 꿍꿍이가 있었다.

— 니들이야말로 눈에는 눈, 이에는 이라 이거냐? 하이고, 같잖아서 원.

혜정이가 콧방귀를 뀌었다. 그때 영미가 나를 흘끔 올려다보았다. 안경 너머로 드러난 눈빛이 매섭게 번뜩였다. 역시 함정이었다. 내 손목이 뒤로 홱 젖혀졌다. 내 의지와 상관없는 행동이었다. 내가 아이들이 지켜보는 앞에서 염력으로 저희에게 골탕 먹였으니 저희도 같은 식으로 나를 궁지에 빠뜨리겠다는 속셈일 터였다.

내 손이 영미의 얼굴로 날아가려던 순간, 혜정이가 끼어들었다. 정확히는 마녀 인형이 염력으로 내 손바닥을 붙들었다.

— 오호, 내가 막았어! 490그램이 49킬로그램에 달린 손을 막았어! 이야, 이건 기적의 미러클이야.

혜정이가 환호했다. 이번에는 내 다리가 움직였다. 하지만 조금 전과 달리 나도 무방비가 아니었다. 영미에게로 뻗어가려던 다리를 재빨리 거두어들였다. 그 애의 염력은 집요하게 내 몸 여기저기로 달려들었고 나는 침착하게 하나하나 뿌리쳤다. 눈에 보이지 않는 염력과 염력의 알력다툼으로 우리 사이의 공기가 팽팽하게 달아올랐다. 하지만 적어도 그 애보다는 내가 한 수 위였다. 일이 제 뜻대로 풀리지 않자, 영미의 얼굴이 벌겋게 달아올랐다.

"지금 뭐 하시는 거예요?"

어느새 병실 문가로 다가간 현민이가 문 너머에 외쳤다. 그 바람에 영미와 나 사이의 줄다리기가 힘을 잃고 스르륵 풀어졌다.

"아, 아니, 안에서 싸우는 소리가 나는 거 같길래……."

살짝 열린 문틈으로 웬 남자 하나가 황급히 스마트폰을 거두며 변명하더니 뒷걸음질 쳤다.

"누구신데요?"

"아, 나는 저기, 아는 형님이 요 옆 병실에 입원해서 문병 왔다가……."

남자가 말끝을 흐렸다. 현민이가 남자의 손목을 붙들었다.

"요 옆 병실 몇 혼데요?"

"요 바로 옆에 옆인데…… 몇 혼진 기억이 안 나네. 근데 학생, 어른한테 말투가 좀 그러네? 어? 이거 안 놔?"

남자의 목소리가 험악해졌다. 현민이에게 붙들린 손목을 비틀며 실랑이를 벌이던 그의 바지 뒷주머니에서 지갑이 툭 떨어졌다. 거기서 명함 하나가 비죽 튀어나왔다.

"어?"

당황한 남자가 황급히 그 명함을 주우려 했지만, 현민이가 더 빨랐다. 명함을 집어 든 녀석이 명함의 직함을 또박또박 읽었다.

"홍주일보 사회부 김길회 기자님. 기자시면 법 쪽으로는 더 잘 아시겠네요. 당사자의 동의 없는 도촬은 법적으로 처벌받는다는 거……."

"도촬은 무슨……. 싸우는 소리 같은 게 나서 지나가다 찍었다니까?"

"싸우지도 않았고, 당사자가 찍히길 바라지도 않았으니 그 영상, 당장 지우시죠."

"뭐? 어린놈이 보자 보자 하니까……. 너 몇 살이야?"

서슬 퍼런 눈으로 현민이를 노려보던 그의 눈빛이 돌연 흐릿해졌다.

"아, 이거, 미안하게 됐네. 내가 실수했으니 지울게."

순순히 꼬리를 내린 그가 자신의 스마트폰을 만져 동영상을 지웠다. 그를 돌아보던 영미의 얼굴에 낭패감이 어렸다. 그 애와 눈이 마주친 기자가 슬그머니 시선을 다른 데로 피했다. 그제야 알 듯했다. 기자와 영미 사이에 사전 모의가 있었다는 사실을…….

― 그러네. 요년이 진작 기레기 하나 섭외해서 불렀고만. 병

실 앞에 대기 타고 있다가 타이밍 봐서 찍고 기사 내라고……. 하, 요망한 년, 섭외를 하려면 티나 안 나게 하든가.

"그럼 더운데 수고들 해."

지갑을 챙긴 기자가 현민이의 손에서 명함을 낚아채더니 허둥지둥 꽁무니를 내뺐다.

"아, 씨, 뭐야. 도가니 개아퍼."

영미가 정색하며 고개를 빳빳이 쳐들고 자리에서 일어섰다. 그 애가 다리를 풀며 본색을 드러냈다.

"든든하겠다, 안나린? 똑똑한 남친 둬서……."

— 넌 어쩌냐? 멍청한 게 똑똑한 남친도 없어서…….

"언니, 누구 왔다 가는 거 같더라? 아는 사람이야?"

병실 문을 열고 들어서던 나은이가 영미를 발견하고는 인사를 건넸다.

"어, 언니 친군가? 안녕하세요."

영미가 인사도 받지 않고 나은이를 위아래로 훑었다.

"안나린, 난 간다. 꽃다발 잘 보관해. 혹시 알아? 나중에 너나 니 동생 영전에 쓰게 될지……."

"뭐?"

그 말에 아연실색해 서랍장 위의 꽃다발을 돌아보았다. 그 애가 들어올 때는 대충 봐서 몰랐는데 이제 보니 흰 국화였다.

협박이었다. 전에 진희가 했던 말이 귓가에 속삭인 듯 되살아났다. 너한테 가장 소중한 사람이 죽는다는 말.

— 저런 사이코패스를 봤나. 문병 오면서 국화를 들고 와?

오냐, 잘 놔뒀다가 니 영전에 놔주마!

혜정이가 씩씩댔다. 뒤쫓아 나가려는 나를 현민이가 말렸다.

"놔 둬, 상대할 가치 없어."

— 그래, 안나린. 저렇게 살다 죽게 놔 둬. 어차피 내가 저 요
망한 년 하는 짓거리를 싹 다 찍어놨으니까.

뭐? 혜정이의 말에 어리둥절해져서 돌아보았다. 가습기 위
에 비스듬히 세워진 전화기에 조금 전 상황이 동영상으로 고
스란히 녹화되어 있었다.

"세상에……."

— 어때? 내 순발력도 이만하면 쓸 만하지?

혜정이가 으스댔다. 쓸 만한 정도가 아니라 내게는 천군만마
만큼이나 든든할 정도였다. 둘 다 고마웠다. 덕분에 기자를 사
주해 나를 매도할 영상을 찍어 여론을 뒤집고, 나은이를 빌미
로 나를 위협할 작정으로 병실을 찾았던 영미는 본전도 못 찾
고 달아났다.

그날 밤, 한사코 마다하는 현민이를 기사 아저씨의 장례식장
으로 보냈다.

"그분 그렇게 되신 데에는 내 책임도 있잖아. 그러니 가 봐.
난 괜찮아. 오늘은 나은이가 함께 있으면 되고……. 원래 같으
면 나도 가 봐야 하는데……."

담당 의사도 최소한 하루는 더 안정을 취해야 한다고 했고,
현민이와 나은이도 그 말에 적극 동의했다. 그래도 이 정도면
5층 옥상에서 떨어져 죽었다 살아난 사람치고는 말짱한 셈이

었다. 내가 죽었다 살아난 줄은 현민이와 나, 혜정이 말고는 아무도 몰랐지만……

"같이 있을래."

솔직히 현민이가 그렇게 말했을 때 살짝 설레기는 했다.

— 안나린, 이럴 땐 그냥 못 이기는 척해. 자꾸 괜찮다고 하면 남자들은 진짜 괜찮은 줄 안다니까?

혜정이가 옆에서 귀띔했을 때 솔깃했지만, 초인적인 의지로 현민이의 등을 밀어냈다.

"얼른 가. 얼른!"

내 성화에 못 이긴 현민이가 막상 병실을 나가자 가슴 한편이 휑했다. 지금에라도 다시 부르고 싶었지만 내 욕심만 차릴 때가 아니었다.

"언니, 걱정 말고 오늘은 푹 자. 내가 밤을 새우더라도 지켜 줄 테니까."

그렇게 큰소리를 떵떵 쳤던 나은이는 10시가 되자 꾸벅꾸벅 졸기 시작했다.

"아아, 이상하게 머리가 아프고 졸리네. 언니, 나 30분만 잘 테니까 깨워 줘? 꼭 깨워야 해."

10시 30분이 되자 그렇게 말한 그 애는 아예 침대에 한 자리를 차지하고 누웠다. 이내 코까지 골며 곯아떨어진 나은이를 가만히 내려다보았다.

— 애는 애다. 이 난리에도 잠이 오는 걸 보면……

"얘가 나한테 무슨 일이 있었는지 알겠어? 모르는 게 약이지, 뭐."

— 그나저나 영미 고년, 어디서 뭐 하고 있나 함 봐 봐. 고년 말본새를 보니까 조만간 한 건 하게 생겼더라.

혜정이의 말에 눈을 감고 영미를 떠올렸다. 옥상이었다. 난간에 기대어 서 있는 품으로 보아 당장 투신이라도 할 태세였다. 주위를 둘러보니 병원 간판이 보였다. 내가 입원해 있는 병원이었다.

— 왜? 왜? 뭐가 보이는데?

혜정이가 물었다.

"영미가 병원 옥상 난간에 서 있어."

— 하, 고년 진짜 별 생쇼를 다 하네. 무릎 꿇기 훼이크로 안 되니 이번에는 투신자살 퍼포먼스라도 하려는 거야, 뭐야. 안 나린이 했던 건 다 따라하네.

침대에서 내려섰다.

— 어떻게 하려고? 가 보려고?

"어, 느낌이 안 좋아."

— 그년 지금 생쇼하는 거라니까? 너도 해 봐서 알잖아.

"생쇼든 뭐든 하필 이 병원 옥상에서 그러고 있단 게 찝찝해."

— 찝찝하긴……. 고년이 다른 데도 아니고 여기서 왜 그러고 있겠어? 너 엿 먹이려고 부리는 수작이란 거에 내 오르골과 고깔모자와 리본까지 건다.

혜정이의 말이 맞을 듯했다.

"넌 여기에 있다가 혹시 무슨 일 생기면 나한테 알려 줘."

— 글쎄, 우리 텔레파시가 옥상까지 통할까?

"통해야지."

병실을 나와 엘리베이터를 타고 꼭대기 층으로 올라갔다. 옥상 철문은 잠겨 있지 않았다. 어쩌면 영미가 잠긴 철문을 열고 나갔을지도 몰랐다. 문을 당기자 녹슨 철문이 신음하며 열렸다. 널찍한 옥상이 눈앞에 펼쳐졌다. 무연타워 옥상에 올랐던 날 밤의 상황이 꼭 이랬다. 멀찌감치 옥상 난간에 기대고 선 영미가 보였다.

"거기서 뭐 해?"

내가 묻자 영미가 대답했다.

"기다렸지, 널……."

"내가 올 줄은 어떻게 알고?"

"진희가 그러더라? 내가 여기에 있으면 니가 알아서 찾아올 거라고……."

어쩌면 아까 카페에서 진희가 영미에게 호루스의 눈을 두고 귀띔했는지도 몰랐다.

"여기서 나랑 뭐하게?"

"옛말에 삼세번이라고 있잖아. 너 말이야, 무연타워에서도, 학교 옥상에서도 살아난 게 용해서……. 그 운이 세 번씩이나 통할지 궁금한 거 있지."

"지금 여기서 한번 붙어 보자 이거야?"

"말하자면 그래. 보는 사람도, 카메라도 없으니까……."

영미가 팔을 뻗어 내게로 쭉 내뻗었다. 내 몸이 붕 떠올랐다가 옥상 철문 옆 벽에 부딪혔다. 헉 소리가 터지고 눈앞이 아득해졌다. 영미가 손을 쑥 끌어당겼다가 또 한 번 쭉 뻗었다. 내 몸이 앞으로 홱 엎어졌다가 다시 철문으로 나가떨어졌다. 현민이 덕분에 꽤 나아지기는 했지만, 머리의 상처가 아직 아물기 전이었다. 연이은 충격에 눈앞이 핑 돌고 머리가 깨질 듯했다.

"기분이 어때? 아까 날 갖고 놀 땐 좋았지?"

영미가 히죽대며 손가락을 튕겼다. 뒤통수가 벽에 쿵 부딪혔다. 이명이 머릿속을 뒤흔들었다.

"나은이랬지? 너 다음엔 니 동생년이야, 알아?"

그 말은 하지 말았어야 했다. 역린을 건드리는 탓에 정신이 번쩍 들었다. 그 애에게 손을 뻗었다. 내게로 다가들던 염력과 부딪치는 느낌이 들었다. 이를 악물고 손을 앞으로, 앞으로 내뻗었다. 내게 달려들던 힘이 점점 뒤로 밀렸다. 내 기세에 떠밀린 영미의 몸이 허공에 붕 떠올랐다. 옥상 너머로 날아가던 그 애가 간신히 난간을 붙들었다. 힘겹게 대롱거리는 그 애를 향해 말했다.

"내가 묻고 싶은 말이야. 너희 둘이 작당해서 날 갖고 놀 땐 좋았지? 그거 하나만 기억해 둬. 나의 불행에도 이유가 있지만, 너의 불행에도 이유가 있는 거야. 마지막으로 경고하는데, 나은이 건드리면 너희도 죽어."

그렇게 말하고 돌아섰다. 두렵지 않았다. 내게는 호루스의 눈이 있었으니까. 호루스의 눈으로 영미를 내려다보았다. 그 애가 난간을 타 넘더니 옥상 바닥에 널브러지며 가쁜 숨을 헐떡였다. 그러다 몸을 벌떡 일으켜 한 손을 뻗고 달려들었다. 그 애가 나를 덮치기 직전, 있는 힘껏 염력으로 허공을 떠밀었다. 다시금 붕 떠올랐던 영미의 몸이 아예 날아갔다.

옥상 난간 너머로…….

24. 마녀의 소원

　병원 건물은 6층이었다. 옥상부터 지상까지의 높이는 대략 20미터였다. 영미는 눈을 부릅뜨고 입을 쩍 벌린 채 아래로 곤두박질했다. 그 광경을 호루스의 눈으로 뒤쫓았다. 아래로 곤두박질하는 동안 그 애는 비명도 지르지 못했다. 나처럼 임기응변으로 벗어날 엄두도 내지 못하고 속수무책으로 떨어질 뿐이었다.

　"엄마, 살려 줘!"

　병원 화단에 처박히기 직전, 영미의 입에서 그 말이 터져 나왔다. 아마도 죽음을 직감했을 터였다. 어쩌면 주마등이 눈앞을 스쳤는지도 몰랐다. 밑으로 손을 뻗었다. 염력이 호루스의 눈으로 쏟아져 나갔다. 영미를 순식간에 따라잡은 힘이 인형 뽑기의 기계 손처럼 영미를 낚아챘다. 보이지 않는 번지점프 줄이 발목을 붙든 듯 추락 속도가 확 줄어들더니 화단에 부딪히기 직전, 허공에 멈췄다.

"헉……."

영미가 외마디 탄성을 터뜨렸다. 호루스의 눈으로 주위를 휘둘러보았다. 영미가 떨어진 곳이 병원 건물 뒤편이라 주위에 목격자는 없었다. 다행이었다. 웬 여자애가 옥상에서 밑으로 떨어지다 바닥을 불과 한 뼘 정도 남겨두고 허공에 멈추는 광경을 봤다면 누구든 기절초풍했을 터였다. 다시 영미를 위로 끌어올렸다. 번지점프 줄의 반동으로 튀어 오른 듯 영미의 몸이 다시금 위로 솟구쳤다. 1층에서 2층으로, 3층을 지나 4층으로…….

"어, 어어!"

영미가 어찌할 바를 모르고 몸을 허우적거렸다. 이윽고 옥상 난간 너머로 영미가 붕 떠올랐다. 되돌아서서 그리로 다가가 물었다.

"말해, 진희랑 뭘 짰는지…….."

이 병원 옥상에 CCTV나 목격자가 있다 해도 상관없었다. 애초에 여기서 죽일 생각까지는 없었으니까. 이 일이 진희의 함정일 줄 알면서도 일부러 옥상으로 올라왔다. 두 가지 때문이었다. 영미와 결판을 내는 동시에 영미와 진희의 음모를 캐낼 작정이었다.

"내려 줘. 나…… 고소공포증 있단 말이야."

영미가 가까스로 말했다. 떨리는 목소리였다.

"그래? 그럼 더 잘됐네."

손을 밑으로 까딱이자 영미의 몸이 위태롭게 출렁거렸다.

"아 씨, 뒈지겠네. 너 내가 내려가기만 해 봐. 진짜 확⋯⋯."

"확 뭐? 한 번 더 내려줄까?"

손을 한 뼘쯤 내리자 영미의 몸이 한 층 밑으로 내려앉았다.

"아냐, 말할게! 그러지 마. 다 말할게. 제발 내려 줘, 내가 이렇게 빌게. 제발⋯⋯."

영미가 손을 모아 싹싹 빌었다. 한때 그토록 나를 괴롭혔던 아이가 저렇게 비굴해진 꼴을 보니 후련하기도 하고 한편으로는 씁쓸하기도 했다. 그 애를 번쩍 끌어올려 난간 안쪽으로 내려놓았다. 옥상 바닥에 자빠져 가쁜 숨을 헐떡이던 영미가 헛구역질까지 했다. 만감이 교차하는 심정으로 바라보다 멈칫했다. 앞 건물의 대형 광고판 불빛에 비친 그 애의 팔이 어쩐지 이상했기 때문이었다. 팔과 손등이 얼룩덜룩했다. 옅은 자줏빛 반점들이었다. 조금 전 나와 벌인 염력 싸움이나 추락으로 생긴 멍이라 보기에는 그 모양새가 꺼림칙했다.

영미가 고개를 들었다. 얼굴도 보랏빛이었다. 아까 병실에 찾아왔던 몇 시간 전만 해도 눈에 띄지 않았던 이상 증상이었다. 난간 너머에서 바람이 불어오자 불쾌한 냄새까지 풍겨왔다. 오래전, 앞집에 세 들어 살던 할머니가 돌아가신 적이 있었다. 독거노인이라 한동안 아무도 그 사실을 몰랐다가 나중에야 사람들이 발견했는데 그 이유가 바로 악취였다. 시체에서 풍기는 썩은 냄새. 그러고 보니⋯⋯. 저 반점들이 시반은 아닐까. 죽은 사람에게 생기는 옅은 자주색 반점. 경계를 늦추지 않으면서도 뜯어보았다. 확실히 이상했다.

"내 얼굴에 뭐 묻었어?"

그 애가 나를 올려다보며 물었다. 그 목소리도 성대에 지푸라기가 낀 듯 갈라졌다. 내 착각일까, 아니면 혹시…….

"허튼짓, 생각도 하지 마. 이번에는 진짜 보내 버릴 테니까."

머릿속에 피어오른 의혹을 털어내려고 목청을 높여 으름장을 놓았다.

"알았다고…….'

영미가 고개를 쳐들고 쩔쩔맸다. 이제야 제 능력으로는 역부족이라는 사실을 뼈저리게 알아차린 듯했다.

"말해 봐."

내가 묻자 영미가 히죽히죽 웃기 시작했다. 삐에로처럼 웃는 얼굴이 기괴했다.

"뭐야, 지금 웃음이 나와?"

"그냥 좀 웃겨서…….'

영미는 터져 나오는 웃음을 억누르는 듯 킥킥대기까지 했다.

"뭐가 웃긴데?"

물었지만 그 애는 대답하지 않고 얼굴을 바닥에 처박고 킥킥대기만 했다.

"묻잖아, 뭐가 웃기냐고."

그제야 영미가 고개를 들고 대답했다.

"아니 그냥……. 진희 말대로 착착 돌아가는 게…….'

"진희 말대로? 걔가 뭐라 그랬는데?"

"내가 여기 있으면 니가 올라올 거고, 내가 공격하면 너도 반격할 건데 죽이진 않을 거랬어. 그리고 자기랑 무슨 얘길 했는지 꼬치꼬치 캐물을 거라고……."

뜨끔했다. 그 마녀가 머리 꼭대기에 앉아 몇 수를 훤히 내다보는 듯했다.

"그리고 또 뭐라고 했어?"

"내가 여기서 널 붙잡고 있는 동안 할 일이 있댔어."

날 붙잡고 있는 동안 할 일? 그 말에 심장이 얼어붙었다. 그때 귓가로 혜정이의 목소리가 들려왔다.

— 안나린!

절규에 가까운 외침이었다.

"무슨 일이야!"

외침은 이내 비명으로 바뀌었다.

— 엄마아아!

눈을 질끈 감고 혜정이를 떠올렸다. 호루스의 눈이 내 병실을 비추었지만 캄캄해서 아무것도 보이지 않았다. 무슨 일이 생겼다. 자리를 박차고 돌아서서 철문 너머로 뛰어들었다. 계단을 서너 개씩 건너뛰다 발목을 접질렸지만 절뚝이면서도 내달렸다. 엘리베이터 앞에 다다라 미친 듯이 버튼을 눌러댔다. 몇 초도 안 되는 그 시간이 며칠은 되는 듯했다. 6층에 다다른 엘리베이터 문이 채 열리기도 전에 뛰어들다 문에 어깨를 부딪쳤다. 아픈 줄도 몰랐다. 3층과 닫힘 버튼을 두들겼다.

— 내려갑니다.

자동 안내 음성이 흘러나오고, 엘리베이터가 3층으로 향하는 그 몇 초도 기나길기는 매한가지였다. 눈을 감고 나은이를 떠올렸다. 흥분과 긴장 때문인지 정신 집중이 되지 않았다.

엘리베이터 문이 열리자마자 뛰쳐나가려다 그 자리에 얼어붙었다. 엘리베이터 로비에 서 있던 진희가 나를 기다렸다는 듯 빙글거리며 손을 흔들었다.

"나린아, 어디 갔다 와. 한참 찾았는데……."

"너지?"

내가 다가들며 묻자 그 애가 눈을 동그랗게 뜨고 순진무구한 표정을 지어 보였다.

"뭐가?"

"혜정이가 부른 거. 너 때문이잖아."

"죽은 애가 누굴 불렀는데? 너? 넌 어디서 뭐 하다 오는데?"

아무것도 모른다는 얼굴이었다. 그 얼굴에 침을 뱉고 싶은 충동을 가까스로 억눌렀다. 지금은 혜정이와 나은이의 안위가 더 중요했다.

"시치미 떼지 마. 영미가 다 말했으니까."

"아아, 영미? 걔 아직도 살아 있어?"

"왜, 내가 죽였을까 봐?"

그 애가 피식 웃으며 고개를 가로저었다.

"아니, 안 그래도 어차피 걘 이미 죽은 목숨인데, 뭐."

그 말에 옥상에서 봤던 영미의 이상 증상이 떠올랐다.

"그건 또 무슨 말이야?"

"모든 일에는 대가가 따른다 이 말이지."

소원의 대가……?

"대가가 왜 이제야……."

"잠깐 늦춰진 거뿐이야, 누구 때문에. 근데 걔가 완전히 등을 돌렸으니 다시 톱니바퀴가 돌아가기 시작한 거지. 대가의 톱니바퀴……."

현민이를 말하는 듯했다. 영미가 현민이의 영향권 안에 있어서 한동안 소원의 대가가 작동하지 않았는데 현민이가 내게 돌아오면서 대가가 들이닥쳤다는 뜻일까.

그간의 정황과 진희의 말로 미루어보면, 영미가 빈 소원의 대가는 죽음이었다. 이미 영미는 신축 공사현장에서 한번 죽었다 살아났다. 그게 대가였다면 영미는 그때 죽었어야 했다. 만일 다시 대가가 닥치기 시작했다면……. 영미에게 나타난 이상 증상이 무엇인지도 분명해졌다.

"너 정말……."

눈앞의 마녀를 보며 말을 잇지 못했다. 여태껏 제 편이었던 영미마저 소원의 제물로 내팽개치는 품을 보니 내 앞의 마녀는 말 그대로 냉혈동물이었다.

"됐고, 혜정인 어떻게 했어?"

"무슨 말이야, 난 너 문병 왔다가 아무도 없어서 가려던 참인데……."

"아무도 없다고?"

진희가 어깨를 으쓱했다.

"너 가지 말고 거기 그대로 있어."

병실로 향하려던 순간, 그 애가 내 손목을 붙들었다.

"나린아, 잠깐만⋯⋯."

몸을 움직이려는데 뜻대로 되지 않았다. 메두사의 눈과 마주친 사람처럼 온몸이 굳어 옴짝달싹할 수가 없었다. 현민이가 나를 되살린 후로 내 염력은 한층 더 강해졌다. 하지만 진희의 염력은 여전히 나보다 한 수 위였다. 진희가 가까이 다가와 내 귓가에 속삭였다.

"누가 죽든 결판내야 해."

"결판? 여기서 한번 붙어보자 이거야?"

내가 묻자 그 애가 고개를 가로저었다.

"여긴 사람이 너무 많잖아."

그 말이 맞았다. 주위에 오가는 사람이 너무 많았다.

"참, 내가 전에 말 안 했지?"

그 애가 집게손가락을 튕겨 딱 소리를 냈다.

"무슨 말?"

"중도 제 머리를 못 깎는단 말⋯⋯."

"무슨 헛소리야?"

"마녀의 소원."

"마녀의 소원?"

"어, 깜박하고 말 안 한 거 같아서. 마녀도 거울 보면서 자기 자신한테 소원을 빌 수 있거든. 딱 한 번만이지만⋯⋯."

"그 얘길 왜 지금 나한테 하는데?"

진희가 빙글거렸다.

"글쎄, 아마도 니가 소원을 빌고 싶어질 일이 있을 거 같아서……."

소원을 빌고 싶어질 일? 건드렸다. 이 마녀가 내 소중한 아이들을 건드렸다. 그렇지 않고서야 저런 말을 지껄일 이유가 없었다. 머리끝까지 살의가 치밀었다. 마음 같아서는 여기서 당장 진희와 끝장을 보고 싶었다. 하지만 지금은 병실에 두고 온 혜정이와 나은이가 무사한지부터 확인해야만 했다.

"아, 맞다, 맞다. 내 정신 좀 봐. 제일 중요한 걸 빼먹었네."

대꾸도 없이 노려보자, 마녀가 또박또박 덧붙였다.

"마녀의 소원을 빈 마녀는…… 더는 마녀가 아니게 돼."

"닥쳐!"

몸을 뒤척여 가위눌림에서 깨어나듯 그 외침으로 몸의 결박을 풀어냈다. 로비를 오가던 사람들의 시선이 우리에게 쏠렸다. 그러든 말든 진희에게 다가들어 마녀를 노려보았다.

"털끝 하나라도 건드렸기만 해, 너야말로 소원을 빌어야 할 거야. 제발 살려 달라고……."

* * *

"안나은!"

닫힌 병실 문을 벌컥 열고 들어서며 외쳤다.

'왜? 벌써 30분 지났어?'

나은이가 그렇게 물으며 부스스 일어나기를 빌었다.

'놀랐지? 헤헤, 안나린, 니가 하도 안 와서 얼른 오라고 내가 장난 좀 쳤어.'

혜정이가 와락 안겨들며 그렇게 말해 주기를 바라고 또 바랐다. 하지만 바람은 그저 바람일 뿐이었다. 병실은 어두컴컴하고, 인기척이 없었다.

"오혜정!"

혜정이도 대답이 없었다. 벽을 더듬어 불을 켰다. 병실 안의 광경이 드러난 순간, 자리에 털썩 무너져 내렸다. 텅 빈 침대보다 난장판이 된 바닥이 먼저 눈에 들어왔다. 내장처럼 쏟아져 나온 솜이 바닥 여기저기를 뒹굴었다. 온몸이 찢겨 수십 개로 조각난 마녀 인형의 잔해가 바닥에서 바르르 떨었다. 염력으로 잔해를 내 앞으로 쓸어 모은 뒤, 그나마 온전한 머리와 망가진 오르골을 주워들었다.

"혜정아……. 오혜정!"

― 안나린…….

혜정이가 띄엄띄엄 말했다. 단말마에 이른 듯했다.

― 미안해, 나린아……. 나은이…… 내가 지켜주려고 했는데…….

"말하지 마. 괜찮아, 괜찮을 거야."

― 나은이……. 마스크맨이…….

"마스크맨?"

그 개자식이 또 왔다 갔다고? 나머지 정황은 말하지 않아도 알 듯했다. 놈이 나은이를 데리고 갔다. 온몸이 바들바들 떨렸다. 심호흡을 여러 번 하고 눈을 감았다. 흐트러지는 정신을 초인적인 인내력으로 다잡으며 나은이를 떠올렸다. 순식간에 홍주 시내를 관통한 호루스의 눈이 도로를 질주하는 구급차로 다가들었다. 구급차 뒤의 들것에 누운 나은이가 보였다. 잠든 듯 눈을 감은 걸 보니 납치 과정에서 마취제나 마취 주사라도 맞은 모양이었다.

운전석의 놈에게 손을 내뻗어 염력을 쓰려 했지만, 강력한 힘이 앞을 가로막았다. 진희의 염력이었다.

— 안나린…….

혜정이의 목소리에 눈을 번쩍 떴다.

— 불로불사란 거…… 역시 꿈이었나 봐. 이렇게라도…… 영원히 살 줄 알았는데…….

"말하지 말라고, 이 바보야."

눈물이 쏟아졌다.

— 미안해, 정말로……. 널 저주해서…….

"미안하긴 뭐가 미안해."

— 그리고 끝까지 너랑…… 함께하지 못해서…….

"아냐, 너 괜찮을 거야. 자꾸 이상한 소리 하지 마."

— 그동안…… 너랑 함께하면서 행복했어.

"하지 말라니까?"

— 고마워. 널…… 사랑하게 해 줘서…….

부서진 오르골의 바늘이 두어 번 금속판을 건드려 멜로디를 내려다 뚝 멎었다. 내 손에서 마녀 인형의 머리가 굴러떨어졌다. 뭔가 병실 유리창에 잇달아 부딪치며 낮은 소리를 내기 시작했다. 비였다.

"오혜정."

대답이 없었다.

"장난치지 마."

그래도 대답이 없었다.

"혜정아……."

혜정이를 친구라 생각한 적은 한 번도 없었다. 그 애가 마녀 인형에 깃들기 전까지는……. 그 애는 내가 전학 오던 날부터 나를 따돌렸고 나와 마주칠 때마다 적대감 가득한 눈빛을 보냈다. 우리가 친해질 확률은 로또 1등에 세 번 당첨될 확률보다 낮았다. 그랬던 우리가 세상에 둘도 없는 동반자가 되었다. 이제 그 애는 내 모든 고충을 알고 이해하는 유일한 친구였고 함께 울고 웃는 길동무였다. 만일 그런 일이 없었더라도 우리가 절친이 되었을까?

— 절대 아니라는 데에 내 오르골과 고깔모자를 건다!

걸핏하면 허세를 부리던 그 애의 목소리가 귓가를 스쳤다. 환청이었다. 염력으로 그러모은 잔해 위에 눈물이 떨어졌다. 마당 구석에 쓸어 모은 낙엽 위로 떨어지는 빗방울처럼……. 혜정이의 말을 들었어야 했다. 자리를 비우지 말았어야 했다. 영미가 옥상에서 무슨 짓을 하든 내버려 두었어야 했다.

도대체 내가 왜 그랬을까. 진희의 손아귀에서 번번이 놀아

나면서도 그 애의 수를 훤히 꿴 줄로만 알았다. 오만하기 그지없는 생각이었다. 수를 훤히 꿴 장본인은 오히려 진희였는데……. 그 마녀의 눈에 내가 얼마나 우스워 보였을까.

뜨거운 덩어리가 목구멍으로 치밀었다. 그 덩어리를 쏟아내듯 병실을 뛰쳐나왔다. 내가 엘리베이터 앞 로비에서 진희와 마주치고 병실에 오기까지 채 1분도 걸리지 않았다. 병실에서 여태까지 보낸 시간은 끽해야 5분. 멀리는 못 갔을 터였다. 복도를 달려 엘리베이터 앞에 다다랐다. 마녀는 온데간데없었다. 엘리베이터는 1층에 내려가 있었다. 눈을 감고 마녀를 떠올렸다. 마녀 대신 천장에서 떠 있는 '흑눈'이 보였다. 마녀의 호위무사.

"꺼져 버려!"

손을 뻗어 염력으로 어떻게든 치우려 했지만, 사람이나 사물과 달리 놈은 손끝에 닿지도 않았다. 1층으로 내려가도 이미 병원을 뜨고 없을 가능성이 컸다. 괜한 헛걸음으로 시간을 보내느니 차라리 마스크맨의 뒤를 쫓는 편이 나을지도 몰랐다. 진희와 마스크맨이 한패라면 어디서든 합류할 테니까. 안내대로 가서 간호사에게 물었다.

"혹시 구급차 도난당한 거 없는지 확인 좀 해 보실래요?"

"네? 무슨 일 때문에 그러시는데요?"

"제 동생이 병실에서 없어졌는데 누가 납치해서 구급차에 억지로 태우는 걸 본 사람이 있대요. 확인해 보시고 경찰에 신고 좀 해주세요."

그렇게 일러두고 병실로 돌아왔다. 병원 나서기 전에 마녀
인형을 수습해야만 했다.

"오혜정……."

손을 뻗어 인형의 잘린 팔을 어루만졌다. 흰 헝겊으로 된 팔
은 새끼손가락 크기 정도밖에 안 되었다. 그 애가 진희에게 문
구용 칼로 난도질당했을 때 꿰맨 실밥이 손끝에 닿았다. 그 사
이로 비죽 튀어나온 솜이 너무도 애처로워서 설움이 북받쳤
다. 기왕 꿰매는 김에 더 촘촘히 꿰매줄걸. 그 잔해에 얼굴을
묻고 흐느꼈다. 나중에는 아예 엉엉 울었다. 온몸의 물기가 몽
땅 눈물로 쏟아져 나오는 듯했다. 간호사가 달려와서 내 어깨를
흔들며 뭐라고 물었지만 아무 소리도 귀에 들어오지 않았다.

내가 소원을 빌고 싶어질 거라던 말의 의미가 이제야 뚜렷
해졌다. 자리에서 벌떡 일어섰다. 빗방울이 송송 맺힌 병실 유
리창에 내 얼굴이 비쳤다. 진희는 마녀도 딱 한 번 자신의 소원
을 빌 수 있다고 했다. 그것이 마녀의 소원이라 했다. 혜정이를
되살릴까? 하지만 첫 번째 소원을 빌던 날, 진희가 일러준 제
약이 기억났다.

누굴 죽게 해 달라거나 이미 죽은 사람을 살아나게 해 달라는 소
원도 안 돼. 난 신이 아니니까.

그 애도 하지 못한다면 나 역시 마찬가지 아닐까. 그 사실을
뻔히 아니까 내게 마녀의 소원을 귀띔해 주었겠지. 나를 놀리

려고……. 그런데 혜정이가 진희에게 빌었다던 두 번째 소원을 뜯어보니 어쩐지 미심쩍었다.

해 볼 테면 해 보란 식이길래 나도 까짓것 될 대로 되란 마음으로 빌었지. 불로불사 하게 해 달라고…….

그 소원으로 인해 혜정이는 인형에 깃든 신세가 되었다. 어떻게 해석하느냐에 따라 의미가 달라질 소원이기는 했다. 그래도 혜정이가 인형에 깃들게 된 과정을 보면 그 소원이 '누굴 죽게 해 달라거나 이미 죽은 사람을 살아나게 해 달라는 소원'과 아예 동떨어진 소원은 아니었다. 게다가 그 소원이 제대로 이루어졌다면 혜정이는 이런 일을 겪고도 살아남았어야 했다. 혹시 소원 성취 체계에 오류나 모순이 있는 건 아닐까. 그럼 한번 판돈을 걸어볼 만하지 않을까. 하지만 그 말이 못내 마음에 걸렸다.

마녀의 소원을 빈 마녀는…… 더는 마녀가 아니게 돼.

밑져야 본전이 아니었다. 밑지면 끝장이었다. 마녀가 된 지금도 진희에게 쩔쩔매는 판국에 마녀의 힘을 잃고도 맞설 수 있을까. 서랍장 위의 스마트폰이 울렸다. 진희였다.
— 내 선물, 잘 받았어?
그 뻔뻔스러운 목소리에 진저리가 났다. 울화를 억누르며 말했다.

"경찰에 신고했어. 더 늦기 전에 나은이 데리고 와."

— 나은이? 나은이가 어디 갔는데?

"누가 모를 줄 알아? 니가 마스크맨 시켜 납치한 거. 병원 CCTV로 다 확인했어."

— 마스크맨이 누군지도 모르겠고 CCTV에 뭐가 찍혔는지도 모르겠지만 나랑은 관계없는 일이야. 정 못 믿겠으면 직접 확인해 보든가.

"혜정인 왜 죽였어?"

— 혜정이? 오혜정 말이야?

"그래, 네가⋯⋯."

차마 바닥의 잔해를 돌아볼 엄두가 나지 않았다.

— 너, 되게 이상하다. 진작 죽은 애를 왜 자꾸 들먹이는데?

"몰라서 물어? 혜정이, 너한테 소원 빌어서 마녀 인형에 들어간 거?"

— 뭐?

진희가 깔깔대기 시작했다. 그 애가 한참을 웃어대는 동안 심호흡을 하며 치미는 부아를 누르고 또 억눌렀다.

— 아, 진짜 눈물 나게 웃기네. 너 진짜 재미있다. 마녀 인형에 들어가긴 뭐가 들어가? 너 여태 혜정이가 거기에 들어갔다고 믿은 거야?

"그럼 뭔데?"

— 안나린, 너 정말 순진하구나. 걘 오혜정이 아니라 내 창작

품이야. 내가 만들어서 심어둔 프락치, 진희의 핸드메이드 소품. 내가 종일 아무것도 안 하고 호루스의 눈으로 너만 지켜볼 순 없으니 수시로 상황 보고하는 용도로 심어둔 거야. 어때, 그동안 말동무도 되고 좋았지?

"뭐?"

주위가 하얗게 바랬다가 어두워졌다. 번개가 지나가자 천둥이 대기를 뒤흔들었다. 병실 유리창을 때리는 빗줄기의 기세가 거칠어졌다.

"거짓말하지 마. 걘 너한테 두 번이나 죽을 뻔했어."

그 애는 교실에서 문구용 칼로 진희를 공격하다 백팩 속에서 난도질당했고 보건실에서도 진희를 공격하다 공중 분해될 뻔했다. 그때 진희는 분명 그 애를 제압하고 그렇게 말했다. "내가 널 이 정도라도 세상에 붙어 있게 해 준 건 니 지상목표를 이루란 뜻이었어. 안나린을 영원히 괴롭히고 싶다는……. 근데 넌 뭐야, 지금. 안나린이랑 죽고 못 사는 절친이 됐잖아. 너, 그렇게 안나린을 미워하던 오혜정 맞아?"라고.

─ 그 모든 게 연극이란 생각은 안 해 봤어? 아, 물론 걔가 날 닮아 연기를 잘하긴 했다만……. 나도 가끔 헷갈릴 정도였으니까.

거짓말! 혜정이의 엄마와 재회해 회포를 풀었던 날, 미주알고주알 털어놓았던 혜정이의 개인사는 어떻게 알아냈단 말인가.

"걔가 오혜정이 아니라면 어떻게 혜정이가 아니고선 모를 것들을 다 알고 있어?"

— 너, 마녀를 무시하는구나. 살짝 자존심 상하려고 그러네. 내가 인형 속에 혜정이의 일부분을 주술로 심어뒀어. 잘 살펴 봐. 그 속에 뭐가 있나.

그 속에 뭐가 있다고? 잔해를 모아둔 쪽으로 가서 뒤적였다. 있었다.

솜뭉치와 헝겊 조각 틈에서 자그마한 헝겊 주머니가 나왔다. 눈앞이 아찔해졌다. 주머니가 첫 번째 소원 의식 때 진희가 건 넸던 지니와 같은 재질이었다. 주머니 입구에 칭칭 감긴 붉은 실을 풀었다. 주머니 속의 내용물은 구깃구깃 접힌 종이였다.

— 꺼내 봐, 그 종이 속에 뭐가 들었나.

누렇게 바랜 낡은 종이였다. 어찌나 낡았는지 손끝이 닿을 때마다 조금씩 부스러질 정도였다. 종이를 펴자, 깨알 같은 글 씨가 빼곡한 본문이 드러났다. 찢어낸 책장인 듯했다. 본문 위 쪽에 익숙한 단어 하나가 보였다.

maleficarum

『말레우스 말레피카룸』의 책장 일부였다. 종이 사이에서는 새까만 인형이 나왔다. 자세히 들여다보니 머리카락 뭉치로 정교하게 만든 인형이었다. 손톱으로 된 두 눈과 입까지 붙어 있었다.

— 오혜정 거야. 니가 걔를 혜정이라 믿게 만들어 준 일등공 신이지.

『말레우스 말레피카룸』의 책장 일부와 혜정이의 신체 일부로 가짜 혜정이를 만들어냈다는 말이었다.

"이 인형은 동준이가 선물한 거였어."

— 그래서? 동준인 내 VIP고객이기도 해. 동준이한테 한번 물어봐. 그 인형 어디서 났는지…….

"좋아, 전부 사실이라 쳐. 그런데 인제 와서 왜 죽인 건데?"

— 쓸모가 없어졌으니까. 원래 소모품이란 게 그렇잖아, 쓸모없어지면 폐기하는 거. 걔가 너랑 오래 지내더니 좀 이상해졌더라고. 지가 진짜 오혜정인 줄 착각하고, 지가 진짜 너랑 단짝인 줄 착각해. 스톡홀름 신드롬인 건지……. 그래서 죽였어.

온몸이 부들부들 떨렸다.

"나한테 왜 이래? 내가 너랑 무슨 원수를 졌길래 이러는 거냐구."

— 넌 그 이유를 기억해내야 해. 그러라고 이러는 거야.

"내가 기억상실증에라도 걸렸단 말이야?"

— 궁금하면 그 이유를 기억해내도록 해. 그게 네 끝판 미션이야.

"네가 내 기억을 지웠지?"

진희는 대답하지 않았다. 혜정이도 가짜로 찍어내는 마녀라면 기억 지우는 정도쯤 어려울 리도 없었다. 혜정이의 추리대로 진희가 내 기억을 지웠다면 나와 친했던 유진이가 기억에 없는 이유도 설명된다.

"나은인 왜 데려갔어?"

— 나한테 묻지 말라니까? 정 궁금하면 마스크맨을 찾아보든가.

"걱정 마. 안 그래도 지금 당장 그놈한테 쫓아갈 거니까. 만일에 나은이한테 무슨 일 생기면 그놈도, 너도……."

진희가 전화를 끊었다. 다시 전화를 걸었지만, 전화기가 꺼져 있다는 안내 음성만 흘러나왔다. 그 자리에 털썩 주저앉았다.

"저 마녀가 한 말, 진짜야?"

눈앞의 잔해에 대고 물었지만 대답은 돌아오지 않았다. 죽은 자는 말이 없는 법이니까. 혜정이를 살려내지 않는 한, 대답은 영영 듣지 못할 터였다.

그러다 현민이에게 생각이 미쳤다. 현민이는 죽은 영미를 되살렸고 나를 살렸으며 심지어 본인도 사지에서 살아 돌아왔다. 현민이라면 가능하지 않을까? 눈을 감고 그 애를 떠올렸다. 검은 양복을 입고 기사의 영전에 절을 올리는 현민이가 보였다. 이 병원에서 그리 멀지 않은 장례식장이었다.

다시 눈을 감고 나은이를 떠올렸다. 나은이는 여전히 구급차 안의 이송용 침대에 누워 있었다. 가까이 다가가 귀 기울이니 그 애는 깊은 잠에 빠진 듯 옅게 코까지 골았다. 아직은 무사했다. 다시금 마스크맨에게 염력을 뻗어 보았지만, 이번에도 진희의 호위무사가 앞을 가로막았다. 마스크맨의 정체가 무엇인지는 몰라도 놈이 진희와 한통속임은 분명했다. 놈이 처음으로 내 앞에 나타나 황산 테러를 저질렀을 때 현민이의 교복 재킷에 생긴 호루스의 눈이 바로 그 증거였다.

그리고 오혜정. 만에 하나, 눈앞의 마녀 인형이 진희의 말대로 그 애가 심어둔 프락치였다 해도 상관없었다. 내게는 세상 누구보다도 소중한 친구였으니까. 그 애의 잔해를 내려다보며 다짐했다.

'살릴 거야, 널 꼭 살려내고 말 거야.'

그때 등 뒤에서 동준이의 외침이 들려왔다.

"안나린! 무슨 일이야?"

병실로 뛰어든 동준이가 물었다. 내게 무슨 일이 터질 때마다 나타나는 수상한 녀석.

"동준이 너…… 이 인형 어디서 났어?"

동준이는 마녀 인형의 잔해를 내려다보면서도 선뜻 대답하지 못했다.

"물었잖아. 어디서 났냐고…….'"

"샀어."

자신 없는 대답이었다.

"솔직하게 말해. 진희가 다 말했으니까."

동준이의 얼굴에 당황한 기색이 어렸다. 내가 쏘아보자 동준이가 머뭇머뭇 대답했다.

"줬어, 진희가…….'"

필사적으로 붙들었던 마음속의 한 줄기 끈이 툭 끊겼다. 역시 그랬구나.

"너도 똑같아. 진희랑…….'"

자리에서 일어나 동준이의 따귀를 올려붙였다.

"이건 그래도 너란 놈한테 미련을 못 버렸던 혜정이 몫이
고……."

또 한 대.

"이건 이 빌어먹을 소원놀음을 시작한 네 몫이고……."

끝으로 한 대 더.

"이건 네 소원놀음 때문에 이 지경이 된 내 몫이야."

따귀를 세 대나 맞고도 동준이는 그 자리에 그대로 선 채 사
과했다.

"미안해."

따질 일이 더 있었지만 발등의 불부터 끄기로 했다. 병실 옷
장에 넣어둔 백팩을 꺼내어 뒤집자 책들이 우수수 쏟아졌다.
나은이를 구하러 가기 전, 혜정이의 잔해를 모아갈 작정이었
다. 그런데 책 틈에서 못 보던 종잇장 하나가 눈에 띄었다. 혜
정이가 곧잘 둘둘 감고 놀았던 손수건 틈에 끼어 있던 종잇장
이었다. 여러 겹으로 접힌 그 종이를 펴들었다.

혜정이의 손글씨가 적힌 쪽지였다. 이 종잇장이 그 애가 즐
겨 갖고 놀던 손수건 속에 들어 있었다는 사실만 봐도 혜정이
의 것이 분명했다.

마녀의 소녀가 되어 버렸다.

난 그냥 소녀이고 싶었는데…….

모터사이클이 굵어진 빗줄기를 꿰뚫고 도로를 내달렸다.

병원을 나서기 전, 현민이에게 연락했다. 현민이와는 도중에 뭉치기로 했다. 모터사이클 뒷자리에서 동준이의 등을 붙든 채 눈을 질끈 감았다. 호루스의 눈으로 구급차를 뒤쫓던 중 도로 표지판이 눈앞을 휙 스쳤다. 구급차의 행선지가 어디인지 알아냈다.

넌 그 이유를 기억해내야 해. 그러라고 이러는 거야.

진희의 그 말을 아무리 곱씹어도 결론은 하나였다. 그 마녀가 내 기억을 지웠다.

"어디로 가면 돼?"

동준이가 물었다. 호루스의 눈으로 구급차를 뒤쫓으며 본 도로 표지판에는 '청주 16km'라고 표시되어 있었다. 동준이에게 외쳤다.

"당산고!"

동준이가 청주 방향으로 핸들을 꺾으며 가속 레버를 당겼다. 구급차가 향하는 곳이 청주라면 행선지는 당산고뿐이었다. 죽은 진희는 '너는 마녀를 살려두지 말지니라'라는 메시지 속에 '당산고'라는 메시지를 포갰다. 어쩌면 그 메시지야말로 지금, 이 순간을 내다본 예언인지도 몰랐다. 뒤로 휙 떠밀리는 몸을 추스르며 다시금 혜정이를 떠올렸다.

진희의 말대로 그 애가 정말 끄나풀이었을까? 그러다 어느 순간이 번뜩 머릿속을 스쳤다. 옥상에서 영미와 대치하다 혜정이의 비명을 듣고 그 애를 떠올린 그 순간! 그때 호루스의 눈은 분명 인형을 두고 온 병실을 비추었다. 내가 유진이를 떠올렸을 때는 달랐다. 그때 호루스의 눈은 유진이의 봉안함이 있는 봉안실을 보여 주었으니까. 진희의 말대로 혜정이가 가짜라면 내가 혜정이를 떠올렸을 때도 혜정이의 유골이 담긴 봉안실이나 혜정이의 묘를 비추었어야 했다. 그런데 호루스의 눈은 마녀 인형이 있던 병실을 비추었다. 다시금 눈감고 혜정이를 떠올렸다. 마녀 인형이 아닌 오혜정을……. 이번에도 호루스의 눈은 내 등의 백팩을 비추었다. 백팩 속의 인형이야말로 혜정이라는 증거였다. 하지만 인형 속에서 나온 주머니며 인형의 출처는 모두 진희가 맞았다.

마녀의 소녀가 되어 버렸다.
난 그냥 소녀이고 싶었는데…….

혜정이가 품고 다녔던 쪽지가 떠올랐다. 그 애는 왜 그런 쪽지를 품고 다녔을까? 혹시 그 애가 내 편에 서서 진희에게 맞섰던 게 '마녀의 소녀'에서 '그냥 소녀'로 돌아오려는 싸움 아니었을까? 그 결과로 가짜였던 그 애가 진짜 혜정이가 된 건 아닐까?

시야가 확 밝아졌다. 동준이의 모터사이클이 교차로를 직진하던 순간, 왼편에서 신호를 무시하고 달려든 택시의 전조등이었다. 택시가 옆구리를 들이받기 직전, 왼손을 뻗어 염력으로 택시를 튕겨냈다. 택시 보닛이 우그러들고 차창에 거미줄 같은 금이 쩍 갔다. 염력에 밀려난 택시가 모터사이클 꽁무니를 아슬아슬하게 스치고 지나갔다. 택시가 가로등을 들이박는 굉음이 등 뒤에서 터졌다. 모터사이클도 충격과 염력의 반동에 주르륵 미끄러졌다. 이리저리 휘청거리던 모터사이클이 끝내 중심을 잃고 옆으로 쓰러졌다.

"꽉 잡아!"

동준이를 꽉 끌어안고 모터사이클을 염력으로 떠밀었다. 비상 탈출 스위치를 누른 전투기 조종석이 튀어 오르듯 동준이와 내 몸이 붕 떠올랐다. 아스팔트를 쭉 미끄러진 모터사이클이 인도 턱에 부딪혔다. 공중에 솟구쳐 빙글빙글 휘돌던 모터사이클이 인도에 처박혔다. 파편이 사방으로 튀었다. 동준이와 아스팔트에 나동그라졌다. 염력으로 애쓰긴 했지만, 아스팔트에 호되게 부딪히는 바람에 하마터면 정신을 잃을 뻔했다. 몸을 일으켰지만 옴짝달싹하기 어려울 정도로 엉덩이와 어깨가 욱신거렸다. 다행히 어디 부러진 데는 없는 듯했다.

"괜찮아?"

동준이가 물었다.

"그런 거 같아."

그때 주위가 순식간에 어두컴컴해졌다. 공중을 날아온 커다란 그림자가 우리 머리 위를 뒤덮었다. 우리에게 달려들었던 택시였다.

"안나린!"

옆에서 몸을 날린 동준이가 나를 밀쳤다. 동준이에게 떠밀리며 뒤로 벌렁 나동그라졌다. 그사이 뒤집힌 채 날아온 택시가 동준이를 덮쳤다. 차창이 깨지며 유리 파편이 튀었다.

"정동준!"

손을 뻗어 염력으로 택시를 들어 올려 뒤로 휙 밀어냈지만 늦었다. 차 밑에 깔렸던 동준이는 상처투성이가 되어 신음했다. 헬멧을 벗어 던지고 동준이를 부축하러 무릎을 꿇는 순간 난데없는 목소리가 들렸다.

"내가 곱게 보내줄 줄 알았지?"

영미였다.

"너……."

그제야 모든 상황을 이해할 만했다. 저 택시가 우리에게 달려든 이유도 거기에 탔던 영미가 염력으로 조종했기 때문일 터였다. 택시 기사로 보이는 중년 남자가 멀찌감치 서서 어디에 전화 거는 모습이 보였다. 영미가 손을 휙 쳐들자 그의 손에서 전화기가 날아갔다. 혼비백산한 남자가 달아났다.

"여기서 다시 만나니 어때? 눈물 나게 반갑지?"

영미가 내게로 다가오며 히죽거렸다. 비에 흠뻑 젖은 몰골로 비척비척 다가드는 그 모습이 영락없이 영화에 나오는 좀비였다.

"닥쳐!"

"너나 닥쳐. 그러게 제대로 끝장을 내고 갔어야지."

그 애가 손을 뻗자 뒤로 밀려났던 택시가 다시 끽끽 소리를 내며 우리 쪽으로 움직이기 시작했다. 날려 버리려 손을 뻗었다. 하지만 몸도 성치 않은 데다 아까부터 염력을 너무 많이 쓴 탓인지 영미에게 밀렸다.

"진희가 그러더라. 소원으로 스탯 포인트를 안 쌓고 염력만 쓰다 보면 기력이 떨어진다고……. 왜, 아까처럼 위아래로 자이로드롭 태워 보시지?"

콧속에서 뜨끈한 액체가 흘러내렸다. 코피였다.

"통수녀, 이참에 아주 끝장을 내줄게."

영미가 택시를 다시 공중에 들어 올려 내 쪽으로 던지려던 순간, 뭔가가 빙그르르 날아와 그 애의 뒤통수를 후려쳤다. 힘을 잃은 택시가 다시 아스팔트 위에 처박혔다. 영미에게 일격을 날린 물건은 내가 아까 내던진 헬멧이었다.

"아악! 뭐야, 씨……."

그 애가 뒤통수를 움켜쥐고 신음했다.

— 끝장은 내가 내야지, 이것아.

귀가 번쩍 뜨였다. 혜정이의 목소리였다. 목소리가 난 쪽을 돌아보았다. 어느새 멀쩡해진 몸으로 허공에 두둥실 떠오른 마녀 인형이 보였다.

"오혜정!"

— 짜잔, 안나린, 나 보고 싶었지?

두말하면 잔소리였다. 눈물이 왈칵 났다.

"너…… 어떻게 살았어?"

— 나도 몰라. 눈 떠보니 살아났더라.

갈기갈기 찢겼던 몸도 꿰맨 자국 하나 없이 멀쩡했다. 꼭 누가 손을 써서 인형이 산산조각 나기 이전으로 시간을 돌린 듯했다.

"이건 또 뭐야."

뒤통수를 움켜쥔 영미가 마녀 인형에 대고 눈을 치떴다.

— 뭐긴 뭐야. 오혜정 님이시다, 이년아! 이번에는 분노의 불꽃 스매싱이다!

혜정이가 받아치며 손을 휘저었다. 곧바로 성난 말벌처럼 날아든 헬멧이 영미의 뺨을 후려갈겼다.

— 이건 돼먹지도 않은 게 현민이한테 껄떡댄 몫이고!

예기치 못했던 연타에 영미가 정신을 차리지 못하고 허우적댔다. 이번에는 헬멧이 얼굴 한복판에 내리꽂혔다.

— 이건 진희랑 작당하고 우리 나린이 괴롭힌 몫이고!

영미가 비틀거리며 신음을 토했다. 코피가 얼굴을 타고 주르륵 흘러내렸다.

— 이건 여태껏 참아온 내 몫이다!

헬멧이 턱을 강타하자 영미가 밑동 부러진 통나무처럼 뒤로 벌렁 넘어갔다. 쭉 뻗는 품이 정신을 잃은 모양이었다.

— 푹 주무셔. 아예 영영 주무셔도 되고…….

영미를 내려다보던 마녀 인형이 내게로 돌아섰다.

— 안나린! 나, 무서웠어, 진짜로 죽는 줄 알고…….

혜정이가 날아와 내 품에 폭 안겼다. 인형을 꼭 마주 안고 고개를 끄덕였다.

"나도 무서웠어. 네가 죽은 줄 알고……."

이 기적을 어떻게 설명해야 할까. 내가 모르는 사이 현민이라도 왔다 갔나? 아니면, 설마…….

— 동준인……?

그제야 정신이 들어 동준이 쪽을 돌아보았다. 딱 보기에도 상태가 심각했다. 그 애에게로 달려가 엎드려 있던 동준이를 똑바로 눕혔다.

"미안해……."

동준이가 그렇게 말하고는 핏덩이를 울컥 토해냈다.

"말하지 마. 지금 119 부를 테니까."

"내…… 세 번째 소원……."

내 손목을 붙든 동준이가 가쁜 숨을 몰아쉬며 띄엄띄엄 말했다.

세 번째 소원?

— 안 돼! 죽지 마, 정동준! 내가 살아난 지 얼마나 됐다고 또…….

마녀 인형이 동준이에게로 다가들었다. 동준이가 그 인형을 바라보았다.

"혜정이구나, 너."

— 그래, 나야, 나. 내 말 들려?

동준이가 고개를 끄덕였다.

"너한테…… 제일 미안해. 너무 큰 상처 줘서……."

— 상처 준 줄 알면 죽지 말고 살아서 앞으로라도 잘할 생각

하란 말이다, 이놈아!

동준이가 제게 매달려 흐느끼는 인형의 머리를 쓰다듬었다.

"진희한테…… 빌었어. 너한테…… 무슨 일이 생길 때마다…… 미리 알 수 있게 해 달라고…….."

동준이가 손을 뻗으며 나를 올려다보았다. 애원하는 눈빛이었다. 그 손을 잡아주었다.

— 정동준, 안 돼!

혜정이가 부르짖었다. 동준이가 숨을 헐떡였다. 맞잡은 손에 힘을 꽉 주었다.

"죽지 마, 바보야!"

수수께끼는 풀렸다. 동준이가 어쩌면 그렇게 귀신같이 내게 무슨 일이 생길 때마다 나타났는지……. 그것이 바로 동준이가 진희에게 빈 세 번째 소원이었다. 빗길을 달려온 승용차 한 대가 눈앞에 멈춰 섰다. 그 차에서 현민이가 내렸다. 달려온 현민이가 동준이 앞에 쪼그려 앉았다.

— 현민아, 울 똥쭈니 좀 살려 줘, 제발!

혜정이가 애원했지만 현민이가 고개를 가로저었다.

"못 살려."

역시 현민이는 혜정이의 말을 들을 수 있었다.

— 왜? 나린이도 살리고 영미도 살렸잖아. 근데 왜 동준인 안 돼?

"세 번이야."

— 뭐가?

338

"내가 사람을 살릴 수 있는 횟수. 마녀가 들어줄 수 있는 소원이 세 개인 것처럼······."

— 두 번이지, 왜 세 번이야? 나린이랑 영미 둘이잖아.

"나. 나까지 셋이야."

역시 현민이는 애초에 혜정이의 존재는 물론, 소원과 관련된 규칙까지도 훤히 알았던 모양이었다. 동준이야 죽음이 닥치면서 혜정이의 존재를 알아차리게 되었는지 몰라도 현민이는 애초부터 진희와 나와 혜정이를 알아보았다. 진희가 소원놀음으로 사람을 망가뜨리는 검은 마녀라면 현민이는 사람을 되살리는 마인이었다. 진희가 달그림자라면 현민이는 태양이었다.

"너······ 알고 있었구나."

현민이가 고개를 끄덕였다.

"내가 마녀가 된 것도······?"

"어."

"근데 왜 날 도와줬어?"

현민이가 대답했다.

"너, 나쁜 애 아닌 거 아니까."

익히 들었던 대답이었다. 모현민, 너도 정말 못 말리는 일편단심이구나. 현민이가 내 손을 붙들며 말했다.

"네가 혜정이를 살렸어."

눈을 부릅뜬 동준이가 단말마의 숨을 몰아쉬기 시작했다.

"······그러니 동준이도 살릴 수 있을 거야."

"내가?"

내가 어떻게……? 나는 그저 혜정이를 꼭 되살리겠다고 다짐하며 인형 잔해를 백팩에 끌어모았을 뿐인데……. 그 백팩을 메고 모터사이클을 타고 왔을 뿐인데…….

— 안나린, 나도 들었어. 니 목소리……. 그 목소리를 듣고부터 조금씩 정신이 돌아오더라. 목말라 죽기 직전에 무슨 생명수라도 들이마신 거처럼.

혹시 현민이의 재생능력이 내게도 옮아온 게 아닐까? 현민이를 바라보았다.

"큰 도움은 안 되겠지만, 나도 힘을 보탤게."

— 나도, 나도 보탤게.

혜정이까지 나섰다.

그나저나 나은이는 어쩐다? 눈을 감고 나은이를 떠올리니 아직 구급차 안이었다. 홍주에서 당산고까지는 제법 먼 거리였다. 마스크맨이 그 애에게 무슨 짓을 저지르기 전에 쫓아가야만 했다. 하지만 동준이가 죽어가는 데 방치한 채 두고 갈 수도 없는 노릇이었다.

현민이와 혜정이와 나. 우리 셋은 동준이를 둘러싸고 손을 맞잡았다. 눈을 감자 우리를 내려다보는 호루스의 눈이 보였다. 그 눈이 우리를 빨아들였다. 시간과 공간을 거스른 환영이 눈앞에 들이닥쳤다.

340

25. 마녀의 소녀

"자, 이제 사실은 밝혀졌다. 나, 도미니크 비제는 신의 대리인인 집행관의 자격으로 마녀 이렌느 슐츠의 화형을 언도하노라!"

재판관이 외쳤다. 그의 눈빛에 구애를 거절당한 남자의 광기가 희번덕거렸다. 놈은 나를 사랑했다. 아니, 나를 가지려 했다. 내가 한사코 거부하자 놈은 나를 욕보이려 했고 그마저도 실패로 돌아가자 끝내 나를 마녀로 몰아넣었다.

"좋다. 네가 끝내 내 여자가 되지 않겠다면 누구의 여자도 못 되게 해 주겠다."

사흘간의 회유와 협박에도 내가 굴하지 않자 놈은 그렇게 나를 죽이기로 했다. 나를 사랑했던 마녀재판관은 그렇게 나를 마녀로 만들었다.

"검은 태양의 눈에 대고 맹세하나니, 네놈들도 대가를 치르게 되리라!"

그때 불길로 뛰어들던 그림자가 있었다. 목동 하인즈였다. 그는 불길에 휩싸인 나를 부둥켜안으며 내게 속삭였다.

"너 나쁜 애 아닌 거 알아."

그의 입술이 내 입술을 덮었고 달그림자가 태양을 뒤덮었다. 한 덩어리가 된 하인즈와 나를 불길이 집어삼키던 순간, 앞날을 내다보았다. 오늘처럼 달그림자가 태양을 집어삼키는 해에 우리가 다시 태어나리라는 사실을…….

하인즈가 불길에 휩싸인 나를 끌어안고 입을 맞추던 바로 그 순간이 내게는 영원이었다. 그 순간, 시간의 흐름이 느려졌다. 죽음의 불길이 온몸을 휘감았고 우리는 그대로 커다란 불덩이가 되었다. 그러나 뜨겁지도, 두렵지도 않았다. 이제 우리는 어둠을 밝힐 불이었으니까.

* * *

눈을 떴다.

수백 년을 거스른 환영에서 벗어나 현실로 돌아왔다. 빗발이 굵어졌다. 내 얼굴을 타고 연신 흘러내리는 물이 빗물인지 눈물인지도 확실치 않았다. 마냥 서글펐다. 수백 년 전의 잘못과 죄악이 지금도 여전히 되풀이된다는 사실이……. 오랜 세월 동안 수없이 반복된 이 지긋지긋한 악의 고리를 끊어버릴 수는 없을까.

눈앞의 현민이를 바라보았다. 나의 하인즈. 불타던 나를 끌어안고 제 한 몸 불살라 내 고통을 덜어준 나의 연인…….

　너 나쁜 애 아닌 거 아니까.

　현민이가 왜 그토록 자주 내게 그 말을 했는지 이제야 깨달았다. 그 말이야말로 수백 년을 이어온 그 애의 믿음이자 약속이자 표식이었다. 아니, 어쩌면 수천 년 이상을 이어왔는지도 몰랐다. 우리와 자그마한 손을 맞잡은 마녀 인형을 보았다. 혜정이는 재판관 도미니크 비제의 시자 중 한 명이었다. 영미 또한 마찬가지였다. 비록 둘이 현세에 하게 된 역할은 아예 달랐지만……. 둘을 원망하고 싶지는 않았다. 그때 둘은 그저 윗사람의 지시에 따르는 꼭두각시였을 뿐이니까.

　그리고 동준이. 나, 현민이, 혜정이 만든 세모꼴 사이에서 숨을 몰아쉬는 녀석을 내려다보았다. 만에 하나, 우리가 그때와 비슷한 관계로 되살아났다면 재판관은 당연히 진희일 줄로만 알았다. 그런데 호루스의 눈이 지목한 대상은 내 예상과 달랐다. 동준이를 내려다보며 중얼거렸다.

　"바로 너였어, 도미니크 비제가…….

　자신의 비뚤어진 집착을 사랑이라 여겼던 가여운 인간, 구애를 거부한 소녀를 마녀로 몰아 불태워 죽인 재판관 도미니크 비제. 동준이도 마찬가지였다. 그것이 악인 줄도 모르고 악을 행했던 녀석이었다. 수백 년 전 범했던 우를 현세에서도 되풀이한 가여운 녀석. 녀석이 바로 되살아난 도미니크 비제였다.

동준이가 나를 보고 첫눈에 반했다던 그날, 버스정류장에서 유진이 '말레피쿠스'라고 중얼거렸던 이유도 뚜렷해졌다. 녀석이 말 그대로 악을 행하는 자였으니까. 호루스의 눈은 왜 내게 그날의 진상을 알려줬을까. 이래도 동준이를 살릴지 결정하라고?

"내가 살려야 해?"

현민이에게 물었다. 한편으로는 나 자신에게 건넨 물음이기도 했다. 죄악의 원흉을 살려내야만 할까. 현민이가 고개를 끄덕이며 눈빛으로 말했다.

'너도 그랬으면 좋겠어. 내가 널 살렸던 것처럼······.'

이제 또렷이 느껴졌다. 현민이가 나를 살려내는 와중에 그 능력이 내게로 옮아왔다. 영미에게는 부활이 독이었지만, 현민이와 비슷한 부류인 내게는 부활이 회생 능력을 전해 받는 계기가 되었다.

'죽지 마, 안나린. 죽지 마. 제발······.' 현민이의 그 목소리가 죽음의 문턱까지 다다랐던 나를 되살렸다.

'살릴 거야, 널 꼭 살려내고 말 거야.' 내 다짐도 비슷한 식으로 혜정이를 살려냈다. 워낙 제정신이 아니어서 미처 알아차리지 못했을 뿐이었다. 인형 잔해를 백팩에 넣고 여기까지 오는 동안 혜정이가 되살아났다는 사실을······.

— 안나린. 용서하라고는 안 할게. 동준이 좀 살려줘, 제발······. 날 봐서라도······.

혜정이도 나를 바라보며 애원했다. 다른 사람은 몰라도 혜정이의 부탁만큼은 모른 척할 수 없었다. 동준이의 헐떡임이 정점에 이르렀다. 이윽고 동준이가 마지막 숨을 토해냈다.

'죽지 마, 정동준. 넌 살아서 네 죗값을 치러야 해.'

녀석을 내려다보며 그렇게 되뇌었다. 한 번, 두 번, 세 번. 아무 일도 일어나지 않았다. 동준이는 눈을 부릅뜬 채 꿈쩍도 하지 않았다.

— 어떡해. 진짜 죽었나 봐!

혜정이가 흐느끼기 시작했다.

"허어억!"

그때 동준이가 고개를 뒤로 홱 젖히며 깊은 숨을 들이마셨다.

— 정말 살아난 거야? 고마워, 안나린. ……내가 이 은혜는 꼭 갚을게!

"은혜는 무슨……. 애도 날 구하다 이리 된 걸, 뭐. 아직 내 힘이 부족해서 말짱하게는 안 됐어."

그랬다. 숨은 돌아왔어도 동준이는 의식을 잃은 채였다. 손을 뻗어 녀석을 살폈다. 여기저기 부러지기는 했어도 생명에 지장은 없을 터였다. 구급차의 사이렌 소리가 다가왔다. 누가 119에 신고라도 한 모양이었다. 동준이와 영미는 현장을 출동한 구급대원에게 맡기기로 하고 자리에서 일어섰다.

— 와, 차 부서진 거 봐. 저 택시 기사는 뭔 죄냐고, 손님 하나 잘못 태웠다가 폐차. 뭐, 보험 처리하겠지만…….

혜정이의 말에 돌아보니 택시는 뒤집힌 채 납작해진 몰골이었다. 돌아다니며 민폐를 끼치다니 못할 짓이었다. 여전히 미스터리 하나는 풀리지 않았다. 동준이가 재판관이었다면 진희는 대체 누구였을까.

그 미스터리를 풀러 갈 시간이었다.

눈을 감고 호루스의 눈으로 나은이를 추적해 보았다. 내 예상대로 마스크맨이 모는 구급차가 막 당산고 교문으로 들어가는 광경이 보였다. 마음이 다급해졌다.

"넌 여기 있다가 동준이가 병원 갈 때 따라갈래?"

혜정이에게 묻자 그 애가 고개를 가로저었다.

— 아냐, 딴 사람들 다 보는데 내가 옆에서 이마에 손수건 얹어주고 간호를 하겠어, 뭘 하겠어? 너 따라가야지. 혼자 보내면 마음이 안 놓여. 쫌 전에도 나 없었음 어쩔 뻔했어?

내가 다시 백팩을 둘러메자 혜정이가 폴짝 뛰어 올라 그 속에 쏙 들어갔다.

— 으으, 간만에 무리하고 비까지 맞았더니 으슬으슬 춥네. 몸도 무겁고……. 몸살 오면 어떡하지? 아, 나 인제 감기랑은 상관없지.

다시 듣게 된 수다도 마냥 정겨웠다.

— 그나저나 오토바이가 저 모양이 돼서 우리 당산고까지 어떻게 가?

혜정이의 말대로 동준이의 모터사이클은 엉망이었다.

"우리 차 타고 가."

현민이가 제가 타고 온 자가용 쪽으로 우리를 잡아끌었다.

"안 돼, 더는 민폐 끼치기 싫어."

손사래를 쳤지만, 현민이는 기어이 우리를 자가용 뒷좌석에 태웠다.

"둘이 가다 또 무슨 일 생기는 게 민폐야."

현장에 구급차가 도착했다. 구급대원들이 들것에 동준이와 영미를 싣고 구급차에 태우는 광경까지 보고 현장을 떴다.

— 근데 안나린, 동준이가 재판관이었단 건 어떻게 알았어?

혜정이의 물음에 머리 위를 가리켰다.

— 호눈이? 뭐야, 쟤는 그냥 수정구슬이 아니라 시공을 넘나드는 다용도 천리안인 거?

이번에는 내가 현민이에게 물었다.

"혜정이가 죽었던 거며 내가 혜정이 살린 건 어떻게 알았어?"

달리는 차 안에서 현민이에게 물었다.

— 그러게, 혹시 너도 호눈이 한 마리 키우냐, 모현민?

혜정이도 끼어들었다. 현민이가 잠시 뜸을 들이다 대답했다.

"그냥…… 나린이 널 살린 뒤로 너랑 쭉 이어져 있었어."

— 으아, 닭살. 좀 전엔 재능 기부 드립이더니 인제 명주실 드립이야? 환상의 커플이네. 둘이 아주 그냥 딱 붙어서 살아라. 딱풀로 붙여줘?

혜정이가 투덜대도 대꾸하지 않고 한동안 빗물이 들러붙는 차창 너머를 바라보던 현민이가 입을 열었다.

"2001년 6월 21일."

"2001년 6월 21일?"

유진이의 봉안함에 적힌 그 애의 생일이 바로 2001년 6월 21일이었다.

"어, 그날 개기일식이 있었어. 우리나라는 부분일식이었지만 남아메리카와 아프리카에서는 달이 해를 완전히 가린 개기일식이었대."

유진이가 태어나던 날, 개기일식이 있었다.

"진짜?"

가슴이 철렁 내려앉았다. 나와도 무관하지 않은 사건이었기 때문이었다.

— 왜 그래, 안나린?

"우리 아빠랑 엄마, 그때 남아메리카 여행하다 보셨대, 개기일식. 그땐 두 분 다 몰랐지만, 엄마 뱃속엔 내가 자라고 있었고……."

개기일식이 있던 날 태어난 유진이와 엄마 뱃속에서 개기일식을 겪은 나.

"너랑 걔…… 연결고리가 또 있어."

현민이가 말했다.

"또?"

현민이는 품에서 종이 한 장을 꺼내어 내밀었다. 받아들고 보니 운전면허증 사본이었다. 거기에 낯익은 얼굴이 있었다. 마스크맨이었다.

성명 : 유석

— 유석? 이름이 어디서 많이 들어본 패턴인데? 설마 이 인간이 유진이란 애 오빠란 말이야?

혜정이가 묻자 현민이가 고개를 끄덕였다.

"맞아, 유진이 오빠."

* * *

당산고에 도착할 즈음, 비가 그쳤다. 청주 변두리의 산자락에 자리 잡은 학교 건물이 보였다. 시커먼 어둠을 배경으로 두른 건물은 흡혈귀나 살인마가 도사린 고성처럼 보였다.

교문을 들어서기 전, 다시금 눈을 감고 나은이를 떠올렸다. 본관 건물 뒤편의 강당이었다. 그 강당의 무대 한복판에 장작을 쌓고 그 위에 기둥을 세워두었다. 나은이는 그 기둥에 밧줄로 묶여 있었다. 화형대를 떠올리게 하는 모양새였다.

"저 건물 뒤로 가 주세요, 빨리!"

운전석에 대고 외쳤다. 기사 아저씨가 가속 페달을 밟아 막 교문을 통과하던 순간, 엄청난 충격이 차 안을 송두리째 뒤흔들었다. 충격의 근원은 어둠 속에서 달려든 구급차였다. 하도 갑작스러워 피하거나 염력을 쓸 겨를도 없었다. 구급차가 차의 옆구리를 들이받으면서 내가 앉은 쪽 차창이 박살 났다. 에어백이 터졌고 현민이가 내 쪽으로 몸을 날렸다. 구급차가 또 한 번 차 옆구리를 들이받았다. 운동장 쪽으로 나가떨어진 차가 아예 중심을 잃고 데굴데굴 굴렀다. 눈앞이 빙글빙글 휘돌았다. 차는 운동장 구석에 뒤집힌 채 회전을 멈추었다.

— 안나린, 정신 차려 봐. 얼른!

혜정이의 외침에 정신을 차리고 보니 차 안은 매캐한 연기로 가득했다. 아빠와 엄마가 교통사고로 돌아가시던 날이 꼭 이랬다.

"안나린, 얼른 나가!"

현민이가 외쳤다. 우그러든 차 천장과 뭉개진 좌석 등받이에 현민이의 다리가 끼어 있었다. 보닛에서 불길이 치솟았다. 손을 뻗어 차 문 레버를 당겼지만 찌그러진 문짝의 레버는 무용지물이었다. 엄마 아빠를 잃었듯 여기서 또 내 소중한 사람을 잃을 수는 없었다. 찌그러든 차체를 염력으로 조금씩 벌렸다. 그렇게 공간을 확보하면서 차 문을 밀어냈다. 차 문이 끽끽 비명을 지르며 조금씩 벌어졌다. 내가 빠져나올 만큼 틈새가 벌어졌을 때 차 밖으로 기어 나왔다. 현민이의 다리를 붙든 장애물들을 염력으로 밀어내고 현민이를 차 밖으로 끄집어냈다. 정신을 잃은 운전기사 아저씨도 같은 방법으로 구했다. 운동장으로 내려선 구급차가 눈앞으로 달려왔다. 이번에는 끝장을 낼 기세로…….

"그만해!"

구급차를 모는 마스크맨에게 외치며 손을 뻗었다. 손끝에 닿을 정도로 다가든 구급차를 있는 힘껏 내리쳤다. 벽에 머리를 들이받은 물소처럼 구급차가 뒤쪽부터 펄쩍 뛰어 올랐다. 공중에 물구나무서기를 했던 구급차가 내 머리를 스칠 듯 공중

제비를 하며 한 바퀴 휘돌아 승용차 뒤편에 처박혔다. 그리로 다가갔다. 운동장 바닥에 모로 누운 구급차 운전석에서 마스크맨, 아니, 유진이의 오빠가 피투성이로 차창 안쪽에서 나를 노려보았다.

"도대체 나한테 왜 이래?"

내가 묻자 놈이 히죽거렸다.

"다 니년 때문이야. 이 모든 게……. 알아?"

"나 때문이라고?"

"그래, 너……."

더 캐묻고 싶었지만, 놈은 제 할 말을 다 했다는 듯 정신을 잃었다. 현민이에게로 돌아가 운동장에 누운 그 앨 살펴보았다. 다리가 부러진 상황이었다.

"난 괜찮아. 시간 없으니 얼른 나은이한테 가 봐. 진희가 무슨 짓을 할지 모르니……. 회복하는 대로 뒤쫓아 갈 테니까……."

현민이와 운전기사 아저씨를 안전한 장소까지 끌어다 놓고 불길에 휩싸인 승용차를 돌아보았다. 엄마 아빠가 돌아가시던 그날의 기억이 되살아났다.

보닛 속에서 솟구친 불길이 차체를 꿀꺽 집어삼키던 광경. 그 직후 논바닥에 뒤집힌 채 불길에 휩싸인 차 너머로 떠올랐던 흐릿한 형체. 여자애였다. 혜정이네 엄마를 만나고 나오던 날, 지하주차장에서 유진이의 오빠가 나를 들이받으려 했던 순간 보았던 환영 속의 장본인도 같은 아이였다. 눈발 날리는 길 한복판에 서서 사고를 일으킨 아이. 그 아이가 바로…….

"진희였어."

— 뭐? 누가?

"우리 부모님 돌아가신 날 사고를 일으킨 애. 난 여태껏 그날 사고가 눈길에 미끄러져서 난 줄로 기억하고 있었어."

— 그런데?

"아니었어, 갑자기 나타난 진희를 피하려고 핸들을 트는 바람에 사고가 난 거였어."

까마득한 망각에서 떠오른 기억에 온몸이 떨려왔다.

— 그 미친년이 작년에도 니네 부모님을 돌아가시게 했다고? 와, 철천지원수네, 진짜…….

백팩을 고쳐 메고 서둘러 강당으로 뛰었다. 이 모든 게 다 내 탓이라는 마스크맨의 말이 귓가를 맴돌았다.

'도대체 진실이 뭐야.'

미치도록 알고 싶었다. 오늘은 꼭 알아내야만 했다. 이윽고 강당 문을 열고 안으로 뛰어들었다. 무대에 세워진 기둥에 묶인 나은이와 강당 한복판에 팔짱을 끼고 서 있는 진희가 보였다.

"환영 인사는 잘 받았어?"

진희가 물었다.

— 그래, 잘 받았다, 이년아. 인사 한번 화끈하더라.

혜정이가 대신 받아쳤다.

"어, 덕분에 잊고 있었던 기억까지 생각났어."

어금니를 지그시 깨물며 대꾸했다.

"그래? 무슨 기억인데?"

흥미가 동한 얼굴로 진희가 묻자, 나은이가 외쳤다.

"언니! 기억하지 마!"

— 쟤 또 왜 저래? 뭘 기억하지 말란 거?

어리둥절해진 혜정이가 중얼거렸다. 나 또한 의아했다.

"나은이 넌 가만있어."

다시 진희를 돌아보았다.

"넌 우리 부모님을 죽였어. 그걸로도 모자라? 나은이까지 왜 납치한 건데?"

진희가 코웃음 쳤다.

"네 기억 돌아오는 데에 도움이 될까 해서……."

"내 기억 지운 건 너잖아."

내 말에 진희가 품 하고 웃음을 터뜨렸다.

"안나린, 너 진짜 구제불능이구나. 아직도 모르겠어? 네 기억을 지운 건……."

그 애가 나를 가리켰다.

"너야."

사방이 번갯불로 번뜩였다. 뒤이어 거대한 괴물이 울부짖는 듯한 천둥소리가 들려왔다. 그쳤던 비가 다시 쏟아지려는 모양이었다.

"내 기억을 지운 게…… 나라고?"

열여덟 평생 들어본 말 중 가장 어처구니가 없는 소리였다. 기가 막혀서 말도 제대로 나오지 않았다.

"못 믿겠어?"

진희가 물었다.

— 당연히 못 믿지, 이년아. 입만 열었다 하면 거짓말이 자동으로 나오는 마녀를 뭘 보고 믿으라고? 기억이 무슨 버튼 하나 누르면 포맷되는 메모리야, 뭐야? 그리고 안나린이 마녀 된 지 얼마나 됐다고 기억을 지워, 기억을 지우긴…….

혜정이가 백팩 사이로 얼굴을 내밀고 빈정거렸다.

"넌 좀 빠져줄래? 네가 끼어들 판이 아니니까."

— 뭐래, 내가 낄 데 안 낄 데 다 낀다 이거냐? 야, 이년아, 오혜정 님 부활 기념으로 함 뜨자!

진희가 코웃음 쳤다.

"너 참 말 많다? 내가 그러라고 힘들여 안나린한테 심어둔 게 아닌데……."

— 심어두긴 뭘 심어둬, 이년아. 내가 무슨 관상용 화초야, 분재야? 나, 오혜정이야! 너한테 이용당하고 요 모양 요 꼴이 된 오혜정!

진희가 검지를 치켜들더니 좌우로 흔들었다.

"넌 내가 만든 꼭두각시야, 진짜 오혜정이 아니라 자길 인형에 깃든 오혜정이라 착각하게 된 가짜."

— 뭐? 저게 또 무슨 헛소리야.

어안이 벙벙해진 혜정이가 중얼거렸다. 적잖이 당황한 기색이었다.

"그 말 듣지 마, 오혜정."

백팩에 대고 외친 후 진희를 노려보았다.

"네 말대로 얘가 가짜라면 호루스의 눈으로 혜정일 떠올렸을 때 왜 혜정이 유골이 안치된 봉안함이 아니라 얘가 보이는 건데?"

내 말에 진희가 픽 웃음을 터뜨렸다.

"왜 그럴까? 간단해. 실제론 내가 만들어낸 끄나풀에 불과하지만, 너한텐 개가 오혜정이니까. 너, 호루스의 눈을 너무 맹신하는 거 아니니? 저건 진실을 그대로 보여 주는 수정구슬이 아니야. 네가 믿는 걸 보여 줄 뿐인 분신이지."

— 안나린, 저 거짓말, 정말이야? 내가 진짜로 저넌 끄나풀이냐구…….

혜정이가 거의 울먹이며 물었다. 백팩에 대고 딱 잘라 말했다.

"아니! 분명히 말해두는데, 넌 끄나풀이 아니라 내 친구 오혜정이야. 그러니 저딴 헛소리 한 귀로 듣고 한 귀로 흘려버려."

진희가 고개를 갸웃거리며 말했다.

"어머, 니네 그새 그렇게 사이가 애틋해졌어? 애써 진실을 외면할 만큼? 가만 보니까 되게 재밌다. 근데 과연 헛소리하는 쪽이 어느 쪽일까? 너희의 가장 큰 문제가 바로 그거야. 믿고 싶은 기억만 믿느라 정작 중요한 기억은 까맣게 잊어버리는 거."

"언니! 기억하면 안 돼!"

나은이가 또 한 번 외쳤다. 그제야 저 애도 분명 내가 모르는 진실을 안다는 직감이 들었다. 요즈음 여느 아이가 겪었더라면 충격이 엄청났을 사건들을 겪으면서도 저 애는 의외로 침착하거나 무심했다.

모터사이클로 홍주 시내를 질주한 후, 그게 나은이의 부탁이었다던 동준이의 말이 떠올랐다. 모터사이클로 빠르게 내달릴 때 눈앞에 보이던 광경은 호루스의 눈이 대상을 찾아 시내를 관통할 때 보이던 광경과 흡사했다.

뭐야, 이거? 깜짝 선물? 언니, 나 줄라고 사 왔구나?

첫 번째 소원을 빌던 날, 진희가 준 지니를 들고 왔을 때 그 헝겊 주머니를 받아 들고 나은이가 했던 말도 기억났다. 단순한 장난이 아니었다. 확인하려 했던 거였다. 나은이도 알았던 거였다. 마녀와 관련된 일들을……

"재갈을 안 물렸더니 시끄럽네."

진희가 뒤를 휙 돌아보더니 나은이 쪽에 대고 손가락을 튕겼다. 그 애가 외마디 비명을 내지르더니 축 늘어졌다.

"안나은!"

달려가려 하자, 진희가 앞을 가로막았다.

"걱정 마. 방해돼서 잠깐 재운 거뿐이니까."

"한 번만 더 나은이한테 손대면 죽여 버릴 거야."

내가 으름장을 놓자 진희가 어깨를 으쓱했다.

"그건 너 하기에 달렸어."

이를 악물고 그 애를 노려보았다.

"도대체 이러는 이유가 뭐야?"

"사바트라고 알아?"

— 사바트고 샤베트고 함 뜨자니까?

"마녀들의 집회. 마녀사냥이 한창이던 중세엔 '사바트'라는 마녀들의 집회가 있다고들 믿었대."

"그래서?"

"깊은 밤에 마녀들이 깊은 숲속이나 산꼭대기, 묘지 같은 으슥한 장소에 모이는 거야. 주최자는 악마. 마녀들은 악마에게 충성 서약을 맺고 아이를 제물로 바쳐. 그리고 빙 둘러서 춤을 추다 악마랑 난잡한 관계를 맺는다는…… 괴담보다도 못한 헛소리지."

진희가 양팔을 활짝 벌렸다.

"오늘 널 여기까지 부른 건, 우리만의 사바트를 위해서야. 어때, 설레지 않아?"

그 애의 눈빛이 광기로 번뜩였다.

"미쳤구나, 너."

"안심해. 우리의 사바트엔 악마나 제물 같은 건 없으니까."

진희가 눈을 감고 양손을 가슴팍 앞의 허공으로 끌어모았다. 보이지 않는 물건을 끌어안는 듯한 모양새였다. 그러자, 희미한 형체가 그 애의 가슴팍에 나타났다. 네모진 형태였다. 형체는 서서히 또렷해지더니 이내 제 모양을 갖추었다. 옅은 갈색 양장 표지의 두툼한 고서였다. 무슨 책인지는 펼쳐보지 않아도 뻔했다.『말레우스 말레피카룸』.

"『마녀의 망치』. 이게 바로 마녀를 만들어낸 마법의 책이야."

— 맞아, 저거였어. 안나린, 내가 죽기 전에 분명히 봤다고 그랬잖아. 봐, 이래도 내가 저년 끄나풀이겠어?

혜정이가 의기양양해져서 외쳤다.

"중세에는 마녀사냥의 지침서였던 이 책이 이제 우리 같은 마녀한테는 마녀 생활 지침서가 됐어. 웃기는 아이러니지."

— 마녀 생활 지침서래. 그 책, EBS에서 나왔냐? 『EBS 마녀 생활』. 아오, 유치해.

혜정이가 이죽거려도 진희는 들은 척하지 않았다.

"궁금하지 않아? 어쩌다 마녀사냥 지침서가 마녀 생활 지침서가 됐는지……."

"넌 그 책 때문에 마녀가 된 거야?"

내가 되묻자 혜정이가 끼어들었다.

— 저 책 때문에 마녀가 됐겠어? 세상에 제일 한심한 인간들이 책이니 영화 때문에 인생 망쳤단 인간들이야. 책, 영화가 뭔 죄냐고? 애초에 그런 책, 영화 안 봐도 인생 깽판 칠 인간들이 죄지.

혜정이의 불평이 길어지자 진희가 말허리를 잘랐다.

"이 엄청난 책의 지은이는 하인리히 인스티토리스 크레이머란 이단 심문관이었어. 그 인간이 왜 이 책을 쓰게 된 줄 알아?"

"알고 싶지 않아, 그딴 거."

"알아야 해. 1485년 오스트리아의 인스부르크에서 불륜 저지른 자들을 마법으로 저주해 병들거나 죽게 했단 혐의로 한 여자가 재판에 회부됐지. 하인리히는 그 재판의 심문관이었는데 재판에서 개망신만 당하고 졌어. 왜인 줄 알아?"

진희가 굵은 목소리를 내어 하인리히의 주장을 재연했다.

"피고가 부린 마법의 원동력은 피고의 난잡한 성생활에 있습니다!"

— 개망신당할 만하네.

혜정이가 처음으로 진희의 말에 동의했다.

"웃기는 사실은 하인리히가 그 재판에 회부된 피고를 남몰래 좋아하고 있었단 거야."

— 이단 심문관은커녕 이단 옆차기도 못 할 인간이네.

"재판 전 하인리히는 피고에게 유리한 심문을 해 주겠다고 회유하려고 했어. 물론 퇴짜를 맞았지. 뜻대로 안 되자 하인리히는 앙심을 품었어. 재판에서 진 뒤 하인리히가 자길 무시한 피고와 재판정과 세상에 복수할 마음으로 이를 갈며 쓰기 시작한 책이 바로 이거야.『말레우스 말레피카룸』!"

"그런 책을 왜 네가 갖고 있는 건데?"

내가 물었지만, 진희는 대답하지 않고 책을 허공에 떠오르게 해서 책장을 사르륵 넘겼다.

"1486년 하인리히는 라틴어로 된 3부 256페이지짜리 희대의 불쏘시개를 완성했어. 마녀는 주문을 외워 병을 퍼뜨린다, 여자는 나약하고 정욕으로 가득해서 악마의 유혹에 빠지기 쉽다, 마녀는 악마와 정을 통한 몸이니 화형으로 없애야 한다, 마녀들이 득세하면 인류도 신의 심판을 받아 멸망하게 된다, 기타 등등……."

진희가 소리 나게 책을 덮었다. 천둥이 세상을 울렸다. 장대비가 쏟아지기 시작했다.

"비뚤어졌으면서도 교활한 놈이야. 미리 받아둔 교황청 성명서를 이 역대급 쓰레기에 교묘히 끼워 넣어 정식 승인을 받은 마녀사냥 지침서로 꾸미고 쾰른대학 요하네스 슈프렝거 교수까지 공저자로 끼워 넣었지. 거기에 출애굽기의 한 구절까지 인용해 화룡정점을 찍었고."

"너는 마녀를 살려두지 말지니라."

나도 모르게 그 구절을 읊었다. 진희가 손가락을 탁 튕겼다.

"빙고! 이 책은 그 자체로 엄청난 권력이 됐어. '권위에의 복종'이란 말 들어봤어?"

인터넷에서 들어본 적이 있었다. 스탠리 밀그램이란 심리학자가 실험 참가자들에게 교사 역과 학습자 역을 맡게 하고, 학습자가 문제를 틀릴 때마다 교사가 학습자에게 전기충격을 가하는 단추를 누르게 했다는 실험. 교사 역을 맡은 참가자 대부분은 연구원이 모든 책임을 지겠다는 말에 별 망설임도 없이 최고치의 충격 버튼까지도 순순히 눌렀다.

"예나 지금이나 대중은 소수의 권위에 한없이 약해. 이 불쏘시개는 의외로 세상에 금세 퍼졌고 엄청난 권력의 교본이 됐어. 달랑 150부로 시작한 이 책이 금속활자의 보급으로 오스트리아는 물론, 유럽 전역, 나아가 전 세계에 수만 부가 팔려나간 거야."

비극의 역사였다.

"학자들은 판매 부수를 3만 부 정도로 추정한대. 묘한 우연의 일치 아냐? 3부로 구성된 책이 또 3만 부가 팔렸다니…….
그렇게 이 책은 말 그대로 마녀의 망치가 됐어. 약 6만. 이 책이 명령한 마녀사냥에 희생된 사람들이 대략 6만 명이야."

— 세계사 수업 듣자고 우리가 여기에 온 줄 아나. 천하의 진희가 헛바닥이 왜 이리 길어? 고만하고 함 뜨자고!

혜정이의 외침에도 진희는 들은 척하지 않았다.

"그런데 그 책이 왜 마녀 생활 지침서가 됐단 거야?"

내가 묻자 진희가 대답했다.

"이 책이 세상에 있지도 않았던 마녀를 만들어 냈으니까. 무에서 유를 창조했다고나 할까. 놀랍지 않아? 그전까지만 해도 세상에 마녀는 없었어. 마녀사냥으로 희생된 가짜들만 있었지. 그런데 바로 게오르겐탈이란 작은 소도시에서 마녀로 몰려 죽은 이렌느 슐츠라는 열일곱 살배기 여자애가 화형당해 죽던 날, 진짜 마녀가 생겨났어."

내가 환영에서 보았던 이렌느 슐츠의 목소리가 귓전을 울렸다. '검은 태양의 눈에 대고 맹세하나니, 네놈들도 대가를 치르게 되리라!' 세상에 없었던 마녀를 만들어낸 원흉은 바로 마녀사냥이었다.

"이렌느 슐츠가 죽고 난 후부터 개기일식이 있는 해마다 하나둘 마녀가 태어나기 시작했어. 개기일식이 있었던 2001년에 태어난 우리도 그중 하나야."

"우리?"

"그래, 우리."

"이 책은 하인리히가 만들어낸 불쏘시개랑은 달라. 같은『말레우스 말레피카룸』이지만 내용도, 목적도, 심지어 지은이도 다르지. 이 책의 지은이는 이렌느 슐츠야. 정확히 말하자면 이렌느 슐츠가 죽기 직전 세상에 남긴 염원이고 마력이지."

"그럼 그 책은 어디서 오는데?"

"마녀의 운명을 타고난 '마녀의 소녀' 손에서 자연 발생해. 걔가 이렌느 슐츠 또래가 되었을 때……. 한 해에 태어나는 마녀의 소녀는 셋이지만 먼저 각성하는 애는『말레우스 말레피카룸』을 손에 넣은 마녀의 소녀야. 일종의 선구자겠지. 걔는 가까운 친구들한테 소원 떡밥을 던지고 그 대가를 스텟 포인트로 쌓아가면서 점점 힘이……."

"그만! 도대체 나한테 이러는 이유가 뭔지나 말해!"

내가 말을 끊자 진희가 나를 빤히 바라보다 말했다.

"넌 기억하지 못하지만, 네가 바로 그 마녀의 소녀야."

내가 바로 그 마녀의 소녀?

『말레우스 말레피카룸』이 내게로 날아왔다. 반사적으로 그 책을 붙잡았다. 책을 붙든 순간, 비명을 내지르며 그 자리에 털썩 주저앉았다.

떠올랐다.

망각 속에 봉인되어 있던 기억들이 머릿속에서 부글부글 솟구치더니 흘러넘치기 시작했다. 내용물이 끓어 넘치는 마녀의 가마솥처럼…….

"아아악!"

머리를 감싸 쥐고 뒤로 벌렁 나동그라졌다. 발작하듯 몸부림치며 강당 바닥을 뒹굴었다.

— 안나린, 왜 그래? 저 설명충 년이 뭔 개수작을 한 거야?

혜정이가 다급히 외쳤지만 대답할 여유가 없었다. 눈앞을 번뜩이며 솟구친 기억들이 머릿속을 가득 메우고도 모자라 흘러넘치며 아우성쳤다. 과부하가 걸린 머리가 깨질 듯 아팠다.

"뭐 좀 보여? 보여야 정상이지. 넌 그 책이 너한테 생겨난 뒤로 마녀의 능력과 임무, 요령, 주의사항, 기타 등등을 저절로 익히게 됐다고 했어. 혹시나 했는데, 역시나 기억 회복에도 도움이 되나 보네."

내 쪽으로 다가온 진희가 말했다. 그 말들이 송곳처럼 날아와 뇌리를 콕콕 찔렀다. 잊었던 기억이 서서히 떠오르기 시작했다. 깊은 바다 밑에서 물 위로 떠오른 흰수염고래처럼 모든 것이 드러났다. 한바탕 발작이 지나가자 숨을 몰아쉬며 몸을 일으켰다.

"어때, 안나린? 돌아온 거야?"

진희가 물었다. 자리에서 일어서며 대답했다.

"그래, 돌아왔어."

진희의 말이 맞았다. 내 기억을 지운 장본인은 바로 나였다.

여태껏 나는 내가 진희라는 미노타우로스에 맞서는 테세우스인 줄로만 알고 아리아드네의 명주실을 찾아 헤맸다. 내가 메두사에 맞서는 페르세우스인 줄로만 알고 메두사의 머리를

벨 방법을 찾아 헤맸다. 그런데 나야말로 미노타우로스였고
메두사였다.

초등학교 3학년 때, 철모가 내게 돌멩이를 던졌던 날, 내가
그 돌멩이를 피했던 기억은 사실과 달랐다. 그날 나는 돌멩이
를 튕겨냈다. 내게로 날아왔던 돌멩이는 그대로 철모에게로
되돌아가 녀석의 이마에 명중했다. 깨진 이마를 감싸 쥐고 울
고불고하는 녀석을 지나치며 녀석에게 말했다.

"다시는 힘없는 애들 괴롭히지 마."

녀석은 다시는 아무도 괴롭히지 못했다.

"돌아온 기분이 어때?"

진희가 물었다.

"나쁘진 않아."

혜정이가 품고 다녔던 쪽지도 혜정이가 아닌 나를 두고 한
말이었다.

마녀의 소녀가 되어 버렸다.

난 그냥 소녀이고 싶었는데…….

"너도 진작 알았어, 내 정체?"

혜정이에게 물었다.

— 그냥 어렴풋이 짐작만 했지.

두 번째 소원을 빌던 날, 거울 속의 내가 왜 웃었는지도 알
듯했다. 마녀 인형을 품에 안고 나를 바라보며 웃던 그 얼굴은

마녀 안나린의 얼굴이었다.

'너, 나쁜 애 아닌 거 아니까.'라는 현민이의 말에는 중요한 부사 하나가 빠졌다. '이제'. 그 애가 한 말의 참뜻은 '너, 이제 나쁜 애 아닌 거 아니까.'였다.

유진이는 나 때문에 마녀가 되었고, 나 때문에 진희가 되었다. 그런 진희가 사고를 일으켜 아빠와 엄마가 죽었다. 그래서 그날 나는 빌었다. 제자리에서 떨어져 나와 발밑에 나뒹구는 사이드미러에 비친 내 얼굴을 보며 마녀의 소원을…….

"돌이키고 싶어. 다 돌이키고 싶어. 이 모든 걸 전부 다 돌이키고 싶어."

얼토당토않은 소원이었다. 제아무리 마녀라 해도 시간까지 거스를 수는 없으니까. 그 무엇도 본래의 상태로 돌아가지 않았다. 마녀의 소원은 시간을 거스르는 대신 마녀의 능력과 기억을 앗아갔다.

"네가 원했던 게…… 이거지?"

진희에게 물었다. 그 애가 미소 지으며 고개를 끄덕였다.

"그럼 진작 이렇게 하면 됐잖아. 왜 그렇게 날 괴롭히고 많은 사람들한테 민폐를 끼친 건데?"

"간단해. 생각해 봐, 네 기억이 진작 돌아왔다면 네가 과연 나한테 마녀가 되고 싶단 소원을 빌었을까?"

"그럼 그동안 소원놀음을 벌인 목적이 나를 지금의 나로 소환하려던 거였어?"

"뭐, 이래저래 복잡하게 빙 돌아오긴 했지만…… 간단히 말하자면 그런 셈이야."

그 지긋지긋한 소원놀음은 눈앞의 마녀가 나를 마녀로 돌려놓으려는 속셈에서 벌인 짓이었다.

"좋아, 네가 바란 대로 내가 마녀로 돌아왔고, 기억도 돌아왔어. 그래서 네가 얻는 게 뭔데?"

내가 묻자 진희가 되물었다.

"내가 왜 널 여기까지 소환했는지 지금도 모르겠어?"

"왜?"

"그래야만 네 마녀 능력치가 최상으로 회복되니까."

"좋아, 내 마녀 능력치가 최상으로 회복됐다 쳐. 그래서 네가 얻는 게 뭔데?"

"글쎄, 궁금하면 날 이겨 봐."

진희가 몸을 풀 듯 고개를 좌우로 까딱였다. 싸울 태세였다. 이왕 여기까지 왔으니 나도 물러설 생각은 없었다. 몇 걸음 뒷걸음질 치며 백팩을 마룻바닥에 내려놓았다.

— 안나린, 말려들지 마. 이게 다 저 설명충 년의 계략이라니까?

나도 그쯤은 알았다. 하지만 어차피 한 번은 넘어야 할 산이었다. 진희가 내게로 달려들었다. 나도 그 애에게 몸을 날렸다.

— 안나린!

혜정이가 외친 순간, 강당 한가운데의 공중에서 진희와 맞부딪쳤다. 염력으로 뭉친 오라와 오라가 엇갈렸다. 난생처음 느껴보는 충격이 온몸을 뒤흔들었다. 분명 진희보다 먼저 휘두른 줄 알았는데 떠밀린 사람은 그 애가 아닌 나였다. 그 애의 오라가 내 것보다 갑절은 더 강했다. 오라가 내 것을 밀어내고 내 몸을 꿰뚫었다.

"헉!"

외마디 탄성이 터져 나왔다. 오라에 떠밀린 몸이 강당 위를 십수 미터나 날아 마룻바닥에 나동그라졌다.

— 안나린, 괜찮아?

괜찮지 않았다. 대답할 여유도 없었다. 진희의 오라가 던진 파동이 배에 포탄처럼 박힌 듯했다. 숨을 쉬기가 어려웠다. 겁먹은 공벌레처럼 몸을 동그랗게 말고 마룻바닥을 버르적거리다 울컥 피를 토했다.

"뭐야, 너. 돌아온 거 맞아?"

바닥에 사뿐히 내려앉은 진희가 나를 바라보며 실망스럽다는 듯 고개를 내저었다. 그 애가 내게로 성큼성큼 다가왔다. 그 애의 검은 머리카락들이 사방으로 뻗어 너울댔다. 숙주의 몸뚱이에서 빠져나오려 몸부림치는 연가시처럼…….

가쁜 숨을 내쉬며 주위를 둘러보았다. 강당 한편 구석에 켜켜이 쌓아둔 접이식 의자 수십 개가 보였다. 진희에게 말했다.

"역시 그랬어."

"뭐가?"

"넌 나 때문에 마녀가 돼서 복수하려는 거야. 널 마녀로 만들어놓곤 마녀의 소원으로 평범한 애가 돼버린 날 보니 억울해서. 하지만 나처럼 마녀란 신분을 버리기엔 미련이 남았을 테고…….그래서 복수하려는 거지."

"복수?"

진희가 깔깔 웃기 시작했다. 웃겨 죽겠다는 투였다.

"아, 웃겨. 복수라니…….안나린, 너 영화나 드라마를 너무 많이 봤구나."

"그럼, 아니야?"

"아, 물론 좀 전에 환영 인사 나갔던 그 인간은 네가 내 인생을 망쳐놨다고 생각해. 착한 앤데 친구를 잘못 사귀어서 어쩌고저쩌고, 알지? 그래서 지금도 너한텐 양심이 좀 있어. 그러니 온갖 테러에 네 동생 납치에까지 기꺼이 앞장섰겠지?"

마스크맨을 두고 한 말이었다. 역시 마스크맨은 유진이의 오빠 유석이었다. 마녀와는 거리가 먼 인간이었고 갖가지 테러 수법도 너절했지만, 놈의 배후에는 분명 진희가 있었다. 혜정이의 집에 다녀오던 날, 놈이 지하주차장에 나타나 나를 덮쳤던 이유도 뻔했다. 진희가 알려주었겠지.

"근데 난 저 인간이랑 달라. 복수 같은 거 관심 없어."

"그럼 왜 여태 날 괴롭혔는데?"

"너 아직 기억이 100퍼센트 회복되진 않았나 보구나? 이해해. 뭐든 적응 기간이란 게 있으니까. 좋아, 좀 더 떠먹여 줄게."

진희가 엄지와 중지를 튕겨 소리를 냈다.

"내 두 번째 소원이 뭐였게?"

유진이의 목소리가 귓가에 서서히 되살아났다. '내 주위에 마녀가 또 있는지 알고 싶어.'

"그 소원 덕분에 알게 됐어. 2001년, 세상에 태어난 마녀가 너 말고도 또 있단 것, 그게 바로 이 당산고에 다니는 진희란 것. 자, 인제 어느 정도 감이 와?"

그때 덩어리를 이루어 날아온 의자들이 진희를 덮쳤다. 내가 염력으로 날린 의자들이었다. 진희가 의자 더미 속으로 사라졌다.

"그래, 이제 감이 오네. 넌 그 소원의 대가로 죽었어. 그리고 지금의 진희로 되살아났지. 내가 네 세 번째 소원을 들어주지도 않았는데……."

유진이는 내게 세 번째 소원을 빌고 싶어 했다. 하지만 내가 저 아이를 피했다. 첫 번째 소원이 그 대가로 저 애의 영혼을 거두어갔으니까. 영혼이 사라진 유진이는 괴물이 되었다. 마녀의 힘과 소원놀음에만 광적으로 집착하는 괴물. 저 아이를 그 지경에 이르게 한 장본인이 바로 나였다. 못 견디게 무거운 죄책감이 내 어깨를 짓눌렀다.

그즈음 유진이는 교통사고로 죽었다. 두 번째 소원의 대가였다. 그 사고로 또 다른 마녀였던 진희도 죽었다. 각성한 지 얼마 되지도 않았던 아이였다. 죄책감은 아예 거인의 발이 되어 나를 통째로 깔아뭉갰다. 그래도 마녀의 소원을 빌기는 쉽지 않았다. 마녀의 소원에도 등가교환이 따르기 때문이었다. 내가 사랑하는 사람의 죽음. 그것이 그 대가였다.

작년 크리스마스, 저 아이는 새로운 진희로 탈바꿈해 내 앞에 나타났다.

차가 도로를 벗어나 뒤집힌 순간, 염력까지 동원해 가족을 모두 살리려 발버둥 쳤다. 하지만 헛일이었다. 우그러든 차 문을 염력으로 뜯어내고 나은이를 밖으로 끌어내자마자, 차가 폭발했다. 엄마 아빠가 죽는 광경을 목격한 순간, 머릿속이 하얗게 바랬다. 이 모든 일이 내가 마녀라서 일어났다는 원망과 고통과 슬픔뿐이었다. 그래서 얼빠진 목소리로 마녀의 소원을 빌었다.

소원과 대가의 순서가 바뀌었지만 상관없었다. 대가를 먼저 치렀으니까. 그때까지만 해도 저 아이가 진희로 탈바꿈한 유진이며, 일부러 사고를 일으켰다는 사실은 깨닫지 못했다.

"너였구나, 차를 터뜨린 게⋯⋯."

"빙고."

진희의 목소리와 함께 의자 더미의 의자 서너 개가 동시에 붕 떠오르더니 내 쪽으로 날아왔다. 염력으로 튕겨냈다. 사방으로 튀어 나간 의자들이 강당 유리창을 뚫고 나가거나 마룻바닥에 처박혔다.

"웰컴 백, 마녀 안나린."

진희가 의자 더미 사이에서 몸을 일으키며 말했다. 뒤이어 의자를 부려 내게 폭격을 퍼붓기 시작했다. 쉴 새 없이 의자가 날아들었다. 내가 염력으로 의자를 튕겨내는 와중에도 진희는 여유롭게 말을 이었다.

"그거 알아? 사실 그날 목표물은 너였어. 네 부모가 아니라⋯⋯. 난 그때 네가 차에서 못 빠져나온 줄 알았거든."

의자 하나가 이마를 후려쳤다. 눈앞에 번쩍 섬광이 터졌다. 중심을 잃을 뻔했지만, 꼿꼿이 서서 버텼다. 얼굴을 타고 뜨뜻한 액체가 흘러내렸다. 진희를 노려보며 물었다.

"그럼 그날 왜 날 안 죽였어?"

그날, 내게서 마녀의 위력이 사라지자 저 아이는 발길을 돌려 자취를 감추었다. 사실 나를 죽이려고 마음먹었다면 그때가 더 손쉬웠을 터였다.

"아까도 말했지만, 나한텐 소녀 안나린 따윈 필요 없거든, 마녀 안나린이 필요하지."

"닥쳐!"

진희에게로 두 손을 내뻗었다. 염력으로 그 애의 몸을 허공에 띄웠다. 열 손가락을 쫙 펴자 그 애의 몸이 X자로 벌어졌다.

"오, 꽤 세졌는데? 바로 이거야. 내가 너한테 바란 게……."

진희는 팔다리를 뽑아내려는 염력의 기세에 맞서 버티면서도 희희낙락했다. 강당 천장에서 쇳소리가 났다. 올려다보니 강당 천장의 조명과 연결된 철골 구조물이 진희의 염력에 휘어지고 뜯기는 중이었다. 뭉텅 떨어져 나온 철골이 내 머리 위로 쏟아졌다. 몸을 날려 피했다. 쇳덩이는 내가 서 있던 마룻바닥을 간발의 차로 꿰뚫었다. 조명과 연결된 전선이 끊기며 사방으로 불똥이 튀었다.

"너한테 세 번째 소원을 빌지도 않았는데 내가 어떻게 부활했는지 궁금하지?"

궁금했다. 내 마음을 읽은 진희가 자답했다.

"세 번째 소원은 죽은 진희한테 빌었거든. '세상에서 가장 강한 마녀가 되고 싶어.'라고……."

사실 한 마녀에게 세 가지 소원을 빌어야 한다는 규칙은 없었다. 저 영악한 아이는 그 사실마저 일찍이 알아차렸다.

"그래서, 답이 뭐였는데?"

진희가 내게로 달려들었다.

"바로 이거!"

그 애와 나를 덮친 순간, 우리는 한 덩어리가 되어 허공에 떠올랐다. 철골이 비죽비죽 튀어나온 구조물이 다가왔다. 수수께끼가 풀렸다. 저 마녀는 나와 같이 죽을 작정이었다.

작년에도 그랬다.

엄마 아빠를 죽게 한 사고가 그랬듯 유진이의 죽음도 단순한 교통사고가 아니었다. 졸음운전으로 인한 충돌사고가 아니라, 유진이가 스스로 택한 자살이자, 살인이었다. 유진이는 그렇게 사고를 일으켜 마녀 진희를 죽이고 새로운 진희로 거듭났다.

작년 크리스마스 사고도 살인이었다. 그날, 나를 죽이고 저도 죽을 작정이었다. 내가 옥상에서 떨어지던 날, 진희가 양손을 활짝 벌리며 제품으로 어서 오라는 듯 나를 끌어당긴 이유도 매한가지였다. 진희는 그렇게 무소불위의 마녀로 거듭날 작정이었다. 단어 하나가 커다랗게 불어나 머릿속을 가득 메웠다.

융합.

"안나린!"

현민이의 외침이 귓가를 울렸다. 그와 동시에 옆에서 달려든 녀석이 내 몸을 낚아챘다. 진희에게서 떨어져 나온 우리는 강당 바닥을 뒹굴었다.

— 나이스 캐치, 모현민!

여태껏 숨죽여 상황을 지켜보던 혜정이가 외쳤다.

철골에 부딪히기 직전, 진희는 커다란 오라를 만들어 치명타를 피했다. 철골이 반구 형태로 움푹 우그러들었다. 그 애는 느긋하게 바닥에 내려앉았다.

"넌 왜 왔어?"

내가 묻자 현민이가 대답했다.

"전에 못 살린 게 한이 돼서……. 이번에라도 널 살리고 싶어."

"그러다 네가 죽으면? 이제 더는 못 살린다며?"

현민이가 나를 꼭 끌어안으며 속삭였다.

"괜찮아, 같이 죽어도……."

눈물이 왈칵 치밀었다.

"영화 찍고들 있네, 진짜."

등 뒤에서 진희가 혀를 찼다. 현민이가 그 애를 돌아보았다.

"너지? 죽은 진희가 다신 연락하지 말라고 문자 보낸 9."

현민이가 묻자 진희가 피식 웃으며 고개를 끄덕였다.

"맞아, 걘 날 별로 안 좋아했거든. 나도 뭐 걜 좋아해서 연락한 건 아니야. 걔가 지 호루스의 눈으로 위치 추적을 자꾸 방해해서 아날로그적인 방법을 좀 쓴 거지."

"이쯤에서 그만해."

현민이의 경고에 진희가 코웃음 쳤다.

"이쯤에서 그만할 거면 애초에 시작하지도 않았어."

진희가 제 옆에 비죽 튀어나온 철골을 염력으로 뚝 떼어내어 허공에 떠오르게 하더니 그 철골을 구부려 9자 형태를 만들었다.

"9는 세상에서 가장 완벽한 수야. 3의 제곱수니까 극도로 확장된 3이라고 볼 수 있지. 9를 엔네아드라 부르기도 해. 고대 이집트의 아홉 신을 뜻한대."

그 애가 손을 활짝 펴자 허공의 철골이 세 토막 났다.

"9는 새로운 창조를 위한 파괴를 의미하기도 해. 여러 언어에서 '새롭다'는 단어가 9를 뜻하는 라틴어 '노벰(novem)'에서 유래됐다니 재밌지 않아? 9자 모양으로 양수 속에서 아홉 달을 채워야 태어나는 인간의 숙명도 그렇고, 추격자를 따돌리려고 제 동생을 아홉 토막으로 잘라 바다에 버렸다는 메데이아 얘기도 꽤 의미심장하지."

— 미친년, 구구콘이나 처먹어, 아홉 번 먹어.

혜정이가 빈정거리자 진희가 토막 난 철골을 그쪽으로 날렸다. 혼비백산한 혜정이가 철골을 피해 백팩 속으로 쏙 숨어들었다.

"우린 3이야. 이렌느 슐츠라는 9가 셋으로 쪼개진 미완의 3. 안나린 너도, 죽은 진희도, 나도……. 이제 9가 될 시간이야."

"아니, 넌 살인자일 뿐이야."

내가 쏘아붙이자 진희가 고개를 가로저었다.

"살인자가 아니라 순교자야. 9라는 완전체를 위해 3을 희생하는 순교자. 봐, 작년 10월 27일까지만 해도 유진이었던 내가 이젠 진희가 됐잖아. 9일 만에 진희로 부활했을 때의 기쁨, 넌 모를걸? 이제 알게 해 줄게."

"넌 이 구역의 미친 마녀일 뿐이야."

그렇게 받아치며 자리에서 일어섰다. 진희가 강당 무대 쪽으로 손을 뻗었다. 나은이의 발밑에 쌓인 장작에 불이 붙었다.

"안 돼!"

그리로 달려가며 손을 휘둘러 염력으로 불을 끄려 애썼다. 불은 꺼질 듯 다시 살아나기를 되풀이했다.

"인간의 역사는 해선 안 되는 일의 되풀이였어. 저게 바로 우매한 인간들이 우리한테 저질렀던 짓이라니까? 우린 인간들에게 대가를 치르게 할 운명을 타고난 마녀의 소녀들이야."

"그 대가, 너나 치러!"

몸을 돌려 염력으로 철골 구조물을 진희에게로 날렸다. 철골을 피하느라 그 애의 집중력이 흐트러지자 불길이 잦아들었다.

"언니이이!"

깨어난 나은이가 겁에 질려 울부짖었다. 불붙은 장작을 염력으로 흩뜨렸다. 장작들이 사방으로 흩어지면서 불똥이 튀고 여기저기 불길이 치솟았다.

"괜찮아, 언니가……."

손을 휘둘러 밧줄을 염력으로 끊던 순간, 내 몸이 공중으로 붕 떠올랐다. 바닥과 수직으로 떠오른 몸이 천장까지 치솟아 철골 구조물과 부딪쳤다. 허리가 부러지는 듯한 충격에 눈앞이 아득해졌다. 그 직후 몸이 무시무시한 속도로 떨어져 마룻바닥에 처박혔다. 염력으로 만들어낸 오라가 충격을 덜어주기는 했지만, 그래도 엄청났다. 마룻바닥이 반구 형태로 으깨질 정도였다.

"언니!"

"난 괜찮으니까…… 얼른 밖으로 나가!"

"그래두……."

"얼른!"

손을 뻗어 나은이를 강당 입구 쪽으로 밀어냈다.

"가긴 어딜 가?"

진희가 나은이를 붙들려는 순간 혜정이가 외쳤다.

— 야 이년아! 적당히 하고 여기 좀 보시지?

흐릿해진 시야에 반짝이는 불빛이 들어왔다. 허공에 떠오른 마녀 인형이 스마트폰을 부려 이쪽을 폰카로 찍는 중이었다.

"뭐하니, 너?"

진희가 묻자 혜정이가 대답했다.

— 보면 몰라? 동영상 녹화 중이야, 아까부터 쭉……. 니년의 만행을 만천하에 알리려고……. 이참에 나 유튜버나 할까 봐. 구독과 좋아요, 빵빵하게 눌러 줄 거지?

"아, 그랬어?"

진희가 손을 뻗어 마녀 스마트폰을 박살 냈다. 산산이 조각

난 전화기 잔해가 바닥에 우수수 떨어졌다.

"어머, 어쩌지? 유튜버 데뷔, 어렵게 됐네."

— 괜찮아, 벌써 싹 다 올려놨으니까. 클라우드라고 들어는 보셨나?

"뭐?"

— 너, 유튜브 스타 만들어준다고, 이년아.

진희가 손을 뻗어 마녀 인형의 몸뚱이를 허공에 X자 형태로 벌렸다.

"이게 바로 나린이가 아까 나한테 하려던 거야. 거열형이라고 들어봤어? 사지를 찢어발기는 형벌이야."

인형의 몸뚱이가 뜯기기 시작했다. 그때 현민이가 진희를 덮쳐 쓰러뜨렸다. 진희가 손을 들어 현민이를 날려버렸다. 강당 한편으로 날아간 현민이는 농구 골대에 부딪히고 바닥에 고꾸라졌다.

"그만해!"

염력으로 그 농구 골대를 끌어다 진희의 머리 위에 쓰러뜨렸다. 골대의 백보드가 그 애를 덮치며 박살 났다.

— 안나린! 나, 니가 사랑하는 친구 맞지? 지금 마녀의 소원을 빌어!

혜정이가 내게로 날아와 외쳤다.

"내가 안 그랬나? 마녀의 소원을 빌려면 거울을 봐야 한다고."

진희가 말했다. 그 애를 덮쳤던 골대가 내 쪽으로 데굴데굴 굴러왔다. 몸을 굴러 가까스로 피했지만, 골대 기둥이 기어이

내 발목에 내리꽂혔다. 새된 비명을 질렀다.

"여기 어디에 거울이 있어? 없잖아. 저 유리창들이 과연 거울 노릇을 할 수 있을까?"

우뚝 일어선 진희가 양쪽으로 손을 뻗었다. 거대한 기운이 그 애의 손끝에서 뻗어 나갔다. 연이어 터지는 폭탄처럼 강당 유리창이 바깥쪽으로 산산이 터져나갔다. 역시 그랬다. 마녀의 소원을 빌려면 거울로 내 얼굴을 마주 봐야만 했다. 작년 크리스마스 사고 때에는 내 발밑으로 떨어져 나온 사이드미러가 있었으니 소원 빌기가 가능했다. 내게로 다가온 진희가 나를 물끄러미 내려다보았다.

"왜, 손거울이라도 챙겨온 거야? 눈을 씻고 찾아봐도 없던데?"

그 애의 말이 맞았다. 거울 따위는 없었다. 사방이 매캐해졌다. 불길이 점점 거세어졌다. 그나마 나은이를 강당에서 피신시켜 천만다행이었다. 진희가 양팔을 활짝 벌리며 열기를 만끽이라도 하듯 숨을 깊이 들이마셨다.

"음, 이 익숙한 뜨거움, 기분 좋아."

이대로 저 마녀와 함께 죽어 하나가 되어야 할까. 싫었다. 죽기보다 더 싫었다.

"안나린, 이만 갈까?"

진희가 말했다.

"아니, 너나 가."

내가 대답했다. 진희가 간과한 사실이 하나 있었다. 내게는 거울을 대신할 대용품이 있다는 사실.

눈을 감았다. 그리고 나, 안나린을 떠올렸다. 머리 위에 도사린 호루스의 눈이 강당 바닥에 널브러진 나를 비추었다. 호루스의 눈이 보는 내 모습은 내가 눈을 뜨는 순간 사라지게 마련이었지만 방법이 없지는 않았다.

오른쪽 눈은 감은 채 왼쪽 눈만 떴다.

호루스의 눈이 올려다보였고, 동시에 강당 바닥의 내가 그대로 내려다보였다.

두 광경이 하나로 겹쳐진 순간, 호루스의 눈은 나를 비추는 거울이 되었다. 그제야 내 의도를 알아차린 진희가 괴성을 지르며 내게로 날아들었다. 그 애가 나를 덮친 순간, 그 애를 올려다보며 마녀의 소원을 빌었다.

"지옥으로 꺼져 버려. 지옥으로 꺼져 버려. 지옥으로 꺼져 버려."

호루스의 눈을 이루었던 눈동자가 점점 밝아졌다. 개기일식 때 달그림자에 가렸던 태양이 점점 드러나는 듯한 모양새였다. 이윽고 호루스의 눈이 태양의 눈으로 바뀌어 강당 천장에 떠올랐다. 눈부시고 뜨거웠다. 강당을 송두리째 녹여버릴 듯한 빛과 열기였다. 천장의 구조물과 조명은 이내 형체도 없이 녹아 버렸다. 태양의 눈이 블랙홀처럼 주위의 모든 것을 끌어당기기 시작했다. 강당 바닥을 뒹굴던 『말레우스 말레피카룸』이 가장 먼저 날아가 흔적도 없이 사라졌다.

그다음은 진희였다. 그 애가 붕 떠오르더니 그리로 빨려 들어가기 시작했다. 그 애가 나를 붙들고 놓지 않자 내 몸도 함께 떠올랐다.

"안나린!"

현민이였다. 강당을 미친 듯이 내달려온 현민이가 내 손목을 붙들었다. 진희는 내게 매달리고 나는 현민이에게 매달려 기다란 한 일 자로 허공에 대롱거렸다. 진희의 다리에 불이 붙었다. 그 애가 비명을 질렀다. 그 불길이 점점 그 애의 몸을 타고 내 쪽으로 번져오자 진희가 외쳤다.

"같이 가자, 안나린."

그때였다. 붕 떠오른 마녀 인형이 진희에게로 날아가더니 그 애의 얼굴을 덥석 뒤덮었다.

— 진희야, 내 소원 하나 남은 거 기억해? 그 소원, 나린이한테 빌었어. 결정적인 순간에 너랑 같이 가게 해 달라고……. 나랑 같이 가자, 이년아.

사실이었다. 사흘 전, 혜정이는 내게 그 소원을 빌었다.

"안 돼, 오혜정!"

그 애가 검정콩 같은 눈으로 나를 돌아보았다.

— 안나린, 너한테 아리아드네 명주실이 되고 싶어. 그게 내 마지막 소원이야. 니 덕에 엄마한테 못다 한 말도 했고 동준이 체온도 원 없이 느껴봤잖아. 그걸로 됐어. 그동안 정말 고마웠어. 그리고 사랑해. 넌 나한테 사랑을 알게 해 준 진짜 단짝이야.

"나도 사랑해, 혜정아."

— 언젠가 우리 꼭 다시 만나게 된다는 데에 내 오르골과 온몸을 건다.

불길이 진희의 얼굴에까지 번지면서 인형에도 불길이 옮아붙었고, 인형이 불길에 녹아 진희의 얼굴에 눌러 붙었다.

진희가 새된 비명을 내지르며 나를 붙들고 있던 손을 놓았다. 불길에 휩싸인 그 애가 태양의 눈으로 날아갔다. 태양의 눈이 그 애를 집어삼켰다. 태양 흑점 같은 반점이 한복판에 뚫렸다가 사그라졌다.

사라졌다. 진희도, 혜정이도, 호루스의 눈도 그리고 마녀의 소녀도…….

하지만 강당 전체로 번진 불길은 더욱 거세어졌다. 이대로 죽는구나. 눈을 감은 순간, 내 입을 부드러운 헝겊이 뒤덮었다. 현민이의 손수건이었다.

"나린아, 나가자."

현민이가 가까스로 골대 기둥을 치우고 나를 일으켜 세웠다. 부축을 받아 강당을 가로지르기 시작했다. 불길을 뛰어넘고 머리 위로 떨어지는 불덩이를 피했다. 강당 마룻바닥이 무너지며 불구덩이가 우리를 바짝 뒤쫓았다. 옷에 불똥이 튀었지만 뜨거운 줄도 몰랐다.

강당 문을 박차고 밖으로 뛰쳐나온 순간, 강당이 간발의 차로 무너져 내렸다.

"언니!"

밖에 서서 발을 동동 구르던 나은이가 내게로 와서 와락 안겼다. 먼지투성이가 된 우리 둘은 서로 부둥켜안고 한참을 울었다. 눈물을 참으려 해도 눈물샘이 고장 난 듯 자꾸만 흘러나왔다. 강당이 무너진 자리를 돌아보았다. 당장에라도 혜정이가 나와서 내게 폭 안길 듯한 착각에 또 울었다. 밤새 그치지 않을 비처럼 눈물도 그치지 않을 터였다. 그 애에게 마지막 인사를 건넸다.

'고마워, 혜정아. 잊지 않을게.'

소방차가 현장에 닿을 때까지 그 자리에 붙박인 채 꼼짝하지 않았다.

마녀와, 마녀의 소녀가 사라진 자리에 그냥 소녀와 소년만 남았다.

"안나린, 일어나!"

방문을 벌컥 열고 들어온 나은이가 외쳤다.

"몇 신데……."

비몽사몽이었던 정신이 돌아오자 화들짝 놀라 일어났다.

"7시 반 다 됐어. 요새 왜 이렇게 아침잠이 늘었대?"

허둥지둥 욕실로 뛰어 들어가 세수를 하는 동안에도 간밤의 꿈이 자꾸만 기억났다. 혜정이가 돌아온 꿈이었다. 누가 현관문을 두드려서 열어보니 마녀 인형이 허공에 두둥실 떠 있었다.

'짜잔, 아임 백! 안나린, 내가 그랬잖아, 언젠가 다시 만날 날이 올 거라고…….'

혜정이가 내게 폭 안겨 얼굴을 비벼댔다.

'보고 싶었어, 안나린!'

"나도! 네가 얼마나 보고 싶었는데……."

그 작은 몸을 꼭 끌어안고 펑펑 울면서도 꿈 같다는 기분이 들었다. 그런데 정말 꿈일 줄이야……. 수건으로 물기를 닦으며 손을 내려다보았다. 그 애의 감촉이 손끝에 생생했다. 허탈하고 서글펐다. 그 애가 내 곁을 떠난 지 석 달이 지났지만 지금도 그 빈자리가 익숙지 않았다. 어깨를 드러내고 세면대 거울에 비쳐 보았다. 여전히 말끔했다. 그날 이후로 마녀의 표식은 온데간데없이 사라졌다.

"뭐해? 때 밀어?"

나은이가 욕실 문을 두드리며 물었다. 옷깃을 추스르며 문에 대고 외쳤다.

"나갈게."

나와 보니 고소한 냄새가 집안에 가득했다.

"얼른 와, 안나린. 내가 아침 준비했어."

"안나린이라고 부르지 말라고 내가 누누이 경고했을 텐데? 이게 기저귀 갈아주고 업어 키웠더니 은혜도 모르고 확 그냥……."

"사회 나가면 세 살 차이는 친구거든? 얼른 오기나 해."

내가 주방으로 오자, 기다리던 나은이가 식탁보를 걷어냈다.

"짠! 어때, 안나은표 샌드위치야."

식탁에 마주 앉아 샌드위치를 먹었다.

"어때, 맛있쩡?"

"그래, 여드름을 부르는 환상의 맛이다."

달걀프라이는 짰고 마요네즈가 너무 많이 들어가서 느끼했지만 그래도 좋았다. 이렇듯 동생과 마주 앉아 샌드위치를 먹는 일상으로 돌아왔다는 사실만으로도……

"너 말이야."

은근슬쩍 떠보았다.

"나 뭐?"

"언니가 이렇게 돼서 아쉽지 않아?"

'이렇게'는 '그냥 소녀가'라는 뜻이었다. 나은이가 고개를 내저으며 대답했다.

"난 이게 훨씬 더 좋은데?"

"정말?"

"어, 나 착하지? 언니이, 부비부비해 줘잉."

벌떡 일어난 나은이가 내 가슴에 얼굴을 비비며 혀 짧은 소리로 어리광을 부렸다.

"야, 블라우스에 소스 묻어!"

그러면서도 그 애를 가만히 끌어안으니 따스했다.

"언니, 다신 안 돌아갈 거지? 그치?"

나은이가 해맑은 눈으로 나를 올려다보며 신신당부했다.

"다신 안 돌아갈 거라는 데에 내 전 재산과 손모가지를 건다."

혜정이의 말투를 흉내 내어 대답하자, 나은이가 새끼손가락을 세워 내밀었다.

"약속!"

그 애와 손가락을 거는데 자꾸만 눈앞이 흐려졌다.

"약속."

                    * * *

"늦겠다."

대문을 나서던 순간, 굵직한 목소리가 옆에서 들려왔다. 현민이였다.

"야, 나 이 차 타고 다니기 불편하다니까 왜 자꾸 와?"

자가용 옆에 서 있던 현민이가 차 뒷문을 열고는 내 등을 떠밀며 말했다.

"나은아, 타. 너도 데려다줄게."

"아싸, 역시 우리 형부밖에 없다니까?"

나은이가 뒷좌석에 오르며 능청을 떨었다. 그 애의 입에서 나온 '형부'라는 단어에 얼굴이 펑 달아올랐다.

"야, 형부는 무슨……. 누가 형부야?"

마지못해 차에 오르며 나은이에게 따졌다.

"둘이 안 깨지고 오래오래 사귀다 보면 형부가 될 수도 있는 거지, 뭐. 그죠, 형부?"

현민이와 나 사이에 앉은 나은이가 현민이에게 팔짱까지 끼며 아양을 떨었다.

"어? 아…… 뭐…….."

당황해서 더듬대는 현민이의 얼굴도 붉게 물들었다.

차가 출발했다.

이제야 비로소 크레타의 미궁에서 빠져나온 듯했다. 토끼 굴과 이어진 이상한 나라를 빠져나온 앨리스. 오즈에서 캔자스 시골로 돌아온 도로시. 번데기에서 세상으로 나온 누에나방. 고치에서 날개돋이한 매미. 마녀와 소원이라는 불구덩이에서 벗어나 돌아본 세상은 아름다웠고 삶은 눈부셨다. 원인불명의 화재로 당산고 강당이 몽땅 불탄 다음 날, 현민이와 나는 목격자 겸 참고인 신분으로 경찰 조사를 받았다.

그날 강당에 설치된 CCTV가 작동하지 않았고 우리가 불에 그슬린 몰골로 발견된 탓에 경찰은 화재 원인을 방화로 의심했다. 하지만 감식 결과, 누전에 의한 화재로 마무리되었다.

마스크맨, 아니 유진이의 오빠 유석은 폭행치상과 차량 절도로 기소되어 9년 형을 선고받았다. 그날 우리가 탔던 승용차의 블랙박스 녹화 화면이 결정적인 증거가 되었다.

그날 혜정이가 찍었다던 동영상은 없었다. 행여나 해서 클라우드에 접속해 봤지만, 그날 올라간 파일은 없었다. 진희에게 스마트폰을 들이대며 놓았던 으름장은 진희의 주의를 돌리려던 떡밥이었던 모양이었다. 대신 블로그 안부 게시판에 글이 하나 올라와 있었다. 혜정이가 떠나기 이틀 전에 남긴 비밀글이었다.

짜잔, 나린아... 나야, 오혜정.

무슨 말을 해야 할까.

막상 마지막 메시지를 남기려니 눈물이 앞을 가리네. ㅜㅜ

그동안 정말 고마웠어.

그리고... 즐거웠어, 정말로.

말도 많고 탈도 많았지만 내 생애 가장 짜릿한 모험이었어.

너와 함께한 날들이 짧고 더 길지 못했던 게 엄청 아쉽다.

하지만 누가 그랬대.

삶이 소중한 이유는 언젠가 끝나기 때문이라고...

이렇게 끝을 앞두고 돌아보니 그만큼 너와의 시간들이 더욱 소중하게 느껴지는 거 있지.

비록 한때 어리석은 선택으로 널 괴롭혔던 나였지만...

이제 그 빚을 갚고 너한테 용서를 구하려고 해.

나, 용서해줄 수 있지?

잠든 니 얼굴... 참 예쁘다.

나 없더라도 가끔 동준이 좀 챙겨 줘. 그렇다고 전처럼 좋아하진 말고...ㅋㅋㅋ

니가 현민이랑 잘 되길 빌게.

안나린, 내가 너 사랑하는 거 알지?

가끔은 날 생각해 줘.

사랑해, 언제까지나.

P.S.1 이 편지가 진심이라는 데에 내 오르골과 고깔모자를 건다.

P.S.2 역세로드립 없음.

화재 일주일 뒤, 현민이와 다시 찾은 당산고 강당은 폐허에 가까웠다. 그 폐허에서 혜정이의 흔적이라도 찾고 싶었다. 하지만 출입금지 테이프가 에워싼 잿더미에서는 아무것도 나오지 않았다.

포기하고 돌아서려던 순간, 익숙한 멜로디가 들려왔다. 짤막하고 희미하긴 해도 귀에 익은 멜로디 첫 구절이었다.

종소리가 은은하게 들려온다······.

돌아보니 까만 잿더미 위에서 햇빛을 받아 반짝이는 뭔가가 보였다. 그리로 가서 그것을 집어 들었다. 재와 먼지를 털어내니 그것이 무엇인지 확실해졌다.

마녀 인형의 오르골이었다.

현민이는 그 오르골을 수리해 똑같은 마녀 인형에 넣어 복원해 주었다. 비록 혜정이는 돌아오지 않았지만, 그 마녀 인형은 지금도 내 백팩 속에 남았다.

"안나린, 오늘 늦으면 알지?"

학교 앞에 도착하자 나은이가 차에서 내리며 외쳤다.

"너나 늦지 마셔."

학교 끝나고 장을 보기로 했다. 별것 아닌 소소한 일상도 그날 이후로는 값지고 행복했다.

"이따 같이 가자."

차 문을 닫자 현민이가 속삭였다. 그러고는 은근슬쩍 내 손등 위에 제 손을 포갰다. 피하지 않았다. 따뜻하고 미더운 손길이었다. 언제까지나 놓고 싶지 않은.

"어떻게…… 그런 힘이 생겼어?"

내가 전부터 품어왔던 의문을 털어놓자 현민이가 한동안 뜸을 들이다 대답했다.

"글쎄…… 아마 하인즈도 죽기 전에 염원하지 않았을까? 내여자를 살리는 남자로 다시 태어나고 싶다고…….."

손을 뒤집어 현민이의 손을 꼭 쥐었다. 차창 너머로 스쳐 가는 아침 풍경을 바라보며 오시리스와 호루스를 떠올렸다. 어쩌면 우리의 인연은 내 기억보다 훨씬 더 긴 세월을 거슬러 올라가야 할지도 몰랐다.

* * *

"나린아, 안녕?"

우리가 교실로 들어서자 몇몇 아이들이 인사를 건넸다.

"어, 안녕, 얘들아."

나도 인사를 주고받았다. 일주일 후에 있을 축제 준비로 교실은 부산스러웠다. 새 학기가 되면서 나를 대하는 반 아이들의 태도가 눈에 띄게 달라졌다. 은근히 따돌리거나 말끝마다 빈정거리는 아이도 없었다. 그날 이후로 영미는 학교에 오지 않았다.

"영미 걔, 죽을 날 받아놓고 시골 내려가 있대."

"무슨 불치병 걸렸다던데, 맞아?"

"어, 버거씨병인가 그렇대. 몸이 썩어들어가는 병이래."

"혹시 그 병 전염되는 거 아냐? 어떡해, 나, 걔랑 친했는데……."

아이들이 수군대는 소리도 허투루 들리지 않았다. 가슴이 아팠다. 따지고 보면 그 애가 그렇게 된 데에는 내 책임도 있었으니까.

교실 뒷문이 열리고 동준이가 들어섰다. 여름방학을 병원에서 보내고 퇴원한 녀석은 말수가 더 적어졌다. 나와는 눈도 잘 마주치려 하지 않았다.

"잠깐만."

녀석의 자리로 가서 주머니에서 꺼낸 초콜릿을 내밀었다. 예전처럼 하트 모양은 아니었지만, 카카오 함량이 많아서 기운 없을 때 먹으면 힘이 났다.

"받아, 기운 내."

나를 올려다보는 녀석의 눈빛이 흔들렸다. 머뭇거리는 품이 내게 할 말이 있는 듯했다.

"왜, 무슨 할 말 있어?"

내가 그렇게 묻고 난 후에야 동준이가 어렵사리 말을 꺼냈다.

"나…… 너한테 거짓말했어."

"어?"

"널 처음 본 게 전영고가 아니라, 사실은……."

동준이의 말허리를 끊었다.

"됐어, 말하지 마. 안 들어도 돼."

이미 다 기억났으니까.

0교시 시작을 알리는 종이 울리고 교실로 담임 선생님이 들어섰다. 교실에 들어선 사람은 담임만이 아니었다. 여학생 하나가 뒤따라 들어왔다. 새초롬해 보이는 단발머리 여자애였다.

"인사들 해. 여기는 오늘 전학 온 친구다. 이름이…… 이름이 뭐랬지?"

담임이 돌아보며 묻자 그 애가 또박또박 대답했다.

"구혜진, 구혜진요."

"어, 그래, 혜진이."

혜진이라는 아이가 꾸벅 인사를 하고 교실을 둘러보았다.

"빈자리에 가서 앉아."

담임 선생님의 말이 떨어지기도 전에 그 애가 성큼성큼 걸어와 내 옆자리에 앉았다. 가까이에서 보니 작고 보얀 얼굴에 자리 잡은 이목구비들이 또렷하고 예뻤다.

"안녕?"

그 애가 스스럼없이 먼저 내게 말을 걸었다. 환한 미소를 지으며 내게 말을 건네는 그 모습이 어쩐지 낯익었다.

"어, 안녕. 우리 언제 만난 적 있나?"

내가 묻자 그 애가 피식 웃으며 어깨를 으쓱했다.

"아니."

그 애가 덧붙였다.

"우리가 한 번도 만난 적 없다는 데에 내 이름을 건다."

자습이 시작되자 그 애가 에어팟을 꽂고 나직이 콧노래를 부르기 시작했다. 내게도 익숙한 멜로디였다. 김윤아의 「착한 소녀」.

주머니 속의 전화기가 진동했다. 담임 선생님의 눈치를 보며 전화기를 꺼내어 책상 밑으로 몰래 확인했다. 제목 없는 이메일 한 통이 와 있었다. 발송인은 유진이였다. 메일을 열어 보았다. 내용은 한 줄도 없었다. 사진 한 장이 전부였다. 그 사진을 하염없이 들여다보았다.

우리는 그 얼마나 오랫동안 나란히 한길을 걷는 중일까.

* * *

"소원 들어주는 원숭이 손 얘기 알아?"

진이에게 물었다. 이제 막 홍주고 축제를 구경하고 나오던 참이었다.

"그게 뭔데?"

진이는 눈을 동그랗게 뜨고 내게 물었다. 무슨 뜬금없는 소리냐는 투였다.

"100년도 더 된 외국 소설에 나오는 건데, 오늘같이 음침한 날씨에 어느 노부부가 사는 집에 손님 하나가 찾아와선 미라가 된 원숭이 손을 하나 보여 줘. 그 손에 어느 수도사가 주문을 걸어놔서 그게 소유자의 세 가지 소원을 들어준다면서."

심드렁하게 말을 꺼냈지만, 이 이야기를 꺼내려고 몇 날 며칠을 고민하고 준비했다.

"어디서 들어본 거 같은데? 그거 으스스하게 분위기 잡다가 나중에 나중에 깜짝 놀라게 하는 얘기 아냐?"

진이가 장난기 어린 얼굴로 나를 째려보았다.

"들어 봐, 일단. 손님은 이 물건의 첫 번째 소유자가 세 번째 소원으로 자기 죽음을 빌었다는 둥, 이런 물건은 세상에서 없어져야 한다는 둥, 현명한 소원을 빌어야 한다는 둥 분위기만 겁나 잡다가 원숭이 손을 놓고 가. 집 문제로 골치를 썩던 노부부는 장난삼아 당시론 상당히 큰돈인 200파운드가 필요하다고 원숭이 손한테 빌어보고."

"그래서?"

진이의 얼굴에 호기심이 어렸다.

"아무 일도 안 생겨, 그날은. 혹시나 했더니 역시나, 하고 넘어간 다음 날, 사람 하나가 노부부 집에 찾아와선 이러는 거야. 당신네 아들이 직장서 일하다 기계에 딸려 들어가서 죽었다고. 그리고 그 보상금으로 200파운드가 나올 거라고."

그렇게 말하고는 짐짓 대수롭지 않은 척, 길가에 뒹구는 보도블록 조각을 툭 걷어찼다.

"헐."

진이의 얼굴을 흘끔 보니 이야기에 꽤나 빠져든 눈치였다. 어쩐지 미안했지만 운을 뗐으니 이야기는 끝맺어야 했다.

"아들 장례 치르고 일주일이나 지났나, 자식 잃은 슬픔에 잠도 못 자던 아내가 남편을 막 조르기 시작해. 원숭이 손한테 두

번째 소원을 빌라고…….'

"아들이 살아 돌아오게 해 달라고?"

"빙고. 아내의 성화에 못 이겨 남편이 소원을 빌지. 근데 바람만 불던 밖에서 갑자기 누가 현관문을 똑, 똑, 똑, 두드리는 거야."

때마침 눈앞으로 길고양이 한 마리가 휙 지나갔다. 기겁한 진이가 고양이가 사라진 골목 모퉁이를 돌아보며 몸서리를 쳤다.

"소름 끼쳐. 그래서?"

"아내는 아들이 돌아왔다고, 문 열어 줘야 한다고 막 재촉하는데, 남편은 밖에서 문 두드리는 게 너무 무섭고 꺼림칙한 거야. 그래서 아내가 문을 열어 주러 간 사이에 세 번째 소원을 빌지."

안나린, 이런 소원놀음을 꼭 시작해야 하니? 막상 이야기를 꺼내니 나 자신에게도 회의가 들었다. 내가 잠시 말이 없자 진이가 물었다.

"소원 취소?"

"아마 그랬겠지. 밖에서 문 두드리는 걸 사라지게 해 달라거나. 그게 그거지만."

"그래서 어떻게 됐는데?"

"갑자기 노크 소리가 그쳤대. 현관문을 열어 보니 밖엔 썰렁한 바람만 불고, 아무도 없더래. 노모는 구슬프게 흐느껴 울고 가로등만 텅 빈 거리를 비추더란 얘기."

진이가 나를 빤히 바라보았다. 이야기가 더 있는 줄 아는 모양이었다.

"끝이야?"

"어."

그제야 그 애가 너털웃음을 터뜨리며 내 어깨를 툭 쳤다.

"뭐야, 그게. 반전도 없고, 감동도 없고. 그 얘길 왜 한 거야?"

글쎄, 내가 이 이야기를 왜 꺼냈을까.

"그냥, 너 심심할까 봐."

거짓말이었다.

"에이, 나 심심할까 봐 해 준 소리가 아닌 거 같은데? 네년의 음험한 꿍꿍이속을 냉큼 털어놓지 못할까!"

진이가 내 목을 조르는 시늉을 하며 재촉했다. 이런 반응을 기대하기는 했지만, 막상 이렇게 나오니 선뜻 본론으로 들어가기가 망설여졌다.

* * *

"장난해? 세상에 마녀가 어딨어?"

어젯밤, 나은이에게 털어놓았을 때도 그 애는 믿지 않았다. 하지만 사실이었다.

한 달 전, 잠을 자다 가슴이 묵직해서 깼다.

처음에는 나은인 줄 알았다. 중학생이 되어 방을 따로 쓰게 된 후에도 그 애는 잠이 오지 않는 밤이면 살금살금 내 방으로 와서 내 옆에 잠들곤 했다. 게다가 자다가 툭하면 내 배에 다리를 올려놓아서 잠을 설치게 하곤 했다.

눈을 뜨고 보니 난데없는 책 한 권이 떡하니 내 위에 올라와 있었다.

"뭐야, 이거."

두툼하고 낡아빠진 양장본 고서였다. 그 책을 집어 든 순간, 어떤 목소리가 들렸다.

"마녀를 찾아라!"

어디서 방송을 크게 틀어놨나 싶어 고개를 번쩍 들고 주위를 둘러보았다. 아직 어둠이 가시지 않은 새벽이었다. 귀를 기울여보았지만, 창 너머는 마냥 고요하기만 했다.

잘못 들었나? 머리맡에 두었던 전화기를 들여다보니 새벽 3시였다. 토요일이라 앞으로 대여섯 시간은 족히 더 자도 되는 날이었다. 목침 대신 써도 손색이 없을 책일랑 침대 옆으로 던져버리고 다시 이불 속을 파고들었다.

"마녀를 찾아라! 독 있는 뱀처럼 박살내 버려라!"

다시금 그 목소리가 들렸다. 정확히는 목소리들이었다. 여러 사람이 동시에 외치는 목소리가 왜 자꾸 들리는지 몰랐다.

그 책과 환청이 시작이었다. 처음에는 영 꺼림칙해서 책을 내다버렸다. 그런데 자다 눈떠보면 그 책은 어느새 다시 내게로 돌아와 있었다. 그러기를 몇 번이나 되풀이하다 포기했다. 어떤 초자연적인 힘을 지녔는지는 몰라도 평범한 책이 아님은 확실했다.

신기한 사실은 난생처음 보는 문자로 적힌 그 책이 술술 읽
힌다는 사실이었다. 나중에 알아보니, 그 책은 중세에 마녀사
냥의 지침서로 쓰였던 『말레우스 말레피카룸』이었다. 그런데
내게 온 책은 알려진 바와 내용이 달랐다.

라틴어로 적혔다던 내용도 실은 독일어였다. 3부로 이루어
진 책은 왜 마녀가 생겨났으며, 마녀는 무엇을 할 수 있고, 어
떻게 살아가야 하는지를 상세히 일러주는 일종의 지침서였다.

책이 손에 들어온 후로 염력이 강해졌다. 어려서부터 위급한
순간에 처할 때마다 내가 염력을 부렸던 이유도 알게 되었다.
눈을 감고 대상을 떠올리기만 하면 천 리 밖에 있는 대상도 비
춰 주는 호루스의 눈은 덤이었다. 그 책에 따르면, 나는 개기일
식이 일어난 해마다 태어나는 마녀의 소녀였다.

"너 말야."

한참을 망설인 끝에 진이에게 진짜 용건을 꺼냈다.

"나 뭐?"

"너라면 뭘 빌겠어?"

"뭐야, 생뚱맞게."

진이의 반응은 예상대로였다.

"내 말은, 그 원숭이 손이 네 눈앞에 있고 그게 진짜로 세 가
지 소원을 들어준다면 넌 무슨 소원을 빌겠냐, 이거지."

이것이 마녀의 생활지침서 『말레우스 말레피카룸』이 일러
준 나의 첫 번째 임무이자 의무였다. 가장 친한 친구의 세 가지
소원을 들어주라. 그리고 주의사항과 대가도 미리 일러두라.

싫어도 해야만 했다. 그렇지 않으면 내가 사랑하는 사람이 죽게 된다고 했다.

"말도 안 돼. 그런 게 있음 다 부자 되고 다 여신 되게?"

맞는 말이지만 세상에 공짜는 없는 법이었다.

"대가가 따른다면? 그것도 아주 살벌한 대가가. 너라면 어떡할래?"

내가 묻자 진이가 어깨를 으쓱했다.

"글쎄……. 대가가 없을 소원을 빌면 되지 않나? 미리 지능적으로 치밀하게 계획을 짜서 애초에 대가를 방지하는 소원, 그러니까 갑자기 벼락부자가 되게 해 달라거나 전교 1등을 하게 해 달란 멍청한 소원이 아니라, 등가교환의 여지가 없는 소원을 비는 거지."

등가교환의 여지가 없는 소원이라…….

"과연 그런 소원이 있을까?"

"그렇게 따지면 과연 소원 들어주는 원숭이 손이란 것도 있을까? 애초에 말이 안 되는 얘긴데 뭘."

"그건 그래."

진이의 말이 맞았다. 하지만 말도 안 되는 이야기가 실제로 일어나는 곳이 바로 이 세상이었다.

"솔직히 그 얘기도 가만 보면 쫌 그래. 원숭이 손한테 소원 빌고 생긴 일들이 소원을 빌어서 그게 진짜로 이루어진 건지, 아님 그냥 절묘한 타이밍에 터진 우연의 일치인지 누가 알아? 그 집 현관을 노크한 사람도 알고 보면 그냥 길 물어보려고 두

들긴 건데 두 내외가 괜히 아들인 줄 착각하고 설레발치다 그 사람 가고 난 담에 문을 열었는지도 모르고…….”

이야기가 더 엉뚱한 데로 빠지기 전에 말허리를 잘랐다.

“결론은, 너라면 한번 해 보겠다 이 말이지?”

“그런 게 진짜 있다면…… 밑져야 본전이다 생각하고 해볼지도 모르지.”

머릿속에서 경고등이 켜졌다. 여기서 멈춰야 한다는 직감이 들었다.

하지만 내 입은 의지와 상관없이 진이를 물고 늘어졌다.

“그래? 소원이 뭔데?”

“소원?”

“어, 네가 지금 가장 간절히 바라는 거.”

빌지 마, 그냥 여기서 끝내.

“간절히 바라는 게 어디 한둘인가. 근데 너 오늘 진짜 이상하다? 눈빛도 음흉한 게…… 약 먹었냐?”

정말 이상하기는 했다. 입이 멋대로 움직였다. 입술이 바짝바짝 마르고 가슴이 두근거렸다. 현기증마저 일어서 마음 같아서는 소원이고 뭐고 집어치우고 집에 가서 쉬고 싶었다. 내가 소원을 들어주는 마녀라니……. 내가 생각해도 어처구니없었다. 그런데 내 입은 여전히 뭐에 씐 듯 움직였다.

“괜찮으니까 말해 봐, 나한테만 살짝. 소원이 뭐야?”

나를 빤히 바라보던 진이가 말했다.

“너 오늘따라 꼭 무슨…… 마녀 같다?”

가슴이 덜컥했다. 하지만 내 혀는 내게서 독립 선언이라도 한 듯 능청스럽게 받아쳤다.

"모르지, 나야말로 세 가지 소원을 들어주는 마녀인지도……."

이마에 진땀이 맺혔다. 급발진하는 차를 탄 기분이었다. 친한 친구를 상대로 이딴 영업 시작하는 게 아니었어, 차라리 다단계를 하고 말지! 그런데 진이의 입에서 뜻밖의 말이 나왔다.

"야, 세상에 그런 게 있다면 나도 되고 싶다."

"무슨 말이야?"

"마녀 말이야. 네가 세 가지 소원을 들어주는 마녀일지도 모른다며? 그렇담 나도 마녀 할래. 우린 단짝이니까."

그 소원을 듣는 순간, 이상하게도 눈앞이 아찔해졌다. 기시감이었다. 현기증이 일어 중심을 잃고 비틀거렸다. 하마터면 뒤로 벌렁 넘어질 뻔했는데 누가 나를 붙들어 주었다. 돌아보니 키가 훤칠한 내 또래 남자애였다.

"괜찮아요?"

남자애가 물었다. 가까이에서 보니 잘생긴 얼굴이었지만, 표정이 어두웠다. 처음 보는 얼굴인데 이상하게 친숙했다. 나도 모르게 얼굴이 화끈 달아올랐다.

"아, 네에……. 괜찮아요. 고맙습니다."

그 애에게 눈인사를 건넸다. 남자애가 마주 고개를 끄덕였다.

"너, 왜 그래? 괜찮아?"

진이가 물었다.

"어, 잠깐 현기증이 나서⋯⋯."

"그래? 내 소원이 그렇게 충격적이었나?"

"그건 아닌데 왠지 그 말⋯⋯ 전에도 들은 적 있는 거 같았어."

어쩐지 다 낯익었다. 마녀가 되고 싶다는 말도, 넘어질 뻔한 나를 붙잡아 준 저 남자애도⋯⋯.

"아, 영화 「박하사탕」에서 봤어. 남주가 여긴 처음인데 옛날에 와 본 적이 있는 거 같다고 그러니까, 여주가 그러더라고. 그런 건 꿈에서 본 거라고⋯⋯."

진짜 꿈에서 봤나? 차라리 그랬으면 좋으련만⋯⋯. 공연히 기분이 어수선하고 가슴이 두근거렸다. 어쩐지 앞으로 무슨 큰일이 벌어질 듯 불안했다. 하늘을 올려다보니 당장에라도 비가 쏟아질 듯 흐린 날씨였다. 날씨 탓이라 여기며 고개를 가로저었다.

마녀가 뭐, 대순가? 남보다 좀 더 특별할 뿐인데, 뭐⋯⋯. 그렇게 내 현실을 정당화했다. 하지만 가장 친한 친구를 끌어들인다는 일이 못내 꺼림칙했다. 이제 책에 나온 대로 진이에게 소원을 이루어 줄 지니를 주고 소원 의식을 일러줄 차례였다.

버스정류장에 이르러 진이와 나란히 섰다.

어쩐지 뒤통수가 간지러웠다. 돌아보니, 방금 나를 잡아주었던 남자애가 내 뒤에 서서 나를 바라보고 있었다. 기분 탓인지는 몰라도 그 애의 눈빛도 불안해 보였다. 나와 눈이 마주치자 남자애가 얼른 고개를 돌렸다.

"몇 신데 아직도 안 와."

우리보다 먼저 와서 정류장에 서 있던 또래 여학생이 투덜거렸다. 단발머리에 깐깐해 보이는 인상이었다. 스마트폰을 들여다보며 어디로 카톡을 보내던 여자애가 한숨을 내쉬며 중얼거렸다.

"암튼 제때 나오는 꼴을 못 봤어. 꼴을……. 남친이고 뭐고 확 걷어차 버릴까 보다."

여기서 남자친구와 만나기로 했는데 남자친구가 늦는 모양이었다. 잠시 후 모터사이클 한 대가 달려오더니 정류장 앞에 멈춰 섰다. 헷멧을 벗은 라이더는 내 또래 남자애였다.

"왜 이렇게 늦었어?"

여자애가 팔짱을 끼고 씩씩대며 남자애를 흘겨보았다.

"미안."

모터사이클에 타고 있던 남자애가 우리 쪽을 힐끗 돌아보았다. 껄렁해 보였지만 꽤 미남이었다. 남자애의 시선이 나에게 오래 머물자, 모터사이클 뒤에 막 오르려던 여자애가 그 눈길을 따라 돌아보고는 남자애 옆구리를 팔꿈치로 쿡 찔렀다.

"넌 어떻게 된 애가 여자만 봤다 하면 눈이 자동으로 돌아가니? 무슨 감지 센서가 달렸나……."

"안 봤어."

"웃기시네. 니가 쟤들 스캔했다는 데에 내 전 재산과 이름을 건다."

여자애가 나를 휙 쩨려보았다. 그 애와 눈이 마주치자 얼른 눈길을 돌렸다.

"짠, 나 폰 바꿨다."

진이가 주머니에서 스마트폰을 꺼내며 말했다.

"와, 진짜 최신 폰?"

찜찜한 기분을 날릴 양으로 더 호들갑을 떨며 전화기를 들여다보았다. 막 출시된 최신기종이었다. 진이가 카메라 앱을 불러오더니 나를 끌어당겼다.

"붙어라, 안나린, 인증샷 간다."

전화기를 들고 이리저리 자세를 잡던 진이가 하늘을 올려다보았다.

"어, 저기 좀 봐."

진이가 가리키는 하늘을 올려다보았다. 해가 막 먹구름에 가려지는 중이었다. 주위가 삽시간에 어두컴컴해졌다.

"꼭 개기일식 같지 않냐?"

"그러게."

구름에 가려진 해를 올려다보노라니 이상하게도 눈앞이 부옇게 흐려졌다.

"그거 알아? 내가 태어나던 날 개기일식이 있었대."

개기일식이라는 말도 어쩐지 의미심장하게 들렸다.

"야, 근데 너 왜 그래?"

진이가 물었다.

"아냐, 아무것도……."

고개를 내저으며 진이랑 나란히 바짝 붙었다.

"이거 잘 나오면 톡으로 보내줘."

내 말에 진이가 고개를 가로저었다.

"폰 바꾸고 첨 찍는 사진이니까 발송예약 걸어서 메일로 쏴 줄게. 정확히 1년 뒤에 받아 보게."

"왜?"

"그냥, 그때도 우리가 지금처럼 단짝일지 궁금해서……. 1년 짜리 타임캡슐이라고나 할까."

어리둥절해져서 진이를 바라보자 그 애가 전화기를 치켜들 었다.

"찍는다."

활짝 웃어 보이려 했는데 얼굴이 자꾸만 일그러졌다. 진이가 폰카 셔터를 눌렀다. 나와 진이는 물론, 어깨너머로 보이는 모 터사이클 커플과 한 남자애가 프레임에 담겼다.

순간, 세상이 고요해졌다.

적어도 내가 서 있는 이 버스정류장에서는 시간의 흐름이 멎은 듯했다. 아니, 멎었다기보다는 시간의 흐름이 한없이 느 려진 듯했다.

영원 같은 순간이었다.

〈끝〉

작가의 말

2014년 6월부터 2015년 2월까지 9개월 동안 네이버 웹소설에 정식 연재했던 『마녀, 소녀』를 무려 5년 만에 제목과 이야기를 다듬어 『마녀의 소녀』로 내놓습니다. 첫 웹소설이었고, 딸들이 처음으로 읽고 좋아한 제 소설이기에 제게는 그 어떤 소설보다 뜻깊은 작품입니다.

2009년 여름, 학산문화사의 무크지 《파우스트》에 실은 단편 「마녀」에서 시작한 이 소설을 웹소설로 연재하며 원고지 3450매로 불어난 분량을 600매 이상 덜어냈습니다. 퇴고란 아무리 해도 끝이 없음을 알기에 부끄럽지만 이만 세상으로 보내려 합니다.

여러모로 부족한 소설의 연재를 허락해 주신 네이버 웹소설의 팀장님은 물론, 연재하는 동안 댓글로 응원해 주고 종이책 출간을 재촉해 주신 여러 애독자님 그리고 오랫동안 퇴고 작업을 기다려 주시고 세심히 원고를 살펴주신 황금가지 편집자님께 깊은 감사의 인사 올립니다.

안나린 자매의 모델이 되어 주고 종이책 출간을 손꼽아 기다려주었을 뿐 아니라 교정까지 도와준 딸 수아와 예나에게 이 소설을 바칩니다. 최초의 독자로 늘 애정 어린 조언을 아끼지 않는 아내에게 사랑한다는 말을 전합니다.

2020년 5월
김종일 드림

마녀의 소녀 2

1판 1쇄 찍음 2020년 5월 29일
1판 1쇄 펴냄 2020년 6월 5일

지은이 | 김종일
발행인 | 박근섭
편집인 | 김준혁
책임 편집 | 최고운
펴낸곳 | 황금가지

출판등록 | 2009. 10. 8 (제2009-000273호)
주소 | 06027 서울 강남구 도산대로 1길 62 강남출판문화센터 5층
전화 | 영업부 515-2000 편집부 3446-8774 팩시밀리 515-2007
홈페이지 | www.goldenbough.co.kr

도서 파본 등의 이유로 반송이 필요할 경우에는 구매처에서 교환하시고
출판사 교환이 필요할 경우에는 아래 주소로 반송 사유를 적어 도서와 함께 보내주세요.
06027 서울 강남구 도산대로 1길 62 강남출판문화센터 6층 민음인 마케팅부

ISBN 979-11-5888-674-5 04810(2권)
      979-11-5888-675-2 04810(세트)

㈜민음인은 민음사 출판 그룹의 자회사입니다.
황금가지는 ㈜민음인의 픽션 전문 출간 브랜드입니다.